Matthias [illegible]

Matthias Krause

FEUCHTE MONSTER

Ein riesiger Meereswurm aus dem Bermuda Dreieck lässt seine klebrige Brut auf die Menschheit los.
Einige seiner Maden landen auf Umwegen im Gehirn des Sensitivity Readers Mortimer Wissmann.
Dieser musste in seiner Kindheit viel Gewalt erleiden und startet nun mit seinem roten Füller einen blutigen Rachefeldzug.
Der egozentrische Autor Frank J. Freibrodt sucht auf einem Speeddatingevent nach einer gutbetuchten Gönnerin. Dort trifft er auf hoffnungsvolle Singles, Fetischisten, parasitäre Monster und Mortimer. Die beiden haben noch eine alte Rechnung zu begleichen. Nur wer von ihnen wird zur Kasse gebeten?

FEUCHTE MONSTER

Eine räudige Horrorsatire

Von Matthias Krause

Verantwortlich für den Inhalt:
Matthias Krause, 13187 Berlin

1. Der Verrat

»Warum unterstützt du mich nicht? Das ist Verrat!« Entrüstet massakrierte Pia mit dem Besteck ihr veganes Schnitzel auf dem Teller.

»Du verstehst das vollkommen falsch«, rechtfertigte sich der fastende Mortimer ihr gegenüber am runden Küchentisch und nippte an seinem Glas mit Leitungswasser.

Pia spuckte wütend ein halbzerkautes Stück von ihrem Fleischersatz wieder auf den Teller zurück. »Ja! Ist schon klar! Natürlich verstehe ich jetzt wieder gar nichts! Du arbeitest zwar nun für meinen ärgsten Konkurrenten, aber das ist sicher nur alles ein großes Missverständnis, was ich als deine unterbelichtete Verlobte natürlich nicht begreifen kann! Also! Erhelle meinen dummen Geist mit deinem genialen Mansplaining!«

Mortimer schien ihren beißenden Sarkasmus gar nicht wahrzunehmen und erklärte es ihr mit geduldiger Stimme. »Mir tut das alles sowas von Leid, meine liebe Pia. Es geht mir nicht darum, deinem konkurrierenden Verlag einen Dienst zu erweisen, sondern den Lesenden. Du kennst meine Mission. Es passieren tagtäglich solch schreckliche Dinge auf der Welt, da will ich wenigstens die Literatur zu einem gewaltfreien Ort streichen, sie von jeglicher Grausamkeit und Brutalität befreien. Außerdem will ich einem gestrauchelten Bestsellerautor dabei helfen, wieder auf den rechten Weg zurückzufinden.«

Nun mischte sich Neugier in Pias Zorn. »Wer ist der Autor?«

»Frank J. Freibrodt.«

Pia spuckte ein weiteres paniertes Stück aus.

»Was?!«

»Frank J. Freibrodt.«

»Verarscht du mich?!«

»Kennt ihr euch?«, fragte Mortimer frei von jeglicher Eifersucht.

»Natürlich!«, rief Pia und verdrehte die Augen. »Wie heißt sein Buch?«

Nun rang Mortimer sichtlich mit sich, weiterzusprechen. Er errötete zudem im Gesicht. Seine Hände verkrallten sich auf dem Küchentisch.

»Oh, so schlimm? Hat er dich so verstört?«, fragte sie mit süßlicher Stimme. »Lass hören.«

»Bist du wirklich sicher? Der Titel allein kann schon verstören.«

Pia stöhnte. »Nun spuck es schon aus, du Heulsuse!«

»F ... feu ... feu ... feucht ...«, stammelte er verlegen.

Pia sah ihn belustigt dabei zu. »Na? Das war es schon?«

Mortimer kniff fest die Augen zusammen, als hätte sein Gesicht gerade ungewollt einen Cumshot in Empfang nehmen müssen. »Feuchte ... Beu .... Beute«, beendete er dann den Titel und atmete tief aus. »Oh je! Auch wenn Hass ein destruktives Gefühl ist, welches ich gar nicht in mir hervorzurufen wage, gebe ich es doch zu. Ich hasse diesen anstößigen Buchtitel«, zischte er.

Pia hingegen kreischte vor Lachen und spuckte regelrecht mit halbzerkauten Essensresten um sich.

Sie lachte so hysterisch und hyperventilierte dabei sogar, dass Mortimer befürchtete, sie könnte nun unter einem traumatischen Schock stehen. »Alles gut?«, fragte er mit dünner Stimme. »Soll ich einen Krankenwagen rufen, mein zartes Engelchen?«

Pia winkte ab und lachte schrill weiter, bis ihre Augen tränten.

»Na. Da ... da haben sich ja zwei Irre gefunden!«, quiekte sie vergnügt und brach erneut in Gelächter aus.

Schließlich blieb ihr fast die Luft weg, also hörte sie auf. »Frank hat sich nicht verändert«, stellte sie nach ein paar tiefen Atemzügen fest.

»Es tut mir so leid, dass ich dich mit diesem Mist konfrontiere und zugleich retraumatisiere. Ich weiß, du hattest so eine bewegte Vergangenheit. Nahezu triefend von Gewalt und Sexismus. Ich wollte da eigentlich sensibler mit ... «

»Und?«, unterbrach Pia ihn.

»Bitte?«

»Du hast sein Manuskript schon überarbeitet, nicht wahr?«

»Äh ... ja. Und jetzt bin ich fast schon reif für eine weitere Therapie.«

»Ist von seinem Werk überhaupt noch was übrig?«

Als Mortimer bedröppelt schwieg, quietschte Pia erneut vor lachen.

Sie sah ihn anschließend unverwandt an. Mortimer erwiderte ihren Blick und entdeckte einen unheimlichen Glanz in ihren haselnussbraunen Augen.

»Mortimer?«

»Ja?«

»Du schuldest mir was.«

»Ja, ich weiß. Nun? Was kann ich für dich tun, mein Engel?«

Pia lächelte breit. Sie zog nun recht verstörende Grimassen, weil sie jedes folgende Wort überdeutlich artikulierte.

»Ich ... will, ... dass ... du ... deinen ... Elefantenrüssel ... auspackst. Ich ... will, ... dass ... du ... mich ... richtig ... hart ... fickst!«

Es roch nach Räucherstäbchen, Duftkerzen, Weihrauch und Lavendelöl. Nachdem Mortimer Pia mithilfe sämtlicher Wellnessprodukte ganzkörperlich massiert hatte, tollten die beiden schon eine geraume Weile auf dem frischgespannten Laken. Feen, Einhörner sowie royale Märchengestalten beobachteten sie dabei. Wohlwollend lächelnd sahen die gemalten Fabelwesen von der knallbunten Decke des Himmelbettes auf sie hinab.

»Ohhhh! Jaaaaaa! Ohhhhh! Jaaaaaa! Jaaaaaa!«, kreischte Pia auf dem Rücken liegend, und verwuschelte Mortimers Mähne, während dieser zaghaft mit der Zunge die frischaufgetragene Hautlotion von ihren Knospen schleckte. Er hüstelte kurz, als er bemerkte, dass er zu viel von der Creme geschluckt hatte, dann legte er sich auf sie und sah ihr mit einem weichen Lächeln ins Gesicht. Pia schloss sofort die Augen.

»Oh«, stöhnte sie nun recht gekünstelt, als ihre Hände schließlich linkisch unter Mortimers Tanktop wanderten.

»Würg mich!«, befahl sie dann unter ihm.

»Nein«, stöhnte er. »Bitte. Das will ich nicht.«

»Bitte, das will ich nicht«, äffte sie ihn schielend nach. »Ich befehle es dir aber!«, fauchte sie und verdrehte mit ihren langen Fingernägeln die dünne Haut auf seinem Kreuz.

»Ah! Du tust mir weh. Also gut. Aber nur ganz sanft.«

Er legte seine Hand schlaff auf ihren Hals.

Nach ein paar Sekunden schon schlug Pia sie genervt weg. »Schlappschwanz. Was solls. Schlag mich. Das mag ich sowieso lieber.«

»Du liest viel zu viel Dark Romance, Pia. Da mache ich nicht mit. Das ist Gewalt. Auf gar keinen Fall.«

Pia rollte mit den Augen und stieß scharf Luft aus. »Du bist so ein aufgeweichter Butterkeks, aber ich schätze richtige Männer, die anpacken können. Du kannst ja nicht einmal richtig arbeiten. Du machst nur die Werke von anderen kaputt!«

Mortimer lächelte sie von oben breit an.

»Pia. Jetzt bleib doch bitte mal sachlich. Vielleicht solltest du doch besser in Betracht ziehen, mal eine Zeitlang von deiner Verlagsarbeit zurückzutreten. Dir steigt das Ganze doch viel zu sehr zu Kopf. Du liest nämlich viel zu viel. Unterschätze bitte niemals den schädlichen Einfluss von Worten.«

Er lag immer noch auf ihr und Pia glaubte zu spüren, wie seine Erektion zwischen ihren Oberschenkeln wuchs, während er ihre berufliche Qualifikation in Frage stellte.

»Na also! Ich wusste es! Du traust mir einfach nichts zu! Weil du auf mich herabsiehst! BÄH! Wie misogyn du bist! Du willst mich kleinhalten! Daran geilst du dich also auf! Jedes dreckige Schmuddelbuch ist besser als deine verlogene Scheinmoral, also schlag mich doch einfach und quatsch mich nicht weiter voll!« Sie boxte ihm von unten wütend gegen die Schulter.

»Also Pia. Jetzt sei doch bitte nicht so kindisch.«

Ihren zweiten Schlag, der auf sein Gesicht abzielte, fing er mit einer Hand ab und drückte ihr Handgelenk sanft aufs Bett, während er ihr mit der Anderen zärtlich eine Haarsträhne aus der Stirn strich. Dabei blickte er immer noch mit einem wissenden Grinsen auf sie herab. »So meinte ich das doch gar nicht. Bitte Pia. Jetzt beruhige dich doch mal. Ich weiß, du hast in den Meisten deiner vorherigen Beziehungen leider viel Gewalt erfahren müssen und dich wohl schon längst an diese schrecklichen Zustände gewöhnt. Schließlich hast du mir in deinen schauerlichen Erzählungen kaum ein makaberes Detail erspart. Aber ich bin ein guter Mensch. Sicher habe auch ich mal den einen oder anderen Fehler gemacht, aber einer von denen bin ich ganz gewiss nicht. Ich schwöre es dir. Sogar bei dem Leben meiner Mutter. Ich bin keiner von diesen schrecklichen Kerlen. Genau solche Menschen haben mich schließlich entführt und gefoltert. Wir sind doch verwandte Seelen, Pia. Wir sind beide ausschließlich Opfer. Leider muss ich jedoch anmerken, dass es mich zutiefst verletzt, dass du mich dennoch mit diesen toxischen Männern auf eine Stufe stellst und andauernd derartige Gewalt von mir erwartest. Wir feiern schließlich in zwei Wochen unsere einjährige Beziehung. Du solltest es, wenn ich mir diese kleine Kritik am Rande erlauben darf, also wirklich besser wissen. Du kannst mich provozieren, wie du willst. Ich werde meine Ideale niemals aufgeben.«

Mortimer blinzelte, als Pia ihm von unten ins Gesicht spuckte, rührte aber dennoch keinen Finger.

»Oh glaub mir, deine Schläge können kaum mehr wehtun als deine heuchlerischen Worte und du bist nicht besser als deine räudigen Vorgänger! Die waren wenigstens ehrlicher und du bist einfach nur ein Schwächling! Wärst du fett, hätte ich dich schon längst verlassen. Du bist zwar schlank und hast ein paar mickrige Muckies, aber du bist nicht so schön, wie du glaubst. Du fragst dich sicher schon, warum ich dich nur noch so selten ranlasse, hm? Nein! Ich habe keine Kopfschmerzen. Ich leide unter dir! Ich bekomme regelrecht einen Reflux, weil du mich so anekelst. Auch wenn du dein viel zu kurzes Unterhemd trägst, sehe und spüre ich deine abstoßenden Narben, nur weil du zu unfähig warst, dich gegen deine Entführer zu behaupten, so wie es sich für einen richtigen Kerl gehört!«

Pia lächelte zufrieden, als die ersten heißen Tränen ihre aufgespritzten Lippen benetzten.

»Oh, Schneeflöckchen. Mach mich nass. Ja!«

Sie öffnete den Mund und streckte ihre gepiercte Zunge weit hinaus. Dachte er wirklich, sie würde ihm seinen Verrat so einfach durchgehen lassen?

»Ich konnte nichts dafür. Ich ... ich war doch noch ein Kind«, wimmerte er über ihr.

Pia zog die Zunge wieder ein und lachte verächtlich. »Bäh, bäh, bäh! Ich war doch noch ein Kind. Oh, Hilfe. Oh, Hilfe«, ahmte sie ihn mit hoher Stimme nach. »Ist das etwa eine Entschuldigung? Hör auf zu tropfen, du Waschlappen. Jeder würde kämpfen, bevor ihm der Bauch aufgeschnippelt wird. Nur du nicht! Du hättest dich wehren können. Du hast das Privileg, männliche Gene zu besitzen. Aber du hast nichts daraus gemacht, weil du ein Versager bist. Ich kann mir richtig gut vorstellen, wie deine Entführer grübelten, ob sie dich nicht einfach auf dem Müll entsorgen sollen. Sie waren ganz sicher angeekelt von dir. Ich kann sie absolut verstehen, weißt du? Sie haben mein vollstes Mitgefühl. Aber ganz gewiss nicht du. Du kleiner, erbärmlicher ...«

Pia biss sich auf die Zunge, als seine Faust in ihrem Gesicht explodierte.

»HÖR AUF!«, jaulte er und schlug sich selbst anschließend lasch ins Gesicht. »ICH WILL DAS NICHT!«

Obwohl ihre Oberlippe aufgeplatzt war, und sie einen metallischen Geschmack auf der schmerzenden Zunge schmeckte, grinste Pia ihn von unten böse an. Natürlich würde ihr alles am nächsten Morgen wehtun, aber sie wusste zugleich, dass seine Schuldgefühle ins Unermessliche steigen würden. Nur das unterschied ihn nämlich von seinen Vorgängern. Er legte so viel Wert auf Worte und hatte sogar auf das Leben seiner Mutter geschworen. Würde er sie jetzt umbringen? Pia kam nicht dazu, weiter darüber nachzudenken.

Er schlug sie und sich selbst erneut, während er Rotz und Wasser heulte. »Mama! MAMA!«, kreischte er und schlug weiter zu, bis es in Pias Gesicht knackte.

2. Das Konzeptionsgespräch

»Sie haben ja eine bildhübsche Haushälterin«, sagte Herr Kunz unbekümmert und mit lauter Stimme zu Frank, als Lisa ein Tablett mit Getränken zu ihrem Verandatisch heraustrug. »Ich spiele mit dem Gedanken, mir auch so eine anzuschaffen. Sagen Sie mal, ist dieses junge Fräulein eigentlich vergeben?«

Frank schielte panisch zu seiner Frau und zuckte zusammen, als diese das Tablett wuchtig auf den Tisch knallte. Bräunliche Flüssigkeit schwappte aus beiden Gläsern.

»Ab jetzt dürfen sich die Herren selbst bedienen«, zischte Lisa, bevor sie einen schwungvollen Abgang hinlegte.

»Das ist Lisa. Meine Frau«, sagte Frank mit zusammengebissenen Zähnen zu seinem Verleger.

»Oh, das ist ja sehr angenehm, Sie in solch festen Händen zu sehen, Herr Freibrodt.«

Ja, in der Tat, dachte Frank. Lisas Hände waren durchaus fester geworden. Ihr Kickboxtrainer hatte aus ihr sämtliches Potenzial regelrecht ausgewrungen. Nun war sie muskulöser als er selbst.

Allerdings wunderte sich Frank trotzdem, dass sein Verleger sie nicht erkannt hatte.

Die beiden waren sich vor ein paar Jahren schon einmal begegnet.

Herr Kunz schnupperte an seinem Whisky Glas, bevor er tief durchatmete.

»Mir scheint dieser Dalmore etwas verunreinigt zu sein«, sagte Herr Kunz, bevor er sich mit gekräuselter Stirn einen Schluck genehmigte.

Frank nippte an seinem Glas. »Wie meinen Sie das?«

»Der besteht ja fast ausschließlich aus koffeinhaltigem Zuckerwasser«, beschwerte sich sein Verleger. »Könnten Sie Ihrer gütigen Gattin bitte vermitteln, dass so ein edler Tropfen nicht verpanscht gehört. Ich hätte gerne einen puren und anständigen Dalmore.«

»Wir haben leider keinen mehr«, log Frank, denn er war nicht sonderlich wild darauf, der wütenden Lisa in der Küche zu begegnen.

Herr Kunz sah ihn entsetzt an. »Was sagen Sie da?«

Nun hatte Frank den perfekten Aufhänger.

»Ich ... ich bin gerade etwas knapp bei Kasse.«

Herr Kunz sah sich demonstrativ in Franks ausladendem Garten um. Ein großer Rasen lag vor ihnen direkt am Ufer von der Havel. Mehrere Marmorstatuen, welche athletische Menschen aus der griechischen Antike abzubilden schienen, posierten zwischen kleinen Baumgruppen.

»Äh ... ja. Das sehe ich«, sagte der Verleger mit hochgezogenen Augenbrauen.

Sein Blick blieb auf der großen vergoldeten Buddhafigur hängen, die quasi als Wache neben zwei Kajaks im Wasser ruhte, die an einem Stek mit Seilen fixiert waren. Grinsend streckte der Goldjunge den beiden Männern seinen massigen Bauch entgegen.

Herr Kunz erwiderte das Lächeln jedoch nicht.

Mit seinem weißen Anzug und der getönten Sonnenbrille, die für sein rundes Gesicht viel zu klein geraten schien, wirkte er auf Frank wie ein in die Jahre gekommener Don der sizilianischen Mafia.

»Sie sehen nur die Oberfläche des Ganzen«, rechtfertigte sich Frank. »Denn ich schreibe gerade keine schwarzen Zahlen.«

Herr Kunz räusperte sich, bevor er angewidert einen weiteren großen Schluck von der Mischung nahm.

»Oh, das klingt ungünstig. Allerdings scheint es mir, dass Sie sich nicht nur in einer Finanzkrise befinden. Wenn ich mir Ihr neues Manuskript so ansehe, Herr Freibrodt, wäre auch da ein Rotstift durchaus angebracht.«

Frank verschluckte sich derart an seiner Whiskymischung, dass ihm etwas von der bräunlichen Flüssigkeit aus der Nase lief, doch sein Verleger fuhr gnadenlos fort.

»Mir war ja gar nicht bekannt, dass Sie einen zweiten Vornamen besitzen, Herr Frank J. Freibrodt.«

Frank winkte ab. »Ich wollte nur meinen Namen etwas aufpeppen.«

»Sie hätten lieber Ihre Geschichte aufpeppen sollen, Herr Freibrodt. Ihre Hauptprotagonisten sind allesamt wie eine Eisenbahn ohne Fahrplan. Dumpf fahren sie konsequent wie auf Schienen geradewegs auf den Abgrund zu. Danach stürzen sie in die Bedeutungslosigkeit. Die Nebenfiguren haben ihre kurzen Momentchen, bevor sie ebenfalls im pornografischen Schlamm versinken.«

»Ja, ich habe ein paar Sexszenen. Aber als Pornographie würde ich das jetzt nicht bezeichnen. Und es beinhaltet auch sehr viel ...«

Herr Kunz gebot ihm mit wedelndem Finger Einheit.

»Also bitte, Sie sollten durchaus sorgfältig und verantwortungsbewusst mit meiner Lebenszeit umgehen, Herr Freibrodt. Mein Lektorat ist leider viel zu ausgelastet für solche geschmacklosen Scherze. Da ich Sie bereits länger kenne, habe ich mich also dieser delikaten Angelegenheit gewidmet. Ein großer Fauxpas meinerseits. Eine wahre Verschwendung, als würde man einen kostbaren Dalmore achtlos in den Ausguss schütten oder mit Zuckerwasser verunreinigen, so wie Ihre Frau es eben tat. Wie viel unnötige und kostbare Zeit ich für Ihr neues Manuskript aufbringen musste, um logische Fäden in diesem chaotischen Knäuel aus sexistischen Metzeleien ausfindig zu machen. Jedoch wurde ich leider nicht fündig. Mit zunehmenden Kopfschmerzen habe ich eine wahre Vergewaltigung von Buchstaben konsumieren dürfen. Ein wirres und bipolares Trauerspiel ohne jegliches Sonnenlicht. Das Schreiben scheint für Sie nur noch eine persönliche Abrechnung zu sein. Ein uneffektiver Amoklauf, in dem Sie mit halb garen Phrasen wahllos um sich schießen. Doch wer sagt denn, dass sich ausgerechnet die unschuldige Leserschaft mit Ihren privaten Befindlichkeiten auseinandersetzen möchte, Herr Freibrodt?«

Lisa trat umgezogen wieder ins Freie. Sie trug nun ein weißes Stirnband, eine blaue Trainingshose und ein bauchfreies Oberteil, welches genug Einblicke auf ihr hervorgewölbtes Sixpack bot. Sie trat auf den Boxsack nahe der Veranda zu und malträtierte ihn unverzüglich mit harten Schlägen und gesprungenen Fußtritten.

Frank beobachtete sie dabei eingeschüchtert, war zugleich aber auch fasziniert von ihren mittlerweile gut gedehnten Oberschenkeln.

»Ha!«, feuerte sie sich selbst an, bevor sie den Sack erneut anfiel. »Tschakka!«

»Ja! Weiter so! Du bist ja eine richtige Kampfmaschine geworden. Ich bin so stolz auf dich!«, versuchte er sie versöhnlich zu motivieren, während er daran dachte, dass sie sich bestimmt noch mit ihrem vollgeschwitzten Körper erkälten würde, da mittlerweile die Temperaturen gegen Abend rasant abfielen.

»Lass mich in Ruhe«, fauchte Lisa. »Ich muss mich konzentrieren. HA!«

Frank starrte resigniert auf eine Entenfamilie, deren gefiederten Mitglieder hintereinander aufgereiht über den See schwammen.

Wenn Reinhardt das nächste Mal mit seinen Leuten bei ihm auftauchen sollte, würde er nicht mehr in der Lage sein zu kraulen.

Seine Schlägertruppe war für ihre schmerzhaften Massagen bekannt.

Jegliches Gelenk würde der massige Kredithai ihm ausrenken lassen. Sollte er seinen Besitz veräußern, würde seine durchtrainierte Frau ihm sämtliche Knochen brechen. Die war sowieso recht sauer in letzter Zeit.

»Haben Sie noch Zugang zu Ihrer Gattin?«, riss ihn der Verleger aus seinen düsteren Zukunftsvisionen.

»Bitte? Was?«

»Gewährt Ihnen Ihre Frau noch Beischlaf?«, fragte Herr Kunz neugierig.

Frank wusste nicht, was er darauf erwidern sollte.

Er wusste nicht einmal, was ihn mehr an seinem Verleger irritierte. Seine durchaus dreiste Frage oder dessen umständliche Formulierung.

»Ihr Manuskript müffelt regelrecht nach überflüssigem Testosteron. Sie scheinen sich wahrhaftig in einer neuen Lebenskrise wiederzufinden, Herr Freibrodt. Zu meinem tiefsten Bedauern muss ich Sie erneut darauf hinweisen. Ich nahm fälschlicherweise an, wir hätten diese Zeiten schon längst hinter uns gelassen. Ich führe solche Gespräche ja schließlich auch nicht gerne mit meinen Autoren«, sagte Herr Kunz fröhlich und nahm lächelnd noch einen weiteren Schluck von seiner Whiskymischung, bevor er wieder angewidert das Gesicht verzog.

»Ihr Protagonist in Ihrem rohen Entwurf von FEUCHTE BEUTE - FICK ODER STIRB scheint auch durchaus frustriert zu sein. Er stört sich an dem Lärm der viel zu ausführlich beschriebenen Liebesakte des jungen Pärchens, welches über ihm wohnt. Natürlich will er sie umbringen, anstatt sich bei der Hausverwaltung einfach über die Lärmbelästigung zu beschweren. Zu guter Letzt folgt dann eine recht kuriose, wenn auch äußerst ärmlich beschriebene Wendung. Er ... «

Herr Kunz unterbrach sich hüstelnd selbst.

Gleichzeitig wurde die Entenfamilie auf dem Wasser fast von einem Paddel erschlagen.

»... Nun ja. Ich will das hier gar nicht weiter ausführen. Denn danach beiße ich regelrecht auf eine versalzene Blutwurst. Also bitte, Herr Freibrodt. Sie schreiben mittlerweile wie ein mäßig begabter Teenager, der sich sichtlich überfordert seinen pubertären Fantasien stellen muss.«

Frank sah in einem knallroten Kajak einen halb nackten Mann sitzen. Sein T-Shirt hatte er sich um den Kopf gebunden.

Im Gegensatz zu der kleinen Brille seines Verlegers verdeckte bei ihm eine übergroße Sonnenbrille fast ein Drittel von seinem Gesicht.

Doch die große Narbe auf seiner Wange konnte sie nicht überdecken.

Der verschwitzte Körper war so trocken und athletisch gebaut, dass selbst die muskulösen Marmorstatuen in Franks Garten auf einmal unsportlich zu wirken schienen.

Das Kajak kam direkt neben der aufgeregt schnatternden Entenfamilie zum Stehen.

Der Mann drehte den Kopf in Lisas Richtung.

Er schien sie anzustarren.

So nicht, dachte Frank und fixierte ihn grimmig.

Doch der junge Paddler schien den Blick hinter der Sonnenbrille unbeirrt auf seine Gattin zu richten.

Plötzlich lächelte er grell. Seine Wange mit der Narbe verzog sich.

Frank wurde das ganze allmählich recht unheimlich. Auch die hämmernde Lisa wurde schließlich durch sein Gekicher auf den Mann aufmerksam. Sie erwiderte sein Gaffen. Die beiden lieferten sich zunächst ein lautloses Stierduell, bis sie schließlich kokett auflachte und sich eine blonde Strähne aus der Stirn strich. Frank dachte daraufhin über die recht persönliche Frage seines Verlegers nach. Dieser räusperte sich just in diesem Augenblick.

»Mit Verlaub, Herr Freibrodt, ich bitte um Contenance! Konzentrieren Sie sich auf unser Konzeptionsgespräch. Ich erwarte durchaus etwas mehr Respekt und Anerkennung von Ihnen. Schließlich musste ich mich eine geraume Zeit durch Ihre Schundlektüre quälen«, holte ihn sein hoher Besuch mit belegter Stimme zurück.

Frank wandte sich ab und konzentrierte sich widerwillig auf seinen Verleger der mit zunehmender Heiterkeit seinen Verriss fortsetzte.

»FEUCHTE BEUTE - FICK ODER STIRB. Allein schon der Titel klingt danach, als wären Sie verzweifelt darum bemüht, einen Aufschrei zu provozieren, um Ihre Bücher verkaufen zu können. Also bitte, Herr Freibrodt. Das ausgerechnet Sie sich scheinbar dazu genötigt fühlen, sich in solche schlammigen Untiefen begeben zu müssen. Sie waren schließlich mal ein Bestsellerautor. Haben Sie es denn wirklich so nötig? Brauchen Sie schon so dringend Geld, dass Sie Ihre Feder in diese anzügliche Brühe tunken müssen?«

JAAAAA!, schrie es in Frank, stattdessen zog er eine beleidigte Schnute.

»Sie haben das bloß falsch verstanden. Mit FEUCHTE BEUTE - FICK ODER STIRB wollte ich neue unkonventionelle Wege beschreiten. Es ist eine gewitzte und erotische Satire gespickt mit überraschenden Horrorelementen und die Monster habe ich, meiner bescheidenen Meinung nach, hervorragend gezeichnet. Bitte! Sie müssen es noch einmal lesen. Versuchen Sie es doch einfach noch mal. Ich glaube, wenn Sie unvoreingenommener an mein Manuskript herangehen, wird es Ihnen bestimmt besser gefallen.«

Doch Herr Kunz ging gar nicht erst auf Franks verzweifelte Bemühungen ein.

»Also mit Verlaub, Herr Freibrodt, Sie erinnern mich an diesen Schundautor. Ein verspieltes und kindliches Geschöpf. Wahrscheinlich verfasst er seine Bücher im Bällebad. Ich glaube, er stammt aus den nördlichen Gefilden. Cuxhaven, oder so. Die Stadt konnte ich mir gut merken. Ich war dort am Schleusenpriel mal Angeln gewesen und habe nur Aale gefangen. Sein Name hingegen entfällt mir immerzu. Was wohl auch besser ist. Denn wenn er mir einfällt, bekomme ich einen regelrechten Belag auf meiner Zunge und einen Hustenreiz. Auf jeden Fall würzt er seine Geschichten mit brutalen Effektübersteuerungen und pikanten Duftnoten. Seine Romane sind überladen wie ein Fleischhaufen auf einer Metzgerplatte. Seine Figuren überzeichnet er bis zur Unerträglichkeit. Sein Humor ist so feucht wie das hungrig sabbernde Maul einer Straßenhündin an einem Fleischwarenstand in Katalonien«, echauffierte sich Herr Kunz empört, bevor seine letzten Worte in einem trockenen Hustenschwall untergingen.

Frank war sich sicher, dass sein Verleger den Namen dieses Autors ganz genau wusste, nur wagte er es einfach nicht, ihn laut auszusprechen.

Das konnte Frank ihm nicht verübeln. Er war ihm einmal in der Gegenwart von Herrn Kunz herausgerutscht und dieser hatte ihm sofort Einhalt geboten. Seitdem nahm sich Frank vor, mehr auf sein Temperament zu achten.

Davon abgesehen verbot er sich in der Regel jeglichen Gedanken an dessen Namen, aus Angst ihn laut zu denken.

Dieser Autor hatte nämlich recht einflussreiche Kontakte. Unter anderem Reinhardt, der zugleich Franks neuer Gläubiger war.

Zuerst war Reinhardt ein äußerst milder Geldgeber gewesen.

Nur war Frank mit diesem Autor während der Frankfurter Buchmesse aneinandergeraten, nachdem er eins von dessen Werken öffentlich verrissen hatte.

Dabei hatten ihm seine Satiren nicht mal missfallen.

Frank fand dessen Werke sogar recht ansprechend. Sie waren unkonventionell und mutig, so wie seine Eigenen. Sie mussten es nicht jedem Leser recht machen und dem neuesten Trend folgen.

Nur da lag auch das Problem. Sie ähnelten sich zu sehr. Es durfte nur einen geben.

Also zerriss er das neueste Buch des Autors. Die Konsequenzen waren verheerend.

Sein Kontrahent schlug unerbittlich zurück. Er brachte Frank als jämmerliche Witzfigur in seinen Romanen ein.

Kurz darauf sank auch die Kulanz von Reinhardt. Er wollte nun sein ganzes Geld sofort zurück. Eine beträchtliche Summe mit vielen Nullen. Frank musste sämtliche Sparreserven ausschöpfen, um es ihm zurückzuzahlen.

Reinhardt freute sich und veranstaltete anschließend eine große Party in einer seiner Villen. Frank und Lisa waren als Ehrengäste eingeladen worden. Die beiden freundeten sich schnell mit den restlichen Gästen an. Obwohl ein Schwerkrimineller als Gastgeber fungierte, machten fast alle Partygäste einen recht sympathischen Eindruck auf Frank. Reinhardts Sohn war die traurige Ausnahme. Rocco. Äußerlich kam er gar nicht nach seinem aufgedunsenen Vater. Er war ein durchtrainierter Schönling, der sicherlich in jeder Realitysoap die Einschaltquoten in die Höhle schnellen lassen konnte. Allerdings war sein Charakter noch weitaus verkommener als der seines Vaters. Reinhardt war brutal, aber er hatte wenigstens noch einen gewissen Charme und er konnte zuweilen auch auf seine morbide Art recht witzig sein. Rocco war ein Prolet, der sich neben ein paar hohlen Phrasen nur mit seinen Fäusten überzeugend auszudrücken vermochte. Ausgerechnet Lisa schien sich jedoch gut mit ihm zu verstehen. Zunächst tauschten sich die beiden angeregt in Kampfsportthemen aus, bevor sie zusammen an die Bar gingen und sich jeweils einen Cocktail genehmigten. Frank ließ es geschehen, er hatte sowieso keine Wahl. Gegen den abgestumpften Gangster konnte er ohnehin nichts ausrichten. Er war schon froh, wenn er beim Tennis mit dem Schläger überhaupt mal einen Ball traf.

Also freundete er sich mit ein paar anderen Damen an und versuchte sich mit ihnen im Strippoker.

Er genoss seine aufkeimende Glückssträhne, die nette Aussicht auf die verlierenden Frauen und war froh darüber, nur einen Schuh ausziehen zu müssen.

Als er sich später leicht angetrunken zur Bar umdrehte, wusste er, dass es wieder bergab ging. Lisa und Rocco waren verschwunden. Mit einer bösen Vorahnung schlich er anschließend durch die Flure. Er folgte dem hohen Gestöhne. Es klang nach Lisa. Es war eine lange Zeit her, dass sie bei ihm so geseufzt hatte. Die Trunkenheit gab ihm Übermut. Er hatte noch eine Bierflasche in der Hand und war dazu geneigt, sie gegen Rocco einzusetzen, falls es nötig war. Rasend riss er Türen auf. Dabei ertappte er Reinhardts neunzigjährige Mutter beim Stuhlgang. Die zweite Tür führte in ein schwachbeleuchtetes Schlafzimmer und er platzte direkt in eine Sexszene. Hauptdarsteller Rocco lag oben. Lisa spielte vor Lust quiekend die tragende Rolle unter ihm. Sie stöhnte und schielte inbrünstig, während er auf ihr lag und ihre Handgelenke aufs Bett drückte.

Frank verfolgte das Schauspiel eine Weile. Die Wut lähmte ihn nun eher. Jegliche Entschlossenheit war mit einem Puff verflogen.

Es dauerte einige Minuten, bis die stöhnende Lisa ihn bemerkte. Auf einmal war sie dann gar nicht mehr angetörnt. Sie riss die Augen auf, schrie Rocco an und zappelte unter ihm.

»Geh von mir runter!«, kreischte sie.

Rocco ignorierte dies und blieb stoisch auf Lisa liegen, bis sich ihre Zähne in sein Wangenfleisch gruben. Sie riss ein kleines Stück Haut aus seiner Backe. Rocco kullerte schreiend von ihr herunter. Die durchtrainierte Lisa trat noch mal mit ihrem Fuß nach und Frank wurde übel, als er Roccos Nase knacken hörte.

Dann stieß Reinhardt betrunken dazu. Er lachte, als Lisa ihm von dem sexuellen Übergriff seines Sohnes erzählte. Frank wusste nicht, was er dazu sagen sollte.

Er hielt sich zurück, was sie ihm bis heute übelnahm. Reinhardt lachte auch seinen Sohn aus, als dieser ihm sein blutiges Gesicht präsentierte. »Dafür wollen wir Schmerzensgeld«, sagte der Geldhai und kicherte. Aber Frank war sich nicht so sicher, ob Reinhardt wirklich gescherzt hatte. Er meinte just in diesem Moment ein gefährliches Flackern in seinen Augen wahrgenommen zu haben und in letzter Zeit hatte der Kredithai schon öfter versucht, ihn anzurufen. Reinhardt bevorzugte die klassische Methode der Kommunikation, aber Frank war mit seinem Horrorroman beschäftigt gewesen und verpasste somit regelmäßig seine Anrufe.

Glücklicherweise schien Reinhardt scheinbar mit seinem Navi nicht wirklich zurechtzukommen, deswegen war Frank bis jetzt die Ehre seines Besuches erspart geblieben.

Frank sah wieder nach dem Paddler, der seine Frau immer noch lächelnd anstarrte. Sie hatte inzwischen ihr Training fortgesetzt. Jedoch hatte Frank den Eindruck, dass sie dabei recht kokett ihren festen Po zur Geltung brachte.

So, so. Du zeigst ihm also deine Schokoladenseite?

Aber vielleicht war der narbige Vogel genau deswegen hier? Vielleicht war er ja geschickt worden, um Frank alles wegzunehmen?

Frank fluchte innerlich. Er hätte sich niemals mit diesem Autor aus Cuxhaven anlegen dürfen. Seine unerbittliche Rache würde bald folgen, das spürte Frank.

Gerüchten zufolge waren einige zu lautstarke Kritiker des Autors wohl auch schon von seinen Schergen besucht worden und anschließend spurlos verschwunden. Denn der Schriftsteller aus Cuxhaven schien nur gute bis mittelprächtige Feedbacks zu dulden.

Dennoch kritisierte Herr Kunz ihn unerbittlich weiter.

»Seine Lektüren spritzen nur so vor Perversionen, wie das triefende Fett von einer aufgeschnittenen Wurst über den Tellerrand.

Ihre neue Geschichte gleicht seinen Groschenromanen pikanterweise. Unnötige Handlungsstränge werden vermengt mit Zuckerwasser wie dieser halbherzige Whisky vor meiner Nase. Ähnlich verhält es sich mit den ganzen überflüssigen Manuskripten, die mir tagein tagaus von jungfräulichen Hobbyautoren zugeschickt werden. In welch tristen Zeiten leben wir hier? Warum kann heutzutage nichts mehr pur sein? Ständig wird mir ein versalzenes Holzfällersteak serviert. Wie wäre es denn mal mit einem aromatischen Salat? Das würde mir bereits vollkommen ausreichen.«

Frank strich sich mit der Hand über sein Siegerkinn. Er hatte schon öfter den Drang verspürt, seinem Verleger das Genick zu brechen. Der sollte keine allzu großen Töne spucken. Vielleicht sollte Frank einfach dem Drang der Natur folgen und seinen Gedanken in die Tat umsetzen. In einer Höhle hätte dieser Vogel nicht lange überlegt. Denn in der Steinzeit zählte schließlich die Manneskraft und nicht das Geschwätz von so einem intellektuellen Soufflé.

Irgendwann ... irgendwann werde ich es tun, dachte er und exte seine Whiskymischung.

»Ich brauche dringend einen Vorschuss, Herr Kunz«, sagte er dann flehentlich und wischte sich über den Mund.

Herr Kunz lächelte dünn. »Diese Diskussion hatten wir schon mal vor einiger Zeit geführt. Obwohl Sie mir damals einen köstlichen Dalmore ohne Cola serviert hatten, habe ich Ihre Bitte abgelehnt, und kurz darauf haben Sie noch einmal mit dem schreiben begonnen und einen sensationellen Bestseller geschrieben.«

»Da war mir anschließend auch eine Menge Scheiße passiert. Ich habe sie einfach aufgeschrieben. Das wird dieses Mal nicht hinhauen«, wimmerte Frank.

Herr Kunz nickte milde. »Ich weiß, ich weiß. Sie sollten sich nichts ausdenken. Das liegt Ihnen nicht. Suchen Sie nach einer wahren Begebenheit und schmücken Sie diese mit Ihrem fantastischen Schreibstil auf. Dann werden Sie wieder einen verdienten Durchbruch erlangen, Herr Freibrodt, und Ihre ganzen Sorgen sind vom Tisch.«

»Ich bitte auch um Ihren Respekt, Herr Kunz. Ich habe sehr lange an FEUCHTE BEUTE gearbeitet.«

Herr Kunz runzelte ungläubig die Stirn. »Tatsächlich?«

»Ja, dieses Werk ist meine Passion und ich möchte diese fantastische Geschichte nicht so einfach aufgeben.«

»Nun denn. Ich habe bereits befürchtet, dass Sie das sagen werden, und gewisse Vorkehrungen getroffen. Das wird dann wohl eine Feuertaufe für Sie werden. Der Sensibilitätsleser ist bereits in Alarmbereitschaft und ...«

»Ich bitte Sie!«

»Und wird Ihr Manuskript einer konstruktiven Prüfung unterziehen. PUNKT! Darauf bestehe ich. Vielleicht könnten Sie offiziell etwas Seriöses vorweg veröffentlichen und Ihr Monsterbuch als Nachgeburt unter Pseudonym herausbringen?«

Frank unterdrückte ein paar Beleidigungen, die auf die Mutter des Verlegers abzielten, und lugte nach dem Paddler.

Der sportliche junge Mann verrenkte sich fast seinen sehnigen Hals, da er immer noch auf Lisa starrte, die nun ein paar Meter weiter mit dem Wasserschlauch ein Blumenbeet bewässerte. Plötzlich bespritzte sie ihr weißes Top *versehentlich* mit dem Schlauch, sodass ihre Haut und Nippel dahinter hindurchschimmerten. »Huch? Upsi!«, hauchte sie und lachte verlegen, bevor sie langsam zu den Gartenkräutern schlenderte.

Das Paddel ruhte weiterhin unberührt neben dem Gaffer auf dem Kajak.

Da Lisa halb hinter einer der Figuren verschwunden war, neigte er seinen Körper so schief, dass in Frank die Hoffnung aufkeimte, dass der Kerl ein unfreiwilliges Bad nehmen würde.

Frank hatte es so satt. Er wollte seiner Frau am liebsten das selbstverliebte Lächeln aus ihrem hübschen Gesicht wischen. Warum sollte er noch fair spielen? Sein Gläubiger hatte ihm geraten, sich eine neue und gutbetuchte Frau auf einem Speeddating zu suchen, die ihm dabei helfen könnte, seine Schulden zu bezahlen. Nun begann er mit dem Vorschlag seines Kredithaies zu liebäugeln.

Herr Kunz riss ihn mit einem saftigen Niesen aus dem Gedankenspiel.

»Einst hauste ein Jungspund von Zimmermann neben mir in einer mäßig eingerichteten Einzimmerwohnung. Er war redlich bemüht, sich mit einem bescheidenen Einkommen über Wasser zu halten. Er klopfte verzweifelt eines Abends an meine Türe, während ich grad ein Bildband Hundertwasser studierte, da ihm sämtliche Nahrung und Teebeutel ausgegangen waren. Gütig wie ich nun einmal bin, fasste ich mir zu jener Zeit ans Herz und überließ ihm eine beträchtliche Menge von meinem Vorrat. Als Dank drückte mir der Knabe ein DIN-A4-Kuvert in die Hand. Ein paar Blätter ruhten darin. Gefüllt mit fast schon unlesbaren Kritzeleien.

Als ich die Schrift mühselig entziffert hatte, sprang mir ein wahrhaftiges Werk entgegen. Poetische Ergüsse zeichneten eine fantastische Geschichte über märchenhafte Welten jenseits von unserem Vorstellungsvermögen. Allerdings nicht rein fiktional. Es steckte Haltung hinter seinen Worten. Sowie philosophische Interpretationsmöglichkeiten. Hinter der fantasievollen Fassade dieser Geschichte liegt etwas wahrhaftiges, nahezu engelhafte Ehrlichkeit und ein in sich schlummerndes Geheimnis. Dieser Autor will seiner Leserschaft wahrlich eine Message mitteilen«, schwärmte Herr Kunz.

Frank stellte sein Whiskyglas ab und beobachtete wieder den jungen Mann, der mit sichtlich angespannten Muskeln weiterhin in Schräglage versuchte, einen Blick auf seine Frau zu erhaschen. Er zitterte bereits am ganzen Körper und fletschte mit den Zähnen.

Diese hatte sich nun wohl auch ihre Jogginghose versehentlich bespritzt und zog sie nun stöhnend aus.

Darunter trug sie einen engen weißen Slip, der durch die Feuchtigkeit, selbst für jemandem, der an Kurzsichtigkeit litt, nun ebenfalls recht transparent war.

Sie dehnte anschließend ihre Wade, indem sie einen Fuß auf die imposante Schulter eines römischen Kriegers absetzte und bot somit dem Kanufahrer neue Impressionen.

Frank war nun sehr wütend, bekam allerdings auch Rückenschmerzen, als er den Paddler bei seiner nun noch schieferen Lage beobachtete.

Schließlich wandte er sich wieder seinem Verleger zu, doch dieser war nun auch auf Lisas Dehnungsübungen aufmerksam geworden und er musste sich dabei nicht den Rücken verrenken.

»Nun. Ihre Frau scheint offensichtlich keine puritanische Erziehung genossen zu haben.«

Frank zuckte zusammen, als er ihn nach seiner Bemerkung schmatzen hörte, während er neugierig Lisas Dehnungsübungen verfolgte. *Typisch! Was für ein scheinheiliger, alter Saftsack!*

Meinen Roman als pornographisch abtun, aber gleichzeitig meine Frau zum Lustobjekt degradieren und begaffen, dachte Frank. *Ich verarbeite meine Perversionen wenigstens in spannenden Geschichten und lebe sie nicht so offensichtlich aus!*

»Wollen wir nicht lieber unser Konzeptionsgespräch fortsetzen? Schließlich sagten Sie ja bereits, dass Ihre Lebenszeit nicht unendlich ist«, gab Frank zu bedenken, doch der Verleger ignorierte ihn geflissentlich und beobachte Lisa noch, bis sie ihren Fuß wieder auf dem Boden absetzte. Dann wandte er sich räuspernd wieder Frank zu.

»Der Mann überließ mir also sein Werk. Still und leise. Fast schon demütig. Dann verschwand er spurlos.«

»Was habe ich damit zu tun«, wollte Frank wissen, der seine aufkeimende Neugier kaum verhehlen konnte.

»Sie können einen Namen vorweisen. Das zählt durchaus viel in unserer klassistischen Gesellschaft. Der Zimmermann ist schon seit einem Jahrzehnt verschollen, also wird ihm wohl irgendetwas zugestoßen sein. Vielleicht hat er uns eine Mission aufgetragen. Wir sollen die Leserschaft wieder verzaubern und belehren«, fuhr der sonst so kühle Verleger mit leuchtenden Augen fort. »Seine Botschaften sind zum Teil sehr kryptisch und bieten durchaus abenteuerliche Spielräume für Interpretationen, aber in mancherlei Subtexten scheint er auch recht offensiv die stärkste Waffe der psychologischen Kriegsführung zu hinterfragen.«

»Und die wäre?«, fragte Frank.

»Die Religion. Was dachten Sie denn?«, fragte Herr Kunz irritiert, bevor er sichtlich erregt fortfuhr. »Sie könnten nun die einmalige Möglichkeit nutzen, sein Sprachrohr zu sein. Sein Botschafter. Denken Sie immer daran, dass Sie ein Spielstein der Literatur sind und nicht umgekehrt. Sie müssen der Kunst dienen. Es sind nicht viele Seiten aus seiner Feder entsprungen. Sie müssen sie wohl oder übel mit Ihren eigenen Worten verpanschen. Aber üben Sie sich dabei bitte in Sorgfalt und Feingefühl.«

»Was wäre die Konsequenz, wenn ich moralische Bedenken hätte, die Geschichte von jemand anderem zu klauen?«

Herr Kunz lachte trocken. »So eine Verschwendung bliebe bei mir nicht ungesühnt. Ich würde Sie unverzüglich aus meinem Verlag ausschließen. Ich hätte Gründe, die nicht von der Hand zu weisen sind. Besonders Ihr Fauxpas bezüglich FEUCHTE BEUTE wäre bei mir ausschlaggebend. Wenn Sie die Geschichte um Ztonk neuauflegen, werden Sie mit Reichtum überhäuft werden. Da bin ich recht optimistisch. Ich würde Sie auch mit einer großzügigen Aufwandsentschädigung fürstlich entlohnen und die Zügel etwas lockern, damit Sie nebenher weitere präpubertäre Jugendsünden unter Pseudonym publizieren können. Aber kommen Sie mir bitte nicht mit moralischen Bedenken.«

»Warum nicht?«

»Unsere Leser lieben Geschichten, die aus einer Notwendigkeit entsprungen sind. Sie lechzen geradezu danach, ganz gleich, wie faul die Frucht ist, aus der sie gepresst worden sind. Sie mögen doch monströse Gestalten, Herr Freibrodt. Ein riesiger Meereswurm namens Ztonk treibt in dem betreffenden Manuskript sein Unwesen und lenkt die Menschheit ins Chaos. Lassen Sie Ihre Leser an seinen perfiden Perversionen teilhaben und Sie werden bald wieder einen Bestseller ins Regal stellen.«

»Wie können Sie davon ausgehen, dass ausgerechnet diese Novelle ein Bestseller wird?«

Herr Kunz winkte ab. »Lassen Sie das mal meine Sorge sein, Herr Freibrodt. Ich habe so meine Beziehungen.«

Es platschte. Frank lächelte, als er sah, dass der Paddler nun gekentert war. Sein Lächeln erlosch jedoch sofort, als sein Blick auf seine Frau fiel, die nun ihren Rücken dehnte. Ihren BH hatte sie ausgezogen und präsentierte ihrer Umwelt nun ihre festen Brüste.

»Lisa. Nun ist es Zeit für Konzeptionsgespräch.«, murmelte Frank.

Sein Verleger leckte sich über die spröden Lippen, als sein Blick wieder auf Lisa fiel. »Mir scheint es, dass ich recht müde bin. Hätten Sie die Güte, einem alten Herrn wie meiner Wenigkeit ein Gästezimmer für die Nacht einzurichten.«

3. Ghosting

Der goldene Herbst machte sich deutlich bemerkbar. Am Tage war es noch recht warm, während gegen Abend die Temperaturen mittlerweile auf den Gefrierpunkt zusteuerten. Nun war der Abend angebrochen. Das Wetter war so kalt wie Vivians Liebesleben. Sie fragte sich, was sie bloß falsch gemacht hatte. Zwei Männer zeigten immerhin Interesse an ihr. Ein junger Mann namens SM hatte sie auf Instagram angeschrieben. Ein recht stattlicher Kerl mit jugendlichem Gesicht und einem verschmitzten Lächeln. Sein trockener Körperbau und die selbstbewussten Muskelspielchen auf seinen Bildern versprachen zunächst ein verlockendes Risiko für Vivian. Doch als er sich wiederholt nach einer Nahaufnahme ihrer Stirn erkundigte, wurde es ihr etwas zu merkwürdig. Nun blieb also noch der ältere Mirko. Doch auch dieser schien sich als Flop zu erweisen. Beim ersten Date hatte sie sich so gut mit ihm verstanden und nun durfte sie sich wieder das Treffen mit Wein schönspülen. Sie war fünfundvierzig, hatte keine Präferenzen beim Geschlecht und somit eigentlich mehr Auswahl bei der Partnersuche. Doch auch jüngere Frauen mieden sie. Ihre Alterszahl schien wie in Stein gemeißelt zu sein. Eine Triggerwarnung für junge Menschen, sich bloß von ihr fernzuhalten. Sie bereute ihre Ehrlichkeit. Der Übergang von jung zu alt schien fließend zu sein. Nur ein Jahr verging und man war plötzlich Gammelfleisch. Sie hatte vor ein paar Jahren noch ähnlich gedacht.

Sie wollte vorrangig einen jüngeren Mann. Vor ihren vierzigern hätte sie sich nie mit einem wie Mirko eingelassen. Nun jedoch schien er zunächst der perfekte Partner zu sein. Aufmerksam, interessiert an ihrem Leben und sensibel. Ein hübsches, freundliches Gesicht mit einem warmen Lächeln. Seine Lachfalten stachen zwar deutlich dabei hervor, dafür hatte er jedoch strahlend weiße Zähnen. Sie trafen sich zufällig bei einem Speeddating. Allerdings hatte Vivian im Gegensatz zu Mirko zunächst gar nicht aktiv daran teilgenommen, sondern als Aushilfskraft gekellnert. Dort kam sie mit ihm im Laufe des Abends ins Gespräch und die beiden verstanden sich auf Anhieb. Dachte sie zumindest.

Zwei Tage später hatten sie sich stundenlang in einem italienischen Restaurant angeregt unterhalten und Vivian malte sich bereits, naiv wie sie nun mal war, eine rosige Zukunft mit ihm aus. Da war ihr der Wein noch gut bekommen. Nachdem er, nun seit fast zwei Tagen, nicht mehr auf ihre Nachrichten antwortete, bekam sie Sodbrennen, so sehr musste Vivian die schmerzende Enttäuschung betäuben, obwohl es eigentlich nichts Neues für sie war.

Nur war ausgerechnet jetzt der Wein ausgegangen und in ein paar Tagen sollte laut Wetterbericht ein sintflutartiger Jahrhundertregen einsetzen. Dieser sollte angeblich fast eine Woche andauern. Vivian wollte sich den Entzug gar nicht erst ausmalen, sie trocknete ja jetzt schon aus. Der Drang nach Nachschub zog sie in die Kälte zur grellen Werbetafel des Supermarkts um die Ecke, um Alkohol zu bunkern. Es waren nur noch wenige hundert Meter und sie war schon fast angekommen, doch dann wäre sie unter einer Unterführung um ein Haar über eine Obdachlose auf dem Fußweg gestolpert.

Der Wind war eisig und Vivian fror, obwohl sie bereits zwei Pullover unter ihrem Mantel trug. *Wie sehr muss bloß die arme junge Frau vor mir auf dem Boden frieren*, fragte sie sich. Nur ihr geröteter Kopf ragte aus dem Schlafsack hervor, in dem sie sich schützend wie in einen Kokon eingewickelt hatte. Vivian bekam bei dem Anblick bereits Schüttelfrost und zog ihren Mantel enger. Wahrscheinlich schien jede Mission und Notunterkunft schon überfüllt zu sein. Immer mehr Menschen wurden zu einem Leben auf der Straße getrieben. Von einer freiwilligen Entscheidung, wie so manch fehlgeleiteter Intellektueller diese Missstände zu erklären versuchte, war schon längst keine Rede mehr. Das Haupt der Frau war demutsvoll gesenkt, als würde sie selbst in dieser nach Urin miefenden Unterführung irgendjemandem den Platz streitig machen. Entweder schien sie Vivians Anwesenheit gar nicht zu registrieren, oder sie duckte sich bereits aus Gewohnheit weg, wie eine misshandelte Hündin, die handfeste Bestrafung gewohnt war.

Vivian konnte gar nicht genug Kanister an Wein konsumieren, um diesen herzzerreißenden Anblick zu betäuben. Sie blickte betreten in das aschfahle Gesicht der jungen Frau.

»Hey Sie. Ist alles mit Ihnen in Ordnung?«

Anstatt ihren Kopf zu heben, verdrehte die Frau nur ihre Augen nach oben Richtung Vivian. Nun gruselte sich diese etwas.

»Ja«, hauchte die Obdachlose fast schon tonlos.

»Frieren Sie denn nicht? Haben Sie denn keinen Hunger?«

»Ja.«

Nun war Vivian etwas verwirrt. »Soll ich den Kältebus anrufen?«

Ruckartig schüttelte die junge Frau den Kopf. Sie kam ein Stück aus dem Schlafsack hervor.

»Sicher?«

»Hm!«, wimmerte die Frau und ihr nun sichtbarer Oberkörper schaukelte auf und ab. Sie trug nichts weiter als ein gelblich beflecktes Unterhemd und präsentierte Vivian nun ihre sehnigen Arme.

»Oh mein Gott! Decken Sie sich doch bitte wieder zu.«

»Hä?«

»ES IST KALT!«, sagte Vivian langsam und überdeutlich.

Die Frau hob einen Arm und kratzte sich unter der haarigen Achsel.

»ICH HOLE IHNEN JETZT NOCH EINE DECKE VOM MARKT UND ETWAS ZU ESSEN«, rief Vivian um Verständlichkeit bemüht.

Vivan sah hübsche Grübchen in dem Gesicht der Frau, als diese zaghaft lächelte.

»ICH BIN GLEICH WIEDER DA, JA?«

»Ja. Ja«, wiederholte die Frau leise.

»Wirklich. Versprochen!«, sagte Vivan nachdrücklich und machte sich auf zum Supermarkt.

Sie lief zu den geparkten Einkaufswagen und wollte gerade einen Chip aus ihrem Portemonnaie hervorkramen, da ätzte sich ihr ein noch penetranterer Gestank in die Nase. Es roch nach einer zermürbenden Duftmischung aus abgelaufenem Labskaus, abgestandenem Schweiß und Exkrementen. Sie drehte sich ruckartig um, als sie jemanden hinter sich röcheln hörte und stieß einen spitzen Schrei aus, als sie in ein wundes Gesicht blickte. Der Mann vor ihr trug neben einem viel zu kurzem fleckigen Unterhemd nur eine Windel am Leib und seine Haut schien fast nur noch aus eitrigen Ausschlagblasen und Aknenarben zu bestehen. Vivian traute ihren Augen nicht. In einer seiner Wunden auf dem Oberarm steckte zwischen dem verkrusteten Eiterschorf tatsächlich bis zum Anschlag eine Spritze. Doch er schien keinerlei Schmerzen zu verspüren. Er lächelte sie mit seinen dünnen Lippen an und präsentierte ihr ein paar kackbraune Zähne. Sein Mundgeruch übertraf sogar noch den Gestank seiner mangelnden Körperhygiene. Die Mundwinkel zuckten nervös und seine weit auseinanderliegenden Augen maßen sie mit einem stechenden

Blick. Seine geweiteten Pupillen schienen schon fast komplett seine grauen Iriden zu verdrängen. Vivan wusste nicht, warum, aber irgendwie erinnerte er sie an einen Lachs. Kokett strich er sich mit seiner schwieligen Hand über den hervorgestülpten Nabel, bevor er sie ihr auffordernd entgegenstreckte.

Vivian schüttelte entschieden den Kopf. Den Kerl wollte sie nicht berühren, geschweige denn, ihn bei seiner Drogensucht unterstützen.

»Äh ... nein«, stammelte sie.

Er strahlte sie voller Freude an, als hätte sie ihm gerade eine andere Antwort entgegengeworfen und lief unbeirrt mit ausgestreckter Hand auf sie zu.

Die offene Handfläche gen Himmel gerichtet als würde er sich von ihr ein von all seinen Sorgen erlösendes Vermögen versprechen.

Vivian taumelte nach hinten, als er ihr fast mit seinen verdreckten Füßen auf die Schuhe latschte. Hatte er sie gerade verschwörerisch angezwinkert oder war es nur wieder ein nervöses Zucken in seinem Gesicht gewesen?

»Nein! Nein! Bitte nicht!«, rief sie, aber ihre Stimme war dünn und brüchig. Sie wollte schreien, als sie den großen gelben Fleck erblickte, der fast die gesamte Vorderseite seiner Windel ausfüllte. Aber stattdessen kam nur ein hilfloses Wimmern aus ihrem Mund.

»Halt. Stop«, hörte sie dann eine junge Männerstimme rufen. »Bitte unterlassen Sie das. Das ist toxische und geschlechtsspezifische Gewalt!«

Der Kopf vom Lachsmann fuhr knurrend herum zu einem jungen Mann, der mit erhobenem Zeigefinger neben seinem Sportwagen stand.

Diese rettende Sekunde nutzte Vivian, um sich an ihm vorbeizudrängen und in den Supermarkt zu flüchten.

Na ja, betrachten wir das Ganze mal von der positiven Seite. Wenigstens die Obdachlosen wollen noch was von mir, tröstete sie sich und brach in ein halbherziges Lachen aus.

Der Markt war überfüllt mit gehetzten sowie trödelnden Konsumenten. Letztere waren wie menschliche Hindernisse für Vivan, die schnellstmöglich die Obdachlose versorgen und sich zugleich ein paar Tetrapacks Wein ergattern wollte. Sie drängte sich an einem schnatternden Pärchen mit Kinderwagen vorbei, das den Gang in der Gemüseabteilung scheinbar für sich gepachtet hatte. Kurz darauf wurde sie von einer Gruppe aus fünf jungen Männern fast umgerannt, die mit großen Schritten zu dem verschlossenen Spirituosenschrank schlenderten. Ihr lautstarkes Gegröle malträtierte ihre Ohren, als Vivian sich buchstäblich ins Milchregal zwängen musste, um den jungen Proleten den Weg zu ebnen. Dennoch fiel sie den Männern nicht einmal auf. Vor ein paar Jahren wäre das sicher noch anders gewesen. Zu jener Zeit hätte sich Vivian auch noch gewünscht, dass sie unsichtbar wäre. Zumindest vor größeren Männergruppen. Sie hatte schon immer eine Schwäche für notorische Sitzenbleiber und athletische Badboys. Sie wusste selbst nicht, warum eigentlich. Fast schon wehmütig blickte sie auf die lachenden Männer. Jeder von ihnen posierte, als wäre er ein individueller Superstar, dabei glichen sie sich fast alle bis aufs Haar. Jogginghose, Undercut, ausladende Goldkette und sie trugen trotz der kalten Temperaturen nur jeweils ein Muskelshirt am Leib. Zwei von ihnen stachen immerhin aus der Gruppe heraus, da sie Caps trugen. Der Schirm zeigte nach hinten.

Als die nuschelnden Männer an ihr vorbeigezogen waren und sie in einer Duftwolke aus Alk, Schweiß und süßlichem Parfüm zurückließen, lief Vivian weiter zum Süßigkeitenregal. Auch dort war das Sortiment schon für die Weihnachtszeit umgestellt worden. Sie schnappte sich ein paar Marzipanbrote, Weihnachtsmänner und Lebkuchengebäck für die Obdachlose und legte sie in ihren Warenkorb. Sie suchte nach einer Decke bei den Haushaltsartikeln, fand jedoch nur einen Kinderschlafsack, den sie schließlich zähneknirschend mitnahm. Dann machte sie sich auf zu den Weinen und kaufte sich auf Vorrat acht Tetrapacks gefüllt mit lieblichem Rotwein. Davon wollte sie der Obdachlosen aber nichts abgeben. Den Vorrat benötigte sie schließlich selbst und auch sonst unterstützte sie Wohnungslose nicht mit Alkohol oder anderen Drogen. Es konnte durchaus möglich sein, dass die junge Frau genau deswegen auf der Straße gelandet war, so wie wohl der miefende Lachsmann vom Parkplatz. Sie lief anschließend noch zum Kühlregal und kaufte für die Obdachlose ein Weizensandwich mit Thunfisch und eins mit Putenbrust. Die abgemagerte Frau brauchte schließlich Kohlenhydrate.

Nun war ihr Einkaufskorb so schwer wie eine gut bestückte Hantel und mit Waren überfüllt. Vivian musste den Korb gut ausbalancieren, damit nichts herausfiel. Den Kinderschlafsack hatte sie sich bereits unter den Arm geklemmt. An der Schlange zur Kasse sah sie eine junge Frau mit Blessuren im Gesicht anstehen. Erst auf dem zweiten Blick erkannte sie ihre alte Schulfreundin wieder. Pia. Die beiden pflegten damals einen oberflächlich freundlichen Umgang zueinander, jedoch fand zugleich ein zermürbender Konkurrenzkampf zwischen ihnen statt. Neben ihr stand ein junger, gutaussehender Mann mit dunklen Ringellocken. Es war der Mann vom Parkplatz, der sie vor dem aufdringlichen Penner gerettet hatte. Die beiden unterhielten sich angeregt. Pia lachte schrill auf, als ihr Begleiter ihr etwas ins Ohr flüsterte. *Der Typ hat sie ganz bestimmt nicht vermöbelt. Selbst wenn! Ich könnte es verstehen. Es hat sich nichts geändert. Ihre Lache klingt genau gleich. Als würde ein Huhn abgestochen werden!*, dachte Vivian.

Ausgerechnet jetzt drängelte sich ein älterer Mann an ihr vorbei und ein Tetrapack fiel ihr aus dem Korb. Natürlich drehten sich die beiden um. Pia war freundlicherweise sofort zur Stelle und hob das Tetrapack für sie auf.

»Alles in Ordnung? Sie haben aber einen vollen ... Ah! Du bist es, Vivian! WIE SCHÖN! Wir haben uns ja ewig nicht gesehen! OCH, WIE GEHT ES DIR DENN?«, quietschte ihre ehemalige Klassenkameradin und lächelte dabei grell.

»Gut. Und dir?«, fragte Vivian zurück und blickte vielsagend auf das Pflaster, welches Pias Nasenbein bedeckte.

»Mir auch! Ich hatte nur einen Autounfall! Der Verkehr wird ja immer verrückter«, sagte sie. Ihr Begleiter senkte den Kopf. »Wir haben uns ja wirklich lange nicht mehr gesehen, mein Engelchen! Aber du schaust so traurig drein. Geht es dir wirklich gut?«

Bevor Vivian etwas auf diese penetrante Wiederholung erwidern konnte, fiel Pias Blick auf den Tetrapack und ihre Nasenflügel zogen sich hoch. »Och, meine Liebe! Diese Plörre schmeckt doch viel zu pappig. Du sparst am falschen Ende. Du kannst dir doch sicher besseren Wein leisten. Nicht wahr?«

»Ach. Ich trinke ihn gerne so«, brummte Vivian.

Pia zog die Augenbrauen hoch und ihr Blick blieb auf dem mit Tetrapacks und Süßigkeiten gefüllten Korb hängen. »Ist wirklich alles gut bei dir?«

»Ja und bei dir?«, hakte Vivian ebenfalls nach und zwang ihren zitternden Mundwinkeln ein Lächeln ab.

»Ja. Ich habe nach einem kurzen Gefängnisaufenthalt zwei Bestseller geschrieben.«

»Du warst im Gefängnis? Weswegen?«

»Habe meinem Ex-Freund ein Messer in die Brust gerammt«, erklärte ihr Pia fast schon fröhlich und erntete einen tadelnden Blick von ihrem Lebensgefährten.

»Das hätte ich jetzt nicht gedacht«, sagte Vivian erstaunt.

»Ich auch nicht. Denn eigentlich war ich unschuldig. War nur Notwehr. Aber das kannst du alles detailliert in meiner Biographie nachlesen.«

»Und bist du jetzt wieder resozialisiert?«

Pia lächelte. »Keine Ahnung. Muss man denn ständig sozial sein? Aber ich habe Erfolg und sitze sattelfest im Leben. Ich leite seit zwei Jahren erfolgreich einen Verlag. Das wollte ich nun gebührend feiern.«

»Oh wie schön! Mit deinem Sohn?«

Pias Lächeln gefror. »Nein. Das ist Mortimer. Ein freier Mitarbeiter von meinem Verlag. Aber wir sind auch verlobt«, erwiderte sie kühl und legte demonstrativ einen Arm um den jungen Mann. »Und wie läuft es bei dir? Du hast doch irgendwas mit Versicherungen gemacht oder nicht?«

Vivian wollte erst lügen, aber dann würden sie sich ewig weiter hochschaukeln und darauf hatte sie erst recht keine Lust. Schließlich wartete draußen eine frierende Frau auf sie. »Ich bin seit zwei Monaten arbeitslos und suche nun einen reichen Mann.«

Während Mortimer ein dünnes Lächeln aufblitzen ließ und seine bildhübschen Grübchen präsentierte, lachte Pia wieder schrill und Vivan stieg mit ein. Karma war schon irgendwie scheiße.

»Nun ja. Ich bin da wohl etwas zu modern. Bei mir verhält es sich umgekehrt, nicht wahr mein Schatz?«, quiekte Vivians ehemalige Freundin und zwickte Mortimer in die Seite. Dieser zuckte peinlich berührt zusammen.

Pia bezahlte die Waren in ihrem prallgefüllten Einkaufswagen mit Kleingeld und schien sich dabei genüsslich Zeit zu nehmen.

Während Mortimer neben der Kasse die Lebensmittel in Tüten verfrachtete, ließ Pia es sich nicht nehmen, Vivian mit Fragen zu bombardieren.

Diese musste sich regelrecht konzentrieren, da sie nun ebenfalls abkassiert wurde.

»Bist du alleinerziehend?«

»Nein.«

»Aber ist der Schlafsack nicht für ein Kind?«

»Den werde ich gleich einer Obdachlosen schenken.«

»OCH! WIE SÜSS VON DIR!«, zwitscherte Pia und riss weit ihre Schlauchbootlippen auf, um Entsetzen auszudrücken. »Ein obdachloses Kind. Wie furchtbar!«

»Nein. Sie ist schon erwachsen aber auch nicht sonderlich groß.«

»Ah ja. Und dann willst du ihr noch Alkohol schenken? Meinst du wirklich, das ist eine gute Idee?«

»Nein, aber die Süßigkeiten.«

Pia lächelte schief. »Oha! Dann würde ich ihr vielleicht noch eine Zahnbürste samt Pasta besorgen.«

»Ja genau, und warum nicht gleich auch Pizza? Aber das kannst du gerne machen«, schlug Vivian vor und zum ersten Mal schwieg ihre Freundin. »Hilft bestimmt fürs Karma«, setzte sie nach.

»Och! Ich kann mich wirklich nicht beschweren«, entgegnete Pia.

Vivan wollte gerade etwas Giftiges erwidern, da hörte sie ein Klopfen an der Fensterscheibe. Ihr Kopf fuhr herum und sie sah den Lachsmann an der Scheibe kleben. Fast schon verliebt lächelte er sie an. In seiner rechten Hand hielt er einen Strauß von traurig herabhängenden Tulpen, die er wohl augenscheinlich aus irgendeinem Beet herausgerissen hatte. Erde rieselte von den Wurzeln herab.

»Bäh!«, rief Pia naserümpfend. »Uh la la. Ein heimlicher Liebhaber, von dem du mir noch nichts erzählt hast, Liebes? Nun gut. Oberflächlichkeit kann ich dir nun wirklich nicht vorwerfen. Ich achte da doch etwas mehr auf die äußeren Werte.«

Sie strahlte Mortimer grell an, doch dieser erwiderte ihr Lächeln nicht.

»Das ist schon eine ernste Angelegenheit. Dieser aufdringliche Cis-Mann hat sie sexuell belästigt«, erklärte er ihr grimmig.

Pia setzte eine unschuldige Miene auf. »OH«, rief sie mit gekünsteltem Entsetzen. »Das tut mir aber leid, Schätzchen! Brauchst du irgendwas?«

Ja! Meine Ruhe, dachte Vivian, die mittlerweile von ihrer schrillen Stimme Kopfschmerzen bekam.

»Er soll sie in Ruhe lassen«, brummte Mortimer.

»Dann sag ihm das doch!«, forderte Pia.

Kurz nachdem ihre Aufforderung Mortimers Gehörgang erreicht hatte, setzte sie bereits mit scharfer Stimme nach: »Ja, was stehst du denn noch hier herum wie eine nutzlose Palme? Wir sind zwei verängstigte Damen und du kannst jetzt endlich mal deinen Mann stehen. Los, geh raus und klär das!«

Mortimer nickte verständnisvoll. »Natürlich.« Er verließ den Markt.

Vivian beobachtete durch die Scheibe, wie er eifrig mit den Händen gestikulierend auf den Lachsmann zulief.

Der Obdachlose riss seinen kleinen Fischmund weit auf zu einem lautlosen Schrei und drehte sich ruckartig zu jenem um, als wäre er gerade von einem Scare Actor angefallen worden.

Sichtlich stolz beobachtete Pia die Szene.

»So. Wie du siehst, klärt mein Mortimer jetzt diese pikante Angelegenheit mit deinem Ex-Freund.«

»Das ist nicht mein Ex-Freund!«, protestierte Vivian, doch ihre ehemalige Schulkollegin schien ihr gar nicht zuzuhören. Fasziniert beobachtete sie das Schauspiel auf dem Parkplatz.

Dort gestikulierten die beiden nun wild mit ihren Händen und schienen sich lautstark zu unterhalten, wobei Vivian nur die Stimme von Mortimer durch die Scheibe hörte.

Doch schon bald ging Mortimer in die Defensive und wich mit erhobenen Händen zurück, während der Lachsmann bedrohlich seinen Tulpenstrauß auf den jungen Mann richtete. Mortimers Rückwärtsgang fand jedoch ein jähes Ende, als er über einen Fahrradständer stolperte und zu Boden ging.

Der Lachsmann setzte nach. Mortimer kam recht zügig wieder auf die Füße, aber nicht schnell genug. Der Lachsmann fiel ihm hingebungsvoll in die Arme und die beiden rangelten eng umschlungen miteinander. Mortimers Rücken wurde gegen die Scheibe gepresst, während die blasigen Hände des Lachsmannes sein Top hochzogen. Mortimer schien panisch zu zappeln, als er von dem Mann befummelt wurde und schlug wild um sich, bis er sich schließlich befreien konnte. Einen Treffer schien er dabei gelandet zu haben. Der Lachsmann hielt sich fast schon krampfhaft die Wange und riss die Augen weit auf, als hätte er große Schmerzen.

Mortimer nahm Abstand und wedelte wild mit dem Zeigefinger. Bestürzt nahm der Obdachlose seine Hand vom Gesicht. Ließ sie kraftlos fallen, als würde er eine viel zu schwere Kurzhantel mit sich herumschleppen. Mortimer rannte wieder in den Supermarkt, während der sichtlich enttäuschte Lachmann ihm mit weit herunterhängenden Mundwinkeln nachsah. Seine Spritze schien keinerlei Schaden bei dem Handgemenge genommen zu haben. Sie steckte immer noch bis zum Anschlag in seinem wunden Oberarm.

Mortimer hingegen war nun in einer äußerst labilen Verfassung. Zitternd und schniefend fiel er seiner irritierten Lebensgefährtin in die Arme. Bäche aus salzigen Tränen liefen seine Wangen hinunter.

»Was ist denn jetzt los?«, fragte Pia.

»Irgendwas hat mich gepikst und ... und ... er ... er hat mich geküsst ... überall!«, wimmerte ihr Geliebter und schluchzte anschließend lautstark auf. Die Salzlake schien gar nicht mehr abzuebben und sprudelte unbeirrt aus seinen feuchten Augen.

»Aber das ist doch kein Grund hier so ...«

»Er hat mich geküsst! Er stinkt regelrecht nach toxischer Männlichkeit!«

Pia tätschelte ihn linkisch. »Ist ja gut. Wir gehen jetzt.«

»Ich will nicht nach draußen zu dem. Ich habe Angst!«

»Komm jetzt!«, befahl Pia ungerührt und zog Mortimer mit zum Ausgang. »Stell dich mal nicht so an. Bist du jetzt etwa homophob geworden, oder was?«

»Auf keinen Fall«, wimmerte Mortimer.

Vivian sah aus dem Fenster, konnte jedoch den Lachsmann nicht mehr ausfindig machen.

Ihre Kinder befanden sich schon längst im Schlummerland. Das änderte auch nicht Luzias immer schriller werdendes Gequieke, als sich SM ächzend auf ihr abarbeitete. Wie eine warme Decke umschlang er sie von oben. Sie seufzte erregt, als sie seine harten Muskeln auf sich spürte. SM hingegen stöhnte resigniert und sah auf den prallen Busen, auf den sich seine eigene Brust drückte. Der kleine Pickel über ihrem rechten Milchgipfel war mittlerweile verschwunden. Zum Glück konnte sie seinen säuerlichen Gesichtsausdruck nicht sehen, da zwei Gurkenscheiben auf ihren Augen lagen. Der Rest von ihrem Gesicht war von ihr mit einer feuchtigkeitsspendenden Lotion eingecremt worden, da sie sich dadurch noch sterilere Haut erhoffte. SM teilte ihre Hoffnung nicht. Doch je mehr er sein Missfallen zeigte, desto mehr bemühte sich seine Frau um Perfektion. Er traute sich bis heute nicht, mit ihr über seinen Fetisch zu sprechen, obwohl er wusste, dass seine Beichte ihrer Beziehung einigen Druck und Kummer ersparen könnte. Dafür war er nun gestraft. Luzia hatte sich mal wieder erfolgreich durchgesetzt. Eigentlich wollte er sie nämlich von hinten nehmen und ein paar der wenigen Mitesser auf ihrem Rücken in Augenschein nehmen.

Er wollte es schnell hinter sich bringen, also versuchte er sich mal wieder als Erfüllungsgehilfe. Luzia mochte es scheinbar, beim Sex von ihm platt gedrückt zu werden. Er verlagerte sein ganzes Gewicht auf sie und hämmerte mit seinem Unterleib, was das Zeug hielt.

Schließlich kam sie schreiend zum Orgasmus, doch die Gurkenscheiben blieben auf ihren Augen.

SM rollte sich schnaufend von ihr herunter. Er griff nach seinem Handy auf dem Nachttisch und rief ein TikTok – Video auf, wo sich eine junge Frau mit leidendem Gesichtsausdruck eine beträchtliche Menge an Pickeln ausdrückte.

Er versuchte, leise zum Höhepunkt zu kommen, doch dann räusperte sich Luzia hinter ihm.

Nun lagen keine Gurkenscheiben mehr auf ihren Augen.

»Dass die sich nicht schämt. So in der Öffentlichkeit.«

»Ja, ja«, brummelte SM und erhob sich vom Bett.

»Wo willst du hin?«

»Speeddating.«

»Viel Spaß.«

SM grunzte nur. Er rief eine Nachricht auf, die Vivian ihm vor ein paar Stunden auf Instagram geschickt hatte.

LASS MICH GEFÄLLIGST IN RUHE, DU GRUSELIGER FREAK!

Und in der Tat sollte dies Vivians letzte Nachricht sein.

4. Untermieter

Die Lautsprecherbox der Lounge spuckte zaghafte Jazzklänge aus und erinnerten Fabienne an die einschläfernde Musik einer Warteschleife oder einem Softporno auf einem Privatsender nach Mitternacht. Jedenfalls mischte sich das Gedudel unter die angeregten Unterhaltungen. Die Tische an der Hotelbar standen zu eng zusammen. Die zum Teil recht lautstarken Gespräche der Teilnehmer malträtierten Fabiennes Ohren. Sie konnte sie alle hören. Ihre ungeschickten Flirtversuche. Hysterisches Gelächter, geheucheltes Interesse und dann hörte sie noch jemanden aus Verlegenheit unangenehm laut schmatzen. Für Fabienne waren es mal wieder zu viele Menschen auf einem Fleck. Voller Mitleid sah sie noch einmal zu dem jungen Barkeeper, der kaum hinterherkam, da er zusätzlich auch noch eine beträchtliche Anzahl aus Hotelgästen in der Lounge gegenüber bedienen musste. Ihr taten zudem die Männer leid. Während die Damen auf den bequemen Samtsofas verharren durften, mussten diese immer aufrücken, um sich dann auf dem nächsten niedrigen Stuhl niederzulassen. Und wie dankte es Fabienne ihnen? Keiner interessierte sie von denen. Amors Pfeil wollte einfach nicht ihr Herz durchbohren, oder sie hatte einfach schon zu viel Hornhaut auf der Seele. Die Reizüberflutung sorgte zudem dafür, dass sie die Konversation mit den hoffnungsvollen Singles bereits überforderte. Selbst die simpelsten Floskeln forderten ihr einiges an Konzentration ab, bis sie dann endlich monoton über ihre Lippen kamen. Sie hatte auf ihrem Notizzettel nur ein paar Strichmännchen gemalt und Kreise gezogen. Eigentlich sollte sie sich darauf Notizen zu ihren Gesprächspartnern machen, aber bis auf Mirko, den sie allerdings fast jedes Mal auf diesen Amorpartys sah, waren die meisten Männer nicht wirklich ihr Fall. Und der war auch noch nicht an der Reihe und würde sie bestimmt wieder abweisen wie beim letzten Event vor zwei Wochen. Die hübsche Pia war bei diesem Geschwindigkeitsmeeting ebenfalls nicht anwesend. Dafür ein anderer Bekannter aus ihrer Vergangenheit. Auf seine Anwesenheit hätte sie allerdings allzu gerne verzichtet.

Fabienne ärgerte sich. Sie war sich doch ohnehin nicht sicher, ob sie sich überhaupt nochmal fallenlassen konnte. Wollte sie das wirklich? Eine weitere LAN-Party mit anschließendem Virus. Selbst der süßeste Hengst konnte sich Letztenendes als trojanisches Pferd entpuppen. Das wusste sie schließlich nur zu gut aus Erfahrung. Einem fremden Mann vertrauen nach all den toxischen Beziehungen? Warum war sie nicht schon längst in der Pause gegangen? Aber das wäre ja zugleich auch recht unhöflich und zudem auffällig gewesen. Eine regelrechte Abwertung. Ein weiterer Schlag ins Gesicht der sozial unbeholfenen Incels, die wahrscheinlich nie in den zweifelhaften Genuss einer Beziehung kommen würden.

Ein Teil ihrer Vergangenheit rückte unaufhaltsam an sie heran. Er kam immer näher. Sitz für Sitz. Während Fabienne von der Nummer 11, einem keuchenden Herrn mit Schuppenflechte und Nickelbrille, Mitte 50, namens Timo, zugetextet wurde, rückte ihr Ex-Freund BI 13 einfach einen Platz auf, nachdem einer der Teilnehmer sich bei seiner Dame gegenüber entschuldigt hatte und zum Klo verschwunden war.

Sie fand ihren Gesprächspartner zudem äußerst unangenehm sowie die meisten der restlichen männlichen Singles. Er war zwar nett und konnte ja nichts für seine Hauterkrankung, deswegen saß sie ihm noch gegenüber und ihre Füße waren nun eingeschlafen. BI würde ihr schon bald gegenübersitzen. Sie wollte dem Mann mit den Schuppen schließlich auch nicht wehtun und er hatte dieselben Rechte wie jeder andere Herzenskandidat von dem Speeddating.

»... Keine Massenindustrie. Alles handgemacht«, sagte ihr Gegenüber und reflexartig blickte Fabienne auf den Schorf an seinen Händen. Er hatte sie schon zweimal vermutlich unfreiwillig beim Reden angerotzt. Laut wissenschaftlichen Erkenntnissen war die Hautimmunkrankheit nicht ansteckend, aber Fabienne würde später auf Nummer sichergehen.

Sie beschloss, sich demnächst ausgiebig zu desinfizieren und das Abendmüsli heute mal ausfallen zu lassen, da sie sein Ausschlag an Haferflocken erinnerte.

BI war nur noch drei Tische von ihr entfernt. Er beachtete seine blonde Gesprächspartnerin gar nicht. Er reckte seinen Kopf ständig vor und zurück, stets gierig nach ihr Ausschau haltend. Wie ein

Reptil schlängelte er sich regelrecht um seine Sitznachbarn, die noch zwischen ihnen saßen, und starrte nur sie an.

Manieren hatte ihr Ex-Freund ohnehin nicht.

Fabienne wurde seit ihrer Kindheit von ihrem Umfeld eingetrichtert, Augenkontakt zu halten, wenn sie in ein Gespräch involviert war.

Der Blickkontakt war ihr durchaus unangenehm und löste innere Unruhen in ihr aus, denn sie war sich überhaupt nicht sicher, ob sie angemessen auf ihren Gesprächspartner reagierte.

Allerdings war zum Beispiel ihr Ex-Freund der Letzte, der eine angemessene Reaktion verdient hatte. Besonders nachdem er ihr nun auch noch kokett zuzwinkerte, nach alldem, was zwischen ihnen vorgefallen war.

Sie stierte also mit großen Augen wieder ihren Gesprächspartner mit der Nickelbrille an und ihr wurde zugleich schmerzvoll bewusst, dass sie ihm die ganze Zeit nicht zugehört hatte. Sie wusste eigentlich nur, dass er ein Winzer aus Koblenz war, der für ein paar Tage hier in Berlin Urlaub machte und sich anscheinend ganz nebenbei die Frau fürs Leben einpacken wollte, bevor es zurückging.

»... im Sommer und Herbst suchen wir dann für die Ernte. Hauptsächlich Studenten oder Osteuropäer. Zudem arbeite ich noch als Lektor, wenn ich die Zeit dafür finde.«

»Aha.«

Timo saugte mit dem Strohhalm geräuschvoll den Rest von seinem rosafarbenen Cocktail auf, den er sich vor zehn Minuten geordert hatte. »Ja, ja. Da sehe ich eigentlich nur noch faule Trauben in der Literatur. Ganz besonders in der Belletristik. Es macht mich regelrecht gaga. Mittlerweile glaube ich schon selbst, dass ich in einer wirren Geschichte umher schwimme. Das Leben erscheint mir oftmals so unlogisch. So viele unmotivierte Handlungen. Vieles, was in letzter Zeit passiert, ergibt nicht den geringsten Sinn. Ich verstehe oft nicht mal mehr meine eigenen Impulse. Ich hinterfrage mich ständig selbst, verstehst du?«

Nun wuchs Fabiennes Interesse, denn sie kannte dieses Problem nur zu gut.

»Inwiefern?«

»Wieso trage ich diese rote Nickelbrille, obwohl ich weder kurz noch weitsichtig bin? Sieht sie gut aus? Nein. Steht sie mir überhaupt? Auf keinen Fall. Warum trage ich sie dann? Obwohl ich einen möglichst guten Eindruck machen will, habe ich mir die Ärmel hochgekrempelt. Wieso eigentlich? Warum bin ich überhaupt auf einem überteuerten Speeddating in Berlin, wenn ich doch eigentlich in Koblenz wohne und die Weinernte anleiten sollte? Sie ist schließlich letztes Jahr schon recht rar ausgefallen und meinen Kindern soll es später ja auch noch gutgehen. Na schön. Man darf ja auch mal abschalten. Aber warum ist mir bei zwei Tagen Aufenthalt in Deutschlands Hauptstadt nichts Spannenderes eingefallen, als einem Event beizuwohnen, welches ich in meiner Heimatstadt weitaus preiswerter haben kann? Bin ich betrunken? Leider nicht. Erwarte ich ernsthaft, dass ausgerechnet *ich* unter achtzehn Singles, die allesamt mit Abstand jünger, charmanter und ansehnlicher sind, eine Frau finde, die freiwillig ihren Wohnsitz aufgibt, um mit mir in die Provinz zu ziehen? Nahezu unmöglich. Zumal ich ja schon verheiratet bin und gar nicht weiß, wie ich das meiner bildhübschen Frau erklären soll. Na ja, eine Affäre mit ner jüngeren Mätresse kann schon mal frischen Wind in eine langwierige Ehe bringen. Aber warum erzähle ich dann einer unattraktiven und offenbar auch psychisch gestörten Frau brühwarm meine Lebensgeschichte, die offensichtlich von meiner Schuppenflechte angewidert ist und die mir auch gar nicht zuhört, weil sie sich mehr für den attraktiven Barkeeper und die junge Sportskanone ein paar Tische weiter interessiert als für meine Wenigkeit? Ich frage mich auch zurecht verzweifelt, warum ich jetzt schon zum zweiten Mal einen alkoholfreien Sex on the

Beach getrunken habe, obwohl ich es hasse, unter Menschen zu sein, und ich mir dieses Schmierentheater und die hier anwesenden Frauen lieber schöntrinken sollte, da ich sonst gleich Amok laufen werde. Warum habe ich mir auf dem Weg hierher keine Drogen gekauft, obwohl sie mir dreimal zum Spottpreis angeboten worden sind und ich laut ärztlicher Diagnose ohnehin nur noch zwei Monate zu leben habe? Solche Fragen eben.«

Der Mann lächelte sie nach seinen Worten grell an und zuckte mit den Schultern.

Fabienne nickte bloß mit weit geöffnetem Munde, weil ihr keine Antworten auf seine Fragen einfielen und sie nach seinem Monolog recht unangenehm berührt war.

Nachdem sie eine Weile geschwiegen hatten, klopfte sich der Winzer auf den Bierbauch. »Na komm. Ich schmeiß die nächste Runde. Willst du auch eine Cola oder vielleicht etwas Stärkeres?«

»Nein.«

»In Ordnung«, rief Timo nun recht fröhlich. Gerade als er sich schnaufend erhob, läutete die Glocke.

»Oh, wie schade, Fabienne 8«, sagte er und notierte ihren Namen sowie Nummer auf einem Blatt. »Danke für das sehr schöne Gespräch. Ich hoffe, man sieht sich.«

Er rückte seufzend einen Tisch auf.

Gerade wollte Fabienne den Trubel nutzen, um zu verschwinden, da tätschelte ihre Sitznachbarin sanft ihre Hand.

»Entschuldigen Sie. Ich muss mal kurz auf die Toilette. Können Sie auf meine Handtasche aufpassen?«

Wie konnte Fabienne da *Nein* sagen. Sie nickte brav und ein hochgewachsener Mann nahm auf dem niedrigen Holzstuhl platz. Ihr neuer Gesprächspartner war recht hager und Fabienne schätzte ihn auf Ende vierzig. Seine dunkelbraunen Haare waren an den Schläfen ergraut. Ein großer Schinken wölbte sich wie ein Adlerschnabel in seinem schmalen Gesicht nach unten. Seine eng stehenden Augen unter den buschigen Brauen waren eisblau und musterten sie kühl. Er ließ seine gebleichten Zähne aufblitzen, als er sie raubtierhaft anlächelte.

KORBEN 18, las Fabienne auf dem Schild, welches auf seinem Jackett prangte und fragte sich, warum überhaupt Nummern vergeben wurden, wenn sich niemand an die Reihenfolge hielt.

Er streckte ihr seine Hand entgegen. Nach kurzem Zögern nahm Fabienne sie an. Sie fühlte sich kühl und glitschig an, als hätte sie gerade einen Aal gefangen. Auch dieser Mann war ihr nicht geheuer, aber wenigstens roch er recht gut. Fabienne fragte sich, was für ein Aftershave er sich aufgetragen hatte.

»Spürst du den Herrn?«, fragte er mit leichtem amerikanischen Akzent.

»Äh ... Was meinen Sie?«, fragte Fabienne verwirrt.

»Ich spüre die Gegenwart des Allmächtigen in all meinen Poren. Seine Energie fließt durch mich hindurch wie Elektrizität. Nun habe ich dir meine Hand gereicht, gutes Kind. Wie konntest du ihn da nicht spüren? Bist du etwa immun gegen seine göttliche Existenz?«

»Vielleicht«, gab sie trocken zu, obwohl sie schon an einen Gott glaubte. Jedenfalls etwas und oftmals gab ihr der Gedanke an ihm Halt, wenn sie das Gefühl hatte, dass sie sich ins dunkle Tal verlaufen hatte. Nur was die Menschen oftmals daraus machten, gefiel ihr nicht so recht.

Wie konnte Gott diesen Machtmissbrauch in seinem Namen erdulden, falls er überhaupt existierte.

»Der Herr liebt alle, die ihn lieben. Dich übersieht er wohl. Was hat dies zu bedeuten?«

Korben reckte theatralisch die Hände in die Luft und legte seine Stirn demonstrativ in Falten, als würde er angestrengt nachgrübeln.

Als Fabienne nichts entgegnete, schmatzte er laut, bevor er weitersprach:

»Vielleicht ist es ja auch der Smog in dieser verfluchten Stadt.«

Nun runzelte Fabienne die Stirn, weil sein Geschwätz für sie nicht den geringsten Sinn ergab.

»Ich verstehe nicht, was Sie meinen.« Irgendetwas in ihr sträubte sich dagegen, ihn zu duzen.

»Nun ja. Der Gestank der Sünden sammelt sich hier doch regelrecht an. Ein Höllenschlund ist diese miefende Metropole durchaus. Dieser grelle Moloch versperrt die Sicht auf die göttliche Existenz. Du trägst die Unschuld vom Lande noch an dir, will ich meinen.«

Er beschnupperte sie und atmete anschließend sichtlich erfrischt aus.

»Du riechst so unbefleckt. So rein wie Muttermilch.« Er schmatzte nun so laut, als würde er gerade eine Praline mit seiner Zunge am Gaumen zerschellen lassen. »Lass dich nicht verderben, nicht verschlingen. Wir müssen uns vorsehen vor den verlockenden Einfahrten, die uns alltäglich geboten werden. Du kannst nicht mehr wenden, wenn du dich einmal in ihnen verfahren hast, mein Kind. Hör auf meine Lebenserfahrung. Ich kenne diese ganzen Zerstreuungen nur allzu gut. Aber ich habe auch sehr viel daraus gelernt. Nun bin ich mit mir im Reinen.«

Fabienne schnaufte. »Was wollen Sie eigentlich von mir?«

»Du kommst direkt zum Höhepunkt. Das lobe ich mir. Also gut. Ich bevorzuge das Familienbild im traditionellen Sinne. Zudem will ich eine Frau an meiner Seite, die mir auf Augenhöhe dient. Du scheinst mir groß genug zu sein.«

»Ach, so ist das. Hauptsache ich habe nichts zu melden, nicht wahr?!«

»Du hast mich falsch verstanden«, sagte Korben und lächelte nachsichtig. »Ich verlange nicht viel dafür, dass ich aus dir einen reinen Menschen mache. Ich werde dich aus dieser schrillen Multikultihölle befreien und du wirst mit mir aufs Brandenburger Land ziehen. Ich erwarte von dir, dass du mir mindestens drei Kinder schenkst. Am Freitag will ich Fisch mit Reis und am Sonntag

Lammbraten mit Rahmsoße, Kartoffelgratin und Rotkohl. Ansonsten kannst du dich gerne im Haushalt austoben und improvisieren, was das Zeug hält. Ich schätze es durchaus, überrascht zu werden. Mein Frühstück will ich allerdings um Punkt sechs Uhr und mein Mittagessen um 12 Uhr. Der Weg dahin sei dein Ziel. Beim Abendessen gebe ich dir eine Zeitspanne von 18:40 – 19:30 Uhr. Den genauen Zeitpunkt darfst du bestimmen.«

Wann werden diese misogynen Dinosaurier endlich aussterben?, fragte sich Fabienne und wollte fortlaufen, aber ihre Füße schienen gar nicht mehr aus dem Dornröschenschlaf zu erwachen und sie musste ja auf die Handtasche der freundlichen Sitznachbarin aufpassen. Sie hoffte auf die Klingel und stellte fest, dass der Herr sie wohl doch nicht übersah, als sie unverzüglich läutete.

Korben erhob sich seufzend und lächelte sie breit an. »Sind wir im Geschäft?«

»Nein.«

»Bist du etwa lesbisch, oder was?«

»Nach unserem Gespräch würde ich es gerne sein wollen«, murmelte sie leise.

Korben schien sie nicht verstanden zu haben. »Sei doch nicht so bockig und naiv! Warum lässt du dir nicht helfen?«

»WÜRDEN SIE SICH NUN BITTE ENDLICH VERPISSEN?!«, rutschte es Fabienne lauthals heraus und sie hielt sich anschließend erschrocken die Hand vor den Mund.

Korben schaute nun recht finster drein. »Deine Entscheidung, du einfältiges Weib. Dann verreck doch in diesem Loch und schmor für alle Zeit im Sündenfeuer.«

Fabienne zuckte durch seine hasserfüllten Worte zusammen, war jedoch unverzüglich erleichtert, als er energisch den Platz wechselte.

Allerdings konnte dadurch ihr Ex-Freund BI auch wieder einen Platz zu ihr aufrücken.

Nun war jedoch erstmal Mirko dran. Ähnlich wie Fabienne war er zumeist rhetorisch nicht in Bestform und sie trafen sich immer wieder bei den Speeddatings. Sie hatten schon öfter das Vergnügen gehabt, ein paar spärliche Wortfetzen am Tische auszutauschen.

Er lächelte sie matt an. »Du schon wieder.«

»Mh-hm«, grummelte Fabienne.

»Was ist los?«

»Entschuldige bitte, Mirko. Das hat nichts mit dir zu tun«, sagte Fabienne und hob beschwichtigend die Hände.

Nun grinste er schief. »Das sagen sie alle.«

Fabienne wunderte sich, dass Mirko sich ebenfalls diese Tortur mehrmals im Monat gab. Er war immerhin gehobenes Mittelmaß. Sie hatte schon weitaus hässlichere Männer hier gesehen. »Warum machst du das hier noch? Du bist doch eine gute Partie. Pia fragt immer nach dir.«

Mirko schob den Unterkiefer vor. Die Nachricht schien ihm wohl nicht so zu behagen, wie Fabienne erwartet hatte.

»Äh ... was? Immer noch?«, fragte er und schien zu Fabiennes Erstaunen regelrecht entsetzt darüber zu sein.

»Jetzt reicht es. Geh mal weg«, knurrte BI, der nun vor ihrem Tisch stand.

»Was zum Teufel?!«, fluchte Mirko. »Hallo? Wir führen gerade ein Gespräch.«

»Hallo? Ja, hallo Opfer! Meine Faust führt auch gleich ein Gespräch mit deiner Treppennase. Sie ist meine Freundin! Also verpiss dich!«

»Ex-Freundin«, korrigierte ihn Fabienne.

»Das sagst du doch nur, weil du immer noch sauer auf mich bist«, entgegnete BI nun etwas sanfter, bevor er sich bedrohlich vor Mirko aufbaute.

»Hör zu, du Porree. Bei drei bist du weg! Ich würde mich beeilen an deiner Stelle, denn ich kann nicht gut zählen!«

Fabienne ärgerte sich über sich selbst, weil der kampfbereite BI sie nach wie vor erregte. Sämtliche Sehnen und Muskeln waren angespannt bei ihm. Sie musste an seinen nackten Astralkörper über sich denken, als er sich mit verbissenem Gesichtsausdruck auf ihr abgearbeitet hatte. Seine glatte Haut, seine festen Muskeln. Obwohl er weiche, fast schon weibliche Gesichtszüge hatte, strahlte er zugleich Männlichkeit aus. Sein spitzbübischer Charme machte ihn noch attraktiver und er war zudem recht witzig, zumeist allerdings eher unfreiwillig. Auch seine Kochkünste konnten sich sehen lassen. Aber selbst all die Dinge konnten die düsteren Kapitel ihrer gemeinsamen Beziehung nicht abmildern. Sein Selbsthass, den er stets an anderen auslebte, ließ alles in seiner Umgebung in Flammen aufgehen.

»Eins. BOOM! BOOM!«

Mirko erhob sich mit nach oben gestreckten Händen. »Ist gut. Ich geh ja schon.«

»Zwei. BOOM! BOOM!«

»Er hat doch gesagt, dass er geht!«, schrie Fabienne mit schriller Stimme.

Doch es ging BI nicht schnell genug. Grob stieß er den verwirrten Mirko zur Seite und nahm mit einem zufriedenen Grunzen Fabienne gegenüber platz.

»Du bist ein Schwein«, beleidigte Fabienne ihn passenderweise.

»Jetzt sei doch nicht so hart zu mir«, flötete BI mit Kinderstimme und spitzte die Lippen.

Fabienne sah sich um und war einmal mehr über die Ignoranz ihres Umfeldes erschüttert. Keiner schien das aggressive Verhalten ihres Ex-Freundes bemerkt zu haben.

Sie quiekte erschrocken auf, als sie seine warme Hand auf ihrem Unterarm spürte.

»Hey. Ich ...«

Weiter kam BI nicht, denn so dumm, wie er nun einmal war, vergaß er immer wieder Fabiennes recht flotten Reflexe.

Ihr Handballen knallte gegen seine Stirn.

Er ließ sie überrascht los und torkelte fast vom Stuhl, während Fabienne sich umständlich hochhievte. Mit ihren eingeschlafenen Füßen taumelte sie von ihm weg und rempelte dabei einen Kellner an. Sein Tablett mit zwei Cocktails fiel zu Boden. Es schepperte und die beiden Gläser zersplitterten. Auf einmal stand sie im Zentrum der Aufmerksamkeit.

»Na toll. Besten Dank auch«, hörte sie die Stimme von dem Lektor aus Koblenz. »Jetzt haben Sie mir endgültig den Abend ruiniert!«

»Hey! Wo wollen Sie denn hin? Sie wollten doch auf meine Tasche aufpassen!«, rief ihre Sitznachbarin, die scheinbar von einem recht umständlichen Geschäft nun zurückkehrte. »Ich habe Ihnen vertraut!« Sie zeigte anklagend auf Fabienne.

Es war ein Albtraum. Alle Blicke ruhten nun auf Fabienne und sie hörte die Leute an den Tischen aufgeregt husten und tuscheln.

»LASST SIE IN RUHE, IHR VERSAGER! ODER ICH HAU EUCH ALLEN AUF DIE FRESSE, IHR KACKAFOTZEN!«, stand ihr ausgerechnet BI nun brüllend bei, während er sich die Stirn hielt, als ob er Fieber hätte. »SIE IST EIN VIEL BESSERER MENSCH ALS WIR ALLE ZUSAMMEN!«

»Hä? Was ist denn los mit Ihnen? Das macht doch überhaupt keinen Sinn, dass Sie Ihre Ex-Freundin in Schutz nehmen. Sie hat Sie doch gerade eben erst geschlagen«, wandte der Winzer ein.

Fabiennes Ex-Freund gab ihm indirekt die Antwort. Zumindest glaubte er daran in seinem Wahn.

»ICH LIEBE DICH, FABIENNE!«, kreischte BI ihr unbeirrt hinterher, als Fabienne zum Ausgang humpelte. Wenigstens war ihr rechter Fuß nun wieder intakt. Doch ein ebenfalls gutgebauter junger Mann versperrte ihr den Weg zur Ausgangstür.

»Oh, hallöchen! Wo wollen wir denn hin?«, sang er regelrecht.

»Weg!«, zischte Fabienne und wollte sich an ihm vorbeimogeln.

»Hey, hey. Warte doch mal. Ich bin leider zu spät dran. Sorry. Gib mir doch noch eine Chance. Ich heiße SM und möchte dich gerne besser kennenlernen«, hauchte er und spitzte dabei kokett seine vollen Lippen unter dem Flaum.

Fabienne war zwar generell nicht abgeneigt, jedoch hatte sie immer noch ihren Ex im Nacken und der hübsche Typ vor ihr mit den recht zweideutigen Initialen ähnelte diesem zudem auf gravierende Art und Weise.

»Bitte. Lass mich vorbei.«

Er ignorierte ihre Bitte und deutete auf ihre Stirn.

»Ist es deswegen?«

»Hä? Was?«

»Dein fetter Pickel auf der Stirn. Schämst du dich deswegen?«

Fabienne senkte verlegen den Kopf. Den hatte sie bereits mehr oder weniger erfolgreich verdrängt.

»Brauchst dich nicht zu schämen«, sagte der Mann mit einem unheimlichen Lächeln. Die pure Wollust glitzerte in seinen geweiteten Pupillen. »Mich stört das nicht.«

»EY! HACKFRESSE!«, brüllte BI. »Lass meine Frau in Ruhe!«

Fabienne hörte ihn hinter sich stampfen, bevor er sie grob zur Seite rempelte. Sie stieß scharf Luft aus, als sie mit der Hüfte gegen die Kante eines Tisches knallte.

Dann vernahm sie das Geräusch von prasselnden Schlägen auf Haut und Fleisch.

Die beiden hübschen Männer torkelten prügelnd durch den Raum. Sie wunderte sich, warum sich zwei Schönlinge gerade wegen ihr die Visagen zerbeulten. Sie fühlte sich zwar durchaus geschmeichelt, zugleich war sie aber auch recht verstört davon und sah nun endlich die günstige Gelegenheit, um das Weite zu suchen. Der Kampf wurde allerdings zunehmend ästhetischer. Die beiden Psychos verkrallten sich regelrecht ineinander zu einer inbrünstigen Umarmung und rissen sich an den Haaren und an der Kleidung. Wäre Fabienne nicht selbst direkt betroffen gewesen, hätte sie ruhig länger dabei zusehen können, wie die beiden attraktiven Jungspunde sich gegenseitig auszogen. Doch nun war die passende Möglichkeit für die Flucht nach vorne geboten. Fabienne sah noch, wie Tische umgerissen wurden, bis die beiden eng umschlungen über die Bar kullerten und SM schließlich die Oberhand gewann. Dann wandte sie sich ab.

Die Augen der Obdachlosen glühten regelrecht vor Dankbarkeit, als Vivian ihr feierlich das Festmahl aus überzuckerten Lebensmitteln überreichte.

Gierig nahm sie als Erstes den Schokoweihnachtsmann in beide Hände und köpfte ihn mit ihren erstaunlich gut erhaltenen Zähnen.

Während sie ihn schmatzend absorbierte, hörte Vivan ein Geräusch neben sich und drehte sich erschrocken um. Neben sich sah sie nun einen Mann an der Unterführung stehen. Erleichtert stellte sie fest, dass es sich bei ihm nicht um den Lachsmann handelte. Es war nun ein Wildpinkler im feinen Anzug mit Hornbrille. Der gottverfluchte Hipster schien sich nicht zu fein dafür zu sein, um direkt neben ihr seinen kleinen Piepmatz aus dem Hosenstall zu ziehen und einen gelblichen Strahl abzulassen.

»Sie sollten mehr Wasser trinken«, riet ihm Vivan.

»Wieso?«, brummte er.

»Ihr Urin ist ganz schön gelb.«

»Sind Sie etwa meine Ärztin, oder was?«, seufzte er.

»Nein, nur eine Passantin, die Ihnen eigentlich nicht beim Pinkeln zuschauen will. Sie dreistes Ringelschwänzchen, Sie!«, fauchte Vivian.

Während die Wohnungslose in schrilles Gelächter ausbrach und dabei Schokoladenstückchen durch die Gegend spuckte, pisste der

Mann sich fast selbst an, bevor sein Urinstrahl abebbte und er sich den Schwanz wieder zurück in die Hose bugsierte. Er rülpste lauf auf, bevor er seinen Hosenstall schloss.

»Man darf in diesem Drecksland wirklich gar nichts mehr!«, fluchte er und suchte das Weite.

Die junge Frau kicherte immer noch und Vivian stieg mit ein. Gar nicht aus Belustigung über den pikierten Wildpinkler. Sie war vor Freude angerührt. Vorhin war der Ausdruck in den Augen der Obdachlosen noch trüb und leblos gewesen. Nun sah sie wieder Lebensfreude in ihnen. Eine quirlige ja fast schon freche Energie schien sie nun auszustrahlen. Sie schien wohl auch lange nicht mehr so erheitert gewesen zu sein. Plötzlich krümmte sich die junge Frau hüstelnd zusammen. Vivan wollte schon besorgt zu ihr eilen, da roch sie auch den stechenden Gestank. Als hätte ein Hund Heringssalat gefressen und mit einem großen Haufen wieder abgesondert. Nun hörte sie wieder ein Geräusch neben sich. Vivan drehte sich mit einer dunklen Vorahnung um und dann sah sie ihn direkt auf sich zulaufen.

Er rieb sich mit einer Hand den aufgeblähten Magen. Drei Finger der anderen hatte er sich weit in den Mund geschoben.

»Hunger«, hörte sie ihn dennoch zwischen den Zähnen flüstern. »Bitte. Ich habe hunger.«

Dann nahm er die angesabberten Finger wieder aus seinem Mund und öffnete sie demonstrativ. Vivian sah Speichelfäden zwischen seinen gespreizten Gliedern, die sie an ein Spinnennetz erinnerten, während er auf sie zulief.

Sie deutete angewidert und hilflos zugleich auf die Obdachlose.

»Ihr ... äh ... könnt euch das ja teilen. Macht das bitte unter euch aus«, stammelte sie. Schließlich hatte sie ja nun eine gute Tat getan und konnte somit eigentlich auch einfach gehen. Es war genau wie bei vielen Spendenorganisationen. Man wusste Letztenendes nie, wo die Gaben landeten. Aber sie hatte es wenigstens versucht und hoffte nun, dass sich die beiden friedlich einigen konnten.

Vivan entfernte sich ein Stück. Entsetzt sah sie dabei zu, wie sich der Lachsmann auf die Obdachlose stürzte. Diese stieß einen wutentbrannten Schrei aus und umklammerte die Süßigkeiten in einer inbrünstigen Umarmung, als wären dies ihre Kinder, die sie vor einer drohenden Gefahr beschützen musste. Doch ihre Schreie wurden erstickt, als er ihr wuchtig mit der Faust ins Gesicht schlug.

»Hilfe!«, schrie Vivian, während die junge Frau sich schützend einrollte. Was den Lachsmann nicht daran hinderte auf sie einzutreten. Seine nackten Füße klatschten ihr in schneller Abfolge gegen den Kopf und den Oberkörper. Er sah dabei aus wie ein Stepptänzer auf Speed.

»Helft uns!«, rief Vivian verzweifelt, aber ihre Stimme ging in den Schmerzensschreien der Wohnungslosen unter.

Der Obdachlose packte mit einer Hand die Frau an den Haaren und riss ihren Kopf brutal in die Höhe. Mit der anderen zog er die Spritze aus seiner Armwunde und stach immer wieder mit ihr auf den Oberkörper der jungen Frau ein.

Vivan sah sich noch einmal verzweifelt um. Als sie niemanden weit und breit entdeckte, überwand sie jegliches Ekelgefühl und stürzte sich auf den Lachsmann. Sie packte einen seiner mit Wunden übersäten Arme und versuchte, ihn von der Obdachlosen wegzuziehen.

Vivian blieb die Luft weg, als dieser ihr wuchtig den Ellbogen in die Rippen rammte. Dann packte er sie am Hals und drückte sie gegen die feuchte Wand der Unterführung.

Vor Vivans Augen tanzten nun schwarze Flecken, die sich immer mehr vergrößerten. Während er ihr mit der rechten Hand die Kehle zudrückte, stieß er mit der Linken die Spritze mit einem schmatzenden Geräusch in die Wunde seines Oberarms zurück. Der knusprige Schorf teilte sich wie Eisschollen, die zu viel Gewicht trugen, und dickflüssiger Eiter perlte aus der Wunde, während der Lachsmann die Nadel der Spritze hineindrückte.

»Obacht. Es wird bald regnen. Ich gebe dir neue Kraft, mein Kind. Ein Geschenk von mir, weil ich dich liebe. Ich stelle dich nun unter seinen Schutz. Du verdienst es, ihm zu dienen.« Er zog den Kolben wieder hoch und befüllte somit die Kanüle mit einer gelblichen Flüssigkeit.

Igitt! Blutet der Kerl etwa Eiter, oder was?, fuhr es Vivan durch den Kopf.

Sie wollte vor Entsetzen schreien, aber der aufkommende Würgereiz und die feuchte Hand des Lachsmannes an ihrer Kehle sorgten dafür, dass nur ein Krächzen aus ihrem Hals herauskam.

Der Lachsmann lächelte sie sanftmütig an.

Gerade als er zum Stich ausholte, hörte Vivan heraneilende Schritte hinter ihnen.

Der Lachsmann ließ knurrend von ihr ab.

»Ja! Tschakka! Mach ihn fertig, Mortimer!«, hörte Vivan Pia kreischen. Diese stand auf dem Fußweg von der gegenüberliegenden Straßenseite und pellte sich eine Banane auf, während sie das Schauspiel mit glühenden Augen verfolgte.

»Lassen Sie bitte die arme Frau in Ruhe!«, rief ihr Geliebter mit dünner Stimme. »Das geht so nicht. Das ist …«

Er unterbrach sich selbst mit einem Ächzen, als der Lachsmann ihm kraftvoll in den Bauch trat.

Mortimer klappte zusammen wie ein Schweizerarmeemesser und sank anschließend zu Boden wie ein sterbender Schwan.

»WAS MACHST DU DENN DA?!«, fauchte Pia von der anderen Straßenseite mit vollem Mund. »Du wirst dich doch nicht von so einem dürren Lauch verprügeln lassen! Jetzt stell dich mal nicht so an und STEH AUF! KÄMPFE WIE EIN MANN! TSCHAKKA!«

Doch ihre Motivationsrede fruchtete nicht bei Mortimer. Wie ein Igel rollte er sich auf dem Boden ein und wimmerte, während der Lachsmann nun eine Stepptanzeinlage auf ihm vollführte.

»AH!«, schluchzte Mortimer, während er linkisch versuchte, die Fußtritte abzuwehren. »Genug! Aufhören! Sie tun mir weh!«

Pias Gekreische mischte sich unter Mortimers Schmerzensschreie: »MANN! Bist du dumm, oder was? Schlag doch endlich zurück! Was bist du bloß für ein sensibles Weichei! Muss man alles selber machen!«

Der Lachsmann saß mittlerweile rittlings auf Mortimer. Dieser zappelte quiekend unter ihm. Die Tonlage seiner Schreie nahmen Falsetthöhe an, als der Lachsmann mehrfach mit seiner Spritze auf ihn einstach.

»Du ekelhafter Stinkepeter! Komm her. Mit mir kannst du das nicht machen! Widerlicher Kerl!«, brüllte Pia, während sie sich den Rest der Banane in den Mund schob. Als der Lachsmann sie immer noch ignorierte, wechselte sie die Strategie und öffnete ihre Jacke.

»Hey Penner! HUHU! Hast du in deinem Leben schon jemals Titten gesehen?«

Sie zog ihr Top hoch und präsentierte ihre aufgetunten Brüste. Dabei hopste sie auf der Stelle, sodass sie wild durch die Lüfte wackelten.

Nun hatte sie die volle Aufmerksamkeit vom Lachsmann.

Sein Unterkiefer klappte herab und er präsentierte ihr seine lange graue Zunge.

»Bäh! Du dreckiger Incel!«, schrie Pia ihn an, als sie sah, wie er mit der Zunge seine Nasenspitze befeuchtete. »Du willst meine Titten? Dann hol sie dir!«

Der Lachsmann erhob sich seufzend von Mortimer. Wie ein Stier scharrte er mit seinem rechten Fuß , während er Pia anvisierte.

»Na hopp!«, rief Pia hüpfend. »Schwing deinen dürren Arsch hierher! Ich werde dir jetzt Manieren beibringen, du kleines Cis-Schweinchen!«

Der Lachsman knurrte inbrünstig und raste mit großen Schritten auf sie zu.

Pia stellte ihr Gehüpfe ein und sah ihn ungerührt an.

Bevor er sie erreichen konnte, warf sie die Bananenschale auf den Boden.

Ihr Plan ging tatsächlich auf. Der Lachsmann rutschte aus und knallte rücklings auf den Asphalt.

Pia wandte sich an Vivan, die das Szenario verwirrt beobachtete. »Was stehst du da noch so blöd herum! Lauf, mein naives Engelchen! Bring dich in Sicherheit!«

Vivian zog die junge Obdachlose auf die Füße. »Kannst du laufen?«

Diese nickte.

»Dann lauf!«, schrie Vivian sie an, während sich Pia ebenfalls ein stückweit von dem Obdachlosen entfernte.

Der Lachsmann hatte sich wieder erhoben. Obwohl seine Haut bereits mit Schmutz, Wunden und Eiter bedeckt war, wischte er sich scheinbar angewidert den Straßendreck von seinem Körper. Seine Unterlippe bebte, als würde er gleich anfangen zu weinen.

Sein Blick glitt fast schon rastlos zwischen Pia und Vivian hin und her, als müsste er sich entscheiden, wen er als Nächstes verfolgen wollte. Schließlich streckte er theatralisch seine Hand aus, als würde er Vivan verfluchen wollen und rannte ihr hinterher.

»ER KOMMT, VIVAN! LAUF! SCHNELLER! ER HAT DICH GLEICH! SCHNELLER!«, feuerte Pia sie an.

Diese rannte mit der Obdachlosen die Straße hinunter. Zwischendurch mussten sie sich an einem jungen Pärchen vorbeiquetschen, welches den beiden stirnrunzelnd nachsah. Als der Lachsmann an ihnen vorbeilief, machten sie diesem jedoch bereitwillig platz, während sie angewidert die Nasen rümpften.

Vivan und die Wohnungslose rannten anschließend einen älteren Herrn mit Krücken über den Haufen.

Dieser ging brüllend zu Boden und überhäufte die beiden mit Schimpfwörtern.

Dank ihm gewannen die beiden jedoch einen Vorsprung gegenüber dem Lachsmann, da dieser sich nun auf den Mann stürzte.

Wie ein Berserker stach er nun mit der Spritze auf den Senior ein. Jener kreischte auf, als sich die Nadel in sein Jochbein bohrte.

Vivian lief ein Schauer über den Rücken, als sie seine Schreie hinter sich hörte.

Sie erreichten den Eingang zur U-Bahnstation Jannowitzbrücke. Nun mussten sie im Slalomlauf weiteren Gruppen aus jungen Menschen ausweichen, während sie Treppen hinunter hasteten.

Dadurch büßten sie den Vorsprung wieder ein. Das spürte die Obdachlose auf schmerzhafteste Weise, als der Lachsmann ihr von hinten ins Kreuz trat. Sie segelte die Treppe herunter und riss dabei wie eine Bowlingkugel Vivian und zwei junge Männer mit sich. Sie kugelten über die Treppenstufen. Vivian stieß scharf Luft aus, als sie sich an einer Stufenkante eine Rippe anknackste. Schließlich schlug sie hart mit dem Rücken auf dem Treppenabsatz auf. Die Obdachlose landete rücklings auf ihr. Dann folgten die Männer und begruben die beiden Frauen unter sich. Obwohl die beiden Proleten am weichesten gelandet waren, schrien sie am meisten.

»AH! FUCK!«

»AUA! Ihr blöden Schlampen! Was soll die Scheiße?«

»Er«, ächzte die Wohnungslose unter den Männern, befreite einen ihrer Arme und zeigte auf den Lachsmann.

Der Kopf des Prolls über ihr fuhr herum.

»Ey, du Missgeburt!«, zischte er mit zusammengebissenen Zähnen und erhob sich von den beiden Frauen.

Sein Kumpel tat es ihm gleich.

Trotz der Kälte waren die beiden jeweils nur mit Jogginghose, Unterhemd und einer Goldkette bekleidet. Die Schultern und Oberarme der beiden waren bestückt mit Muskelpaketen. Der vordere schien fast nur noch aus Muskeln zu bestehen, während sein Kumpel eher drahtig gebaut war.

»Du dreckige Schwuchtel!«, brummte der vordere und schlug sich mit der Faust auf seine gewölbte Brust.

Der Lachsmann strich sich kokett über den Seitenscheitel.

»Schubidu«, hauchte er und lächelte die beiden Jungs verliebt an, während er sich erneut die Nadel in die Wunde drückte und die Kanüle ordentlich durchlud.

»Scheiß drauf, dann krieg ich halt noch eine Anzeige. Du kriegst jetzt auf die Fresse! BOOM! BOOM!«, brüllte der Sehnige von den beiden, während er hinter dem breiten Rücken seines Kumpels Deckung suchte.

Doch dieser erwies sich leider als Fallobst, als die Nadel bis zum Anschlag mit einem schmatzenden Geräusch in seinen rechten Augapfel eindrang.

Er riss erstaunt den Mund auf und ging zu Boden.

Doch auch der Zweite büßte schon bald sein Stehvermögen ein. Der Lachsmann packte ihn an der ausladenden Goldkette, zog ihn zu sich heran und verpasste ihm eine Kopfnuss auf die Nase. Diese brach knackend entzwei und Blut spritzte dem Lachsmann ins Gesicht. Er leckte sich gierig über die Lippen, während er sich nun rittlings auf den benommenen Proll setzte. Er zog dessen Unterhemd hoch. Der Prolet kreischte nasal auf, als der Lachsmann vergnügt quietschend seine Brustwarzen verdrehte und an ihnen zog.

»Schubidu, mein Marzipankrieger. Quiek für mich.«

»Komm!«, rief die Obdachlose und zog die geschockte Vivian zurück auf die Füße.

Die beiden rannten weiter. Einmal drehte sich Vivan im Laufen um und sah noch, wie der Lachsmann die Spritze aus dem Auge des Muskelpakets wieder herauszog, um sie anschließend gegen seinen Kumpel einzusetzen.

Vivan sah nicht mehr, wie der Lachsmann die Nadel in eine der Brustwarzen des jungen Mannes versenkte. Ein weiterer nasaler Schrei folgte.

Die beiden rannten gerade an einer Bäckerei vorbei, als sie die Schritte vom Lachsmann wieder hinter sich hörten.

»Schubidu. Ich komme«, kündigte er sich überflüssigerweise auch noch an. Vivian hatte das Gefühl, dass ihr Brustkorb jeden Moment explodieren könnte, so sehr hämmerte ihr Herz. So sehr hatte sie Angst von ihm eingeholt zu werden.

Sie liefen an einem bärtigen Mann vorbei, der ihnen mit traurigen Augen eine Rose entgegenstreckte.

Der Lachsmann riss sie ihm aus der Hand und strahlte den Rosenverkäufer dankbar an, bevor er weiter rannte.

Gerade als die Obdachlose schon seinen faulen Atem im Nacken spüren konnte, liefen sie an einem weiteren Bettler vorbei, der inbrünstig vor einem Bankautomaten an einer Bierflasche nuckelte, als wäre er als Baby von seiner Mutter nie gestillt worden und wollte dies nun mit Alkohol an einem einzigen Abend nachholen. Die junge Frau riss ihm die Flasche aus der Hand. Sie wurde von dem Lachsmann herumgerissen und er hielt ihr plinkernd die Rose entgegen. Sie fluchte und schlug ihm die Bierflasche ins Gesicht.

Sie zersplitterte durch den wuchtigen Schlag auf seinem Schädel, aber er blieb standhaft.

Allerdings hielt er nun inne. Vor Schmerzen riss er die Augen auf und stieß einen unmenschlich hohen Schrei aus, während er sich eine Glasscherbe aus der Wange zog.

Die beiden rannten eine weitere Treppe zum Bahnsteig der U7 hinab. Die U-Bahn stand bereit, sie war jedoch auch kurz davor abzufahren. Der nervtötende Signalton verkündete, dass die Türen sich schlossen.

Ein paar Meter waren die beiden Frauen noch entfernt. Sie rannten, während sich die Türen langsam zusammenschoben.

Hinter sich hörte Vivan schnelle Schritte. Der Lachsmann raste auf sie zu. Hechelnd und mit heraushängender Zunge. Nach wie vor wollte er sein gelbes Gift in sie einpflanzen, denn er richtete demonstrativ die Nadel auf sie.

»Hilfe! Helfen Sie uns! Wir werden verfolgt! Halten Sie die Tür auf!«

Die Türen der U-Bahn schoben sich unbeeindruckt weiter zusammen.

»Bitte helfen Sie uns! Er will uns an die Wäsche!«, erfand Vivan notgedrungen, obwohl sie sich nicht sicher war, ob es nicht durchaus stimmen könnte.

Nun schob sich ein Fuß zwischen die Türen. Das brachte auch kurz den nervigen Signalton zum Stocken.

Kraftvoll wurden die Türen von einem kräftigen Hühnen auseinandergeschoben.

Die beiden quetschten sich in die Bahn.

Doch diese war bereits mit Menschen überfüllt. Der große Auflauf aus Fahrgästen verklumpte regelrecht das Abteil.

»Ihr dummen Ghettokinder! Wir können erst abfahren, wenn sich die Türen schließen! Muss ich das eigentlich jeden Tag Zehntausendmal erklären?!«, hörten sie die wutentbrannte Durchsage des Bahnführers.

Vivian hörte ein tiefes Röcheln und roch bereits seine würzige Duftmarke hinter sich.

In diesem Moment bekam einer der vorderen Gäste endlich den Einfall, sich ein paar Schritte weiter Richtung Waggonmitte zu begeben, und der Klumpen aus Menschen kam langsam aber sicher in Bewegung.

Eine feuchte Hand packte Vivians Unterarm und zog sie zum Ausstieg. Sie drehte sich entgeistert um und starrte direkt in die aufgerissenen Augen des Lachsmannes. Er strahlte sie an, während er triumphierend die Spritze in die Höhe reckte. Nun stand sie direkt zwischen den Türen, die sich schon fast geschlossen hatten und blockierte die Abfahrt.

»Haltet endlich die Türen frei, ihr doofen Spasties!«, brüllte der Bahnfahrer.

Gerade als er zustechen wollte, stürzten sich zwei kräftige Kerle vom Sicherheitsdienst auf ihn. Dem Größeren von den beiden rammte der Lachsmann seinen Ellbogen ins Gesicht. Dieser ging mit einem knirschenden Geräusch zu Boden. »Lass Walter in Ruhe!«

Der andere, welcher um einiges kleiner war, sprang auf seinen Rücken, aber der Obdachlose schüttelte ihn mühelos ab, als wäre er nur ein lästiger Käfer. Dann stach er nach Vivian. Sie konnte ausweichen und er erwischte den hünenhaften Fahrgast, der gerade heldenhaft dazwischengehen wollte.

Dieser brüllte auf und hielt sich den Unterarm, während er versuchte Abstand von dem stinkenden Penner zu gewinnen. Der Lachsmann lachte ihm direkt ins Gesicht und klopfte sich dabei auf den Oberschenkel. Dann zog er einen Kussmund und versuchte einzusteigen.

Bevor er sich allerdings in das Abteil quetschen konnte, zog die junge Obdachlose Vivian weiter in den Waggon hinein und trat ihm mit einem kraftvollen Tritt gegen die Brust, sodass er auf den Bahnsteig zurück segelte.

Weitere Sicherheitsbeamte rannten auf ihn zu und die Türen schlossen sich endlich.

»Oh, haben wir es jetzt endlich verstanden? Ist der Groschen nun gefallen, ja? Ich bin ja so richtig stolz auf euch und liebe euch alle!«, lobte sie der Bahnführer mit monotoner Stimme.

»Alles in Ordnung?«, fragte Vivian die Obdachlose, als die Bahn sich in Bewegung setzte.

»Wie heißt du?«

»Xenia. Und du?«

»Vivian. Bei mir in der Nähe gibt es ein Krankenhaus.«

Xenia verneinte.

»Sicher?«

»Kann ich heute Nacht bei dir schlafen?«, fragte Xenia sie unverblümt und plinkerte mit ihren Kulleraugen.

Kurz bevor Vivian ihren Wohnblock mit der Obdachlosen im Schlepptau erreichen konnte, beglückte sie der Wolkenhimmel mit seinem Saft.

Die junge Frau quiekte erschrocken auf und presste sich näher an Vivian heran, um scheinbar Schutz vor dem leichten Nieselregen bei ihr zu suchen, was natürlich illusorisch war.

»Sind wir gleich da?«, flüsterte sie ängstlich.

Vivian legte demonstrativ einen Arm um Xenia, um sie vor den Tropfen zu schützen. »Ja, ja. Alles gut«, erwiderte sie etwas irritiert über Xenias plötzliche Annäherung. »Sicher, dass du nicht lieber ins Krankenhaus willst?«

Wieder schüttelte Xenia entschieden den Kopf wie schon zuvor in der U-Bahn.

Also zog Vivian sie schnell zur Haustür.

Darüber war auch eine Überdachung angebracht und schützte die beiden vor dem kalten Nieselregen.

Plötzlich stieg ein blumiger Duft in Vivians Nasenlöcher und betörte sie regelrecht. Sie liebte den Geruch von frischgeduschten Menschen, allerdings war dieser hier noch um einiges aromatischer. Als würde sie auf einer großen saftigen beinahe schon exotischen Blumenwiese tagen. So stellte sich Vivian das jedenfalls vor. Sie blickte sich um, sah aber keinen ihrer Nachbarn hinter sich stehen.

Von wem kam also der Duft?

Ihr Blick fiel auf Xenias zierlichen Hals. Und die gräulich schimmernde kleine Beule, die auf ihm wuchs. Fast schon funghiartig war die Form des Auswuchses auf ihrer Haut.

Hatte sie das Ding schon vorher gehabt?, fragte sich Vivian und war nicht mal angewidert, da der blühende Duft ihren Geruchssinn so sehr umschmeichelte.

»Bist du wirklich sicher, dass du in kein Krankenhaus willst?«, erkundigte sie sich dennoch sicherheitshalber, während sie die Haustür aufschloss.

»JA!«, rief Xenia nun sichtlich genervt und sämtliche Angst und Schüchternheit von zuvor schien verpufft zu sein. »Ich will zu dir«, sagte sie entschieden und es klang in Vivians Ohren fast schon wie ein Befehl, allerdings wollte sie ihn auch liebend gerne erfüllen.

Die beiden liefen die Treppen hinauf bis zur Wohnungstür von Vivian.

Ein wohliger Schauer lief dieser über den Rücken, als Xenia von hinten ihre Taille umschlang und sich an sie schmiegte.

»Schließ die Wohnung auf«, hauchte die Obdachlose.

»Wie denn? Du musst mich erst loslassen«, erwiderte Vivian lachend, obwohl sie die Umarmung gerne weitergenossen hätte.

Sie befreite sich sanft und entsperrte die Tür.

»Du kannst die Schuhe anbehalten«, sagte Vivian zu ihrer Besucherin im Wohnungsflur und kickte eine prallgefüllte Altpapiertüte zur Seite.

Xenia hob kokett eine Augenbraue an. »Ich möchte die Schuhe aber ausziehen. Unter anderem.«

Vivian kicherte. »Wir sind hier unter uns. Mach, was du willst. Musst du ins Bad?«

Sie deutete auf die rechte Tür vom Flur.

»Nein.«

»Hast du Hunger?«

»Ja«, flüsterte Xenia. »Auf dich.«

Die ist ja feucht wie eine angebissene Schnapspraline, dachte Vivian und fühlte sich zugleich geschmeichelt, als Xenia sie anfiel.

Die beiden zerrten sich die Klamotten vom Leibe, während sie ins Schlafzimmer torkelten.

Voller Neid und erfüllt mit Wollust zugleich tastete Vivian über Xenias straffe Haut, ihren sportlichen Körper, der scheinbar nicht die geringste Spur von Fett vorweisen konnte.

Sie hielt schließlich irritiert inne, als ihre Hand eine große Beule unter Xenias linkem Schulterblatt ertastete. Obwohl diese pulsierte und pochte, fühlte sie sich im Gegensatz zur restlichen Haut kalt und feucht an. Vivian erinnerte sich dadurch an ihren Töpferkurs, als sie Torf in Form gebracht hatte.

»Was ist das?«

»Ach. Das ist wohl nur eine allergische Reaktion. Er hat mich da mit seiner Spritze gestochen«, erklärte ihr die Obdachlose leichthin.

Vivian verkniff sich einen Kommentar. Sie war ohnehin viel zu betört von dem Duft, den Xenia nach wie vor von sich gab.

»Du stellst zu viele Fragen«, sagte Xenia lächelnd. »Gleich wirst du dich entspannen.«

Sie hob ihren linken Arm in die Höhe und gab den Blick auf drei pilzartige Beulen unter ihrer Achsel frei. Sie waren kaum größer als Pickel und leuchteten lila zwischen dem Achselflaum auf, als Xenia mit ihrer langen Zunge über sie leckte. Die Fungi pufften plötzlich und stießen eine noch intensivere Duftnote aus.

Normalerweise wäre Vivian bei dem Anblick Kotzübel geworden und sie hätte schleunigst das Weite gesucht, aber der paradiesische Geruch legte sämtliche ihrer Synapsen still. Sie war nun ausschließlich hörig und feucht und genoss nun regelrecht ihre aufkommende Gehirnerweichung.

Die pilzartigen Gewächse schienen sie magnetisch anzuziehen. Sie leckte ebenfalls daran und erntete einen recht sauren Geschmack. Sie wollte sich wieder lösen, jedoch blieb sie dort hängen, da ihre Zunge nun an den Sporen festklebte.

»Äh«, machte Vivian und versuchte instinktiv, sich zu befreien. Als dies scheiterte, nahm sie das Schicksal schon fast dankbar an.

Ihre Zunge klebte immer noch an Xenias Achsel, als diese sie Richtung Badezimmer zog.

»Äh?«

»Hör zu. Ich habe lange genug mit mir gerungen und mir fällt die Entscheidung nicht leicht. Es war wirklich schön mit dir. Ich mag dich sehr und wollte das alles nicht«, stammelte jene zunächst voller Bedauern, um der mittlerweile debilen Vivian anschließend sanft den weiteren Verlauf zu erklären: »Es ... es tut mir wirklich leid. Aber der Lachsmann hat mir seinen Samen eingepflanzt und dann kam auch noch der Regen. Falls es dich tröstet, du wirst mein Leben retten. Jetzt brauche ich dein Fleisch. Ich habe so lange darauf verzichtet, aber nun führt kein Weg mehr daran vorbei. Wir müssen jetzt duschen gehen. Ich brauche das Wasser, um meine volle Kraft zu entfalten. Ich brauche die Transformation. Denn ich habe einen lästigen Untermieter.«

Obwohl Xenia nun Süßwasser weinte, hatte Vivian keine Fragen mehr. Betört fügte sie sich ihrem Schicksal. Widerstandslos ließ sie sich von dem mysteriösen Wesen ins Bad führen. Xenia fauchte kartzenartig, als das Geschwür unter ihrem Schulterblatt weiter anschwoll, bis es sich zu einem eitrigen Sack aufgebläht hatte.

Doch das überhörte Vivian geflissentlich.

Sie bekam gar nicht mehr mit, wie die Beule auf Xenias Rücken aufplatzte und der augenlose Kopf eines recht hässlichen Untermieters das Licht der Welt erblickte.

BI oder sein gruseliger Doppelgänger schienen sie Gott sei Dank nicht zu verfolgen. Dafür fand sich Fabienne nun in einer Quarantänestation wieder. Zumindest kam sie sich so vor bei all den Scheintoten vor dem Bahnsteig der U-Bahnstation.

Ein bierbäuchiger Anzugträger hieß sie röchelnd willkommen, als er ihr auf der Treppe zum Bahngleis entgegenkam.

Warum mussten die Leute direkt neben ihr immer husten? Fabienne hatte panische Angst vor ansteckenden Infektionen jeglicher Art.

Ganz besonders vor denen, welche die Haut in Mitleidenschaft zogen. Vielleicht hatte sie sich ja auch schon irgendetwas Widerwärtiges eingefangen?

Sie wollte auch niemandem Viren oder Bakterien weitergeben. Das würde sie sich nie verzeihen können. Also wusch und desinfizierte sie ihre Hände so oft, wie sie nur konnte, bis sie wund wurden und bluteten. Bis jeglicher Schutzfilm von ihrer Haut weggeätzt worden war und ihre Faustknöchel aufplatzten.

Die Sekrete klebten ja regelrecht an sämtlichen Treppengeländern, Türgriffen und öffentlichen Toiletten. Außerdem war sie vor drei Wochen auf einer Swingerparty gewesen. Welcher Teufel hatte sie da bloß geritten? Im wahrsten Sinne des Wortes. Sie hatte dort Geschlechtsverkehr gehabt. Ohne Kondom. Ganz kurz war er drin gewesen, bevor sie den Akt panisch unterbrochen hatte.

Dann hatte sie noch vom Buffet genascht. Sie war nach dem Sex so hungrig gewesen. Blätterteigtaschen und Muffins. Die waren bestimmt schon alle angetatscht worden. Von mit Körperflüssigkeiten beklebten Fingern. Wenn sie sich nicht schon eine Geschlechtskrankheit bei dem ungeschützten Analverkehr eingefangen hatte, dann sicherlich oral beim Essen. Für Fabienne war eine geringe Wahrscheinlichkeit schon ein zermürbender Fakt. Wenn sie sich nicht sicher war, ob alles seine Richtigkeit hatte, ging sie stets vom Schlimmsten aus. Es stand eigentlich schon fest für sie. Eigentlich hatte sie es ja auch verdient, schrie eine Stimme in ihr. Was sollte Gott bloß von ihr denken? Sie hatte sich schließlich leichtsinnig und betrunken dem Risiko ausgesetzt. Warum sollte sie jetzt also kein Aids und/oder Hepatitis haben? Kurz danach hatte sie ja auch Durchfall gehabt. War das nicht ein Symptom für sowas? Aber sie traute sich auch nicht, einen Test zu machen. Sie würde ganz sicher vor Schuldgefühlen und Panik explodieren, wenn sie das Ergebnis erfuhr. Schon die ganzen Wochen spürte sie dieses Stechen in ihrem Herzen. Sie bekam manchmal schon fast keine Luft mehr.

Die Einsamkeit und ihre Ängste fochten jeden Tag miteinander und zerrissen Fabienne buchstäblich.

Das ewige Alleinsein hatte sie zu der Sexparty getrieben. Sie hatte sich hemmungslos mit Rotwein volllaufen lassen und sich fallen gelassen.

Das Schlimmste war ja, dass diese verdammten Viren auch noch ansteckend waren. Wie viele Menschenleben hatte sie jetzt schon auf dem Gewissen? Hatte sie sich immer gründlich die Hände gewaschen. Hatte sie nach dem Geschäft auf der Öffentlichen den Klodeckel auch wirklich genug desinfiziert, oder nur ihr ansteckendes Gift verteilt.

Ein Teil von ihr wusste genau, dass sie übertrieb. Das ihre Fantasie mit ihr durchging. So einfach ging das auf dem Klosett ja auch nicht. Es brauchte schon eine beträchtliche Menge von ihren Sekreten und diese musste direkt auf Schleimhäute treffen, um eine Ansteckung zu gewährleisten. Doch ihr rasendes Herz und das stechende Gewissen vernebelten zunehmend ihr logisches Bewusstsein. Sie fürchtete sich zu sehr davor, zuerst sich und dann andere anzustecken und ihr Leben zu zerstören. Also wurden ihre paranoiden Gedanken immer realer für sie.

Dennoch hatte sie eben noch am Tisch bei einem Speeddating gesessen, weil sie ihrem egoistischen Verlangen nach Gesellschaft nachgeben musste.

Doch auf dem Bahnsteig der U8 war es ja auch nicht besser. Fabienne wich quiekend zurück, als ein Bündel aus braunbeflecktem Klopapier haarscharf an ihrem Gesicht vorbeiflog.

Ein Obdachloser wühlte mit beiden Händen und ganzem Körpereinsatz nahezu fiebrig im Restmülleimer, als würde er dort einen kostbaren Schatz bergen wollen. Wäre die Öffnung des

Behälters nicht zu klein dafür gewesen, wäre er wahrscheinlich sogar längst mit seinem Kopf darin verschwunden. So sah es jedenfalls für Fabienne aus. Wohnungslose waren hier oft anzutreffen. Genauso wie Sicherheitsleute, denen die Mission auferlegt worden war, die Bettler zu vertreiben. Fabienne geriet des Öfteren in Gewissenskonflikte, wenn sie Zeugin von diesen herzzerreißenden Auseinandersetzungen wurde. Ein Teil von ihr fand es zutiefst unmenschlich, wie herablassend und teilweise auch brutal die Security mit den armen Menschen umging. Ein anderer Teil von ihr war zu ihrem eigenen Entsetzen erleichtert, dass sie von dem Gestank und unberechenbaren Verhalten der Unterprivilegierten befreit wurde. Am anderen Ende des Gleises wurden ein bauchfreier Mann und eine ältere Frau von mehreren Sicherheitsleuten ergriffen. Die runzlige Frau mit den zerzausten Haaren riss entsetzt die Augen auf, als die beiden kräftigen Kerle sie grob von der Bank zerrten.

»Nein! Ihr könnt mich nicht brechen mit euren Sporen! HILFE! SIE WOLLEN MICH MITNEHMEN! SIE WOLLEN MICH INFIZIEREN! DIE SPOREN! SIE SIND ÜBERALL!«, kreischte sie schrill und spuckte wild um sich, bis ihr der Arm auf den Rücken verdreht wurde. Wimmernd krümmte sie sich. Doch die zwei Männer ließen sie plötzlich los und eilten zu ihren Kollegen, denn der bauchfreie Junkie wehrte sich erfolgreich gegen seine drei Angreifer. Mit athletischen Fußtritten befreite er sich aus der Fixierung. Fabienne starrte entgeistert auf die Spritze, die bis zum Anschlag im Oberarm des Mannes steckte. *Wieso griffen die ihn denn an? Der braucht doch ärztliche Hilfe*, fragte sie sich, als die fünf Sicherheitsleute ihn schließlich zu Boden rangen. Doch so genau wollte sie es dann auch wieder nicht wissen und wandte sich wieder dem Mann am Mülleimer zu, der nun ebenfalls auf sie aufmerksam wurde.

Fabienne stieß erleichtert Luft aus, als die U-Bahn endlich einfuhr, da sich nun der Junkie am Mülleimer zu ihr umdrehte und sie mit benebeltem Blick anlächelte.

Sie wich seinem hoffnungsvollen Hundeblick aus und hastete in die U-Bahn.

Der Waggon war fast leer. Zuerst entdeckte sie auf einer Sitzreihe ein junges Pärchen, welches sich schmatzend gegenseitig beglückte. Als sich die Frau rittlings auf seinen Schoß setzte und er grunzend seine Nase zwischen ihren Brüsten vergrub, drehte Fabienne sich peinlich berührt weg und beobachtete lieber die Szene auf dem Bahnsteig. Doch das Bild hatte sich mittlerweile vollkommen verschoben. Die Sicherheitsmänner lagen nun regungslos auf dem Boden. Der Obdachlose stand warm lächelnd über ihnen und streckte die Arme seitlich aus. Seine Handflächen zeigten nach oben, genau wie sein Blick, als würde er eine göttliche Anordnung erwarten. Er verdrehte seine Augen noch weiter, bis Fabienne nur noch das Weiße darin sehen konnte.

Die Türen der U-Bahn schlossen sich. In diesem Moment löste sich der Lachsmann aus seiner Meditation und sein stechender Blick fiel direkt auf Fabienne.

Diese hielt sein unheimliches Stieren und sein von Hautausschlägen verwüstetes Gesicht gerade mal zwei Sekunden aus, bevor sie sich wieder dem Pärchen zuwandte, um sich von seinem Anblick abzulenken.

Die U-Bahn nahm Fahrt auf.

Während der Mann seine Gespielin weiter abschleckte, erwiderte die junge Dame Fabiennes Blickkontakt.

»Was glotzt du so?«, knurrte die Frau, deren bleiche Haut unter zahlreichen Tätowierungen kaum noch auszumachen war.

Fabienne beschäftigte sich nun beschämt mit ihrem Handy. Sie hatte es wegen des Speeddatings auf lautlos gestellt. Drei Anrufe in Abwesenheit. Unterdrückte Nummer. Doch Fabienne war sich ziemlich sicher, wer der Anrufer war. *Es geht wieder los. Hört das denn nie auf?*

Pablo stöhnte. Er schielte hilfesuchend nach seinen Kollegen, die neben ihm verteilt und regungslos auf dem Boden des Bahnsteiges lagen. Ein See aus Blut umgab ihn. Er befürchtete, dass sie alle tot waren.

Er wusste immer noch nicht, wie der Kerl es angestellt hatte. Es ging alles so schnell. Pablo konnte dem Kampfgetümmel nicht folgen, obwohl er sich seit seiner Kindheit im Straßenkampf fortgebildet hatte. Plötzlich spürte er nur noch einen stechenden Schmerz in seinem Kreuz, dann ließ sich die Kälte in seinen Körper nieder. Er hörte ein wütendes Knurren, schrille Schreie, Fleisch aufreißen und das Knacken von Knochen. Dann fand er sich auf dem Boden wieder. Sein Körper gehorchte ihm nun nicht mehr.

Er brüllte vor Schmerzen auf, als der Lachsmann sich mit seinem ganzen Gewicht einfach auf ihn fallen ließ, seine gebrochenen Rippen erneut gequetscht wurden und die offene Wunde an seinem Rücken wieder aufscheuerte.

Er starrte auf die schlaffe ledrige Haut am Bauch des Mannes über sich. Auf den eitriggelben Knopf, der weit aus seinem Nabel hervorstach.

Sein modriger Gestank ließ ihn leider nur fast ohnmächtig werden, sodass er den weiteren Ablauf leider vollends mitbekommen musste.

Der junge Mann hatte sich das alles ganz anders vorgestellt, als er sich vor ein paar Monaten beim Sicherheitsdienst beworben hatte. Er wollte wie ein richtiger Mann für Ordnung sorgen, respektiert und am besten noch gefürchtet werden. Der U-Bahnhof sollte wieder ein friedlicher und sauberer Ort sein, auf dem sich die Fahrgäste sicher fühlen sollten. Natürlich meinte es das Leben nicht immer gut mit jedem, aber dennoch konnte er einfach nicht verstehen, wie all die Bettler und Junkies sich so ehrenlos ihrem Umfeld anbiedern mussten.

Dann lieber ein Ende mit Schrecken. Er hätte sich an ihrer Stelle schon längst eine Kugel in den Kopf gejagt, anstatt seine Würde aufzugeben. Falls es überhaupt so weit kommen musste. Arbeit gab es doch genug. Schließlich war er auch in Armut aufgewachsen. Auch sein Job war oftmals hart verdienter Broterwerb. Oft genug musste er der Rotze ausweichen, oder die Luft anhalten, aber immerhin brauchte er nur nett zu seinen Vorgesetzten sein.

Selbst wenn die ihm blöd kamen, fand sich früher oder später immer ein geeignetes Ventil. Er bekam hier oft genug die befreiende Gelegenheit, das Machtwort zu sprechen. Denn er war ein rechtschaffener Aufseher auf diesem Spielplatz der unerzogenen Kinder.

Er hatte mittlerweile genug Routine in seinen durchtrainierten Armen, um ein paar Gliedmaßen von uneingeladenen Bahnhofsgästen zurechtzubiegen. Zudem hatte er ein paar witzige Bemerkungen und trockene Sprüche auswendiggelernt, die er ihnen dann noch zum krönenden Abschluss um die Ohren hauen konnte.

Doch jetzt fiel ihm leider nichts Lustiges mehr ein, als der Lachsmann lächelnd auf ihm kniete.

Er schämte sich, als die ersten Tränen seine Wangen wärmten.

Seine Ohren wurden malträtiert, als er sich selbst unter seinem Gegner quieken und wimmern hörte.

Er flehte um sein Leben.

»Bitte ... bitte ... töte mich nicht. Ich ... tue alles. Alles, was du willst.«

Die dünnen Lippen vom Lachsmann verzogen sich zu einem noch breiteren Grinsen, während seine schwieligen Hände auf der Brust von Pablo ruhten.

»Ja. Das wirst du. Ganz bestimmt«, hauchte er und zwickte zärtlich in die Nippel seines Opfers. Die Haut auf seinen Wangen dellte sich ein, als er einen tiefen Atemzug nahm. Dafür blähte sich sein Bauch auf.

Pablo hörte ein lautes Zischen über sich, als wäre ein Autoreifen zerstochen worden. Er kreischte auf und starrte wie paralysiert auf den Nabel seines Peinigers. Der eitriggelbe Knopf erwachte fauchend zum Leben. Pablo dachte noch an seinen unerfüllten Kinderwunsch, als der augenlose Kopf des Parasiten einen babyähnlichen Schrei von sich gab und dabei seine spitzen Zahnreihen präsentierte. Dann schnellte der Untermieter auf sein Gesicht zu.

5. Sensibel

Der frische Duft von Veilchen und Orangenblüte stieg Frank in die Nase, als Pia ihm und seinem Verleger die Wohnungstür öffnete.

Sie hatte sich ein Handtuch um die Haare gebunden, und trug genau den lilafarbenen Morgenrock, den Frank vor Jahren schon des Öfteren an ihr gesehen hatte, bevor sie damals übereinander hergefallen waren.

Frank runzelte die Stirn, als er ihre Verletzungen sah. Dann fiel ihm ein, dass sie ja alle möglichen Arten von Kampfsport ausübte und sich auch nicht davor scheute, ihre antrainierten Fähigkeiten, in die Praxis umzusetzen und den Kampf zu suchen. Sie machte auf ihn auch keinen gebrochenen Eindruck, sodass er sich dazu genötigt fühlte, sich Sorgen machen zu müssen.

Trotz ihrer bläulichen Blessuren im Gesicht stiegen aufreizende Bilder in seinem Kopf auf, in denen sie sich aus dem Rock schälte und ihn salopp zu Boden plumpsen ließ. Jedoch war er eigentlich geschäftlich hier, die beiden hatten sich nach einer brutal emotionalen Trennung auch seit Jahren nicht mehr gesehen, und vor allem war er sehr irritiert darüber sie ausgerechnet in dieser Wohnung anzutreffen. Zudem war er noch recht müde, da der Termin mit dem Sensitivity Reader für seinen Geschmack recht früh angesetzt worden war. Es war immerhin erst 12 Uhr mittags und er hätte gerne noch ein paar Stunden im Schlummerland verweilt, anstatt sich mit solch widersprüchlichen Gefühlen auseinandersetzen zu müssen.

Pia schien ihm seine Zerrissenheit deutlich im Gesicht anzusehen.

Sie lächelte dünn. »Guten Morgen, Herr Freibrodt. Guten Morgen, Herr Kunz. Wie erfreulich, dass Sie beide es einrichten konnten«, sagte sie süßlich und zugleich sehr unpersönlich, als würden sie und Frank sich das erste Mal begegnen.

Bevor Frank etwas anmerken konnte, grätschte ihn sein Verleger hüstelnd in die Parade.

»Mir scheint hier ein Interessenkonflikt vorzuliegen, Frau Schaumbach. Sie und Herr Wissmann scheinen sich recht vertraut zu sein.«

»Och Gottchen! Machen Sie sich da mal keine Sorgen. Selbstverständlich wird mein Verlobter mir keine Dienstgeheimnisse anvertrauen. Auch wenn ich mit Herrn Freibrodt und auch mit Ihnen in Konkurrenz stehe, halte ich mich immer noch an die Etikette. Und Mortimer würde sich schon selbstkasteien, wenn er nur einen Gedanken an Indiskretion verschwenden würde.«

Frank konnte sein Erstaunen nicht bei sich behalten.

»Du schreibst und bist Verlegerin?«, rutschte es ihm lauthaus heraus.

»Ja«, erwiderte Pia müde. »Auch du hast mich dazu durchaus inspiriert.«

»So, so. Durchaus interessant. Sie scheinen sich also auch zu kennen«, flüsterte Herr Kunz, um dann etwas lauter nachzulegen. »Gehen Sie mir fremd, Herr Freibrodt?«

Bevor Frank verneinen konnte, antwortete Pia bereits für ihn. »Er hat noch kein Manuskript bei mir eingereicht, falls Sie das meinen. Und es ist auch schon recht lange her, dass er über mich gewaltsam hergefallen ist, falls Sie beide ...«

Frank schluckte kurz, bevor er vehement widersprach: »Momentchen mal. Das war ein abgekartetes Rollenspiel zwischen uns beiden gewesen. Jedes kleinste Detail hatten wir beide zuvor bis auf die Pike miteinander abgesprochen.«

»Ach ja? Wie merkwürdig. Daran kann ich mich überhaupt nicht mehr erinnern«, entgegnete Pia stirnrunzelnd.

Während Franks Zähne sich aufeinander rieben, bis es knirschte, lief Herr Kunz purpurrot an und bekam einen Hüstelanfall.

Pia machte sich nicht die Mühe, ihre Genugtuung zu verbergen. Sie gickerte auf und strich sich mit ihrem lackierten Zeigefinger über ihre aufgespritzte Oberlippe.

»Eifersüchtig, Herr Verleger? Ich will durchaus nicht Ihre dürftige Fantasie sprengen, aber Herr Freibrodt kann mitunter ein richtiger Mann sein! Apropos. Wer von euch beiden ist denn nun die Frau in der Beziehung?«

Nun sah Frank eine Einfahrt, um zum Gegenangriff überzugehen. »Dein unterschwellig homophober Kommentar zeigt deutlich einen von vielen Gründen auf, warum wir beide zwischenmenschlich nicht zusammengepasst haben.«

»Ich habe nur eine Frage gestellt«, entgegnete Pia frostig. »Und ausgerechnet du solltest dir gut überlegen, ob du mich wirklich mit einer Moralwelle nassmachen willst. Deine perversen Bücher zeigen deutlich, was für ein fragwürdiger und fragiler Mensch du bist. Da braucht man nicht viel Fantasie aufbringen, um zu erahnen, was für ein toxischer Narzisst du in einer Beziehung sein kannst. Und zur Not zähle ich in einer neuen Autobiographie von mir alles auf, was du mir angetan hast. Damit kann ich mindestens 600 Seiten füllen!«

Herr Kunz hustete noch einmal in seinen Handrücken, bevor er intervenierte.

»Nun denn. Ich will ungern Ihre angeregte Debatte unterbrechen und bitte vielmals dafür um Verzeihung. Mir scheint in der Tat der Hausflur recht unzureichend gelüftet worden zu sein. Hätte die werte Frau Sekretärin nun die Güte unsere Wenigkeiten zu Herrn Wissmann zu geleiten?«

»Ich bin nicht seine Sekretärin! Sie vergesslicher kleiner Zimtschlingel! Außerdem ist Mortimer noch beschäftigt.«

Wie aufs Stichwort hörte Frank jemanden aus der Wohnung laut aufstöhnen und wie anschließend eine Klospülung betätigt wurde.

»Oh, jetzt steht mein freier Mitarbeiter zur Verfügung. Wenn mich die werten Herren nun entschuldigen würden. Ich muss jetzt eh zum Sport und an meiner Bikinifigur arbeiten. Der nächste Sommer kommt schneller, als man denken kann«, sagte Pia und klopfte auf ihren flachen Waschbrettbauch.

Sie drängte sich pfeifend an den beiden Männern zum Treppenhaus vorbei, bevor sie sich noch einmal zu ihnen umdrehte.

»Ich bin mir nicht sicher, ob Sie so einen professionellen Literaturexperten wie meinen Mortimer überhaupt verdient haben, denn er ist einfach der Beste der Allerbesten und ich wünsche Ihnen nun viel Vergnügen!«, stöhnte Pia und es klang schwärmerisch. Sie verdrehte ihre Augen, als würde sie kurz vor dem erlösenden Höhepunkt stehen. Dann schenkte sie Frank noch ein unheimliches Lächeln, bevor sie die Treppe nach unten nahm.

»Was kann ich Ihnen zu trinken anbieten?«, fragte Mortimer, nachdem er seine beiden Gäste auf zwei unbequeme Sessel dirigiert hatte.

Frank zog eine Grimasse und ließ sich auf dem harten Möbelstück nieder. »Haben Sie nicht auch etwas zu essen?«, entgegnete Frank und erntete einen tadelnden Blick von seinem Verleger Herrn Kunz.

»Ich könnte Ihnen einen Obstsalat zubereiten«, schlug Mortimer vor.

Frank winkte ab. Obstsäure brachte das schlimmste aus seinem Magen hervor. Fast so schlimm wie dieser Zensor vor ihm. »Ich würde einen Whisky nehmen.«

»Meine Wenigkeit auch«, schloss sich Herr Kunz an. »Hätten Sie rein zufällig einen Dalmore für mich?«

Mortimer lächelte gequält. »Ich schätze, Alkohol wäre für unser Konzeptionsgespräch eher suboptimal.«

Frank verschluckte sich an seinem eigenen Speichel. »Konzeptionsgespräch? Waren wir nicht schon weiter?«

Er beobachtete besorgt, wie Herr Kunz und der Sensibilitätsleser Blicke austauschten.

Herr Kunz räusperte sich. »Ich halte es durchaus für angemessen, uns beiden für die kommende Debatte jeweils einen Single Malt zu kredenzen.«

»Nein«, stellte Mortimer klar. »Ich bin generell gegen diese Droge und erwarte ebenfalls Nüchternheit von Ihnen während meiner Arbeitszeit. Sollte ich nur den geringsten Verdacht hegen, dass Sie unter Alkoholeinfluss stehen, werde ich die Zusammenarbeit sofort beenden. Haben Sie mich verstanden?«

Frank konnte das nur begrüßen. »Ja, dann holen Sie mir doch mal einen Single ...«

Das strenge Hüsteln seines Verlegers erstickte weitere Worte im Keim.

»Na, dann eben einen Kaffee«, seufzte Frank.

»Nein. Das ist auch eine Bewusstseinsdroge und nicht gut für Ihr Herz. Ich könnte Ihnen grünen Tee oder Leitungswasser anbieten.«

»Dann einen grünen Tee mit zwei Würfeln Zucker. BITTE«, erwiderte Frank redlich um Freundlichkeit bemüht.

Mortimer lächelte ihn fröhlich an. »Wenn Sie den Zucker weglassen, sind wir im Geschäft.«

Franks Hände verkrallten sich an den Armlehnen des Sessels, der seinen unteren Rücken bereits malträtierte.

»Na wunderschön. Dann gerne das aufregende Leitungswasser«, sagte er tonlos.

»Dasselbe bitte für mich«, befahl der Verleger.

Frank sah Mortimer nach, als dieser in der Küche verschwand.

»WARUM? Warum sind wir hier?«, quengelte er, als er den Wasserhahn rauschen hörte.

»Nun. Ich würde es durchaus wertschätzen, wenn Sie die Contenance bewahren. Ich blicke dem recht zuverlässig entgegen. Also mäßigen Sie bitte Ihren Unmut, Herr Freibrodt. Sie werden gleich mit neuen Impressionen beschenkt werden«, versprach ihm Herr Kunz und lächelte dünn, als Mortimer wieder mit zwei Gläsern Wasser vor ihnen stand.

Er stellte sie auf den Tischsets vor ihnen ab und nahm auf seinem Sessel platz.

Frank konnte Mortimer schon allein wegen seiner Sitzhaltung nicht ausstehen. Der Jungspund saß so eloquent aufrecht, als hätte er sich eine 1,80 Meter lange Holzlatte ins Rektum eingeführt. Abgesehen von der Körperspannung und seinen Muskeln schien alles weich und glatt an dem Zensor zu sein. Perfekt sitzende Dauerwelle, weiche und makellose Haut, strahlendes Sonnenscheinlächeln, wässriger Hundeblick und eine hohe unverbrauchte Vögleinstimme. Er schien zudem ein intensives Liebesleben zu genießen. Ein bläulicher Knutschfleck schimmerte an seinem Hals. Vermögen besaß er bekanntermaßen genug. Herr Kunz hatte auf der gemeinsamen Autofahrt regelrecht von Mortimers schwerreichen Unternehmereltern geschwärmt, bis Frank die Ohren klingelten. Für seinen prestigebewussten Verleger schien es eine herausragende Leistung zu sein, reiche Eltern zu haben. Frank hingegen teilte dessen Klassismus nicht. Er sah nur einen verzogenen Bengel vor sich. Zu verwöhnt vom Leben und fantasielos um seine Zeit und Privilegien für etwas Sinnvolles einzusetzen.

»Nun. Dann schießen Sie doch mal los.« Frank formte mit seinen Finger demonstrativ eine Pistole.

»Ja, Herr Freibrodt. Genau damit kommen Sie schon gleich zum entscheidenden Punkt. So auf jeden Fall nicht! Schießen, stechen, explodieren, schlagen, beißen und all die anderen grausigen Dinge, die scheinbar allesamt in Ihren Texten unbedingt drinstehen müssen. Das ist kein guter Einfluss für die lesenden Menschen. Sie pflanzen denen Traumata ein oder reißen gutverheilte Wunden wieder auf. Sie vergiften und verstören diese mit Ihrer Geschichte, falls ich dieses sinnlose Gemetzel überhaupt so nennen kann. Gewaltverherrlichung ersetzt keine Handlung, Herr Freibrodt.«

»Das ist ein Werwolfroman«, verteidigte sich Frank.

»Mit einem äußerst pietätlosen Titel. FEU ... FEUCH ... FEUCHTE BEUTE! Was für ein unsensibler Name für menschliche Opfer. Nehmen Sie es mir bitte nicht persönlich, aber Sie schreiben übrigens wie ein pornophiler Metzger. Sind Sie eigentlich jemals selbst Opfer von Gewalt geworden?«

»Ja. Schon sehr oft.«

Mortimer grinste ihn an. »Verstört wirken Sie aber nicht gerade auf mich. Im Gegenteil. Aber das ist natürlich auch immer eine Frage der subjektiven Wahrnehmung. Ich habe eher den Eindruck, als wären Sie einfach viel zu privilegiert, um überhaupt über solche sensiblen Themen schreiben zu dürfen.«

Frank ließ sich das auf der Zunge zergehen, bevor er langsam und gedehnt sprach: »Ich ... bin ... zu ... privilegiert ... um ... über ... Werwölfe ... zu ... schreiben? AHA ... AH JA!«

Herr Kunz hustete dieses Mal etwas leiser, bevor er sich einbrachte: »Nun. Tatsächlich leiden manche Menschen an der Krankheit Hypertrichose. Diesbezüglich kann Ihre Lektüre durchaus pikante Stellen aufweisen.«

»Also bitte!«, protestierte Frank. »Ich schreibe über menschenfressende Monster. Nicht über hyper ... äh ... Dingsbums!«

»Die betreffende Krankheit ist natürlich auch einige Einwände wert. Aber mir geht es vorrangig um die rohe Brutalität und Freibrodts unsensiblen Umgang damit in dem Buch, werte Herren. Ihre schrille und sinnlos übertriebene Darstellung von Gewalt lässt mich nicht gerade vermuten, dass Sie schon jemals Opfer von ähnlichen Übergriffen waren.«

Frank hatte genug. Ächzend hievte er sich aus dem Sessel. Er reckte kampflustig das Kinn und deutete auf sein rechtes Ohr. »Sehen Sie das hier?«

»Was denn?«

»Na, das hier«, rief er und deutete wild gestikulierend auf einen kaum sichtbaren rosa Fleck an seiner Ohrmuschel.

»Ich sehe nichts«, sagte der Sensitivity Reader. »Klären Sie mich bitte auf.«

»ZWEI ... Moment ... DREIMAL! Einmal wurde mir von einer Geldeintreiberin der Mittelfinger gebrochen. Nun, der ist wieder gut verheilt. Da können Sie halt nichts mehr sehen. Zweimal hat mir die Frau in dasselbe Ohr gebissen. Also ich kann mich wohl mit gutem Recht und Gewissen als Gewaltopfer bezeichnen.«

»Von einer Frau? Sind Sie sicher, dass nicht die Gewalt von Ihnen vorausging und sie sich nur gewehrt hat? «

Frank schnaubte. »Das könnte Ihnen so passen! Ich habe jedenfalls Gewalt erlebt. Hautnah und qualvoll. Und Sie? Herr Sensitivity Reader?«

Mortimer zog sein T-Shirt hoch. Frank und sein Verleger stießen synchron scharf Luft aus, als sie die unebene Landschaft aus

Schnitt – und Brandnarben auf seinem flachen Bauch begutachten mussten.

»Damals war ich fünfzehn, als mir meine Entführer das angetan haben. Zufrieden?« Mortimer zog sein Shirt wieder runter.

»Mein Gott. Wer tut so was?«, fragte Frank fassungslos und sank auf den Stuhl zurück.

»Brutale Menschen, wenn sie hören, dass das Lösegeld nicht gezahlt wird. Glücklicherweise hat die Polizei mich rechtzeitig gefunden. Ebenfalls ein gewalttätiger Apparat des Staates, aber ich verdanke denen mein Leben.«

Der Autor hob beschwichtigend seine Hände. »Das tut mir leid. Ich wollte auch gar keinen Wettkampf in Traumata beginnen. Ich wollte Ihnen nur klarmachen, dass ich weiß, wovon ich schreibe.«

»Wieso? Weil Sie den Kampf gegen eine Frau verloren haben?«

»Das ist sexistisch!«, rief Frank.

»In der Tat«, pflichtete Herr Kunz ihm bei. »Mäßigen Sie sich bitte. Alle beide.«

Frank wagte sich nun vor. »Außerdem habe ich psychische Schmerzen erlebt, als ich selbst ungefragt in zwei Büchern von einem anderen Autor auftauchte. Eins von ihm beruht zwar lose auf wahren Begebenheiten, aber er hat mich darin sehr räudig dargestellt. Wie eine egoistische Mimose! Bei dem anderen wurde ich gleich am Anfang von Kannibalen mit Haut und Haaren gefressen. Dieser Herr Krause hat mich als ...«

»Bitte nicht, Herr Freibrodt. Ersparen Sie uns diese zähen Wiederholungen. Diese Thematik hat sich mittlerweile ausgekaut«, unterbrach ihn sein Verleger.

Frank seufzte. »Na gut. Bevor ich noch vor Vorfreude umfalle, zeigen Sie uns doch bitte mal Ihre zusammengestrichene Fassung.«

Mortimer lief zur Kommode, öffnete die erste Schublade und entnahm ihr ein Kuvert. Frank fand den Brief auffallend dünn. Mortimer überreichte ihn fast schon feierlich Herrn Kunz, als hätte dieser das einst seitenlange Manuskript geschrieben. Der Verleger öffnete ihn und zog ein einziges Blatt DIN-A4-Papier hervor. Seine Augen glitten eine Weile sichtlich konzentriert über die Anmerkungen. Frank sank in den Sessel zurück.

»Ah ja. So dachte ich es mir bereits«, murmelte Herr Kunz und überreichte Frank das Papier, ohne ihn dabei anzusehen.

Frank fragte sich, was sein Verleger überhaupt so lange darauf gelesen hatte, als er das leere Blatt Papier vor sich sah.

»Was soll die Scheiße!«, brach es aus ihm heraus.

»Mir war die rote Farbe ausgegangen. Ich musste sämtliche toxischen Wörter aus Ihrem unseriösen Manuskript tilgen. Unteranderem zu viele fragwürdige sexuelle Handlungen und vulgäre Ergüsse. Für diese empfindlichen Bereiche sind eigentlich andere Sensitivity Reader zuständig, aber für einen kleinen Aufpreis habe ich mich auch gerne dieser Problematik angenommen. Vorwiegend sind natürlich explizite Gewaltszenen mein Fachgebiet«, erklärte Mortimer und ließ den von Frank am meisten gefürchteten Satz fallen. Er hatte ihn schon allzu oft von seinem Verleger gehört. »Herr Freibrodt. Sie müssen noch mal ganz von vorne anfangen.«

Frank spürte, dass sein Nacken sich weigerte, seinen mit Mordfantasien gefüllten Kopf weiter aufrecht zu halten. Er sackte mit einem tiefen Seufzer zusammen und vergrub sein Gesicht in den Händen.

»Was für eine respektlose Frechheit«, murmelte er.

Mortimer sah ihn gekränkt an. »Respektlos? Seien Sie bitte nicht so undankbar. Besitzen Sie denn gar kein Schamgefühl? Ich habe hart für Sie gearbeitet. Ich gehe stets mit großer Freude und Leidenschaft meiner Berufung nach, aber in Ihrem Fall schien es eher eine Geißelung zu sein. Ich habe so ausgiebig unter all Ihren furchtbaren verbalen Ausscheidungen nach einer reinen Geschichte gesucht, aber selbst nachdem ich den Kern Ihres Romanes von all den toxischen Worten freigelegt hatte, war Ihr

Werk einfach zu verdorben. Das Herz des Bösen schlug mir entgegen. So etwas Abscheuliches sollte kein Mensch lesen geschweige denn schreiben.«

»Wenn ich ganz kurz meinen berühmten Senf dazugeben dürfte?« Herr Kunz räusperte sich wieder und ergriff das Wort, nachdem keiner seiner Gesprächspartner etwas dazu entgegnete. »Die Zeiten eilen geschwind voran, Herr Freibrodt. Wir müssen stets Schritt halten und uns den neuen Gegebenheiten mit höchster Sorgfalt stellen. Diesbezüglich setze ich auch ein umgehendes Umdenken Ihrerseits voraus. Ich habe Ihnen schon des Öfteren zu Verstehen gegeben, dass auch meine Wenigkeit von Ihnen weniger niedergekritzelte Fäkalitäten, sondern sauber verarbeitete literarische Impressionen voraussetzt. Es ist an der Zeit für Sie als Autor und Mensch zu reifen. Weniger Salz und Fett kann sich auch als geschmackvoll erweisen. Ich möchte kein versalzenes Holzfällersteak vorgesetzt bekommen, wo Ihre Perversionen wie überflüssiges Fett bis zum Tellerrand hervorquellen. Ich will nun einen gehaltvollen Salat von Ihnen, statt blutiges Hackfleisch. Aromatisch und pur so wie das Leben. Ich will blühenden Naturalismus von Ihnen. Höchst sauber recherchiert mit hauchfeinen Vorgängen und keine klobigen Figuren mehr. Das wollen die Lesenden und daran halte ich mich. Das ist schließlich meine Berufung, Herr Freibrodt. Zeigen Sie also bitte Einsicht und mäßigen Sie Ihre zügellose Fantasie. Die Lesenden wollen sich nun in der Literatur nah am Leben aufhalten. Sie wollen keine langen mühseligen Reisen mehr in ferne Welten unternehmen.«

Frank lachte auf. »Und was ist mit dem Manuskript, welches Sie mir …«

»Ah, ah, ah! Lassen Sie mich bitte meinen Monolog ausführen. Der Zeitgeist entwickelt sich jedenfalls nicht zu Ihren Gunsten. Meine Wenigkeit allerdings begrüßt die gegenwärtigen Veränderungen. Ihre spätpubertären Ausschweifungen sind nun halt nicht mehr zeitgemäß und die Lesenden sind nun zu sensibel und zart für Ihre grauenvollen Novellen.«

»Oh!«, spottete Frank. »Ja, die Menschen sind so zart und liebevoll. Hehe! Alle spazieren händchenhaltend am Gummibärchensee! Deswegen gibt es auch so viel Verfolgung und Kriege! Ich kann meinen Einfluss nicht abstreiten, sehe ihn persönlich aber als äußerst nichtig, Herr Sensitivity Reader. Menschen töten andere Menschen, weil sie sich aus purer Bequemlichkeit in ihren Ideologien verlieren. Beispielsweise im Namen der Religion, die sie sich selbstgerecht so auslegen, wie es ihnen in den Kram passt, um sich über ihre Mitmenschen zu erheben. Durch Nationalismus, Machthunger, Hass und Gier werden sie zu Bestien und erfinden immer wieder eine neue Rechtfertigung dafür, zu hetzen und zu töten. Wenn ich diese Realität in einem Buch so naturalistisch niederschreiben würde, wäre ich jetzt wahrscheinlich schon längst im Gefängnis. Aber dafür fehlt selbst mir die Grausamkeit, auch wenn Sie mir das die ganze Zeit unterstellen wollen!«

Erheitert deutete Mortimer mit dem Zeigefinger auf Frank. »Hört, hört. Ein Zyniker vor dem Herrn! Sie haben Ihre sogenannte Berufung wohl selbst nicht ganz verstanden. Sie sollen für die Lesenden schreiben. Nicht gegen sie. Was macht Sie zu so einem verbitterten Menschenfeind, Herr Freibrodt? Liegt es vielleicht daran, dass Ihnen die Ausreden ausgehen? Sie sollten zudem nicht Ihren toxischen Einfluss unterschätzen. Ich zähle Ihnen mal ein Beispiel von etlichen auf. Ein Vorfall, welcher medial gigantische Kreise gezogen hatte, und mich, schon seit geraumer Zeit, davon träumen ließ, mit Ihnen zusammenzuarbeiten. Erinnern Sie sich noch an Zellenau?«

Tatsächlich kannte Frank ein paar Beispiele. Doch damit hatte er nun nicht gerechnet. Zellenau war ein missglücktes Experiment an Häftlingen gewesen. Da konnte er doch nichts für. Zufälligerweise wurde in einer Gefängniszelle von einem geflohenen Häftling einer seiner Romane gefunden. Frank wusste gar nicht mehr, welcher es war. War eher seichte Kost gewesen. Dennoch hatte er diesen Umstand bis jetzt nie als problematisch angesehen. Seinen Verkaufszahlen schadete es jedenfalls nicht.

»Viele Straftäter schaffen es leider nach einer Gefängnisstrafe nicht mehr, sich zu rehabilitieren. Sie landen demzufolge immer wieder im Knast. Diesbezüglich wurde überlegt, die schweren Fälle gesondert unterzubringen. Einzelhaft schien nicht mehr auszureichen. Demzufolge wurde vor ein paar Jahren extra ein kleiner Ort in Sachsen errichtet, um die Schwerverbrecher von den beeinflussbaren Straftätern zu trennen.

»Ja, ja. Ich kenn die Geschichte«, rief Frank ungeduldig.

»Dann wissen Sie ja auch, dass dieses Projekt das erste Jahr hervorragend funktionierte. Doch dann ... Ich will den Rest nicht weiter ausführen. Mir reicht es schon, dass ich die blutrünstigen Bilder von Ihrem Manuskript noch aus dem Kopf kriegen muss.«

»Dann mach ich das für Sie!«, sagte Frank ungerührt. »Laut Bericht wollte ein Wärter gerade einen Installateur wegen eines Rohrbruches konsultieren, da hörte er laute Schreie, Knurren und Geschmatze. Er kontrollierte schließlich die Zellen. Die Gefängnistüren waren nämlich aus den Angeln gerissen worden. Seine Kollegen und die Gefangenen, die noch am Leben waren, wurden regelrecht angefressen, die Haut wurde von dem Gesicht gezogen, die Augen herausgelutscht, die Zunge herausgerissen, ihre Pimmel ...«

Mortimer hielt sich krampfhaft die Ohren zu und wimmerte in hohen Tönen.

Doch Frank schien zum ersten Mal Spaß bei diesem Konzeptionsgespräch zu haben. Er fuhr erbarmungslos fort: »... samt Zwillingsschleuder wurden zermatscht. Sie waren nicht mehr ansprechbar. Wurden zu künstlich beatmetem Fleisch. Manche von den Knackis sind einfach spurlos verschwunden. Nur noch einen Blutfleck konnte man in der Zelle ausfindig machen. Ansonsten fand man nicht mal mehr Knochen. Nichts. Ein paar Backhirne von Schwurblern behaupten unter anderem, dass heimlich Experimente an den Knackis verübt worden sind und sie mutiert seien. An ihnen wurden Genexperimente durchgeführt oder irgendwas mit einem Alienvirus. Blablabla. Was habe ich damit zutun?«

Herr Kunz hob energisch eine Hand. »Halten Sie bitte ein, Herr Freibrodt. Denn selbst diese Geschichte erzählen Sie nicht richtig. Ein paar dieser ruchlosen Kriminellen sind nämlich entkommen. Eine delikate Auslese aus den verdorbensten Schurken und Mördern. Ein durchaus erheblicher Teil von denen war gewiss schon ein Fall für die Psychiatrie. Besonders einer dieser Gauner war von grenzenlosem Wahnsinn regelrecht befallen. Er glaubte stets, sich in einer fiktiven Geschichte zu befinden, die ihm selbst allerdings absolut missfiel. Er wollte sie mit aller Gewalt ändern und ruchlos zu seinen Gunsten formen.« Der Blick von dem Verleger fiel vielsagend auf Mortimer. Dieser verstand dies falsch, während Frank lächelte.

»Genau das ist der Punkt! Ein Mann denkt, er wäre in einer Geschichte gefangen. Eigentlich eine absolut absurde Horrorvorstellung. Aber Sie haben sie ihm mit Ihren toxischen Schundromanen erfolgreich in den Kopf gesetzt!«

Frank sah Mortimer fassungslos an. »Ich?«

»Ja, es ist eindeutig Ihre Schuld! Sie hätten sorgfältiger und verantwortungsbewusster schreiben müssen. Sie wissen doch, dass Cis-Männer sehr leicht beeinflussbar sind, was Gewalt angeht.«

»Also bitte!«, protestierte Frank. »Ich verkaufe meine Bücher nicht an Kinder! Das sind alles erwachsene Menschen.«

»Erwachsen? Erst gestern wurden Passantinnen von einem rasenden Obdachlosen angegriffen. Ich zeigte Courage, riskierte sämtliche meiner zahlreichen Privilegien und griff ein. Das sollten erwachsene Menschen eigentlich tun. Solche Männer wie Sie sollten ihre zahlreichen Vorteile sensibel einsetzen und keine gewaltverherrlichenden Bücher schreiben!«

Frank musterte den selbstgefällig grinsenden Sensitivity Reader und konnte bis auf das blaue Mal an seinem Hals keinerlei Kampfspuren an ihm entdecken.

»Oh, welch wildes Vergnügen. Daher der Knutschfleck? War Pia auch dabei? Die hat nämlich Kampfspuren im Gesicht! Hat sich wohl mehr eingesetzt, was?«, ätzte er und schien tatsächlich einen wunden Punkt getroffen zu haben.

Denn nun kochte der Kessel auf Hochdruck. Mortimers Lippen bebten, die Mundwinkel zuckten, als würden sie an unsichtbaren Fäden hängen, gesteuert von einem durchgeknallten Marionettenspieler. Seine großen Pranken verkrampften sich und sämtliche Adern an seinem Hals waren angeschwollen. Er lief rot an und zitterte.

»Das ... das ist nicht witzig! Wie können Sie es wagen? ICH WILL IHNEN DOCH NUR HELFEN, SIE DEGENERIERTES KÄSELOCH!«

»JA! NATÜRLICH!«, schnauzte Frank zurück. »Ich bin ein degeneriertes Käseloch, weil mein Buch kein leichtverdaulicher Einheitsbrei werden soll. Aber es soll ja immer alles gleich sein, nicht wahr? OH JA, MAINSTREAM! FICK MICH! FICK MICH SO HART, WIE DU KANNST!«

»SIE EKELHAFTER VERSEUCHTER MENSCH! TOXISCHER CIS-EBER!«, kreischte Mortimer und heiße Tränen liefen ihm über die Wange. Er hyperventilierte fast, während er wild auf und ab lief. Er ballte die Fäuste, bis die Faustknöchel weiß hervortraten.

Frank folgte sichtlich verstört seinen lautstarken Trampel- und Atemgeräuschen. Auch Herr Kunz beobachtete stirnrunzelnd den rasenden Sensibilitätsbeauftragten.

Dieser krümmte sich schluchzend, bevor er sich anschließend mit der flachen Hand wuchtig ins Gesicht schlug und leise vor hin brabbelte. Wohl, um sich zu beruhigen. Dabei zeigte er jedoch die ganze Zeit mit dem Zeigefinger auf Frank, als wäre dieser Satan höchstpersönlich.

Frank beobachtete ungläubig wie weitere Tränenbäche aus seinen Augen sprudelten. *Wie viel Salzlake hat diese Weichflöte denn noch übrig? Wenn ein erwachsener Mensch bis zu 65 % aus Wasser besteht, wird er noch die ganze Wohnung überfluten.*

Gelblicher Rotz blubberte aus Mortimers Nase und Frank überlegte schon ihm ein Taschentuch zu reichen, aber er wollte diesem psychotischen Zensor auch nicht zu nahe kommen.

Er eignete sich zwar durchaus als interessante Inspirationsquelle für seine neuen Bücher, aber der Drang sich von dem unheimlichen Sprachdiktator zu entfernen schien doch größer für Frank zu sein.

Er erhob sich. »Danke für das konstruktive Konzeptionsgespräch. Ich bin dann mal weg.«

Mortimer kreischte schrill auf und Frank konnte gerade noch schützend einen Unterarm vors Gesicht halten, als der Sensitivity Reader mit nur einem einzigen kraftvollen Faustschlag den Glastisch zerschlug.

Herr Kunz hüstelte entsetzt und wischte sich naserümpfend eine Scherbe von seinem Blazer.

Denn nicht nur Tränen und Schnodder sonderte Mortimer ab. Mittlerweile dünstete er auch einen äußerst penetranten Schweißgeruch aus.

Nun lächelte Mortimer wieder. Doch jetzt war der Ausdruck in seinen Augen nicht mehr herablassend. Er war schlichtweg irre.

Eine große Schnittwunde prangte nun zwischen seinem Daumen und Zeigefinger.

Blut lief heraus und eine merkwürdig gelbliche Flüssigkeit.

Frank vermutete, dass es sich um Eiter handeln musste, aber er wunderte sich trotzdem. Konnte sich eine frische Wunde so schnell entzünden?

Doch Frank sah weiteres Blut und gelbe Flüssigkeit hervorsprudeln, als Mortimer sich mit einem wahnwitzigen Grinsen eine große Scherbe über den Unterarm zog.

»Sehen Sie das, Freibrodt? Jetzt ritze ich mich und blute! Macht Ihnen der Anblick Spaß? Das finden Sie doch geil, oder? GENAU DAS WOLLEN SIE DOCH, ODER?! GEFÄLLT IHNEN DAS?! SEHEN SIE MICH GEFÄLLIGST AN, SIE MIESES CIS-SCHWEIN!«

Doch Frank hatte genug gesehen. Er wollte noch in Mortimers Wohnung furzen, jedoch kam einiges an Substanz mit und besprenkelte seine Boxershorts. Fluchend verließ er die Wohnung und ließ seinen geschockten Verleger mit dem rasenden Sensitivity Reader zurück.

Eilig lief er die Treppenstufen von drei Stockwerken nach unten und war dadurch ebenfalls fast am Hyperventilieren, als er ins Freie trat. Sein After brannte zudem höllisch von dem Schurz, den er in der Wohnung seines Sensibilitätslesers noch abgefeuert hatte.

Endgültig blieb ihm jedoch die Luft weg, als ihm jemand wuchtig die Faust in die Magenkuhle rammte. Frank sackte keuchend auf die Knie, bevor er gänzlich zu Boden kullern konnte, wurde er jedoch brutal an den Haaren wieder hochgerissen und blickte in den bärtigen Vollmondschädel von seinem Gläubiger Reinhardt.

»Hallo Frank«, grunzte dieser. »Wie läuft deine Schriftstellerkarriere?«

Frank konnte gar nichts darauf erwidern, so wuchtig war der Schlag gewesen. Er war kurz davor sich auf Reinhardts Springerstiefeln zu erbrechen. Aber dann würde dieser ihm mit Sicherheit jeden einzelnen Knochen im Leib zertrümmern.

Dessen Sohn Rocco stand etwas abseits und strich sich kokett über seinen langen Pferdeschwanz, während er Frank belustigt beobachtete.

»Mein Sohn macht jetzt Praktikum bei mir«, erklärte der Reinhardt Frank. »Ich habe dich tausendmal angerufen! Wo bleibt dein Respekt? Du verhältst dich äußerst unhöflich. Die Frist ist nun übrigens abgelaufen. Wir wollen unser Schmerzensgeld!«

Frank rang nach Atem. Reinhardt meinte es also wirklich ernst. »Äh ... Was?«

»WAS? WAS? WAS? Dein Fickstück von Frau hat meinem Sohn die Nase gebrochen! Sie hat sich wie ein tollwütiger Vampir in seinem hübschen Engelsgesicht verbissen! Sie hat meinen lieben kleinen Jungen entstellt! Ich muss ihm jetzt mehrere chirurgische Eingriffe bezahlen! Guck ihn dir doch mal an! Sieht er nicht scheiße aus?«

Frank sah sich Rocco genauer an, konnte allerdings kaum einen auffallenden Makel in seinem symmetrischen Gesicht ausfindig machen. Er sah eine wohlgeformte griechische Nase. Der Schönling hatte sich bereits gut von ihrem Angriff regeneriert. Lisas Biss hatte nur leichte, dezent gerötete Spuren auf seiner rechten Wange hinterlassen. Er musste schon genau hinsehen, um auf seiner Haut ihren Gebissabdruck überhaupt noch wahrzunehmen.

»Bitte. Er sieht immer noch bildschön aus und es war Notwehr von Lisa.«

Rocco zog empört Rotze hoch, während sein Vater sich grollend wie ein Grizzlybär vor Frank aufbaute.

»Willst du etwa sagen, mein Sohn ist ein Vergewaltiger?«

Frank brachte sämtlichen Mut auf. »Wenn nicht, hättet ihr doch zur Polizei gehen können.«

»Nein. Wir haben keinen Bock darauf. Zuviel Bürokratie. Mein armer Junge ist traumatisiert. Er muss das alles nicht noch mal durchkauen«, brummte Reinhardt. Dasselbe hatte auch Lisa zu ihm gesagt, als Frank ihr diesen Vorschlag unterbreitet hatte.

»Also? Wo ist mein Geld?«, wollte Roccos Vater dann von dem Autor wissen.

»Ich ...«

Frank klappte erneut zusammen, als Reinhardt ihm in den Bauch trat. Ein Hengst hätte nicht kräftiger ausscheren können. Er sackte nun wieder zu Boden und landete auf seinem brennenden Po.

»Überzeugt. Bekommst ... du«, röchelte er.

»Das letzte Mal hast du auch so dahergelabert und dann hat es über ein Jahr gedauert! Es hängt mir zu den Ohren raus. Da ist nicht einmal mehr Platz für Schmalz.«

»Ich muss mein Buch zu Ende schreiben«, erklärte ihm Frank mit dünner Stimme.

»Immer noch *Feuchte Beute*? Was grinst du denn so blöd?«, donnerte Reinhardts Bassstimme.

Frank musste lächeln, weil sich ausgerechnet die Kredithaie neben ihm selbst am besten mit seinen Büchern auskannten. Das war bei seinem Vorgänger auch nicht anders gewesen.

»Ja. Ich bin immer noch dran. Und es wird großartig werden. Kannst du mich nicht mal irgendwo vorlesen lassen? Du hast doch so viele Immobilien. Zum Beispiel könnte ich in deiner Spielothek aus meinem Buch vortragen und deinen Gästen etwas literarische Hochkultur vermitteln. Das würde auch mir sehr helfen.«

»ICH HABE KEINE SPIELOTHEK! ICH BESITZE EIN CASINO, DU ARROGANTE SCHEISSHAUSFLIEGE! Außerdem habe ich dir bereits mehr als genug geholfen. Und was soll das überhaupt bringen? Unsere Gäste sind nicht gerade belesen. Die wollen saufen und spielen. Aber selbst der krankeste Exhibitionist wird auf deine Romane nicht klarkommen. Du solltest nicht solche perversen Horrorgeschichten schreiben. Viele Deutsche mögen sowas nicht. Veröffentliche es wenigstens unter einem Pseudonym. Oder schreib am besten ein Kinderbuch.«

»Kennst du einen guten Illustrator?«, ächzte Frank.

»Ich werde mich mal umhören, aber kann nichts versprechen«, erwiderte Reinhardt. »Ich mag deine Bücher. Dein Schreibstil entspricht meinem Geschmack. Aber weitaus mehr gefällt mir nun mal mein Geld. Ich habe keinen Bock mehr auf deine öden Ausreden und dein Selbstmitleid, du Heulsuse! Bäh! Bäh! Bäh! Dennoch werde ich dir mal wieder gerne auf die Sprünge helfen. Die meisten Deutschen mögen nämlich authentische Dramen und Autobiografen von Opfern. Hierbei kann ich dir behilflich sein.«

»Nein! Bitte ...«

Franks Proteste wurden jäh unterbrochen, als Reinhardt ihm sein Knie ins Gesicht rammte. Es knackte ohrenbetäubend. Ein dumpfer Schmerz breitete sich um Franks Nase und Mund aus.

»Reicht das als Inspiration, Schreiberling?«

»Ein bisschen mehr Authentizität kann ja nicht schaden«, rief sein Sohn Rocco. Er trat auf Frank zu und verpasste ihm einen wuchtigen Tritt in die Rippen. Während Frank die Luft wegblieb, hörte er von weitem ein hohes Kichern. Es war schrill und grell, als würde ihn jemand hämisch auslachen. Doch Reinhardt ließ ihm keinerlei Zeit, darüber nachzudenken.

»Gute Arbeit, mein Junge. Ich denke, das wird seine Fantasie beflügeln«, knurrte der massige Kredithai und schlug zu.

Herr Kunz hatte sich ins Bad zurückgezogen und schien ein recht großzügiges Geschäft zu Vollrichten.

Mortimer stand schon eine ganze Weile am Fenster und war hin und hergerissen von der Szene auf der Straße.

Er verabscheute Gewalt, aber er hasste auch Frank Freibrodt. Also verzog er entweder das Gesicht und betastete vor Entsetzen seinen volllippigen Mund, oder er schlackerte vor Freude mit den Händen, als der Schundautor von den beiden Männern zusammengeschlagen wurde. Schließlich siegte sein Hass auf den Schriftsteller und er brach in piepsiges Gelächter aus.

Nach einer Weile stellte er es ein, weil es selbst in seinen eigenen Ohren zu schrill klang.

Frank war es gewohnt hoch aufzusteigen, um anschließend wieder tief fallen zu dürfen.

Nur dieses Mal war ihm die Abfolge zu schnell. Die Aufschläge auf den Asphalt zu wuchtig.

Frank hörte verschwommen die Stimmen der beiden Männer über sich, als wären sie unter Wasser.

»Warum hast du ihm dauernd ins Gesicht geschlagen, Papa? Er soll doch noch zum Speeddating«, maßregelte Rocco seinen Vater.

»Ach ja«, brummte Reinhardt und kratzte sich an seinem fleischigen Nacken, während er auf den blutenden Frank am Boden starrte.

»Hey, Prinzessin. Sieh mich an«, befahl er Frank und schnippte mit den Fingern.

Als Frank es nicht sofort schaffte, seinen geschundenen Kopf zu heben, wurde Reinhardt lauter.

»DU SOLLST MICH ANSEHEN! DU FICKSTÜCK!«

Ein stechender Schmerz hämmerte vom Unterkiefer bis zu den Schläfen auf Frank ein, als er seinen Kopf etwas hob.

»Ach so eine Hühnerscheiße«, knurrte Reinhardt, bevor er seinen Sohn anging. »Hey Träumer! Hättest du mich nicht eher daran erinnern können? Das ist mal wieder typisch für die Jugend. Nutzlose Pappfiguren! Keiner denkt mehr mit.«

Er kickte eine zerknitterte Bierdose weg, die achtlos auf den Bordstein geworfen worden war, bevor er sich wieder Frank zuwandte.

»Du hast ja noch eine Woche Zeit für das Speeddating. Ich weiß, dass du kein Arbeiter bist. Du bist kein richtiger Mann. Das sehe ich an deinen wabbeligen Händen. Du hast keine Schwielen. Dafür hast du Hornhaut auf der Zunge. Du bist einfach nur ein windiger Laberkopf, der sich für was Besseres hält. Aber das heißt ja nicht, dass wir das nicht ausnutzen können. Ab jetzt wirst du für mich ordentlich züngeln, bis ich mein Geld zurückhabe.

Also kühl dein Gesicht und mach was aus dir. Ich leihe dir großzügigerweise die Eintrittskarte für das Event. Und dann machst du dir eine Gönnerin klar und mir ist es scheißegal, wie alt und fett sie ist, ob sie Haare auf dem Nacken hat oder sich mit ihrer ausgeleierten Haut einkleiden kann. Es ist mir auch vollkommen Latte, ob sie wie ein alter Tilsiter stinkt, oder du gerade in Norwegen feststeckst. Wenn sie geleckt werden will, wirst du vor ihr salutieren und auf der Stelle parieren. VERSTANDEN?!« Reinhardt steckte die Zunge heraus, während er dreckig lachte.

»Du bist jetzt meine kleine Marzipanmaus, mein süßes Sugarbaby. Die Speeddatings bei Waldemar sind so verfickt teuer, da kommen nur gutsituierte Frauen vorbei. Du verführst eine von denen mit deinem hohlen Geschwafel und wringst sie mit ganzem Körpereinsatz aus. Solltest du beim Speeddating versagen, werde ich dir mindestens einen Knochen brechen. Der Mitleidsbonus kann ja auch helfen. Auch die Altersspanne wird sich bei jedem misslungenen Event nach hinten ausdehnen. Der Veranstalter ist nämlich ein Bekannter von mir. Ach ja. Die meisten Autoren kennen das ja schon. Jetzt gibt es zum Abschluss noch einen AA Sturm.«

»Äh ... Was?«

Reinhardt grinste dreckig, während er mit seinem Fuß auf der Grünfläche neben dem Bürgersteig scharrte.

Geschickt wie ein gewiefter Hacky-Sack-Spieler balancierte er kurz darauf eine beträchtliche Menge Hundescheiße auf seinem Stiefel.

Frank sah sich aus den Augenwinkeln um, da er seinen Kopf und Nacken kaum noch bewegen konnte. Nichts.

Komischerweise war kein Passant in Sichtweite. Niemand war da, der Zivilcourage ergriff oder wenigstens einen Notruf absetzte.

So mussten sich also viele junge Frauen abends an einer Bushaltestelle mit einem vollgedröhnten Sexgangster fühlen, wenn der Bus Verspätung hatte und alle drum herum nur Däumchen drehten.

Zufälligerweise war nun auch hier absolute leere und Stille auf dieser Straße am helllichten Tage.

Sonst wurden einem in dieser gottverdammten Metropole zu jeder denkbaren Zeit die Ohren vollgeplärrt, man wurde angerempelt, angebettelt, umgefahren oder musste einer Horde aus rennenden Kindern ausweichen. Der Weg zum Ziel wurde zum riskanten Slalomlauf oder miefendem Rudelbums. Man begrapschte sich gegenseitig versehentlich, weil die überfüllte Tram mal wieder zum sozialen Gruppenkuscheln einlud. Wo waren jetzt die ganzen breitbeinig laufenden und grölenden Männer, die nach abgehangenem Schweinefleisch stanken. Bis auf Reinhardt und seinem Sohn war keiner von ihnen da. Wo waren die mit Schminke vollgekleisterte Damen, die hinter dem Handy ihre hängenden Mundwinkel im Gesicht versteckten und im Schneckentempo über den Gehweg schlurften, wo waren die Touristen, die mit heruntergeklapptem Unterkiefer ein Backwarengeschäft begafften, als wäre der Saftladen das achte Weltwunder, wo waren all die sechsjährigen Kinder, die später eine Polizeilaufbahn anstreben wollten oder die kontaktfreudigen Obdachlosen, welche nach dem nächsten Schuss lechzten. Wo waren die jetzt alle, wenn Frank sie einmal im Leben brauchte?

»Bitte nicht«, appellierte er an seine Peiniger.

Reinhardt lächelte grimmig. »Denk dran, falls jemand Fragen stellt, ich habe viel mehr Freunde als du. Du bist also schön brav die Treppe runtergefallen und ganz zufällig in Hundescheiße gelandet.«

Frank musste sich bereits übergeben, bevor Reinhardts stinkender Stiefel sein Gesicht überhaupt erreicht hatte.

Mortimer zuckte zusammen, als er hörte, wie der Verleger mit einem zufriedenen Seufzer die Spülung betätigte.

Sein Gehörsinn war seit gestern Abend sensibilisiert. Seine Stimmungsschwankungen intensiver als je zuvor. Die Stichwunde von dem Obdachlosen brannte und ein blasenartiger Ausschlag breitete sich unerbittlich unter seiner Gürtellinie aus. Da Mortimer keinen ordinären Eindruck bei dem Verleger hinterlassen wollte, musste er sich während des Konzeptionsgesprächs die ganze Zeit das wohltuende Kratzen verkneifen. Auch litt er seitdem unter Kopfschmerzen, die sich stets auf eine andere Stelle verlagerten. Ein stechender Schmerz wanderte durch seinen Schädel. *Als würde sich ein bösartiges Tier durch mein Gehirn fressen!*, dachte Mortimer voller Wehmut und ahnte nicht, wie recht er hatte.

Der Verleger tauchte räuspernd hinter ihm auf. »Nun ja. Ich bin mir sicher, dass unser Konzeptionsgespräch Früchte tragen wird.«

Mortimer drehte sich ruckartig zu ihm um und erhob mit leuchtenden Augen seinen Zeigefinger. »Ha!«

Dann fror er plötzlich ein. Er verharrte zitternd in der Position und sein Finger blieb in der Luft hängen. Nur sein rechtes Augenlid zuckte unkontrolliert, ansonsten blieb er reglos steif in seiner Pose stehen. Der Verleger nickte, als wäre nun alles geklärt worden und drehte ihm den Rücken zu.

»Nun denn. Ich werde nicht Adieu sagen, sondern hoffe inbrünstig auf ein baldiges Wiedersehen.«

Er knöpfte seinen Mantel zu und zog den grauen Schal um seinen Hals.

Er nahm gar nicht wahr, dass Mortimer immer noch in seiner belehrenden Pose verharrte und ihm nun die eitriggelbliche Flüssigkeit aus der Nase lief.

6. Feucht

Fabienne lief zu ihrer Wohnungstür und lugte aus dem Türspion, als ihre oberen Nachbarn lautstark diskutierend über die Treppen des Hausflurs trampelten. Sie ließen sie permanent an ihrem vor

Sex triefenden Privatleben teilhaben. Sie bekam in diesem hellhörigen Altbau alles von ihnen mit, ohne allerdings wirklich integriert zu sein. Sämtliche nächtliche Feierlichkeiten bis in die Morgenstunden sowie ihre kläglichen Fortpflanzungsbemühungen.

»Musst du beim Sex eigentlich immer so herumkreischen und quieken?«

»Entspann dich doch mal. Hat doch noch niemand die Bullen gerufen«, versuchte ihr Mann sie zu beruhigen. Nun hörte Fabienne wieder seine sonore Bassstimme.

Vor einer Stunde befürchtete sie noch, ein entführtes Schulmädchen würde über ihr gefoltert werden.

»Das ist nicht mehr normal, weißt du?«, schimpfte ihre Nachbarin wieder.

»Dann hör doch auf, mit deinem Finger in ...«, begann deren Mann brummend.

»Mann! Nicht hier im Treppenhaus!«, unterbrach sie ihn.

Mosernd trampelten sie weiter und Fabienne hatte schon vom Zuhören schlechte Laune bekommen.

Wer zum Teufel bestimmt denn bitteschön in dieser verrückten Welt noch was normal war und was nicht?

Eine Beziehung schien zumeist ein Geben und geben oder ein Nehmen und nehmen zu sein. Selten schien das Gewicht fair verteilt. Ein Mensch fraß sich unten auf einem Ende der Wippe voll, während ein anderer auf dem gegenüberliegenden Ende oben verhungerte. Vielleicht war die Einsamkeit gar keine Schmach, sondern missverstandene Freiheit?

Fabienne wollte das Konstrukt Beziehung grundsätzlich nicht in Frage stellen. Es gab selbstverständlich genügend glückliche Ausnahmen.

Sie hatte auch schon zwei sehr kurze aber erfüllende Beziehungen hinter sich. Eigentlich brauchte Fabienne keinen neuen ernüchternden Plotttwist, aber sie wollte auch nicht das ganze

Leben verpassen. Sie hatte schließlich auch eine Einladung für ein Speeddatingevent gewonnen, welches sich über ein gesamtes Wochenende erstreckte. Sie wollte ihren Eltern zugleich auch irgendwann mal Enkelkinder schenken, auch wenn diese es wohl nicht von ihr erwarten würden. Aber das war das Mindeste, was sie verdient hatten, fand Fabienne. Sie hatte ihrer Familie nämlich viel zu verdanken. Anders als viele ihrer anderen Mitmenschen hatten sie stets versucht, Fabienne zu verstehen und ihr bei ihren Problemen zu helfen. Dadurch ging es ihr heute auch weitaus besser. Besonders ihre einfühlsame Mutter hatte viel Geduld, Kraft und Lebenszeit geopfert, um Fabienne aus etlichen Miseren herauszuhelfen. Sie hatte sie quasi auf ihre Art therapiert. Mit Erfolg. So konnte Fabienne trotz ihrer Wahrnehmungsstörungen ein selbstständiges Leben führen, auch wenn manchmal noch bei zu großer Reizüberflutung, der ein oder andere Tick aufkam.

Sie verspürte einen Speichelüberdruss in ihrem Mundraum und bekam dadurch Appetit auf Lakritzrollen.

Nach 22 Uhr hatten die meisten Läden jedoch schon geschlossen und da die übrigen zu weit entfernt waren, beschloss Fabienne, sich noch zu einem überteuerten Lebensmitteleinkauf bei einer Tankstelle aufzumachen.

Sie seufzte, als sie ihre Schnürschuhe entknoten musste, da sie vorhin einfach überhastet aus ihnen herausgeschlüpft war, ohne sie aufzubinden.

Aber nach einem kleinen Kraftakt hatte sie diese dann auch wieder anbekommen.

Nachdem sie eine geraume Zeit ihr Portemonnaie gesucht hatte und schließlich auf dem gläsernen Wohnzimmertisch fündig geworden war, verließ sie ihre Wohnung.

Auf dem Weg zur Tankstelle dachte Fabienne an ihre Unterhaltung mit Korben. Er hatte recht strenge religiöse Überzeugungen, fand sie, dennoch musste sie seitdem mehr an Gott denken. Sie glaubte an ihn. Manchmal fürchtete sie ihn auch, aber die konservativen Wertvorstellungen von Korben konnte sie dennoch nicht teilen.

Warum wurde der Name des Herrn sooft dazu missbraucht, seinen Schäfchen Angst einzujagen?

Fabienne konnte sich die Frage durchaus selbst beantworten. Eine gewisse Hörigkeit wurde dadurch erfolgreich in den Köpfen manifestiert.

Nur waren die rasenden Jünger denn wirklich Gott hörig, wenn sie in die heilige Schlacht zogen?

Oder profitierten davon nicht wohl eher reiche Geschäftsleute und Politiker.

Fabienne hatte schon des Öfteren Angst verspürt. Schon jetzt verspürte sie das Bedürfnis, sich mit den Knien voran in den Dreck zu werfen und um Vergebung zu flehen, da sie so viel in ihrem wirren Kopf hinterfragte.

Sie war schon allzu oft auf die Knie gefallen, wenn frevelhafte Gedanken in ihrem Hirn umherschwirrten.

Aus Angst vor Bestrafung. Vor einem gemeinen Schicksalsschlag.

Aber vielleicht unterstellte Fabienne dem Herrn diese Rachsucht ja auch zu Unrecht?

Fabienne fühlte sich schuldig bei dem Gedanken, zugleich behagte er ihr auch etwas.

Als sie den holprigen Fußweg, auf welchem sie schon mehrmals durch seine Unebenheit umgeknickt war, zur Tankstelle passierte, war sie so sehr in ihre Gedanken vertieft, dass sie unbewusst mit ihrem Daumen über den Stoff ihrer Jeans strich.

Sie dachte daran, dass sich vielleicht auch viele Menschen aus Angst in der Religion radikalisierten. Sie wollte mit diesen Menschen reden. Ihnen sagen, dass man überhaupt nicht wissen konnte, ob Gott wirklich nachtragend ist, oder vielleicht auch viel verzeiht.

Es passierten tagtäglich schreckliche Dinge auf der Welt, aber vielleicht war das ja alles gar nicht persönlich gemeint? Vielleicht überließ er seinen Schäfchen auch einfach die Verantwortung für ihren Lebensverlauf?

Fabienne wusste selbst nicht alles zu beantworten, aber all die Angstmacher, die einem etwas über die Hölle predigten, konnten es ja eigentlich auch nicht wissen.

Sie würde sich gerne mal mit jenen auf Augenhöhe austauschen wollen.

Nur diesem Korben wollte sie am liebsten die Leviten lesen.

Tief in Gedanken versunken quetschte sich Fabienne zwischen einer Baustelle und einem entgegeneilenden Passanten hindurch.

Nachdem sie noch einer Dame auswich, schreckte Fabienne aus ihren Gedanken auf.

Haben ich gerade jemanden angefasst?

Ihre Erinnerungen gerieten oft durcheinander, da sie so oft abschweifte.

Sie erinnerte sich nur noch daran, dass ihr Daumen den Stoff einer Jeans gestreichelt hatte.

Fabienne hatte ohnehin schon ein schlechtes Gewissen. Seit ihrer Kindheit war ihr eingeimpft worden, nicht ständig in ihren Gedanken zu schwelgen.

Aber erst recht würde sie es sich nicht verzeihen können, wenn sie einen unschuldigen Menschen begrapscht hatte.

Sie wollte niemanden traumatisieren. Sie sah sich zuerst nach der Dame um. Diese lief jedoch unbekümmert und in recht langsamer Geschwindigkeit ihres Weges.

Aber zuvor war Fabienne ja noch einem Mann begegnet. Sie erinnerte sich verschwommen.

War das nicht bei der Baustelle gewesen?

Fabienne sah sich weiter um, konnte jedoch den Mann nirgends mehr ausfindig machen.

Er war verschwunden und ließ nun in Fabienne einen nagenden Zweifel zurück.

Das passierte ihr recht häufig.

Bisher blieben jedoch die Reaktionen von den Fußgängern aus.

Mittlerweile war sich Fabienne zunehmend sicher, dass sie sich das alles wohl nur einbildete.

Ein Zweifel blieb jedoch in ihr und ließ genügend Raum für Schuldgefühle und Paranoia.

Mit gesenktem Haupt und zunehmend nervös erreichte sie schließlich die Tanke.

Der beleibte Tankwart nahm sie zwar wahr, dachte jedoch nicht im Traum daran, seine aktuelle Tätigkeit für sie einzustellen.

Ungerührt fegte er den blanken Boden seines Ladens weiter und ließ Fabienne vor dem Nachtschalter stehen.

Diese wartete voller Demut. Sie zuckte zusammen, als der Himmel über ihr bedrohlich grollte und sich die Wolken zu einer düsteren Masse zusammenzogen. *War das nun Gottes zornige Antwort auf ihre oppositionellen Gedanken?* Der erste Tropfen von vielen schlug auf ihrer Stirn ein. Dennoch traute sie sich nicht, auf sich aufmerksam zu machen.

Der arme Kerl hatte sicher einen harten Job und sie hatte ja genug Zeit.

Sie wartete und wartete und der Tankwart beendete grunzend seine Reinigungsarbeit, um anschließend noch eine Warenbestandsaufnahme abzuschließen. Fabienne verharrte still vor dem Nachtschalter und versuchte, möglichst flach zu atmen, um den armen Kerl nicht abzulenken.

Sie fühlte sich schuldig für die plötzlich aufkeimende Wut und damit verbundenen finsteren Gedanken. Zudem fühlte sie sich beobachtet. Allerdings nicht vom Tankwart. Es war, als würde ein Raubtier in der Dunkelheit nach ihr schmachten. Aber das bildete sie sich wahrscheinlich auch nur ein. *Oder etwa nicht?*

Hatte sie ihn etwa bemerkt?

SM wusste es nicht genau. Fluchend drückte er den Anruf von seiner Frau weg. Obwohl sie schon eine geraume Zeit verheiratet waren, schien sie es wohl nicht einmal zwölf Stunden ohne ihn auszuhalten. Naiv wie sie war, glaubte sie immer noch, er würde Überstunden abbummeln. Sie sah nach wie vor nur das Gute. Sie ahnte nicht, was er wirklich tat. Er würde gleich die dünne Trennlinie zwischen Mensch und Raubtier durchbrechen. Er würde seine Seele auslüften, damit die Bestie in ihm atmen durfte und zugleich wurde ihr gieriger Schlund gefüttert. Er war auf der Jagd. Lauernd in der Dunkelheit betrachtete er sein neues Opfer. Sein Trieb verlangte nach neuem Wild. Womöglich würde er wie eine Bombe in ihr Leben einschlagen und es nachhaltig zerstören. Aber nach den zahlreichen traumatisierten Opfern, die in der Vergangenheit lagen, war es ihm mittlerweile vollkommen gleich. Feuchtfröhlich schlich er auf leisen Sohlen und gebückt umher. Nutzte die geparkten Autos und Bäume als Sichtschutz. Umkreiste die Frau wie ein Hai seine Beute. Das dumme Ding spürte, dass es beobachtet wurde. Aber sie drehte sich nur ein paarmal ratlos um. Ansonsten reagierte sie nicht. Sie schien stoisch bei den Zapfsäulen auf den nächsten Wolkenbruch zu warten. Warum auch immer. SM wusste es nicht, aber das war ihm auch egal. Sie würde für ihn ein weiterer dummer Snack sein. Obwohl sein feuchter Schritt nach ihrer Haut lechzte, entsprach sie nur bedingt seinem Typus. Aber das Kribbeln in der Hose ließ einfach nicht nach. Sein erigierter Schwanz hämmerte regelrecht wie ein ungeduldiger Gast gegen die klebrige Pfütze an der Front seiner Boxershorts.

Sie war ihm im flackernden Licht der Straßenlaterne auf dem Fußweg entgegengekommen. Die anderen Huren, die er heute gesehen hatte, waren ihm zu steril. Sie hatten zu reinliche Haut und schienen regelrecht vor Selbstbewusstsein aufgebläht zu sein.

Die Pute vor ihm hatte zwar nur ein paar wenige Pickel und war eigentlich noch zu hübsch für seinen Geschmack aber ihre Ausstrahlung gefiel ihm. Sichtlich verwirrt, unsicher, voller Selbstzweifel, möglicherweise depressiv, vielleicht sogar suizidgefährdet. Genau sein Ding.

Er würde ihr gleich den Rest geben. Wie einer verwundeten Spinne würde er ihr die letzten Beine ausreißen.

In der Pubertät war er auf den Geschmack gekommen.

Er war zwölf. Das Mädchen aus dem Nachbarsgarten war zwei Jahre älter und ärgerte ihn ab und an vom Zaun aus. Sie kommentierte, wenn er sich mit seinem Fuß beim Rasenmähen im Kabel verhedderte. Sie lachte ihn aus, wenn er im Plantschbecken ausrutschte. Sie warf ihn vom Zaun aus mit harten Äpfeln ab, während sie ihn zugleich beschimpfte und Prügel androhte.

Damals hatte er ihre leeren Drohungen wörtlich genommen und noch Angst vor ihr gehabt. So wie vor seinen männlichen Mitschülern, die nach ihren Drohungen zumeist auch handfeste Taten folgen ließen.

Die Zeit kroch in solchen Momenten quälend langsam dahin, während die erfreulichen Momente seiner Kindheit rasch vorbeizogen.

Doch auch das verging. SM wurde männlicher, seine Nachbarin bekam Akne. Achims Körper wuchs kaum. Jedenfalls nicht allzu viel mehr in die Höhe, aber dafür konnte er von Natur aus gut Muskeln aufbauen und wurde zunehmend von seinem Umfeld verehrt und zugleich gefürchtet.

Anstatt sich an seinen Mitschülern zu rächen, freundete er sich mit ihnen an. Denn er wollte sich nicht mit Gleichstarken prügeln. Er fürchtete die Schmerzen. Er hatte ja schließlich schon genug einstecken müssen. Aber die Wut wuchs in ihm, weil er noch kein geeignetes Ventil gefunden hatte.

Wie Berge wuchsen auch die weiblichen Rundungen und Eiterkronen der Nachbarin. Dafür sackte ihr Selbstbewusstsein ab ins Jammertal.

SM dankte Gott für die Pubertät. Sie war das ausgleichende Karma.

Das vorlaute Mädchen mutierte zu einer hässlichen Außenseiterin, die ihr Umfeld mied und stets mit gesenktem Haupt durch die Gegend schlurfte. Der Anblick gefiel ihm. Törnte ihn zusehends an. Mit sechzehn folgte er ihr in den Wald. Sie war mittlerweile volljährig, aber die Blütezeit ihrer Pickel hatte sie immer noch nicht hinter sich. Er wusste selbst nicht genau, was er eigentlich von ihr wollte. Erst wollte er sie ebenfalls nur auslachen, bis er sie schließlich eingeholt hatte. Doch dann brachte er keinen Ton heraus. Ihr intensiver Blick brachte ihn zum Schweigen. In ihren Augen las er nichts als Angst und Panik. Als dann auch noch ihre Hautunreinheiten im Waldlicht schimmerten, brach die Bestie aus SM heraus. Sie schrie, als er ihr den ersten Pickel ausdrückte. Wimmerte. Je mehr sie weinte und kreischte, desto mehr quetschte er ihre Eitergipfel.

Nachdem er ein paar Minuten später in seine Boxershorts ejakuliert hatte, ließ er von ihr ab. Er ließ sie einfach stehen, nachdem er leise eine Entschuldigung herausgestammelt hatte. Zunächst war er entsetzt von seiner Tat.

Er fürchtete die Konsequenzen und baute sich schon ein Lügenkonstrukt auf, aber die Nachbarin schwieg.

Wie seine anderen Opfer ebenfalls. Mittlerweile war sich SM sicher, dass sie selbst genau wussten, dass ihnen niemand glauben würde. Er hatte auch mal darüber nachgedacht, sich Hilfe zu suchen. Anonyme Möglichkeiten dafür gab es ja in Deutschland. Es war schon schwer genug, sich selbst einzugestehen, ein gottverdammter Triebtäter zu sein. Aber vor allem wusste er nicht, wie er seinen Pickelfetisch erklären sollte. Er ertränkte seine brennenden Schuldgefühle in Alkohol und wartete auf das strafende Karma.

Die einzige Strafe war seine ewige Unzufriedenheit.

Luzia stand eines Tages vor seiner Tür und er befürchtete das Schlimmste. Doch statt mit ihm abzurechnen, fiel sie ihm innigst in die Arme und bedankte sich bei ihm. Er hätte sie dazu gebracht, etwas gegen ihre Akne zu unternehmen, behauptete sie unter Tränen und präsentierte ihm ihre nun lupenreine Haut.

Insgesamt ließ das Karma auf sich warten. Er hatte alles. Einen erfolgreichen Job als Manager in einem privaten Busunternehmen. Er war ein Schönling mit hohem Einkommen und kam auch bei den hübschen Frauen gut an. Vielleicht auch, weil er sich nicht im Geringsten für sie interessierte.

Weil es in der Gesellschaft ankam, heiratete er Luzia, die nun ein Model für diverse Hautcremes war und bekam mit ihr zwei Kinder. Sie spürte seine Unzufriedenheit und machte genau das Gegenteil von dem, was er wollte. Vielleicht war das ja seine Strafe? Scheinbar hatte sein Übergriff damals alles in ihr abgetötet. Die früher so freche Luzia verhielt wie ein Roboter. Obwohl er ihr es immer wieder ausdrücklich auszureden versuchte, trieb sie fieberhaft Sport, achtete auf die Ernährung und retuschierte die kleinsten Mitesser. Durch ihr Training setzte sie scheinbar genügend Endorphine frei. Sie war ehrgeizig, aber dennoch ausgeglichen. Regelrecht naiv. Sie war so oberflächlich und steril wie das heutige Fernsehen oder die Phantasie einer künstlichen Intelligenz.

Obwohl er sie am liebsten von hinten nahm, wollte sie stets die Missionarsstellung in Dauerschleife. Er dachte nicht im Traum daran, sich dabei abzustützen, und stieß so fest zu, wie er konnte. Doch sie genoss scheinbar den Sex und fürchtete SM nicht. Schon allein dafür hasste er sie. Wenn er sie anfuhr, nannte sie ihn zumeist nur Brummbärchen und kicherte entzückt. Nahezu dümmlich. Also musste er sich seinen Spaß nach wie vor außerhalb der Ehe suchen.

Er richtete sich hinter dem Auto auf und überlegte sich, wie er Fabienne vom Parkplatz der Tankstelle weglocken konnte.

Als sein Handy jedoch wieder klingelte, versteckte er sich erneut hinter dem Auto.

Die lässt mich einfach nicht in Ruhe, fluchte er innerlich. *Ist das deine Art, dich zu rächen?*

Er entschied sich dafür, wieder nach Hause zu gehen. Sollte sie sich doch ruhig die Beine in den Bauch stehen. Er wusste ja, wo er Fabienne finden konnte. Er nahm sich vor, wie ein Mitesser an ihr kleben zu bleiben. Er würde sie verfolgen, bis er sein Ziel erreicht hatte. Da Luzia und er das letzte Speeddating organisiert hatten, besaß er ja Fabiennes Kontaktdaten.

7. Albträume

»Du musst springen! Sie kommen! Spring!«, raunte ihm die Südseeschönhaut zu. Ihre großen traurigen Augen musterten ihn eindringlich. Nahezu flehentlich. Obwohl Naduka die zwanzig bei weitem überschritten hatte, war ihr Körper recht zierlich, nahezu knabenhaft. Dennoch drückte sie ihn mit einer fast schon unmenschlichen Kraft an die Reling des Frachters. Blut wärmte seine Haut. Durch ihr Herumgezerre war die Naht einer der Schnittwunden auf seinem Bauch wieder aufgeplatzt. Dabei hatte Naduka seine Wunden liebevoll und fast schon mit chirurgischer Präzision wieder zugenäht, nachdem das Narbengesicht vor einer Woche mit einem Teppichmesser ein Exempel an ihm statuiert hatte. Das nächste Mal würde er nicht so oberflächig schneiden, hatte er dem wimmernden Mortimer anschließend erklärt. Und da seine Eltern sich beharrlich zu weigern schienen, das Lösegeld zu bezahlen, war es nur noch eine Frage der Zeit, bis sein hitzköpfiger Entführer wieder über ihn herfallen würde. Gründe hatte er also genug, um zu springen, aber seine Intuition hielt ihn dennoch zurück.

»Spring endlich!«, forderte Naduka verzweifelt.

»Was ist mit dir?«, fragte Mortimer und sah mit ansteigendem Schwindelgefühl nach unten. Tatsächlich sorgte er sich auch um sie. Denn er konnte sich ausmalen, dass ihr Verrat nicht ungesühnt bleiben sollte. Allerdings wollte er schlichtweg Zeit schinden, denn ihm behagte nicht das dunkle Meer, welches ganz sicher eisigkalt war und vor Wut zu schäumen schien mit seinen wilden Wellen. Besonders nicht der gigantische schwarze Schatten, der sich unter der Wasseroberfläche spiralförmig um das gesamte Containerschiff zu schlängeln schien.

»Spring! Sie werden dir sonst sehr, sehr wehtun! Bitte! Spring!«, wimmerte die Kindesentführerin, die anscheinend ihr Herz wiedergefunden hatte.

Mortimer sah unter dem Wasser nun ein lilafarbenes Flackerlicht, welches sich langsam fortzubewegen schien.

Irgendetwas lauerte da unten. Mortimer war sich da ganz sicher. Er spürte, dass ihn dieses Ding da unter der Wasseroberfläche beobachtete. *Da wartet etwas auf mich. Etwas Riesiges! Und es scheint hungrig zu sein.*

»Ich kann nicht!«, heulte er und entließ etwas Rotze von der Reling.

Nadukas Mund öffnete sich zu einem stummen Schrei, als die beiden hörten, wie direkt neben ihnen eine Maschinenpistole entsichert wurde.

»WAS IST HIER LOS, VERDAMMTE SCHEIßE? AB IN DIE KAJÜTE MIT EUCH! NA LOS!«, brüllte einer seiner Entführer und wischte sich ein paar Schweißperlen von seiner glänzenden Kopfhaut.

Diese Kajüte hatte Mortimer noch nicht gesehen. Er durfte zuvor immer nur in einem kahlen Raum nächtigen, der auch viel kleiner und enger gewesen war.

Er schielte sehnsüchtig auf die kleine Matratze, die auf dem ersten Blick eine einladendere Schlafmöglichkeit als der kalte Boden bot, auf dem er die letzten Nächte immer liegen durfte.

Auf dem zweiten Blick sah er auf der grauen Matratze recht unappetitliche Impressionen aus gelben, braunen und roten Flecken. Die Krönung kam dann allerdings aus dem türkisfarbenen Schlafsack gekrochen. Zuerst sah er nur den wurmartigen Schwanz. Dann pellte sich der aufgeplusterte haarige Leib hervor. Er sah eine dicke rückwärtskriechende Ratte, die gerade irgendetwas herunterschluckte.

Mortimer wandte sich schaudernd ab, aber es wurde nicht besser. Die Spüle in der kleinen Küchenzeile war mit einem braunen Brei verstopft. Das Geschirr drumherum war mit Dreck und Schimmel überzogen.

Der Kahlköpfige zerrte Mortimer und Naduka durch den Raum und dabei fiel Mortimers Blick als Nächstes auf die beiden Metalltische neben einer Reihe aus Klappstühlen. Einer von ihnen war steril und nichts lag auf ihm. Auf dem hinteren hingegen lagen Messer in diversen Ausfertigungen und Größen, Kneifzangen, ein Zimmermannshammer und ein geschlossener Pizzakarton, dessen fauliger Geruch so intensiv war, dass er sämtliche anderen Gerüche in diesem miefenden Raum in den Schatten stellte.

Die beiden wurden von dem mürrischen Glatzkopfgolem unsanft auf zwei unbequeme Metallstühle befördert.

Der schwarzhaarige Riese neben ihm nuckelte unbekümmert an einer Zigarre. Fröhlich paffte er Rauch in die Luft. Er zwinkerte Mortimer zu und deutete vielsagend auf Naduka.

Mortimer war zunächst erleichtert, dass er in ihren gemeinsamen Ausflug keinen Fluchtversuch zu interpretieren schien. Die Decke der Kabine war so niedrig, dass der Entführer nur sichtlich gekrümmt stehen und gehen konnte. Dennoch nahm er auf keinem der Stühle Platz und schien bester Laune zu sein.

Im Gegensatz zu dem dritten Mann, der in der Nebenkabine herumkreischte, als würde es keinen Morgen mehr geben. Es donnerte, da er wohl ständig mit der Faust gegen die Metalltür zu boxen schien. Mortimer schmerzten schon vom Zuhören die Faustknöchel.

Schließlich krachte etwas im Nebenraum zu Boden und ging zu Bruch.

Kurz darauf öffnete sich die Tür. Dort stand der dritte Mann und fixierte Mortimer mit einem vernichtenden Blick. Die knallrote Haut des dritten Entführers ließen seine bleiche Narbe, die sich von seinem rechten Auge bis zum Mundwinkel zog, noch hässlicher erscheinen.

»Zieh dich aus!«, sagte er zu Mortimer und raste auf ihn zu. Dabei kickte er gegen eine weitere Ratte, die vor der aufgeladenen Atmosphäre zu flüchten schien. Quiekend flog diese durch die Kajüte, und verfehlte Naduka nur knapp, bevor sie gegen die Luke klatschte.

Mortimer bemerkte plötzlich, dass er trotz der sengenden Hitze eine Gänsehaut bekam. Seine Kehle schnürte sich zu und wurde trocken. Er schüttelte entsetzt den Kopf. »Was haben Sie gesagt?«

»DEINE ELTERN ZAHLEN NICHT! WILLST DU MICH VERARSCHEN?! WAS SOLL DIE SCHEIßE!?«, brüllte er Mortimer ins Gesicht, als hätte jener selbst so entschieden.

»AUSZIEHEN!«, wiederholte er anschließend lautstark, sodass Mortimer ängstlich zusammenzuckte und sicherheitshalber schon mal die Deckung hob.

»Nein ... bitte ...«

Das Narbengesicht missachtete jeglichen gesunden Körperabstand zwischen zwei Menschen und trat so hauteng an Mortimer heran, als würde er gleich eine explizite Liebesszene mit ihm drehen, bei der die meisten Intimitätskoordinatorinnen am Film-

set einen Kollaps bekommen würden.
»Ich schneide dir die Daumen ab und steck sie dir in all deine Körperöffnungen. Wieder und wieder! Oder noch besser! Ich schlitze deinen Bauch auf. Ich zieh deine Innereien raus und brate sie ordentlich durch, bevor ich sie dir wieder in dein verficktes Maul schiebe«, hauchte er ihn aus fauligen Zähnen an. »DU BASTARD! ZIEH DICH AUS!«, wiederholte er überflüssigerweise, bevor er an Mortimers Hemd grob zerrte, sodass einige Knöpfe über den Boden kullerten.

Genauso wie die Tränen aus Mortimers Augen.

Die Metallwände der Kajüte drehten sich um ihn, als würde er im Karussell der Hölle festsitzen. »Nein. Nein! Mami!«, hörte Mortimer sich selbst nun mit Kinderstimme sprechen.

Alles wiederholt sich.

»Mami. Mami!«, äffte ihn das Narbengesicht mit ätzender Stimme nach. »Deine Mami will dich nicht mehr. Du gehörst jetzt mir!«

»NEIN! MAMI!«

»Was für ein Weichei!«, brummte der Glatzkopfgolem. »Bäh! Bäh! Bäh! Wir haben wohl die falsche Person entführt. Das ist kein junger Mann. Sondern ein Mädchen! EIN MÄDCHEN!«

»Ist das so?«, knurrte das Narbengesicht. »Bist du etwa ein Mädchen?« Er beugte sich zu seinem nun geschrumpften Entführungsopfer hinunter. Er stieß seine Stirn mehrmals gegen das Jochbein des Jungen, bis dieses aufschrammte.

Mortimer versuchte zu antworten, aber er konnte sich gar nicht mehr verständlich ausdrücken, weil nun sein Mund mit Gewebeklebeband verklebt worden war, ohne das er es überhaupt mitbekommen hatte.

»Mhmh.«

»Oh, dann haben wir uns wohl vertan. Aber wir können die Zeit ja sinnvoll nutzen«, schlug das Narbengesicht vor und seine mit gelben Bläschen überzogene Zunge näherte sich Mortimers Gesicht.

Der einzige Ort, welcher in Mortimer nicht gefror, war seine Hose, da er sich nun einmachte.

»Er pisst sich an«, stellte der Riese trocken fest, ohne sein freundliches Lächeln einzustellen.

»Falsch!«, blaffte das Narbengesicht. »Ihre Fruchtblase ist geplatzt!«

Die drei Männer lachten. Der Riese quiekte hoch dabei, bevor er wieder mit tiefer Stimme sprach: »Dann wird es nun wohl Zeit für einen Kaiserschnitt.«

»JA! FUCK! MANN! JA!«, brüllte das Narbengesicht. »PACKT DIE KLEINE SCHLAMPE AUF DEN TISCH! Wir machen wieder Doktorspielchen.«

Mortimers Blick blieb hilfesuchend an Nadukas traurigen Augen hängen. Sie zupfte nervös an ihrer Unterlippe und trat von einem Bein aufs andere.

Etwas schien plötzlich gegen das Schiff zu krachen, bevor die Männer ihn ergreifen konnten. Das Licht flackerte und Mortimer verlor durch die Erschütterung sein Gleichgewicht. Er schürfte sich Knie und Handinnenflächen auf, als er auf dem Aluminiumboden landete. Er hörte die strauchelnden Männer fluchen. Doch sie fanden schneller zurück in den Stand als er.

Seine Fingernägel kratzten über das Riffelblech, als er an den Beinen gepackt wurde.

Einer der Männer riss ihn scheinbar mühelos in die Höhe und knallte ihn anschließend mit dem Rücken voran auf den leeren Metalltisch.

»SO! DAS HAST DU JETZT DAVON, DU KLEINE DRECKIGE EITERFOTZE!«, bellte das Narbengesicht und langte auf den Nebentisch, während seine Komplizen Mortimer fixierten.

Mortimer zitterte und wusste nicht, welches der Werkzeuge der Entführerboss hervorzaubern würde. *Dieses Mal wird es wohl kein Teppichmesser sein. Ein langes Messer vielleicht. Oder der große Hammer?*

Zu seiner Überraschung langte der Mann nicht nach einem der Werkzeuge, die offen auf dem Tisch lagen. Stattdessen öffnete er den Pizzakarton. Und Mortimer stiegen noch mehr Tränen in die Augen wegen der säuerlichen Duftnote, die nun mindestens doppelt so intensiv roch.

Das Narbengesicht präsentierte einen dreckigen Pizzaroller. Er sah aus, als wäre seine runde Schneide mit schwarzbläulichen Algen verklebt.

Der Entführer riss Mortimers Hemd noch weiter auf, sodass dessen blutiger Bauch nun frei lag.

»Ah. Das sieht doch nach guter Arbeit aus. Du fragst dich sicher, warum ich so gut schneiden kann. Ich habe keine chirurgische Ausbildung genossen. Nein, nein. Sämtliches Wissen habe ich mir aus der guten alten Horrorliteratur angeeignet.« Der Mann lachte dreckig und seine Augen glühten dämonisch, bevor er seinen scharfkantigen schmutzigen Daumennagel in Mortimers Wunde bohrte, aus der sich die meisten Nähte bereits wieder gelöst hatten. Der Junge kreischte schrill auf, bis sein Entführer ihn mit einer schallenden Ohrfeige zum Schweigen brachte. »HALT DEINE DRECKIGE HACKFRESSE! ICH MUSS DENKEN!« Er zog seine Stirn in Falten und betrachtete nun deutlich kritischer sein Werk von letzter Woche. »Nun. Ich habe leider etwas zu oberflächlich und äußerlich geschnitten. Dieses Mal werde ich tiefgründiger performen. Dieses Mal werde ich richtig zulangen. Also einen Kaiserschnitt«, murmelte er und lächelte böse.

Bevor er jedoch den Pizzaroller ansetzen konnte, klingelten im Raum sämtliche Handys Sturm im Chor.

»Was zum Teufel?!«, knurrte der Glatzkopf.

»Macht eure Handys aus!«, befahl das Narbengesicht. Der Riese lief purpurrot an und ertastete hektisch sein Handy in der

Hosentasche. Bevor er es herausziehen konnte, wurde das Schiff wieder von außen gerammt.

Dieses Mal verloren alle Besatzungsmitglieder ihr Gleichgewicht. Die Tische kippten um und Mortimer landete wieder unsanft auf dem Riffelblech.

Als Erstes fand Naduka ihr Gleichgewicht wieder. Sie zog Mortimer auf die Füße zurück und zerrte ihn aus der Kabine.

Sie rannten über das Deck und hörten seltsamerweise keine Schritte hinter sich.

Naduka zerrte ihn zur Reling.

»Spring«, sagte sie eindringlich.

Mortimer blickte nach unten und bekam das Grauen. Er fragte sich, ob es sich überhaupt noch lohnte zu springen, als er ein paar Meter vor sich in den riesigen Strudel blickte, der das Containerschiff unerbittlich zu sich heranzog.

Der Strudel war tief und sah für Mortimer aus wie ein Krater. Er drehte sich in rasender Geschwindigkeit und von ganz unten aus der Mitte schimmerte etwas Bleiches hervor. Erst dachte Mortimer, es wäre nur ein großer Stein.

Dann allerdings sah er, wie sich der gigantische Schlund öffnete und hintereinanderfolgende Reihen aus spitzen Zähnen präsentierte.

»Spring«, befahl ihm Naduka nun mit viel tieferer Stimme. »JA. Spring.«

Sie lachte dreckig.

Entsetzt sah Mortimer sie an.

Er sah nicht mehr Nadukas Gesicht unter den langen Schwarzen Haaren. Es war nun ein männliches Gesicht mit harten, verhärmten Gesichtszügen und weit auseinanderliegenden Augen. Die dünnen, kaum sichtbaren Lippen waren zu einem fratzenartigen Grinsen verzogen.

»Lass mich los! Ich springe nicht! NEIN! LASS MICH LOS!«, kreischte Mortimer und boxte dem Lachsmann ins Gesicht.

»AUA!«, kreischte es über ihm und Mortimer schnappte entsetzt nach Luft, als er Pia über sich hocken sah. Sie rieb sich das Kinn und schenkte ihm von oben einen vernichtenden Blick.

»Was fällt dir ein! Glaub ja nicht, dass du mich jetzt die ganze Zeit misshandeln darfst.«

Er fand sich in seinem Bett wieder. Er spürte am unteren Rücken eine Pfütze aus kaltem Schweiß auf dem Laken unter sich.

Pia hielt mit beiden Händen wutentbrannt ein Kissen umklammert.

»Was ...«

»Du hast mich geschlagen!«

»Das ... das tut mir leid. Ich hatte einen Albtraum.«

»Ja, ja«, schnaubte Pia. »Klang jedenfalls nach einem Erdbeben oder nach sich paarenden Werwölfen. So laut hast du geschnarcht.«

»Oh Pia. Ich weiß gar nicht, was ich sagen soll. Tut mir wirklich leid. Ähm ... Was hattest du mit dem Kissen vor?«

Pia zog wieder wilde Grimassen, als sie die nächsten Worte sehr deutlich artikulierte: »ICH ... WOLLTE ... NUR ... DIE ... LAUTSTÄRKE ... DEINER ... NERVIGEN ... SCHNARCHEREI ... ETWAS ... REGULIEREN.« Sie drehte demonstrativ mit ihren Fingern an einem imaginären Volumenrad.

»Ach so. Äh ... wie gesagt. Es tut mir alles so leid«, erwiderte Mortimer kleinlaut.

Pia sah ihn mit zusammengekniffenen Augen an. »Was ist denn los mit dir?«

»Ich weiß auch nicht. Ich will dich damit auch nicht belasten oder retraumatisieren.«

Auf einmal lächelte sie sanft und strich ihm zärtlich über den Bizeps. »Das ist süß von dir. Aber wir sind ein Paar. Typisch Mann. Immer Einzelkämpfer sein wollen. Alles in sich hineinfressen.

Keine Schwäche zulassen. Aber wir sind doch unter uns. Wir lieben uns doch. Dann sollten wir auch miteinander reden. Du solltest nicht immer alles in dich hineinfressen. Ich möchte dir so gerne etwas abnehmen. Ich sehe doch, dass du sehr bedrückt bist.«

Sie pikte mit ihrem rosalackierten Fingernagel auffordernd gegen eine seiner Brustwarzen.

Mortimer seufzte, leckte sich über die Lippen und nickte anschließend resigniert.

»Du hast recht. Ich sollte mich dir öffnen. Ich bin ein guter Mann, wenn ich zu meinen Gefühlen und Ängsten stehe. Nicht, wenn ich mich vor dem verschließe und vor dir den harten Chauvi markiere. Ich sollte …«

»Ja, ja. Erzähl jetzt.«

»Manches war so surreal, aber irgendwie auch wieder nicht. Fast wie eine Rückblende.«

Pia trommelte ungeduldig mit ihren Fingern auf seiner muskulösen Brust herum. »Ich versteh nur Bahnhof. Was meinst du?«

»Ich habe von meiner Entführung …«

Pia stöhnte lauthals und verdrehte die Augen.

»Och nö. ECHT JETZT? Nicht schon wieder. Das ist doch schon so lange her! Das liegt doch Jahre zurück, Bärchen. JAHRE! Du musst doch irgendwann mal darüber hinweg sein. Du bist doch jetzt ein großer Junge. Also wirklich! Immer derselbe Dudelkasten.«

Sie drehte wieder am imaginären Volumenrädchen.

»Aber du wolltest es doch unbedingt wissen.«

»Jetzt bleiben wir erstmal bei dir, ja? Du hast es sicher nicht leicht gehabt, aber dafür hatten deine Eltern immerhin Geld. Du musstest nie hungern.«

»Du etwa?«

»JETZT LENK NICHT AB! ES GEHT DOCH UM DICH!«, rief sie etwas lauter. »Wovor hast du denn Angst? Du bist ein Mann, du hast Muskeln und du bist gebildet. Du kannst dich jetzt wehren. TSCHAKKA!«. Sie spannte ihren beachtlichen Bizeps an. »Die meisten Frauen können das nicht so gut wie du. Ich allerdings kann mich gut wehren und ich werde auch wie eine Löwenmama um dich kämpfen, sollten diese Schweine sich jemals wieder an dir vergreifen wollen.«

Mortimer nickte nachdenklich und schwieg dann eine Weile. Er schweifte mit seinen Gedanken zurück zu dem Albtraum und versuchte verzweifelt seine Erinnerungen mit dem Traumgebilde abzugleichen.

Pia verstand das falsch. Sie rollte sich schnaufend von ihm herunter. »Oh, jetzt redet der Herr nicht mehr mit mir. Aber ich verstehe deine unterschwelligen Mikroaggressionen nur zu gut. Es ist also meine Schuld. Ja, ja. Schon klar. Ach Gottchen! Letztens im Bett hat dein Männerego ganz schön was abbekommen, nicht wahr? Aber ich kann mir jetzt auch nicht jedes Wort überlegen, weißt du? Und vor allem nicht beim Dirtytalk! Ich bitte dich! Das ist mir einfach zu anstrengend. Außerdem hast du mir ja schon eine gehörige Abreibung verpasst und ich jammer ja auch nicht darüber herum.«

Nun konnte auch Mortimer nicht mehr an sich halten. »Auch Worte können Waffen sein, Pia. Du hast gesagt, sie hätten mich auf dem Müll entsorgen sollen!«

»Nein! So habe ich das ganz bestimmt nicht gesagt! Außerdem hast du mich verraten! Du arbeitest für meinen Konkurrenten, weil du mich als emanzipierte und selbstständige Frau nicht akzeptieren kannst.«

»Bitte Pia. Wir verlassen die sachliche Diskussionsebene.«

»Hör auf, mich wie ein Kind zu behandeln! DAS IST JA EKELHAFT! Du bist durch und durch sexistisch! Du willst mich nicht ernstnehmen und respektieren! Da hintergehst du mich lieber! DU WIDERWÄRTIGER HEUCHLER!«, schrie Pia und sämtliche Adern und Sehnen traten aus ihrem Hals hervor.

»HERRGOTT! ES GEHT UM FRANK J. FREIBRODT! ICH WILL DIE LITERATUR VON SEINEN TOXISCHEN SCHRIFTEN SÄUBERN! BEGREIFST DU DAS DENN IMMER NOCH NICHT?!«, brüllte Mortimer zurück.

»Ja! Aber nie geht es um mich!«, zischte Pia. »Ich schlafe auf der Couch! Damit eure Majestät das Bett für sich alleine haben kann! Fühl dich bloß nicht von deinem dummen Weib gestört!«

Sie stürmte erhobenen Hauptes aus dem Schlafzimmer und knallte die Tür hinter sich zu.

Mortimer hörte sie noch eine Weile im Nebenzimmer herumlaufen, bevor der Fernseher lautstark aufgedreht wurde.

Er hörte durch die Wand einen recht brutalen Dialog.

»Jede Stunde werde ich eine Geisel erschießen, wenn Sie nicht …«

Wimmernd hielt er sich die Ohren zu. Doch dann ging das Geschrei wieder los. Seitdem der Lachsmann mit seiner Spritze auf ihn eingestochen hatte, kamen sie. Schrille Babylaute. Als würde ein Kind um Hilfe schreien. Dabei konnte er sich die Ohren zudrücken, wie er lustig war, die Schreie kamen aus seinem Kopf.

„Halt die Klappe", zischte er und schlug sich schließlich verzweifelt mit der flachen Hand mehrmals gegen die Schläfe. Seine Hiebe brachten ihm allerdings nur Kopfschmerzen ein. Das Geplärre ebbte nicht ab. Schließlich hob er irgendwann resigniert seine Hände in die Höhe und die Schreie wurden plötzlich leiser und um einiges erträglicher. Er verharrte in dieser Position und neue erfrischende Energie durchflutete ihn.

Dabei dachte er wieder an seinen Traum.

Viele Szenen stimmten mit den Erinnerungen an seine Entführung überein.

Lediglich das mysteriöse Ungeheuer im Wasser war neu. Außerdem war er damals überhaupt nicht auf hoher See gewesen, sondern wurde in einer Berghütte im Erzgebirge festgehalten. Der gammelige Pizzaroller war real. Damit war ihm der Bauch aufgeschnitten worden.

Die drei Männer aus dem Albtraum waren auch tatsächlich seine Entführer gewesen. Und ihre Komplizin Naduka. Sie hatte etwas zu spät ihr Gewissen wiedergefunden und die Polizei alarmiert. Ihren gutgemeinten Verrat musste sie brutal bezahlen. Sie schlugen sie tot, nachdem sie Mortimer entstellt hatten.

So waren jedenfalls seine Erinnerungen daran zuvor gewesen.

Glaubte er.

Der Lachsmann war neu hinzugekommen.

Oder etwa nicht?

Gab es nicht noch einen vierten Mann?

War er wirklich in einer Berghütte gewesen?

Oder hatte er etwa zuvor geträumt und war nun im Schlaf mit den wahren Erinnerungen beschenkt worden?

Der mutmaßliche Albtraum war zwar weitaus surrealer, allerdings wirkten seine Bilder umso wahrhaftiger.

Je mehr Mortimer nachgrübelte und beide Versionen gegeneinander abwägte, desto unsicherer wurde er, welche von ihnen sich nun wirklich abgespielt hatte. Er sah zur Decke des Himmelbettes. Die Gesichter der Feen sowie der royalen Märchengestalten verzerrten sich fratzenartig, während sein Sichtfeld zunehmend verschwamm. Sie starrten mit gebleckten Zähnen auf ihn hinab. Es war fast schon so, als würden sie ihn auslachen.

8. Tagträume

Eine Tür wurde aufgerissen.

»Mahlzeit!«, brüllte eine kurvenreiche Krankenpflegerin.

Frank nickte schlaff.

»Mit wem haben Sie sich denn geprügelt?«, fragte sie ihn und deutete auf die knochige Ruine, die einst seine Nase gewesen war.

»Ich bin gegen eine Tür gelaufen«, erwiderte Frank müde.

Die Frau verdrehte die Augen.

Danach sprachen sie nicht mehr miteinander. Sie dirigierte Frank wortlos vom Bett und wechselte sein Bettzeug aus. Sie runzelte kurz die Stirn, als sie dabei eine große Pfütze auf seinem Laken entdeckte. Dann nahm sie das alte Zeug mit und knallte die Tür hinter sich zu.

Nachdem Frank seinen brennenden After im Badezimmer gewaschen hatte, ließ er sich mit dem Manuskript vom Zimmermann aufs Bett sinken. Er blätterte anfänglich lustlos durch die Seiten. Vieles überflog er zunächst, da er den Schreibstil des Mannes als zu blumig und geschwollen empfand.

Dennoch gelang es dem Autor nach geraumer Zeit, in sein Unterbewusstsein zu greifen. Es musste wohl an der Geschichte liegen. Frank merkte, dass sie sich regelrecht in seinem Kopf verselbständigte. Nachdem er ein Kapitel gelesen hatte, rekonstruierte er es in Tagträumen, als würde er sich quasi als Zeuge daran erinnern. Als wäre er selbst dabei gewesen:

DER MUTTERKUCHEN

»Und? Wie läuft das Psychologiestudium?«, fragte Onkel Eberhardt.

Nancy druckste etwas herum. »Na ja. Ich wollte mich eigentlich mehr mit den Menschen und ihrer Psyche beschäftigen. Allerdings muss ich mich nun hauptsächlich mit irgendwelchen Statistiken herumschlagen.«

Konrad, der Jüngere von ihren beiden Onkeln, grunzte leicht spöttisch. »Oh, du armes Mädchen. Da bin ich ja untröstlich.«

»Nun ja. Man kann sich ja nicht die ganze Zeit im Studium amüsieren«, entgegnete Onkel Eberhardt und schenkte Nancys Mutter ein dünnes Lächeln. Doch Florentine erwiderte es nicht, sondern starrte nur ausdruckslos auf den Tisch.

Eberhardt räusperte sich. »Nun denn. Es wird Zeit für unser erstes Ritual.«

In der Mitte des Tisches ruhte in quadratischer Form, gelblich und nach Algen miefend, der Mutterkuchen. Die Familie blieb ihrer jahrhundertelangen Tradition treu. Wenn ein Kind die Schwelle zum Erwachsenenalter übertrat, wurde das Gebäck aus dem Kühllager geborgen und mit Kerzen bestückt. Die Volljährige hatte nun insgesamt eine Minute Zeit, die Kerzen auszublasen und sich die geleeartige Masse oral einzuverleiben, damit der Kuchen ihr Glück brachte.

Onkel Eberhardt stellte seine Stoppuhr scharf. »Legen wir los.«

Nancy erntete Applaus, als sie es schaffte mit nur einem Versuch alle 69 Kerzen auf der wabbeligen Torte auszublasen. Der Kronleuchter an der hohen Decke wackelte ebenfalls durch ihren Luftstoß. Die Verwandten knallten ihre Gläser im Takt auf den Tisch und gaben somit Nancy einen Rhythmus vor, als diese sich den Mutterkuchen in den Mund stopfte. Sie schaffte es knapp in der vorgegebenen Zeit, obwohl sie einen Teil davon wieder erbrach und erneut absorbieren musste.

»Das waren 58 Sekunden. Hervorragende Arbeit«, lobte sie ihr älterer Onkel.

Ein entzücktes Raunen gaben ihre vierzehn Verwandten an dem langen Tische von sich, während sie weiterhin steif in die Hände klatschten.

Doch zwei von ihnen enthielten sich während der gesamten Prozedur. Ihre Cousine stand abseits auf einem runden Podium und behielt ihre Hände bei der Violine, um die Gäste auf vor dem Tisch mit schiefen Tönen zu beglücken. Die Hände von Nancys Mutter ruhten ebenfalls teilnahmslos auf dem Tisch. Fast schon verlegen starrte sie auf ihren gut befüllten Teller. Sie hatte bis jetzt keinen Bissen angerührt.

Nancy kannte den Grund, und auch wenn sie die Haltung ihrer Mutter nicht teilte, konnte sie diese nachvollziehen und tolerieren. Ihr ältester Onkel allerdings missverstand die Zurückhaltung seiner Schwester.

Eberhardt lockerte seine Krawatte, erhob sich, trat hinter sie und legte seine runzligen Hände auf ihre schmalen Schultern.

»Nun ja, ich weiß durchaus, dass die Erinnerungen diesen feierlichen Tag durchaus trüben mögen. Ich wünschte auch, dein Mann wäre dazu imstande uns mit seiner Anwesenheit zu beehren, Florentine. Er wäre mit Sicherheit sehr stolz auf Nancy. Davon bin ich zutiefst überzeugt.«

»Auf Nancy!«, rief Konrad und hob das Sektglas. »Möge der Herr mit ihr sein!«

Beim letzten Satz hüstelte sein älterer Bruder und nahm wieder platz.

»Nun. Ich würde mich an deiner Stelle in Zurückhaltung üben, was solcherlei Wünsche angeht.«

»Wo ist mein Geschenk?«, fragte Nancy einmal um einen anbahnenden Familienstreit im Zaum zu halten, und weil sie auch wirklich vor Neugier brannte.

Ihr ältester Onkel hüstelte wieder und gab sich keine Mühe seine Missbilligung zu verbergen. Stumm deutete er anschließend auf die Gloschen aus Porzellan, die ihre zwei Teller bedeckten. Sie hob die Erste an und entdeckte einen circa 30 cm großen Flammkuchen. »Mmmm«, seufzte sie, als ihr Blick auf die geräucherten männlichen Brustwarzen fiel, mit denen der herzhafte Kuchen belegt worden war.

»Heb die zweite Glosche an. Das ist nämlich dein Hauptgang.«

Sie lüftete den zweiten Teller und erblickte einen mit Rohrzucker kandierten Hoden.

Sie blinzelte ungläubig, als sie ihr Geburtstagsessen begutachtete.

»Na komm schon. Du bist schließlich neunundsechzig geworden. Du bist jetzt eine reife Dame«, sagte ihr jüngerer Onkel und zwinkerte ihr verschwörerisch zu.

»Dies war nicht mein Einfall, aber ich ließ meinen einfältigen Bruder gewähren.« Eberhardt räusperte sich, während Florentine flache Atemzüge von sich gab.

»Echt jetzt?«, entfuhr es Nancy, bevor sie glückselig ihren jüngeren Onkel anstrahlte.

»In der Tat ist heute ein großer Tag für dich. Du bist jetzt ausgereift und dir wird bald neue Verantwortung übertragen werden. Deswegen genieße dein Mahl. Wie gesagt, wir alle hier sind unglaublich stolz auf dich. Du hast es dir redlich verdient«, antwortete er warm lächelnd.

Gerade wollte Nancy mit dem feinen Silberbesteck ansetzen, da wurde sie von ihrer Mutter angefaucht: »Du isst das nicht!«

»Aber Mama ...«

»Du rührst das nicht an. Wir sind nicht so!«

»Was soll das heißen?«, wollte Konrad von ihr wissen.

»Meine Tochter wird nicht so werden wie wir! Ich lasse das nicht zu. Ich bin ihre Mutter. Ich habe sie großgezogen.«

»Das ist dir durchaus hervorragend gelungen«, erwiderte Eberhardt und seine Stimme klang etwas monoton dabei. »Trotzdem irritiert mich dein Ausbruch. Also sprich. Was liegt dir auf dem Herzen?«

»Siehst du das nicht?«, fuhr ihn sein jüngerer Bruder forsch an. »Wer ist hier wohl von uns beiden einfältig. Sei doch kein Narr. Putz dir mal ordentlich die Brille, Bruderherz. Siehst du denn nicht, wie eingefallen Florentine ist? Sie fastet schon seit Wochen. Sie duscht und badet sich nicht mehr!« Konrad schlug mit seiner großen Pranke wuchtig auf den Tisch, sodass sämtliche Speisen bebten, bevor er fortfuhr. »Sie will sich von uns abwenden. Ihrer eigenen Familie in den Rücken fallen. Wir waren ständig auf der Flucht durchs dunkle Tal der Hoffnungslosigkeit. Rastlos. Überall trachteten unsere Feinde uns nach dem Leben. Nun nahm die wilde Reise endlich ein Ende. Nun herrschte seit einiger Zeit trügerischer Frieden. Das ausgerechnet unsere eigene Schwester …«

Eberhardt unterbrach ihn mit einem lauten Hustenschwall.

Nancys Cousine stellte sorgenvoll ihr Violinenspiel ein und zupfte nervös an ihrem Rüschenkleid, bevor sie zu ihrem Vater trat und ihm behutsam auf den Rücken klopfte.

»Es ist falsch, was wir tun. Wir sollten uns eine andere Nahrungsquelle suchen. Dieses Fleisch hat eine Seele«, versuchte es Nancys Mutter etwas ruhiger aber nicht minder eindringlich.

Nun streifte Eberhardt die Hand seiner Tochter sanft ab und ergriff das Wort:

»Nun ja. Dein Gewissenskonflikt ist mir schon seit längerer Zeit bekannt. Ich dachte allerdings eher, er wäre nur eine vorüberziehende Laune und ahnte nicht, dass er so ausufern würde. Dein Mitgefühl ist durchaus löblich, aber weitaus mehr irrational. Wir würden alle nicht sonderlich gut altern, wenn wir gänzlich auf das Fleisch verzichten würden. Aber die gesamte Familie ist redlich bemüht, sich im Fleischverzehr zu mäßigen. Das dürfte doch eigentlich genügen, oder etwa nicht?«

»Von Mäßigung sehe ich hier keinerlei Spur«, spuckte Florentine verächtlich aus und deutete auf den kandierten Hoden.

Eberhardt seufzte. »Nochmal. Das war der Einfall unseres werten Bruders.«

»Ja, ja! Diese Ausreden höre ich mir seit Ewigkeiten an. Wir überfressen uns an diesen armen Kreaturen. Dann sollten wir ihnen auch die Möglichkeit geben, sich angemessen verteidigen zu dürfen.«

Eberhardt schenkte ihr ein dünnes Lächeln. »Ein pikanter, wenn zugleich auch nobler Plan. Aber wie stellst du dir die Umsetzung vor, Schwesterherz? Sie wissen doch gar nichts von uns.«

»Ich gehe an die Presse, wenn ihr euch keine Alternative zum Fressen sucht.«

Wieder haute Konrad kraftvoll auf den Tisch. »Ich wusste es! Du zwingst uns dazu, Florentine! Beschwer dich also nicht.«

Seit Bruder legte den Zeigefinger auf seine schmalen Lippen. »Pst. Halte ein. Lass uns doch erstmal vernünftig mit ihr reden.« Dann wandte er sich an seine Schwester. »Bist du dir da ganz sicher?«

»Ja. Ich habe bereits alles aufgeschrieben. Das Kuvert liegt zum Versand bereit und ich habe genug Kopien versteckt.«

Ihr ältester Bruder seufzte. »Dann sag uns doch am besten sogleich, wo alles verstreut liegt, damit wir dir nicht wehtun müssen.«

»Nein. Ich werde lieber sämtliche Schmerzen erdulden.«

»Mutter!«, flehte Nancy.

Ihre Mutter warf ihr einen wehmütigen Blick zu. »Du hast ein gutes Herz. Es wird hart für dich werden, aber du wirst es noch verstehen.«

Dann wurde ihr Blick eisern und sie fixierte ihren ältesten Bruder. »Macht, was ihr nicht lassen könnt. Meinen Körper könnt ihr brechen. Aber meine Haltung bleibt Bestehen.«

Dieser fasste sich theatralisch ans Herz, bevor er seinem jüngeren Bruder zunickte, der sogleich seinen riesigen Körper erhob.

»Übe dich weiter im Violinenspiel, mein Engel. Irgendwann folgt dann hoffentlich das Talent«, hauchte er sanft zu seiner Tochter und sie setzte das schiefe Konzert fort. Eine passende musikalische Begleitung zum folgenden Schauspiel.

Florentine wurde von Konrad an den Haaren gepackt und brutal vom Stuhl gerissen.

Er zerrte sie aus dem Raum. Sie wehrte sich nicht.

»Du kommst jetzt in den Keller!«

Nancy sprang auf und wollte ihr zur Hilfe eilen, aber zwei von ihren gutgebauten Cousins hielten sie eisern fest.

»Lasst meine Mutter in Ruhe!«, kreischte sie mit Tränen in den Augen und versuchte, ihre Arme zu befreien. Aber keine Chance. Flehentlich sahen sich die beiden Frauen an.

»Bleib stark, mein Schatz! Ich hab dich lieb! Widerstehe ihnen! Du bist besser als sie! Du ...«

Ihre Mutter wurde unterbrochen, als Konrad ihr wuchtig ins Gesicht schlug. Der Kopf eines Normalsterblichen wäre durch solch einen wuchtigen Schlag zerschmettert worden, aber Florentine bekam lediglich Migräne davon und sie stöhnte benommen auf.

»Hör auf sie zu schlagen, du einfältiger Grobian!«, mischte sich Eberhardts Stimme tadelnd in das Geschrei der Frauen. »Mäßige dich in deiner Brutalität, Bruderherz! Folter sie mit höchster Sorgfalt und mit taktvollem Fingerspitzengefühl. Sie gehört schließlich zur Familie. Wir kennen doch alle ihre empfindlichen Stellen. Kitzel sie einfach eine Weile an den Talgknoten. Das wird, denke ich, schon ausreichen.«

»Ich hab dich auch lieb, Mutter! Und ich werde dich befreien! Das schwöre ich dir!«, rief ihr Nancy nach, bevor sie aus dem Raum gezerrt wurde.

Er stieß sie einfach die Treppe hinunter. Florentine kugelte über die Stufen, bevor sie auf dem harten Kellerboden aufschlug.

Benommen wollte sie sich erheben, aber sie blieb am Boden kleben. Entsetzt realisierte sie, dass sie in einer feuchten Pfütze lag und das der ganze Raum mit Schleimspuren überzogen war.

Er grunzte hinter ihr zufrieden. »Ich habe ein neues Haustier. Einst war es mal eine Nabelschnur. Ich habe sie einem der Ztonkys aus dem Bauch gerissen, bevor ich ihn von der Erde tilgte! Gleich werdet ihr miteinander spielen.«

Sie ahnte entsetzt, worauf er hinaus wollte. »Das werden sie dir nicht durchgehen lassen!«

»Ach. Wie auch immer. Die Familie wird ein bisschen traurig sein. Sie werden wahrscheinlich nie wieder mit mir reden. Damit kann ich aber auch gut leben. Und so erspare ich ihnen zugleich die nervtötende Folter.«

Als sie es über sich Zischen hörte und ihr anschließend Sabber aufs Haar tropfte, zog sich ihre Brust zusammen und ihr stockte der Atem vor Angst und Ekel. Sie wollte nur noch hier raus. »Bitte. Ich werde Fleisch aus Schüsseln fressen und ich erzähle dir alles«, presste sie verzweifelt hervor.

Das laute Plärren eines Säuglings malträtierte ihre Ohren. Sie wusste, dass es nicht von einem menschlichen Kind kam. Es war ebenfalls eins von Ztonks Kindern. Ein Ztonkywurm.

Konrad lachte süffisant. »Mach dir keine Umstände. Verbieg dich doch nicht, Menschenfreundin. Du bist nun selber Fleisch und kannst essen, was du willst. Du brauchst mir auch gar nichts erzählen. Was nützen dir schon irgendwelche Unterlagen, wenn du sie gar nicht mehr abschicken kannst. Du bist jetzt unter den seinen. Du wolltest uns in den Rücken fallen und nun wird dich unser Feind infiltrieren.«

Er stieg pfeifend die Treppe wieder hinauf und schloss die Tür hinter sich. Florentine schrie sich in dem schalldichten Keller die Seele aus dem Leib, bis sie fast keine Stimme mehr zur Verfügung hatte. Aber es kam niemand.

Sie fügte sich widerstrebend ihrem Schicksal und sah hinauf zu der Perlenkette aus pulsierenden Fleischkörpern. Ein großes Exemplar von einem bleichen Ztonkywurm klebte über ihr. Nahm fast die gesamte Decke ein. Der Schlund des zwölf Meter langen Wurmes stand weit offen und präsentierte nun wieder zischend schier endlos aufeinanderfolgende Reihen aus spitzen Zähnen.

Hör auf zu tropfen, dachte sie nur, als der stinkende Speichel aus seinem geifernden Maul lief und ihr Gesicht benetzte. Sie brauchte Wasser um Kraft schöpfen zu können und nicht seine schleimigen Sekrete. Sein verkrusteter Stachel am Ende des

Schwanzes zitterte erregt. Es klackte leise, als die Widerhaken an seinen Schlundwinkeln gierig aufeinanderschlugen. Er war zum Absprung bereit und stieß noch einmal einen herzzerreißenden Säuglingsschrei aus.

Frank legte auf dem Krankenbett blinzelnd eine kurze Pause ein fixierte die Krankenhausmahlzeit neben sich auf dem Nachttisch. Schwarzbrot gespickt mit einem Päckchen Butter, Erdbeermarmelade und einer Scheibe Leerdamer. Er hasste diese Käsesorte und auf Konfitüre hatte er momentan keine Lust. Als sich Frank noch im Delirium befand, war Herr Kunz erschienen und so freundlich gewesen, ihm das Manuskript von dem Zimmermann vorbeizubringen. Zusätzlich lagen auf dem Tisch noch Weinbrandpralinen mit einer roten Schleife verziert. Frank wusste die Bestechungsgeste seines Verlegers durchaus zu schätzen, jedoch mochte er auch keine Schnapspralinen. Also las er weiter, um sich von seinem knurrenden Magen abzulenken.

Das marode Rohr

Achim stand das Wasser bis zum Hals. Na ja, wohl eher bis zu den Schienbeinen, aber für ihn fühlte es sich so an, als würde er bereits weitaus tiefer in der trüben Plörre stecken, die seinen Keller gerade überflutete.

Hektisch wippte er also mit seinen nackten Füßen in dem miefenden Wasser. Sein Handy klemmte zwischen seiner hochgezogenen Schulter und einem Ohr, während er vergeblich versuchte, sich mit dem gasarmen Feuerzeug einen beruhigenden Lungensnack anzuzünden, bis die Haut auf seinem Daumen schmerzte.

Resigniert gab er nach ein paar kläglichen Versuchen auf. Sein Chef hielt ihn stoisch in der Warteschleife. Wahrscheinlich hatte er ihn bereits abgeschrieben und sah es nun nicht mehr als nötig an, seinen Anruf entgegenzunehmen.

Vielleicht wusste er bereits von dem anonymen Blutbefund und auch davon, dass er Achim abhandengekommen war. Dabei sollte er Wolfgang eigentlich unverzüglich bei dererlei Entdeckungen in Kenntnis setzen.

Aber das hatte er doch nicht mit böser Absicht getan. Kurz nachdem Achim zum ersten Mal das Testergebnis zu Gesicht bekommen hatte, wurde er plötzlich von seiner Vorgesetzten Ulla harsch zurechtgewiesen, da sie bereits auf ein weiteres Untersuchungsergebnis pochte.

Ulla konnte ihre sonst so tiefe Raucherstimme in erstaunliche Höhen schnellen lassen, wenn Achim sie wieder einmal verärgerte. Dies war einer der Gründe, warum er vorerst davon absah, seinen anderen Boss zu informieren, zumal sie ja auch nichts von seiner Nebentätigkeit im Labor mitkriegen sollte.

Achim watete nervös durch das Klärwasser in seinem Keller, während er weiter in der Leitung blieb und hoffte, dass sich Wolfgang seiner erbarmen würde.

Anders als Ulla neigte er nicht dazu, das Fehlverhalten seiner Angestellten mit lauten Schimpftiraden oder Abmahnungen zu sanktionieren.

Allerdings hatte Achim Geschichten von seinen weiteren menschlichen Untergebenen gehört.

Wolfgang verschlang seine Opfer leise und unerwartet wie eine zischende Python, die sich vom Baum schlängelte, anstatt sie wie ein paarungsbereiter Braunbär lautstark durchs Unterholz zu treiben.

Ach was solls. Ein Schlamassel nach dem anderen. Ich sollte wohl besser im Hier und jetzt leben und mich den erfreulichen Dingen widmen. Wie zum Beispiel diesem gottverfluchten Abwasserrohrbruch!, dachte Achim mit zusammengebissenen Zähnen.

Er sieht ja sicherlich auf seinem Display, dass ich redlich bemüht gewesen war, ihn zu erreichen.

Auf einmal wurde Achim umso deutlicher bewusst, wie wenig Ambitionen er verspürte, sich jetzt nach seinem Feierabend bei seinem zweiten Chef zu entschuldigen.

Er hatte schließlich einen langen und zähflüssigen Arbeitstag im Labor hinter sich gebracht, um anschließend noch einen verheerenden Wasserschaden in seinem Haus entdecken zu dürfen. *Warum bin ich bloß so faul gewesen. Ich halte mich zwar oft im Keller auf, aber war es denn wirklich nötig gewesen, deswegen hier jetzt auch noch ein Klo samt teurer Hebeanlage anzubringen? Kaum vier Monate habe ich den Luxus und DANN DAS HIER!*

Achim starrte voller Ekel und Verdruss auf das stinkende Schwarzwasser, worin er nach der Arbeit im Halbdunkeln einfach gelatscht war. Trotzdem wollte er sich lieber mit den Fäkalien beschäftigen, als mit seinem Boss zu plaudern.

Erleichterung durchflutete seine bis zum Zerreißen angespannten Adern und Sehnen, weil sein Chef nicht abnahm. Doch gerade als er wieder auflegen wollte, meldete sich die warme Stimme von Wolfgang:

»Hallöchen, mein lieber Achim. Schön, dass du mich anrufst. Entschuldige bitte vielmals, dass ich so lange gebraucht habe. Da die Sonne so herrlich vom Himmel scheint, habe ich noch einmal die Gelegenheit beim Zopfe ergriffen und ein paar Tulpen in den Garten eingepflanzt.«

»Ist okay. Alles gut«, erwiderte Achim mit dünner Stimme.

»Wirklich? Geht es dir gut?«, fragte sein Chef etwas besorgt.

»Ja, ja ... äh. Natürlich. Danke der Nachfrage, lieber Wolfgang.«

»Hey, nenn mich Wolf, okay?«

Achim wunderte sich, dass sein Chef ihm seinen Kosenamen offenbarte. Scheinbar schien er ihn nun noch näher an sich heranzulassen und ihm noch mehr vertrauen zu wollen. Umso bitterer würde dann wohl die Ernüchterung sein. »Okay. Schon klar. Wolf. Tschuldigung.«

»Aber wie schön, dass es dir gutgeht. Ich freue mich auch sehr, mal wieder von dir zu hören. Hast du schöne Neuigkeiten für mich, mein Lieber?«

»Ja ... äh ... heute bin ich im Labor über ein beunruhigendes Blutbild gestolpert. Also ich meinte eigentlich gestern.«

Achim korrigierte sich schnell. Er wollte reinen Tisch machen, da gemunkelt wurde, dass Wolfgang die übersinnliche Fähigkeit besaß, jegliche Lüge sofort zu durchschauen.

»Gestern? Darf ich fragen, warum du mich dann nicht unverzüglich informiert hast, so wie wir es einst besprochen hatten?«, fragte sein Chef nach wie vor freundlich und sein Ton war zwar frei von jeglichem Vorwurf, aber seine Frage war dennoch direkt und verbindlich.

Nun begannen Achims Füße im lauwarmen Wasser zu frieren und er starrte hilfesuchend auf ein feingesponnenes Spinnennetz, welches an seiner niedrigen Kellerdecke klebte.

»Äh ... ja. Äh ... nun. Wollte ich ja auch, aber meine Vorgesetzte Ulla hat mir dann noch was reingeschoben.«

»Was reingeschoben?«, fragte sein Chef etwas irritiert. »Ich will mich ja nicht in deinen Lebensstil einmischen, aber du solltest schon unsere Absprachen priorisieren.«

»Ja ... äh ... nein. So nicht! Äh ... so meinte ich das nicht! Ich musste mich um einen anderen Befund kümmern, meinte ich damit. Habe mich blöd ausgedrückt, sorry. Sie war halt sehr sauer und dann stellt sie viele Fragen wie beispielsweise bei einem Verhör oder so ähnlich. Und ich wollte schließlich nicht, dass sie uns auf die Spur kommt. Ich wollte nicht, dass der Befund in falsche Hände gerät.«

Achim hörte seinen Chef nach seinen Erklärungsversuchen am anderen Ende der Leitung tief durchatmen. »Sehr gut, mein lieber Achim. Du bist ein schlaues Kerlchen. Ich wusste schon immer, dass ich auf dich zählen kann«, schwärmte Wolfgang. Doch Achim war noch nicht fertig.

»Ja. Aber ... äh ... kaum war ich wieder im Büro, war der Befund weg!«

»Wie? Weg?«, fragte Wolfgang nahezu entsetzt.

Seine Stimmung schien nun um etliche Temperaturen gesunken zu sein, doch dann fügte er sanft hinzu:

»Ganz ruhig. Wir sollten uns nicht unnötig in einen erregbaren Zustand begeben. Was stand denn nun in diesem Befund?«

»Die weißen Blutkörperchen in dem großen Blutbild konnten eine starke Immunität gegen Ztonks DNA vorweisen.«

»Das ist nicht so schlimm. Da gibt es tausende auf der Welt. Wenn nicht sogleich sogar ein paar Millionen. Ich selbst arbeite auch mit ein paar Immunträgern zusammen. Sie gehören zwar nicht zu uns, aber sie lassen sich ebenfalls nicht so leicht von unserem Feind infiltrieren, deswegen sollst du ja so viele von denen wie nur möglich in deinem Labor ausfindig machen. Sie sind eine willkommene Bereicherung für uns, verstehst du?«

Achim nickte brav, obwohl sein Boss ihn gar nicht sehen konnte und er diese Information bereits kannte.

»Dennoch würde ich mir diese Werte gerne mal persönlich ansehen«, fuhr sein Chef fort. »Hast du denn deinen Befund inzwischen wiedergefunden?«

»Ja.«

»Aber das ist doch gut!«, frohlockte die Stimme von Wolfgang. »Wo hatte sich der Schlingel denn versteckt, wenn ich mal ganz kackdreist fragen darf?«

Achims Zungenspitze blieb fast an seinem Gaumen kleben und das lag nicht an der fetten Spinne, die gerade zu ihrem Netz heimkehrte, sondern an den zwei Hiobsbotschaften, die er seinem Boss nun überbringen musste.

»Ähm ... nun ja. Ein Kollege hat ihn versehentlich eingesteckt. Ist halt ein bisschen verpeilt. Deswegen weiß ich auch nicht sämtliche Details.«

»Das ist nicht gut.«

»Wirklich. Es war nur ein Versehen und ich werde ihn mir zeitnah wiederholen.«

»Nicht gut«, sang sein Chef.

Achim strich sich über seinen spitzen Adamsapfel und beschloss, direkt zur zweiten Hiobsbotschaft zu kommen.

Er war froh, dass er sich in seinem überfluteten Keller aufhielt. Er hatte seinem Chef, nur bei einer Gelegenheit, einmal persönlich in seine weit auseinanderstehenden Augen sehen dürfen und wusste ab dem Zeitpunkt, warum ihn alle zumeist nur den LACHSMANN nannten. Sie waren und blieben kalt und der Blick war stets lauernd. Da half auch kein freundliches Lächeln.

Doch nun schien der Gefrierpunkt endgültig erreicht zu sein, als Achim die zweite Nachricht überbrachte.

»Die Antikörper haben laut Blutbild nicht nur Ztonks DNA abgestoßen. Sie haben sie regelrecht infiziert, aufgefressen, vernichtet …«

»Genug der Indikative, Bitte!«, unterbrach ihn der Lachsmann nun unwirsch. »Ich brauche den Befund. Verstanden?«

»Ja. Ich werde umgehend dafür sorgen. Aber ich weiß nichts Genaueres über die betreffende Person. Der Test wurde anonym bei uns in Auftrag gegeben. Ich verstehe mich gut mit der Ärztin. Aber sie ist professionell und diskret. Ich konnte nur aus ihr herauskitzeln, dass die Person ein großes, stiefelförmiges Muttermal auf der Haut trägt.«

»Sehr gut. Um den Rest werde ich mich schon kümmern. Ich gehe davon aus, dass die Kameras bei euch auch aufzeichnen und nicht nur als Attrappe dienen.«

»Natürlich.«

»Dann wird doch alles wieder gut. Jetzt müssen wir uns nur noch über die Details abstimmen. Ich werde in genau zwei Stunden bei dir sein.«

Achim schluckte. Er wollte seinen unansehnlichen Chef nicht unbedingt in sein Haus lassen. Er kam zwar nach etlichen Therapien immer besser gegen seinen Waschzwang an, aber Wolfgangs schmierigen Hände wären eine Feuerprobe für ihn.

»Selbstverständlich kann ich ihn auch unverzüglich bei Ihnen vorbeibringen, nachdem ich ihn mir abgeholt habe.«

»Nein. Bitte mach dir keine unnötigen Umstände. Du solltest dich lieber in Ruhe um den Befund und deinen Kollegen kümmern. Das wird nicht nur vom zeitlichen Aspekt her eine Belastung für dich sein.«

»Warum?«

»Du musst ihn eliminieren.«

»Er hat Familie.«

»Sehr gut. Das schätze ich so an dir. Wie gut du immer mitdenkst. Genau. Kümmer dich auch um sie.«

Nun war Achim so kreidebleich im Gesicht, als hätte er seinen Keller nie verlassen. »Aber warum denn? Bitte. Ist das wirklich nötig? Seine Frau ist doch kaum der deutschen Sprache mächtig. Was soll die denn bitte mit so einem Befund anfangen? Die versteht doch gar nichts davon!«

»Sie wird die Sprache sicher noch lernen und sie wird ganz gewiss einige Fragen haben, wenn ihr Mann plötzlich verschwunden ist.«

Die plötzlich aufschrillende Haustürklingel versetzte Achim zusätzliche Kopfschmerzen.

»Aber seine zukünftigen Waisenkinder sind doch wohl noch zu jung, um derartige Blutbilder zu entziffern, nicht wahr?«

»Die Kinder werden immer frühreifer und Technikaffiner. Du weißt sicher besser als ich, wie jung sie noch sind. Dennoch möchte ich auch da keine unnötigen Risiken eingehen. Waisenkinder entwickeln ja auch bekannterweise einen ganz besonderen Ehrgeiz. Wenn du deinen Kollegen und seine Familie gern hast, solltest du es selbst tun, bevor ich es tun muss. Denn Nettigkeit ist ein Luxus, den ich mir leider in solch delikaten Zeiten einfach nicht leisten kann. Sämtliche Privilegien liegen nun bei unserem Feind.«

»Aber ...«

»Tu mir bitte einen Gefallen und überlege es dir in aller Ruhe, bis ich bei dir bin.« Seine Stimme duldete keinen Widerspruch. »Und nun sei ein guter Gastgeber und öffne die Türe für den Installateur, damit er dir bei deinem Rohr zur Hand gehen kann.«

»Woher wissen Sie ...«

»Ich weiß alles«, unterbrach ihn der Lachsmann und legte auf.

Von dieser Tatsache zutiefst beunruhigt, stieg Achim die Kellertreppe hinauf und hinterließ auf dem vor ein paar Tagen erst frisch gebohnerten Holzstufen feuchte Fußabdrücke. Wenn sein Chef alles wusste, hätte er sich diesen unangenehmen Anruf ja auch sparen können, doch dann wäre er womöglich endgültig bei ihm unten durch gewesen. Wolfgang pochte auf Ehrlichkeit und Loyalität.

Ein älterer Herr mit Hornbrille und grauem Mittelscheitel stand hüstelnd vor ihm auf dem Kies und hörte irgendeine Musik aus Kopfhörern, als Achim die Haustür öffnete. In seiner rechten Faust hielt der Installateur einen Plastikeimer umklammert.

Achim hustete ebenfalls laut, um auf sich aufmerksam zu machen.

Der Mann bemerkte dies und nahm seelenruhig die Kopfhörer von seinen Ohren.

»Verzeihen Sie meine Unachtsamkeit. Ich bin gerade frivol dahingeschmolzen unter der dritten Klaviersonate von Frederic Chopin. Die pure Lebensfreude träufelte regelrecht in mein Ohr und erfrischte meinen Esprit, obwohl es ja unglücklicherweise seine letzte Sonate gewesen war.«

»Äh ... ja. Wie schön. Guten Tag«, erwiderte Achim, der mit klassischer Musik nicht so viel anfangen konnte.

»Guten Tag, der Herr. Sie haben mich wegen eines Abwasserrohrbruches kontaktiert«, sagte der Installateur mit künstlich verschnupfter Stimme, als würde er gerade auf dem Sektempfang einer Vernissage erscheinen, statt gleich in der Kloake herumzufingern.

»Äh ... ja genau. In der Tat.«

»Dann seien Sie doch so freundlich und führen Sie mich bitte zum Ort des Geschehens.«

Achim legte den Kopf schief. Er fand den Kerl irgendwie komisch. Irritiert blickte er in den leeren Grund des Eimers, den der Mann bei sich trug. »Entschuldigen Sie, aber abschöpfen kann ich auch alleine. Wo haben Sie denn Ihren Werkzeugkoffer gelassen?«, fragte er ihn unwirsch.

Der Mann schenkte ihm ein dünnes Lächeln.

»Oh, Pardon. Ich bitte vielmals um Verzeihung für mein unnötig verwirrendes Betragen. Ich würde erst einmal den Schaden mit äußerster Sorgfalt studieren, bevor ich mich wieder zurück zu meinem Van begebe, um dann die geeignetesten Werkzeuge herauszusuchen. So handhabe ich das in der Regel. Wäre Ihnen das Recht?«

»Natürlich. Sie sind ja vom Fach. Wollen Sie vielleicht vorher noch einen Kaffee?«, fragte Achim mehr aus anerzogener Gastfreundlichkeit und hoffte, dass der Handwerker sein Angebot ausschlagen würde. Er sollte seine Arbeit am besten zügig verrichten, um Achim nicht weiter bei seinem qualvollen Brainstorming zu stören, wo er sich Einfälle herauswringen musste, wie er denn am besten möglichst schmerzfrei eine unschuldige Familie in die ewigen Jagdgründe bugsieren könnte.

Glücklicherweise schlug der Sanitärtechniker sein Angebot mit äußerster Höflichkeit aus.

»Ich bin Ihnen zutiefst dankbar für Ihr großzügiges Angebot, aber ich nehme an, es liegt auch in Ihrem eigenen Interesse, wenn wir uns bei dieser höchst pikanten Angelegenheit in Eile üben.«

Achim runzelte die Stirn. Sicherlich mussten gewissen Berufsgruppen zwar keine Stereotypen oder irgendwelche nachgesagten

Klischees erfüllen, aber dennoch hatte er noch nie einen Klempner bei der Arbeit derart hochgestochen reden gehört.

Obwohl ihm zunehmend das Gefühl beschlich, dass mit dem blumig riechenden Handwerker etwas gehörig faul schien, führte er ihn zögerlich von der Auffahrt in den Keller, denn er hatte ja keine Zeit zu verlieren. Außerdem hatte der Lachsmann ja von seiner Ankunft gewusst, also war sein Besucher wohl wirklich so sauber, wie er roch.

»Ich nehme doch stark an, dass Sie bereits sämtliche notwendigen Sicherheitsvorkehrungen für meinen Besuch getroffen haben?«, fragte der Mann hinter ihm.

»Ich habe bereits die Stromzufuhr zu den Geräten gekappt.«

Gerade als er den Sanitärtechniker zu seinem geleckten Abwasserrohr dirigieren wollte, wunderte sich Achim darüber, dass die Temperatur des Wassers um seine Füße nun wohl um einiges gestiegen war. Ein schleimiger Fleischkörper stieß zärtlich unter der Wasseroberfläche gegen seinen Knöchel, um anschließend mit einem zischenden Geräusch zurückzuzucken. Er fuhr zusammen und starrte angewidert auf die Brühe unter sich, konnte aber nur seine nackten Unterschenkel ausmachen. *Ich muss mehr schlafen*, dachte Achim blinzelnd und wollte sich am liebsten ohrfeigen. *Ich halluziniere schon wieder.*

Plötzlich vernahm er ein katzenartiges Gefauche hinter sich. Dann das ratschende Geräusch eines Reißverschlusses, der geöffnet wurde.

Achim drehte sich um und sah entsetzt, wie der Handwerker blankzog.

Dieser räusperte sich. »So heiß. Nicht wahr?«, hauchte er nahezu kokett, während er das Hemd unter dem geöffneten Blaumann aufknöpfte.

Alte ledrige Haut eines einst sportlich gebauten Mannes trat nach und nach zum Vorschein.

»Ah! Was soll das denn werden?«, fragte Achim entgeistert, obwohl er es bereits ahnte.

»Nun, für Sie ist nicht der richtige Zeitpunkt gegeben, um sich in falscher Bescheidenheit zu üben. Sie wissen bereits, was ich bin. Sie sind zwar ein Mensch, aber meiner Recherche nach äußerst gut mit unserer Geschichte vertraut. Also? Wo ist der Befund und was bedeutet er?«

Es war ziemlich ersichtlich für Achim, dass sein Besucher kein Ztonky war. Er gehörte ganz sicher zur anderen Spezies. Er vertrat wohl die Ztampignons. Dabei sagte der Lachsmann doch, er würde alles wissen. Warum hatte er diesen Twist dann nicht kommen sehen?

»Das kann ich Ihnen nicht sagen. Sie kennen meinen Auftraggeber bestimmt. Er würde mir das Schlimmstmögliche antun.«

»Ich bin mir dieser Tatsache durchaus bewusst. Allerdings werde ich Sie ebenfalls ganz gewiss nicht mit Samthandschuhen anfassen. Also genieren Sie sich bitte nicht unnötig.«

Er bückte sich stöhnend und tauchte seine Hand kurz in das Wasser und zog sie dann wieder heraus. Nur war es jetzt nicht mehr dieselbe, sondern ein pulsierender Klumpen, der sich neu zu formen schien.

Kalter Schweiß trat aus Achims Poren, als er den pilzartigen Ausschlag auf den Unterarmen des Handwerkers aufblühen sah. Er beschloss, ihm alles zu sagen. Er hatte bereits viel von den Tötungsritualen der Ztampignons gehört. So wollte er auf keinen Fall sterben.

»Die Person, um die es geht, ist nicht nur immun gegen Ztonks DNA. Ihre Antikörper sind regelrecht zerstörend für sämtliche seiner Unterarten.«

»Fahren Sie fort«, befahl sein Gast mit einem Grollen in der Stimme.

»Ich weiß den Namen leider noch nicht. Ich habe redlich versucht, aus der Ärztin etwas herauszukitzeln. Bis jetzt weiß ich nur, dass das Zielobjekt ein stiefelartiges Muttermal auf der Haut hat. Das ist alles! Ich schwöre es! Bitte! Ich persönlich habe doch gar nichts gegen Sie! Ich analysiere nur! Tun Sie mir das nicht an!«

»Ich bedaure dies zutiefst und verstehe selbstverständlich Ihren Unmut«, sagte der Ztampignon und schien es auch wirklich so zu meinen. »Doch ich sehe mich leider nicht dazu im Stande, Nachsicht mit Ihnen walten zu lassen. Ich habe Hunger und ich verspüre ein ausgeprägtes Verlangen nach zügellosem Geschlechtsverkehr. Aber falls es Sie trösten sollte, es wird ganz bestimmt schnell vonstattengehen. Dank eines Lasters meinerseits werden Sie nur kurz leiden. Ich schlinge nämlich gerne beim Essen, wenn es mir denn mundet. Und Sie riechen schon mal recht vielversprechend.«

Achim war wie erstarrt, als der Ztampignon den Plastikeimer randvoll mit dem Klärwasser füllte und anschließend über sich ergoss. Ein heftiger Schluckauf befiel den Mann. Er würgte wie ein Kater, der sich an einem Wollknäuel verschluckt hatte. Sein Kopf wurde dabei Hin und Her geschleudert, bis er schließlich zum Stillstand kam, als wäre er plötzlich eingefroren worden. Sein Hals schwoll schulterbreit an. Seine Haut entwickelte ein seltsames Eigenleben. Zunächst sah es so aus, als würden Termiten darunter eifrig auf Wanderschaft gehen. Mit knackenden sowie auch quietschenden Geräuschen verformte sich dann sein Gesicht, so dass die Konturen samt Haut zerliefen, wie bei einem befeuchteten Ölgemälde.

Entsetzt nahm Achim wahr, dass eine große Delle nun die Gesichtsmitte von dem Handwerker horizontal teilte wie ein tiefer Graben, sodass sein Mund verschwunden und seine Nase bis unters Kinn hinuntergerutscht war.

Seine Haut blähte sich auf, riss an einigen Stellen und gewährte Einblicke auf eine gräuliche Masse, die schließlich unaufhaltsam aus weiteren Körperöffnungen herausquoll.

Auf seiner noch intakten Haut erblühten weitere kackbraune Fungi, deren Hüte auf ihren Stielen zittrig tanzten, während sie einen noch intensiveren Blumenduft von sich gaben.

Dazu mischte sich der Geruch von frischgepflückten Passionsfrüchten.

Als diese Duftmischung Achims Nasenlöcher erreicht hatte, wurden sämtliche Synapsen in seinem Gehirn umgestellt.

Die Kleidung des Handwerkers zerriss endgültig, als sein Leib aufquoll wie ein Kloßbeutel im kochenden Wasser.

Doch Achim war gar nicht mehr dazu imstande, wegzulaufen. Er verlor die Kontrolle über seinen Geist und Körper, als die Sporen sich in ihm festsetzten.

Sein Bewusstsein war nun zu einem passiven Beobachter degradiert worden. Wie ein Kinozuschauer, der einen Horrorfilm konsumierte, in dem die Protagonisten ihr bestmögliches an Dummheit aufboten, um am Ende auf jeden Fall niedergemetzelt werden zu dürfen. Nun war er seinem eigenen hässlichen Niedergang schutzlos ausgeliefert. Sein Geist war längst geknackt worden wie eine aufgeweichte Hülsenfrucht. Sein Körper gehorchte ihm nicht mehr. Sein Blickfeld verschwamm. Er sah nun nicht mehr seinen echten Besucher, sondern seine erste große unerwiderte Liebe Emilia. Sie pellte sich stöhnend aus ihrem Blümchenkleid, spitzte dabei amourös ihren Erdbeermund und offenbarte ihm hingebungsvoll ihre prallen weiblichen Rundungen. Erfüllt mit Wollust und unersättlichem Hunger wollte er sich nun an ihr laben. Wie ein feuchtfröhlicher Fanboy lief er auf den fauchenden Ztampignon zu, während dieser sich weiter verwandelte. Erst als sein Besucher Achim anfiel, riss die erste Schmerzwelle diesen äußerst unsanft aus seiner Halluzination.

Frank rieb sich die Schläfen, als er auch aus diesem Tagtraum erwachte. Er las sich durch weitere Kapitel und jedes einzelne ließ ihn in eine andere Welt gleiten. Sein Gehirn stellte die geschilderten Szenen so detailliert nach, dass Frank der kalte Schweiß ausbrach. Ihm wurde übel bei all den verwurmten Monstergeschichten.

Die Kapitel waren seiner Meinung nach recht willkürlich zusammengeklatscht worden. Der rote Faden setzte sich erst in seinem Kopf zusammen, als er das Nachwort des Zimmermanns las, wo dieser sich scheinbar für seine abstruse Geschichte zu erklären versuchte.

Dieses Mal wurde Frank dabei nicht in eine fremde Welt entführt. Er las diesen Abschnitt recht nüchtern:

Es war einmal ein recht junger Söldner und zugleich Seemann, der viel die Welt bereiste. Besonders Thailand hatte es ihm angetan. Um sich seine Ausflüge dorthin auch weiterhin leisten zu können, entführte er zuweilen Kinder und verkaufte sie an skrupellose Geschäftsmänner aus aller Welt.

Die Nachfrage schien auf diesem Markt recht groß zu sein und schließlich verknüpfte der Seemann seine Geschäfte mit seinen Reisen, so ausgelastet war er nun.

Der Seemann mit den Lachsaugen wollte nur deswegen aus dem Geschäft aussteigen. Moralische Bedenken waren ihm fremd.

Eines Tages bot sich ihm eine verlockende Möglichkeit.

Ein Milliardär kontaktierte ihn und konfrontierte ihn zugleich mit einer Sage über ein mysteriöses Wesen, welches in den Untiefen des Bermudadreiecks vom Atlantischen Ozean sein Unwesen treiben soll. Ein uraltes Relikt namens Ztonk soll dort schon seit Urzeiten existieren, offenbarte ihm der Geschäftsmann vollster Überzeugung. Manche behaupteten, es handele sich dabei um eine große Schlange, andere sagten wiederum, Ztonk wäre ein gigantischer Fadenwurm mit paranormalen Fähigkeiten. Letzteres kann ich bestätigen.

Der Sage nach giert Ztonk nach der Unschuld. Diesbezüglich frisst er am liebsten kleine Kinder. Die Sünder hingegen verträgt er nicht und spuckt sie wieder aus, nachdem er sie mit seinen eigenen Kindern befruchtet hatte. Mit seinen Blähungen stößt er bombastische Mengen an Methangas aus und setzt damit Schiffe in Brand. Wenn er sie nicht anzündet, umkreist er sie, um sie anschließend mit einem Strudel in die Tiefe zu ziehen. Er löst mit seinem gewaltigen Haupt am Meeresboden Tsunamis aus, um kleine Inseln zu überfluten und somit noch mehr unbeflecktes Fleisch für sich zu gewinnen.

Der Seemann glaubte solch Hokuspokus nicht, aber er glaubte an die großzügige Aufwandsentschädigung, die ihm der Milliardär bot. Es ging dem reichen Mann nur darum, dass der Seefahrer sich um die Köder kümmerte und ihn auf der Reise begleitete. So wollte der Geschäftsmann das Wesen fangen und auch wenn sein Unterfangen fruchtlos blieb, würde der Seemann entlohnt werden.

Also plünderte dieser mit ein paar anderen Söldnerkollegen ein ganzes Waisenhaus und begab sich mit den Kindern und dem Milliardär auf Seefahrt, um Ztonk zu fangen.

Sie unterschätzten Ztonks Größe, Kraft und vor allem seine Blähungen. Der riesige Kreuzer brannte schließlich irgendwann beim Kampfe. Die Besatzung wollte ihr Leben retten und sprang ins Wasser. Dadurch boten sie leichte Beute und wurden von dem Wurm in die Untiefen gezogen. Die Kinder wurden alle aufgefressen. Der Milliardär und der Seemann wurden allerdings wieder ausgespuckt. Zerfressen von Ztonks Maden. Dazu verpflichtet ihm eine geraume Zeit als Werkzeug und Vollstrecker zu dienen und sein Erbgut auf die Menschheit zu übertragen.

Der Milliardär erzählte mir ein paar Jahre später brühwarm von seinem Seeabenteuer mit Ztonk, bevor er mich eliminieren wollte. Doch ich eilte ihm voraus. Denn ich bin auch ein Kind von dem Wurme.

Einst lebten im Atlantik solch wundervolle Geschöpfe. Ihre Pracht, ihre Schönhaut und Duftnote betörten jedermann. Manchmal zogen sie einen verirrten Schwimmer hinab in die Tiefe für einen unschuldigen Kuss und hinterließen bei ihm nahezu poetische Erinnerungen.

Jedoch war das Ende der Meerjungfrauen eingeleitet, als Ztonk seiner Gier nicht mehr Herr werden konnte.

Er wollte eine neue Spezies schaffen, da er sich sonst immer selbst befruchtet hatte und dadurch nur kleinere Varianten von ihm selbst herauskamen. Er vergewaltigte die zarten Geschöpfe in der Hoffnung, dass sie ihm prachtvolle Kinder gebaren. Doch sie schenkten ihm nicht das, was er sich ausgemalt hatte. Wir waren ihm zu hässlich. Zu missgebildet, da wir zu sehr nach ihm selbst kamen. Er rächte sich, indem er unsere armen Mütter auffraß, was er ja ohne Verdauungsprobleme konnte, da sie so unschuldig waren. Er absorbierte ihre Zauberkräfte und nutzte seine wachsende Macht auf brutalste Weise aus, indem er zahlreiche Passagierflugzeuge und Schiffe in die Tiefe zog. Angeblich um den Ozean vor den Fischern zu verteidigen. So hatte es jedenfalls unser Herr Vater behauptet und das gilt auch unter seinen Anhängern als offizielle Interpretation. Allerdings wollte er die menschliche Ausbeute nicht mit uns teilen. Er konnte uns nicht fressen, denn selbst ihm waren wir zu unappetitlich. Also verbannte er uns aus dem Meere. Nun wandeln wir geschwächt unter den Menschen und haben ihre Gestalt angenommen. Nur das Wasser kann uns unsere wahre Erscheinung und Kraft zurückgeben. Ab einer beträchtlichen Menge können wir unsere Mitmenschen betören und unser wahres Potenzial entfalten. Nur ein paar Immune und die Ztonkys rund um den Lachsmann können unserem Charme widerstehen.. Zuvor fiel es uns lange Zeit leichter, unsere und Ztonks Existenz vor den Menschen zu verschleiern, da wir die Ztonkys bisher in Schach halten konnten. Sie werden nun immer mächtiger und verdorbener, seitdem der fischige Seefahrer sie anführt. Ich erlaube mir, zu behaupten, dass wir besser sind als diese verkommene Brut. Ab und an benötigen wir zum Überleben auch mal eine menschliche

Mahlzeit, ein bisschen intensiven Körperkontakt und ein kleines Bad, aber so ließ es sich bisher recht gut für die Meisten leben.

Gehen Sie in sich, auch wenn der Weg zur Entscheidung ihr Hirn matern wird. Was wäre wohl besser? Ein paar wenige menschliche Opfer oder ein ewiger Sklave der Ztonkys zu sein. Ztonk ist mächtig aber zugleich auch sehr langsam. Er existiert seit Uhrbeginn in den Untiefen des Ozeans und nimmt dort die Zeit anders wahr als wir. Sein Nachwuchs jedoch passt sich zunehmend erfolgreich den Gegebenheiten des Festlandes an. Seine Kinder nähren sowohl vom Zorn als auch der Unschuld ihrer Wirte. Die Gutgläubigen verenden schnell. Bei den anderen zündeln sie den Hass weiter bis ihre Opfer nur noch ihrer eigenen rasenden Wut und den willkürlichen Entscheidungen von Ztonk ausgeliefert sind.

Leider will uns unser Vater nach wie vor vernichten, da er sich die Menschheit nicht mit uns teilen will. Deswegen hetzte er den Seemann mit dem Lachsgesicht auf uns. Seine Schergen sind überall und trachten nach unserem Leben. Ztonks Jünger. Sie denken, wir hätten keine Existenzberechtigung. Aber wir waren die Ersten seiner Kinder, nicht sie. Wir haben ein Existenzrecht. Wenn der Jahrhundertregen eintritt, werden wir unser wahres Antlitz zeigen und der Krieg wird zwischen mir und dem Lachsmann ein neues Ausmaß erreichen. Die Menschen werden unsere Notreserve sein.

PS: Ich war in zwei der Erzählungen eine tragende Figur. In der Erzählung vom Rohrbruch war ich der Installateur. Ich hatte monatelang Achims Telefon verwanzt und somit auch die betreffende Unterredung mit dem Lachsmann abgehört. Die Gedankengänge von Achim in der Szene sind der künstlerischen Gestaltungsfreiheit geschuldet. Ich möchte zudem anmerken, dass der Laborant nicht so gut gemundet hat, wie er aussah.

In der Erzählung vom Geburtstag habe ich die Namen abgeändert, da die Privatsphäre von mir und meiner Familie unangetastet bleiben soll. Ich bin übrigens der ältere Onkel von Nancy. Ich bedaure zutiefst, was mit meiner kleinen Schwester geschehen ist.

Die Szene im Keller war rein spekulativ, aber ich kann mir durchaus vorstellen, dass sie recht nahe an der Realität lag. Ich habe diesen elenden Ztonkywurm eigenhändig getötet, nachdem ich ihn aus dem zerfressenen Leib meiner Schwester geborgen hatte.

Aber ich weiß, dass sich meine Nichte nun an uns rächen will, und das ist ihr gutes Recht. Vieles hätte vermieden werden können, wenn ich auf einen würdigen Ersatz für dieses köstliche Menschenfleisch als weisungsbefugtes Familienoberhaupt gepocht hätte.

Ich werde nun zwar weniger Menschen konsumieren, aber ich wurde mittlerweile genug gestraft, um nun noch jegliches Laster vollständig ausmerzen zu müssen.

Denn ich habe meine gesamte Familie verloren. Die meisten am Tisch wurden vom Lachsmann exekutiert. Meine Nichte verachtet mich nun. Mein Bruder will sich wohl Ztonk anbiedern und verrät somit unsere Rasse. Ich habe zwar die Kraft, den Krieg zu meinen Gunsten zu entscheiden, aber meine Rache soll weitaus tiefer gehen.

Die Menschen sollten sich auf den Jahrhundertregen vorbereiten, sonst wird es viele zivile Kollateralschäden geben und ich müsste etliche potenzielle Nahrungsquellen und Affären missen.

Nun kommen Sie ins Spiel, Herr Freibrodt.

Mir ist bekannt, dass Sie ebenfalls beim Speeddating teilnehmen werden. Passenderweise setzt an dem betreffenden Wochenende der Jahrhundertregen ein und somit auch der Krieg.

Das ist eine Falle von dem Lachsmann. Wie Sie bereits wissen, hatte der Laborant für ihn gearbeitet, bevor ich ihn verköstigte.

Sie haben sich häufig in dem betreffenden Krankenhaus behandeln lassen. Das habe ich bereits herausgefunden, da Sie auch auf den entsprechenden Überwachungsvideos auftauchen. Ich glaube, dass Sie immun gegen uns und die Ztonkys sind. Noch weitaus mehr. Ihr Blut kann Ztonk und seine Schergen besiegen. Schon der Kontakt mit mikroskopischen Mengen von Ihren Körperflüssigkeiten reicht aus, um sämtliche Untermieter in dem Wirt zu neutralisieren. Sie haben die Möglichkeit, die infiltrierten Sklaven von Ztonks Kindern zu befreien und ihnen ihren gesunden Menschenverstand zurückzugeben. Sie tragen das stiefelförmige Muttermal des Auserwählten, um den sich schon seit Jahrhunderten die Legenden ranken. Und ich habe es nun an Ihnen gesehen. Deswegen will der Lachsmann Sie zu dem Speeddating locken und ausschalten lassen.

Dennoch bitte ich Sie aufrichtig, seine Einladung anzunehmen.

Und wenn sie ihn und seine Schurkenbande besiegt haben, warnen Sie anschließend die Menschen. Auch wenn diese Ihnen zunächst keinen Glauben schenken, werden sie wenigstens überhaupt mal von Ztonks Existenz erfahren, um nicht von ihm eines Tages unerwartet überfallen zu werden.

Zeigen Sie einmal in Ihrem Leben Anstand und Courage, indem Sie nicht so einen niveaulosen Müll schreiben, sondern stattdessen viele Menschenleben retten und veröffentlichen Sie danach mein gehaltvolles Werk. Sie können das unterhaltsamer als meine Wenigkeit gestalten, da ich nach wie vor recht traumatisiert bin.

Mehr verlange ich nicht von Ihnen und wünsche Ihnen alles erdenklich Gute.

Frank wusste nicht, was er davon halten sollte. Was waren das bloß für wirre Hirngespinste? Was waren das für abstrakte Fantasien? Aber ganz an den Haaren herbeigezogen schienen manche seiner geschriebenen Worte nun auch nicht zu sein. Ja, Frank hatte sich vor einer Woche wegen seines Dauerdurchfalls Blut abnehmen lassen. Auch jetzt spürte er bereits wieder einen warmen Fleck unter seinem Po auf dem Laken. Ganz zu schweigen von seiner klebrigen Boxershorts.

Letztens erst hatte Lisa ihn auf ein lilafarbiges Mal an seinem Nacken aufmerksam gemacht. War es stiefelförmig? Er wusste es nicht. Allerdings hatte er immer gespürt, dass ein ganz besonderes Potenzial in ihm ruhte, was ihn deutlich vom deutschen Durchschnittsdödel unterschied. Nun gut. Immerhin hatte er schon Bestseller geschrieben, aber schreiben konnten auch andere. Sicher oftmals nicht so elegant und stilvoll wie er selbst, aber das Schreiben an sich war nun wirklich nicht so schwer, wenn man über ein fundiertes Gefühl für Zeitmanagement verfügte.

Natürlich besaß er auch viele andere überragende Talente, aber Frank spürte, schon seitdem er ein kleiner Lümmel gewesen war, dass so etwas wie eine göttliche Gabe in ihm schlummerte. Selbst wenn nur trübe Tassen um ihn herumsaßen, brachte er den Raum zum Leuchten. Deswegen wurde er auch stets zum Klassensprecher gewählt, sowohl die Streber als auch die coolen Hinterbänkler in der Klasse sahen zu ihm auf und die Frauen lieferten sich untereinander regelrechte Kneipenschlägereien, um für seine Gunst zu kämpfen.

Dennoch gab es auch viele Mitmenschen, die es einfach nicht begreifen wollten, dass er nun halt was Besonderes war. Obwohl sie ihn stets skeptisch begafften, schienen sie plötzlich von Blindheit befallen zu sein, wenn er handfeste Erfolge vorweisen konnte. Er wollte ihnen schon so oft mit der Faust gegen die Schläfe klopfen und nachfragen, ob jemals ein Gehirn in ihre kleine Birne eingezogen war.

Nun brauchte es wohl mal ein größeres Ereignis. Natürlich waren viele Schilderungen dieses Mannes äußerst eklig und er schien ja auch selbst in diesen Dschungel aus wurmhaften Kreaturen involviert zu sein.

Frank vermutete, dass er nur ein Verrückter war, der sich für einen Bandwurm hielt, oder so. Menschen mit Wahnvorstellungen schlurften ja zur Genüge auf Berlins Straßen umher.

Höchstwahrscheinlich war es ein Hilfeschrei von einem wirren und designierten Amokläufer. Der Verfasser dieser skurrilen Geschichten wollte von Frank aufgehalten werden, bevor er etwas Dummes anrichten konnte.

Was hatte Frank also zu verlieren? Selbstverständlich würde er zu diesem Speeddating gehen. Er konnte nur gewinnen. Es gab vier Möglichkeiten:

Entweder würde er heldenhaft sterben und in die Geschichte eingehen. Aber so weit musste es ja nicht unbedingt kommen. Vielleicht passierte auch gar nichts, außer dass er eine neue Frau fand, die ihn für den Rest seines Lebens versorgte.

Oder er hielt diesen kranken Autoren auf, würde vielleicht leicht dabei verwundet werden und wurde noch berühmter. Und dann würde sein Name in aller Munde sein und alle würden sein neues Buch FEUCHTE BEUTE kaufen.

Oder es passierte nichts von alledem und er hatte nur etwas Zeit verloren, aber das Risiko musste er halt in Kauf nehmen.

Endlich hatte jemand sein wahres Potenzial erkannt. Frank würde noch Geschichte schreiben, da war er mittlerweile felsenfest von überzeugt.

Er verlor sich grinsend in seinen Tagträumen, bis ein weiterer saftiger Schurz ihm gehörig die Stimmung vermieste.

9. Gestrichen

Mortimers Sicht auf den Bildschirm seines Laptops wurde verdunkelt, als sich Pia vor dem Schreibtisch aufbaute.

»Du?«

»Ja?«

»Ich weiß auch nicht, warum, aber mir ist das bisher noch nie aufgefallen. Deine Augen sind nicht symmetrisch.«

»Ja. Mein Rechtes ist auf einmal so angeschwollen. Ich hoffe nicht, dass es sich entzündet hat. Ich werde mir ganz viel die Hände waschen. Versprochen.«

»Ich hoffe doch für dich, dass es entzündet ist. Ansonsten musst du es operieren lassen, wenn du mit mir zusammenbleiben willst. Das sieht nämlich scheiße aus. Ich will einen attraktiven Partner mit symmetrischem Gesicht«, nörgelte sie.

»Keine Sorge«, stöhnte Mortimer genervt. »Es ist rot und ganz sicher nur entzündet. Ich werde es mir gleich nochmal im Badezimmer ansehen und gegebenenfalls ausspülen. Zufrieden?«

»Was schwimmt denn da im Klo?«

»Was meinst du?«, knurrte Mortimer.

»Du hast nicht gespült.«

»Oh, Pardon.«

»Ich glaube dir aber nicht, dass dir das leidtut. Du klingst so unterschwellig aggressiv.«

»Nein. Das verstehst du einfach nur falsch. Ich bin nicht aggressiv«, brummte er.

»Kannst du bitte spülen!«, rief Pia überdeutlich, als wäre ihr Lebensgefährte in einem anderen Raum und würde nicht direkt vor ihr im Homeoffice sitzen.

»Ja, ja. Gleich«, sagte er abwesend.

»Also nie!«

Mortimers Stimme stieg ein paar Oktaven höher, als er sie erhob. »MEINE GÜTE, PIA! ICH HABE DOCH GERADE GESAGT …«

»SCHREI MICH NICHT AN!«

»DU SAUGST JA AUCH NIE!«, warf Mortimer ihr vor und deutete anklagend auf einen winzigen Staubknäuel, der einsam vor einer Zimmerleiste lag.

»ICH BIN NICHT DEINE BEDIENSTETE!«

»Nein, aber eine ganz gemeine Schleimfotze bist du«, flüsterte er. Unmittelbar darauf riss er entsetzt die Augen auf. *Mein Gott! Was habe ich getan?*

»WAS HAST DU GESAGT?«, fauchte Pia.

»Äh ... äh. Ich habe nur einen Satz von Franks Manuskript vorgelesen. Ich weiß. Absolut furchtbar. Tut mir leid. Das wird sofort gestrichen!«

»ALSO WIRKLICH! Das ist Dirty Talk ohne Absprache! Wenn du noch einmal so etwas in meiner Gegenwart sagst, ohne dass wir gerade Sex haben, bist du gestrichen! DANN KLATSCHT ES!«, drohte ihm Pia mit erhobener Faust.

Mortimer bemerkte, dass ihm anscheinend die Kontrolle über seine Impulse und Reaktionen entglitten war, als er ungewollt in ein ätzendes Gelächter ausbrach. *Was tue ich hier bloß?*, dachte er verzweifelt, während er mit dem Finger auf Pia zeigte und lauthals wieherte.

Diese stieß einen wütenden Schrei aus und knallte bei ihrem Abgang die Tür so wuchtig ins Schloss, dass Mortimer zusammenzuckte.

Er atmete tief aus und rieb sich sein rechtes Auge, welches seit ein paar Stunden angeschwollen war.

Kurz darauf öffnete sich die Zimmertür wieder und Pia stand mit einem unheimlichen Grinsen auf der Schwelle.

Sie zog ihr Top hoch und präsentierte Mortimer ihre ausladenden Brüste.

»Ja, schau genau hin. Die wirst du nämlich erstmal nicht mehr sehen.«

WUMS!

Sie knallte die Tür erneut zu, um sie wieder zu öffnen.

Nun war ihr Busen wieder verdeckt.

»Die schleimige Fotze sucht sich jetzt nämlich einen richtigen Pferdeschwanz!«

WUMS!

Das Spiel wiederholte sich ein paarmal:

»Hässliches Glubschauge!«

WUMS!

»Perverser Glöckner!«

WUMS!

»Ich geh dann mal!«

WUMS!

»UPSI! Habe ich die Tür richtig zugemacht?«

WUMS!

Mortimer sah ihr mit heruntergeklapptem Kiefer hinterher, bis er das Geräusch ihrer hohen Absätze nicht mehr auf dem Fußboden hören konnte.

»Ach, verreck doch endlich, du Miststück. Hoffentlich verblutest du an deiner Regel«, knurrte er und runzelte anschließend die Stirn. *Herrje! Wo kam bloß diese ganze destruktive Wut her? Vielleicht liegt es einfach nur an den Schmerzen, die mich seit geraumer Zeit befallen.*

Mortimer saß wie ein Geier vornübergebeugt an seinem Schreibtisch und rieb sich die Schläfen.

Nicht nur die stechenden Kopfschmerzen und der brennende Ausschlag setzten ihm gehörig zu.

Auch das verklebte Auge juckte höllisch und irgendetwas stach von innen gegen sein Oberlid.

Er rieb daran und fluchte, weil er wusste, dass es dadurch nur schlimmer wurde. Eigentlich sollte er besser nur blinzeln.

Er zog seinen Zeigefinger zurück und sah einen gelblichen Schleimbrocken auf ihm.

Schon allein dieser Anblick widerte ihn an. Der Brechreiz kam, als er sah, dass sich die Masse auf seinem Finger ein kleines Stück nach oben bewegte und eine Schleimspur auf seiner Haut hinterließ, bis sie schließlich kurz vor seinem Fingernagel sesshaft wurde. Übelkeit stieg in ihm auf, als er auf die bleiche Made starrte, deren kleiner Leib auf seiner Kuppe pulsierte, als würde sie an ihr saugen. *Das Insekt habe ich mir bestimmt im Schlaf eingefangen. Das ist alles nur Pias schuld. Sie ist so nutzlos. Nie bezieht sie das Bett neu. Nie!*

Er versuchte das Tierchen mit den Fingern seiner anderen Hand wegzuschnippen, aber es bewegte sich einfach nicht.

Er wollte sie an der Schreibtischkante abschmieren, aber sie blieb robust an seiner Haut kleben.

Doch sein Gehirn schien diesen Umstand recht schnell zu akzeptieren, als sein Blick wieder auf den Laptop fiel.

Schon war er mit seinen Gedanken gar nicht mehr bei der Made, als sein Blick über Franks Manuskript schweifte.

Eigentlich war die Sache ja schon längst geklärt worden, aber es machte ihm einfach zu viel Freude.

Er druckte das Schriftdokument aus. Es waren recht viele Seiten und er musste mehrmals Blätter nachlegen, aber das war es ihm wert.

Schließlich hatte er den ganzen Stapel vor sich auf dem Schreibtisch liegen. Er zog eine Schublade auf und entnahm ihr einen roten Füller.

Dann fing er mit heraushängender Zunge damit an, sämtliche Reihen aus Buchstaben durchzustreichen. Mit der anderen Hand massierte er sich stöhnend den Schritt, während er so kraftvoll die Miene des Füllers auf das Papier drückte, dass es durchlöchert wurde.

Einmal zwickte sein Zeigefinger. Er zog seine Hand aus der Unterhose und bemerkte, dass die nun etwas größere Made, mit ihren Widerhaken, die an seinen Schlundwinkeln hingen, gerade dabei war, eine seiner Poren auszudehnen, und schließlich unter seine Haut schlüpfte. Diese wölbte sich sichtlich auf seinem Finger und es bildeten sich Bläschen, als der Parasit hinunterkroch.

Recht beiläufig nahm er den Vorgang wahr, und seine Stirn kräuselte sich etwas dabei.

Doch dann widmete er sich wieder seiner Lieblingsbeschäftigung. Streichen.

Er war gerade beim vierten Blatt angekommen, da hörte er durch das geöffnete Fenster einen schrillen Schrei.

Wütend sprang Mortimer auf.

Dieser verfluchte Lärm! Diese degenerierten Bälger! Wie kann ich da arbeiten? Wie kann ich da die Welt retten? Nur weil Pia nie saugt, muss ich jetzt lüften! Sie ist so eine faule Schlampe! Ich hätte das ausgeleierte Ding schon beim letzten Fick zerquetschen sollen!

Nun störte er sich nicht mehr so an seinen vulgären Gedanken. Er wollte gerade voller Zorn das Fenster zuknallen, da hörte er wieder von draußen Kindergeschrei.

Er streckte seinen pochenden Schädel heraus und sah in dem Sand auf dem Spielplatz gegenüber zwei kämpfende Halbwüchsige, die sich an den Haaren zogen.

Mortimer knurrte und die Finger seiner Hand verkrampften sich um den roten Füller.

Nur hatte er eine Mission. Nun hatte er einen Einsatz.

»Das reicht jetzt«, murmelte er. »Genug der Gewalt. Dafür werdet ihr gestrichen.«

Während er entschlossen seine Wohnung verließ, wölbte sich die Haut auf seinem sehnigen Unterarm wie Crêpeteig auf einer erhitzten Steinplatte, als der Parasit seinen Weg zu Mortimers Gehirn fortsetzte, um wieder bei seinen Geschwistern sein zu dürfen.

»Aua«, quiekte Joachim, als die fünfzehnjährige Linde ihm mit der flachen Hand auf den Rücken schlug. Der Zwölfjährige ging japsend zu Boden. Linde kickte ihm von oben Sand in die Augen.

Nun weinte Joachim und Leyla blickte etwas besorgt auf die Spielplatzszene zwischen ihrer Tochter und ihrem mutmaßlichen Stiefsohn.

»Ich sollte sie wohl lieber mal zurückpfeifen«, sagte sie zu Heiner, der neben ihr auf der Parkbank lümmelte und mit seinen Zähnen versuchte, eine Bierflasche zu öffnete.

»Ach komm. Der soll mal lernen, sich selbstständig durchzusetzen. Der Junge kann nicht immer alles nassmachen. Der kann das schon ab. Der übertreibt nur, um seinen Willen durchzusetzen. Das probiert er allzu gerne. Aber ich mach da nicht mehr mit.«, sagte er und zückte nach ein paar schmerzhaften Bemühungen schließlich sein Feuerzeug und öffnete damit seine Flasche.

»Na ja. Sie hat ihm aber auch …«

Heiner winkte ab, während er einen Schluck Bier nahm. »Ach komm! Er ist einfach verknallt in deine Tochter und probiert die Mitleidsnummer, um ihre Mutterinstinkte zu wecken.«

Leyla kicherte und knuffte ihn an, sodass sich Heiner fast an seinem Bier verschluckte.

»Hat er das von dir?«

»Nein! Ich habe redlich versucht, einen richtigen Mann aus ihm zu machen, der geschätzt und respektiert wird, weil er sich behaupten kann. Aber sämtliche Bemühungen waren vergebens. Seine Mutter hat ihn einfach zu oft verhätschelt.«

Linde brüllte animalisch auf, während sie Joachim am Schlafittchen packte und ihn einige Meter von sich wegschleuderte.

Wieder plumpste der Junge in den Sand und schluchzte nun herzzerreißend.

»Sollten wir nicht wirklich mal lieber dazwischengehen?«, fragte Leyla vorsichtig.

»Sollten wir nicht lieber der Natur ihren freien Lauf lassen und rummachen?«, schlug Heiner vor und stieß lauthals auf.

Leyla lachte und rollte mit den Augen. »Wow! Subtil bist du ja nicht gerade.«

Heiner schnaufte. »Na und? Ich bin wenigstens nicht wie mein Herr Sohn, der ständig durch die Hintertür sein Glück versucht und dabei alles vollkleckert.«

Leyla kicherte. »Das klang jetzt ein bisschen komisch, aber vielleicht hast du ja recht?«

Sie rieb ihre Nase an seinem massigen Hals, falls man ihn überhaupt noch so bezeichnen konnte.

Sie wusste nicht warum, aber seine Duftnote machte sie wahnsinnig im positiven Sinne.

Sie liebte seinen selbstsicheren Gang, die männliche Bassstimme und seinen derben Humor. Aber noch mehr törnte sie sein pikanter Schweißgeruch an.

Es stimmte wohl, dass sich Paare gegenseitig gut riechen mussten, und Leyla konnte von Heiners männlichen Ausdünstungen gar nicht genug bekommen.

Während die beiden sich nun inbrünstig küssten, beachteten sie Joachim nicht mehr, der von Linde wie ein Salat aufgewirbelt wurde. Sie sahen auch nicht den Mann, der mit knallrotem Kopf auf Linde zuschritt.

Durch ihr inbrünstiges Geschmatze hörten sie auch nicht seine angeregten Selbstgespräche, die sich schließlich zu einem tiefen Knurren steigerten.

Erst als Linde aufkreischte, weil ihr der Mann wuchtig ins Kreuz trat, fuhren ihre Köpfe herum.

Nun wurde das Mädchen durch die Luft geschleudert und knallte schließlich mit der Stirn gegen einen der massiven Holzpfähler einer Rutschbahn, sodass ihr Schädel knackte.

Leyla schrie entsetzt auf, als sie ihr Kind blutend und reglos im Sand liegen sah.

»NEIN!«

»DOCH!«, brüllte Mortimer zurück und fuchtelte dabei bedrohlich mit seinem roten Füller.

»ES REICHT! ICH SAGE NEIN! SCHLUSS! AUS! ICH WILL DAS NICHT MEHR UND SCHREITE EIN! Ich zeige jetzt Courage! ICH SAGE NEIN, NEIN UND NOCHMALS NEIN ZUR GEWALT! Das ist meine Lebensgeschichte und darin dulde ich keinerlei Handgreiflichkeiten, du widerwärtiges Monster! SCHÄM DICH! BESTIE! Herzloser Unmensch!« Er lief entschlossen auf die Linde zu. »Du wirst jetzt gestrichen!« Diese lag nach wie vor mit geschlossenen Augen auf dem Boden. Ihre Glieder zuckten nun unkontrolliert und Schaum trat aus ihrem offenen Mund.

»Lass mein Kind in Ruhe!«, fauchte Leyla und rannte auf ihn zu.

»Lass du sie in Ruhe! Mir fehlen die Worte. ANSTATT DICH VON SO EINEM ABSCHEULICHEN MENSCHEN ZU DISTANZIEREN, UNTERSTÜTZT DU IHN NOCH?! Dann bist du mindestens so schlimm wie sie und ein schlechter Mensch! DU BIST AUCH EINE TÄTERIN!«, schimpfte er und wandte sich nun Leyla zu.

Heiner saß wie versteinert da. Sämtliche Muskeln und Nerven waren nun eingefroren. In seinem Kopf spielten sich zwar heldenhafte Handlungen ab, aber sein Körper zog einfach nicht mit, weil er vor Angst erstarrte.

Genauso wie plötzlich Mortimer. Ehe er mit seinem Füller auf die heranrasende Leyla einstechen konnte, fror er plötzlich mitten in der Bewegung ein.

Nur sein zum Angriff erhobener Arm und sein rechtes Augenlid zuckten etwas.

Heiner beobachtete steif sowie zugleich zutiefst beeindruckt, wie seine Zukünftige den Irren mit Schlägen bombardierte.

»DU KRANKES SCHWEIN!«, kreischte sie. »VERGREIF DICH NIE WIEDER AN EINEM KIND! IST DAS KLAR?! IST DAS KLAR?!«

Zahlreiche Faustschläge in schneller Abfolge knallten in Mortimers Gesicht, die er reglos hinnahm, ohne seine verrenkte Position zu ändern.

Schließlich kam Leyla aus der Puste.

Dafür taute Mortimer wieder auf.

Heiner hörte schmatzende Geräusche, als er ihr den Füller mehrmals in den Hals rammte. Blut spritzte Mortimer ins Gesicht. Er stach immer wieder in ihren Hals hinein und die rote Tinte vermischte sich mit ihrem hervorsprudelnden Blut.

»JA! GENAU! STIRB! DU UNSENSIBLER UNMENSCH! VERROHTES MISTSTÜCK! STIRB ENDLICH!«, schrie er davon völlig unbekümmert aus vollem Halse und lachte anschließend wie ein Wahnsinniger, während Leyla vergeblich nach Luft schnappte, bevor sie röchelnd zu Boden ging. Zeitgleich stellte Linde auch sämtliche Zuckungen und ihre Atmung ein.

Als deren Mutter nun ebenfalls tot vor Mortimer auf dem Boden lag, wurde er plötzlich kreidebleich im Gesicht mit grünlichen Farbuntertönen.

»Oh, diese furchtbare Gewalt auf der Welt. Schämt euch! Mir ist so übel.«

Er würgte und kotzte schließlich fast schon zeitgleich wie Heiner auf der Parkbank,

Während aus Joachims Vater nur Flüssiges heraus platschte, erbrach Mortimer einen grobschlächtigen bleichen Klumpen auf Leylas Gesicht.

Heiner kam gar nicht zum Trauern, weil ihm erneut vor Ekel übel wurde, als er sah, wie sich die schleimige Masse auf Leylas Gesicht plötzlich bewegte und zischende Laute von sich gab wie ein Haufen Schlangen.

Auch der verstörte Joachim starrte mit großen Telleraugen auf die miteinander verklebten Würmer, die sich noch mehr ineinander verhedderten, als sie sich darum stritten, wer zuerst in Leylas Haut eindringen durfte.

Die Zischlaute änderten sich zu einem wütenden Geplärre, welches dem eines schreienden Säuglings nicht unähnlich war, als die Parasiten bemerkten, dass ihre vermeintliche Wirtin schon längst nicht mehr lebte und für die Fortpflanzung unbrauchbar war. Zornig griffen sie sich also gegenseitig an.

Mortimers Kopf fuhr herum zu dem Jungen.

»Gern geschehen. Ist alles bei dir in Ordnung?«, fragte er besorgt.

»Mhm«, fiepte der Junge.

Mortimer deutete das als ein *Ja* und registrierte nicht mehr, wie Joachim sich vor Angst einmachte, weil er sich nun dessen Vater zuwandte.

»Auch bei Ihnen alles in Ordnung?«, hauchte er mit dünner Stimme.

»Hilfe«, stammelte dieser. »Hilf ... Hilfe.«

»Aber ich will Ihnen doch gar nichts tun. Ich bin hier der rettende Engel. Bitte kein Gaslighting«, winselte Mortimer und trat mit erhobenen Händen auf den Familienvater zu.

Früher hätte Heiner schon allein wegen solch denglischen Wörtern Reißaus genommen, aber als er sah, wie der zutiefst verletzte Mortimer weinend auf ihn zulief, kam Leben in seine Beine.

Denn es liefen keine Tränen seine Wangen hinab, sondern gelblichbleiche Maden krochen aus seinen Augen.

»AH!«, kreischte Heiner und verschluckte sich dabei fast an seiner eigenen Galle. »HILFE!«

Seinen Sohn vergaß er regelrecht vor Angst und Ekel. Wimmernd und schluchzend stolperte er von dem Wurmmann hinfort. Aber er kam nicht weit. Ein penetranter Fischgeruch stieg ihm in die Nase, als er unfreiwillig einem anderen Mann in die Arme fiel.

Der Mann hatte sich das Unterhemd so weit hochgekrempelt, dass er nun bauchfrei war. Aus seinem Nabel ragte ein eitriggelber Knopf hervor.

In seinem verschorften Oberarm steckte bis zum Anschlag eine Spritze. Seine grauen Augen standen weit ab.

Heiner kreischte und befreite sich aus der laschen Umarmung des Lachsmannes, der ihn mit zartem Blick musterte.

Heiner wollte sich an ihm vorbeidrängeln, aber der Stinker schien jeden Schritt von ihm vorauszusehen und trat ihm immer wieder in den Weg.

Verzweifelt aber zugleich geschwächt von den vorausgegangenen Ereignissen trommelte Heiner mit den Fäusten gegen seine Brust.

Der Lachsmann zog nur eine Augenbraue hoch und ließ zunächst die kraftlosen Schläge des hysterischen Familienvaters über sich ergehen.

Heiner wurde an der Schulter gepackt und herumgerissen. »Nein! ICH DULDE KEINE GEWALT! NIE MEHR! NIE WIEDER! SO! DU BIST GESTRICHEN!«, brüllte Mortimer ihn an und rammte ihm anschließend den Füller tief ins rechte Auge. Ein schmatzendes Geräusch war zu hören, als würde jemand auf eine Tomate beißen.

Dann zog er ihn samt aufgespießten Augapfel wieder heraus. Heiner stieß einen schrillen Schrei aus, bis Mortimer ihm mit der Handkante kraftvoll gegen den Kehlkopf schlug. Röchelnd ging nun auch der Familienvater zu Boden.

Sie hörten Joachim hinter sich aufquieken.

Ein paarmal zuckte sein Vater noch, bevor er schließlich auch dahinschied. Die hohen Schreie seines Sohnes begleiteten ihn in seinen letzten Sekunden.

Als Mortimer das Gekreische nicht mehr aushielt, wollte er auf den Jungen losgehen, aber der Lachsmann hielt ihn kopfschüttelnd zurück.

»Ah, ah, ah. Lehrjahre sind keine Herrenjahre, mein Sohn. Nimm mir meine konstruktive Kritik bitte nicht übel, aber du sollst unsere potenziellen Wirte nicht umbringen, sondern befruchten. Aber gräme dich nun nicht, ich mache auch manchmal Fehler. Lass mich das machen, du hast nämlich noch viel zu lernen«, sagte er schmunzelnd und strich sich wie ein spiritueller Meisterlehrer durch den nichtvorhandenen Kinnbart.

Immer diese jungen Nachzügler. Eigentlich wollte ich schon längst in den wohlverdienten Ruhestand gehen. Aber ich werde ihn schon lehren, ich werde ihn schon formen. Schließlich ist bisher noch kein Meister vom Himmel gefallen. Er wird dem Herrn dienen, ob er nun will oder nicht. Und er ist ja nicht der einzige

Schüler, dachte er voller Hoffnung und zog lächelnd die Spritze aus seinem Arm, als er auf Joachim zutrat.

Der Knirps lag regungslos im Sand, nachdem die Nadel in seine Wange eingedrungen war. Die Augen weit aufgerissen. Die Arme seitlich ausgestreckt wie ein Engel. Mortimer und der Lachsmann konnten nur noch das Weiße in seinen Augen sehen, da seine Iriden samt Pupillen unter seinen Oberlidern verschwunden waren.

Die Haut an seiner Wange erhob sich wellenartig, da sich der kleine Ztonky darunter einen Weg zu seiner Schläfe bahnte.

Der Lachsmann beobachtete mit einem zufriedenen Lächeln das Schauspiel. Schon bald würde der Junge aufwachen und dann konnte er ihn einweihen. Dann jedoch verfinsterte sich sein Gesichtsausdruck, als er sah, dass seine Spritze nun verbogen war.

Die Köpfe der beiden Wurmmänner fuhren herum, als sie Schritte auf der Straße neben dem Spielplatz hörten.

Zwei uniformierte Polizeibeamtinnen rannten mit hochroten Köpfen und jeweils verbissenem Gesichtsausdruck auf sie zu. Ihre Hände klebten geradezu verkrampft an ihren Holstern.

»GEHEN SIE VON DEM JUNGEN WEG«, kreischte die Blonde von ihnen mit hoher Stimme.

»UND DIE HÄNDE HOCH!«, befahl die Brünette mit weitaus tieferer.

»Nun. Schaue zu und lerne, mein Sohn«, raunte der Lachsmann Mortimer zu.

Er klopfte einmal auf seinen entblößten Unterbauch.

»Du hast nun wieder eine Nabelschnur. Nur diese verfügt über eine gewisse Mobilität. Dein Untermieter hat keine Augen, dafür aber kaum sichtbare Nasenlöcher. Damit identifiziert er seine Beute. Einmal Klopfen um einen Menschen zu Befruchten. Zweimal zum Töten, falls du einen Ztampignon treffen solltest. Und du musst dich auf deine Atmung konzentrieren. Das musst du immer wieder üben und irgendwann brauchst du gar nicht mehr zu klopfen und kannst ihn einzig und allein mit deiner Atmung sowie deinen Gedanken steuern«, erklärte der Lachsmann nun mit gepresster Stimme.

Die Polizistinnen betraten mit gezückten Pistolen den Sand vom Spielplatz,

»HÄNDE HOCH HABE ICH GESAGT!«

Mortimer riss seine Arme unverzüglich in die Höhe und blickte verunsichert in die Mündungen der Dienstwaffen.

Der Lachsmann hingegen hob langsam die Hände und strahlte die beiden Damen voller Freude an, als würden sie ihm gerade einen Geschenkkorb überreichen wollen.

»AUF DEN BODEN!«, kreischte die blonde Polizistin schrill und zielte auf seine Brust.

»LOS!«

Der Lachsmann lächelte nachsichtig, während er den Kopf schüttelte.

»AUF DEN BODEN!«

Seine Wangenknochen stachen messerscharf hervor, als sich die Haut in seinem Gesicht wie geronnene Soße zusammenzog, während er einatmete. Die Augen quollen ihm dabei comicartig aus den Höhlen.

Sein Bauch hingegen blähte sich weit auf, als hätte er mindestens acht Maß Hefeweizen absorbiert.

Der eitrige Knopf in seinem Nabelloch schoss zischend hervor und mit ihm sein meterlanger Wurmfortsatz.

Der augenlose Kopf erreichte mühelos die blonde Polizistin, die mindestens zwanzig Meter von ihm entfernt stand, und riss mit seinen Widerhaken ein Loch in den Hals der Uniformierten, bevor er wieder zurück in den Nabel von seinem Besitzer schnellte.

Nun hatte die Frau keine Piepsstimme mehr. Sie brach krächzend zusammen, während ihr Blut aus der Halswunde spritzte und ihre Kollegin verdattert der Unterkiefer aufklappte. Dennoch zögerte die Brünette nicht und eröffnete das Feuer.

Der Lachsmann verdrehte nur die Augen, als die erste Kugel in seine Schulter eindrang. Er taumelte ein paar Schritte zurück, bevor er sich wieder sammelte.

Obwohl Blut aus seiner Wunde sprudelte, atmete er erneut tief ein, als würde er gerade eine Yogaübung absolvieren.

Der Wurm schoss erneut aus seinem Bauchnabel hervor und landete mit dem Kopf voran in dem weit aufgerissenen Mund der braunhaarigen Polizistin und verwüstete ihn mit seinen zahlreichen Zähnen.

Sie ging röchelnd zu Boden. Gurgelte Blut.

Ein Stück ihrer Zunge landete im Sande, während der hässliche Wurmkopf wieder zischend in sein trautes Heim zurückschnellte.

»Sachte, sachte. Du warst ein bisschen zu stürmisch, mein kleiner Gierschlund. Wir brauchen sie doch lebend, du kleiner Zimtschlingel«, flüsterte der Lachsmann und strich sich liebevoll über den Nabel.

Ein babyähnliches Gickern war daraufhin aus seinem Bauch zu hören.

Eine weitere Kugel zischte knapp an Mortimers Ohr vorbei.

Ein untersetzter Polizist rannte schnaufend auf den Spielplatz und feuerte bereits aus seiner Dienstwaffe inbrünstig auf sie, ohne sie vorher verwarnt zu haben.

Typisch, dachte Mortimer. *Erst schießen. Dann denken. Ich bin all die Polizeigewalt so leid.*

»Krempel dein Shirt hoch. Na los«, hauchte der Lachsmann.

»Was?«

»Du willst es doch auch«, sagte sein Lehrmeister. »Ich sehe es in deinen Augen.«

Gerade als Mortimer zögerlich an seinem T-Shirt herumzupfte, bohrte sich die nächste Kugel in seinen Oberarm.

»Ahhh«, brüllte er und ging zu Boden.

»Jetzt steh schon auf!«, schimpfte der Lachsmann. »Das ist doch nichts. Juckt doch nur ein bisschen. Er kann dir nichts tun. Du wirst dich wie von selbst heilen. Der allmächtige Ztonk beschützt dich jetzt! Also steh auf und beschäm ihn nicht weiter!«

»Aber es tut so weh!«, wimmerte Mortimer. Er bekam eine Gänsehaut am ganzen Körper, als warmes Blut seinen Unterarm herunterlief.

»Alles muss man selber machen, du faule Mimose!«, knurrte der Lachsmann und aktivierte seinen Bauchnabel erneut.

Der Wurm fraß sich durch die Uniform des Polizisten, verbiss sich in dessen fleischiger Schulter und befruchtete seine Blutbahn mit Ztonks Spermien, bevor er sich wieder ins Nabelgehäuse zurückzog.

Der Polizeibeamte bekam es kaum mit, so schnell war seine Besamung schon wieder vorbei. Er schnaufte noch einmal hingebungsvoll, bevor er die Augen verdrehte und wie eine Marionette mit durchtrennten Fäden zu Boden sackte.

»Mein Zimtschlingel funktioniert wenigstens wieder«, stelle der Lachsmann grimmig fest. Seine gute Laune schien verflogen zu sein.

Fast schon angewidert starrte er auf seinen neuen Zögling, der sich immer noch vor Schmerzen auf dem Boden wälzte.

Seine Fußspitze bohrte sich in Mortimers hervorstehende Rippen. »So. Du parierst jetzt, klar? Steh auf.«

Seine Stimme war nun etliche Oktaven in die Tiefe gesunken.

Mortimer wollte sich hochstemmen, aber er schaffte es nicht alleine. Er plumpste wieder zu Boden und blieb schluchzend liegen.

»Ich kann nicht! Es tut mir leid! Schneide mir bitte nicht den Bauch auf! Ich kann nicht! Bitte nicht schlagen!«

Nun atmete der Lachsmann tief aus.

»Na schön, du Spätzünder. Dieses Mal noch.«

Er reichte seinem Schüler die Hand und wartete geduldig eine Weile, bis dieser sie ergriff. Mühelos zog er ihn dann in die Höhe.

»Es wird ganz kurz brennen«, sagte er nun wieder etwas sanfter. Er drückte seinen Zeigefinger auf Mortimers Schusswunde und Dampf stieg auf. Mortimer schrie schrill auf und ihm wurde zugleich übel, als ihm der Geruch von dem verbrannten Fleisch in die Nase stieg.

»Jetzt hör auf zu heulen. Da ist sie doch«, stöhnte der Lachsmann und ließ die blutige Kugel auf seinem Zeigefinger balancieren, während sich Mortimers Wunde schloss und ein Heilungsprozess in Gang gesetzt wurde.

Mortimer starrte auf die Brünette, die immer noch gurgelnd am Boden lag und in ihrem letzten Kampf Fontänen aus Blut ausspuckte.

Der Lachsmann beobachtete ihn. »Siehst du. Ist gar nicht so leicht. Deswegen benutze ich lieber die Spritze zur Infiltrierung. Leider ist sie nun etwas abgenutzt und verbogen, weil ich etwas zu übereifrig gewesen war. Siehst du. Wir machen alle mal Fehler. Also Kopf hoch, mein Sohn. Haltung!«

Mortimer klappte zusammen, als sein Meister ihm wuchtig in die Magenkuhle schlug.

»Warum hast du nicht dein Shirt hochgezogen? Bis du blöde, oder was?«

Mortimer rang nach Luft. »Bitte nicht schlagen. Ich ... schäme mich für meinen Bauch.«

Der Lachsmann schnaubte. »Aber warum denn? Du bist doch ein Mainstreamstar. Siehst gut aus, bist schlank, athletisch, ein hübscher Sugarboy und so. Das können wir allerdings gleich ändern.«

»Ich ... ich wurde als Kind entführt. Sie ... sie haben mich verstümmelt«, erklärte Mortimer ihm stammelnd, obwohl er nicht wusste, ob sein neuer Meister nicht schon längst in dieses brutale Kapitel seiner Vergangenheit involviert war.

Der Lachsmann wollte zu einem weiteren Faustschlag ausholen, hielt dann aber inne.

»Ach so. Verstehe. Na schön. Da kannst du jetzt ja auch nichts für. Dann werde ich dich eben beschenken.«

Er drückte seinen Zeigefinger gegen Mortimers bretthartenBauch und wieder qualmte es. Mortimer kreischte auf, als seine Haut abermals kurz brannte und ihm wieder der beißende Gestank in die Nase stieg.

Aber dann war auf einmal auch schon vorbei. Er spürte keine Schmerzen mehr. Nur ein bisschen Übelkeit.

»Gehts?«

Mortimer nickte schwach.

»Zieh deinen Top hoch. Jetzt!«

Mortimer gehorchte ihm.

»Gut gemacht, mein Sohn. Sieh dir nun deinen Bauch an.«

Mortimer riss nun ebenfalls die Augen auf.

Er sah keinerlei Narben mehr auf ihm, sondern nur noch ein wohlgeformtes Sixpack.

»Du hast es eigentlich nicht verdient. Ich habe sehr viel Potenzial in dir gesehen. Du trägst es scheinbar schon sehr lange in dir. Nur scheint es merkwürdigerweise nach wie vor im Schönheitsschlaf zu verweilen. Du hast den großen Ztonk mit deiner niederträchtigen Feigheit beleidigt. Aber du siehst nun, dass er dich trotzdem lieb hat. Wir werden dich formen. Dir soll es von nun an prächtig gehen und du wirst dafür ganz viele Ztampignons töten, um dich seiner als würdig zu erweisen. Vernichte diese abtrünnigen Terroristen. Denn wir sind seine wahren Kinder. Uns liebt er nämlich und nicht diese ungläubigen Bestien!«

»Ist gut. Danke. Danke! Ich werde euch nicht enttäuschen!«, wimmerte Mortimer vor Dankbarkeit und fiel seinem Meister schniefend in die Arme.

»Ja, ja. Ich heiße dich willkommen. Ich werde zugleich auch deine Auffangecke sein«, murmelte dieser und strich seinem Zögling unbeholfen durchs Haar.

»Seie nun ein heiliger Krieger und …«

Der Lachsmann hielt irritiert inne, als Mortimer ihn wegstieß und sich würgend nach vorne beugte.

»Oje. Was ist denn jetzt schon wieder?«

Mortimer antwortete ihm nicht. Er musste refluxartig aufstoßen und spürte den Geschmack von Kloake auf seiner Zunge, bevor sich sein Mund füllte. Dann kitzelte plötzlich ein schleimiger Fremdkörper seinen Gaumen. Kurz darauf quiekte er überrascht auf, als es in seinem Mund zischte, als würde er eine ganze Röhre Brausetabletten zerkauen.

»Ach so«, seufzte der Lachsmann. »Keine Angst, mein Sohn. Die Ztonkys wollen auch mal das Licht sehen. Öffne etwas deinen Schlund und streichel sie ganz sanft und zärtlich mit deinen Oberzähnen und zeige ihnen somit deine Liebe. Aber lass sie nicht zu weit raus. Sonst verlaufen sie sich noch.«

Mortimer war vor Ekel schon regelrecht bleich, aber er wollte seinen Meister nicht enttäuschen, allerdings war er nicht sanft genug. Seine Vorderzähne gruben sich grob in das pulsierende Fleisch des kleinen Würmchens, als dieses gerade aus seinem Mund schlüpfen wollte.

Nun ertönte wütendes Babygeschrei.

Der Lachsmann zuckte zusammen. »Oh nein. Jetzt sind sie sauer. Sanft sein sollst du, habe ich gesagt. Da kann ich dir jetzt auch nicht helfen. Das wird jetzt ein paar Minuten etwas wehtun, bis sie sich wieder beruhigen.«

Amüsiert beobachtete der Lachsmann, wie die Ztonkys den kreischenden Mortimer von innen attackierten und traktierten. Deren Zähne und Widerhaken vergruben sich in seiner Zunge, sowie Zahnfleisch und Rachenraum.

Während Mortimer aufgescheucht hin und her rannte, strich sich der Lachsmann wieder durch seinen nicht vorhandenen Kinnbart.

»Oje, mein Jungspund. Du hast wirklich noch viel zu lernen.«

10. Liebe in der Umkleide

»Das geblümte Kleid. Probier es an.«

Fabienne nickte zaghaft. Eigentlich hatte sie gar keine Lust auf Shopping und sie bevorzugte generell einen eher maskulinen Look.

Aber sie wollte Pia nicht vor den Kopf stoßen. Sie musste ihr schon dreimal absagen, weil sie in letzter Zeit immer wieder Schnupfen oder Halsschmerzen bekam. Fabienne selbst nicht genau, warum. Lag wohl daran, dass es kälter wurde. Oder hatte sie sich irgendwo eine immunschwächende Krankheit eingefangen? *Leider sehr wahrscheinlich*, befürchtete Fabienne nach wie vor.

Nur jetzt war ihr die Einsamkeit wieder zu viel geworden.

Also hatte sie Pia nun zum Einkaufen begleitet.

Obwohl es in Anbetracht der Umstände absolut unverantwortlich für sie war, malte sich Fabienne aus, mit der sportlichen Schönheit intim werden zu können.

Falls diese überhaupt noch wollte. Fabienne konnte es ihr nicht verübeln. Sie hatte sich eine Viertelstunde verspätet, weil sie noch einmal sämtliche Gegenstände in ihrer Wohnung zur Sicherheit desinfiziert hatte. Schließlich wollte Pia sie ja vielleicht anschließend besuchen kommen und da sollte sie sich ja nicht anstecken. Wobei sie es wahrscheinlich ohnehin tun würde, wenn die beiden miteinander schlafen würden. Fabienne lechzte regelrecht danach, aber dann wäre sie ja ein Monster. Gift war sie ja schon. Fabienne hatte sich schon so weit in die Spirale der Angst hineingesteigert, dass sie fast schon vollkommen überzeugt davon war, eine Biowaffe zu sein. Auch wenn große Mengen an Körperflüssigkeit und längerer Schleimhautkontakt für eine Ansteckung von Nöten waren, sah sie allein ihre Anwesenheit als bloße Gefahr für ihre Umwelt. Und das, obwohl sie rational dazu fähig war, die Fakten zu kennen. Aber von Kindheit an sah sie an ihrer Existenz eher einen Fluch statt einen Segen und an ihr nagten solch tiefe Schuldgefühle, weil sie sich stets als Belastung fühlte wie ein Schadstoff, sodass sie unterbewusst jeglichen Grund willkommen hieß, der diesen Schmerz rechtfertigte. Und jetzt war sie wohl infiziert, nur weil sie so egoistisch und gierig gewesen war.

»HALLO! ERDE AN FABIENNE!«

Fabienne nickte wieder und lächelte schwach.

Sie wollte Pia nicht noch mal verärgern. Zuerst bekam sie natürlich berechtigterweise eine lautstarke Standpauke von ihr wegen der Verspätung, sodass Fabienne schon Angst vor ihr bekam. Doch nun hatte sich Pia gefangen und gab ihr den benötigten Halt zurück. Irgendwie gab ihr diese starke Frau Sicherheit und sie hatte so eine erotische Ausstrahlung.

Doch ihre Zustimmung schien nicht angekommen zu sein. Sie sah deutliche Fragezeichen in den Gesichtern von Pia und dem Verkäufer mit der fliehenden Stirn, dessen große Glubschaugen denen einer Kröte glichen.

»Dann schau doch mal in den Spiegel«, sang Pia mit ihrer hohen Engelsstimme.

Fabienne hielt sich das Kleid an den Leib und sah sich damit im Spiegel an. Sie mochte es eigentlich nicht. Es sah für sie aus wie ein schluffiges Bettlaken und nicht wie ein ansprechendes Kleid.

Dennoch lächelte sie grell und nickte wieder.

Pia zog daraufhin feierlich einen geblümten BH hinter ihrem Rücken hervor.

»Den probieren wir auch gleich an.«

Fabienne dachte, sie hätte sich verhört. »Äh? Wir?«

»Ja. Ich komm mit in die Kabine. Oder willst du etwa nicht?« Pia zog fast schon eine traurige Schnute.

»Äh ... Doch!«, rief Fabienne nun recht laut.

»Na supi!«

»Du musst dich schon ausziehen«, tadelte Pia Fabienne.

»Okay.«

»Ach was solls. Ich helfe dir.«

Fabienne zuckte zurück.

»Bin ich dir lästig?«, fragte Pia leise und mit hängenden Mundwinkeln, als sie hautnah vor Fabienne in der Umkleidekabine stand und ihr freundlicherweise aus dem Pullover half.

Fabienne mochte es nicht gerne, wenn man ihr bei solchen Nichtigkeiten zur Hand ging. Sie konnte sowas schließlich schon alleine. Dennoch schüttelte sie den Kopf und fragte sich gleichzeitig, ob sie sich zu Hause auch gründlich genug geduscht hatte, da Pia nun ihren Prachtkörper regelrecht gegen ihre Haut drückte, während sie ihren BH aufknöpfte.

»Du bist so schön«, hauchte Pia, als Fabienne mit freiem Oberkörper vor ihr stand.

Fabienne blickte verschämt zu Boden.

Pia packte sie am Kinn und hob es an, sodass sich die beiden direkt in die Augen sahen.

»HALLO! DU BIST SCHÖN! HALTUNG, MEINE LIEBE!«

»BI meint, ich wäre fett«, widersprach Fabienne kleinlaut.

»Hä? Was?«

»Mein Ex-Freund.«

Pia schnaufte. »So ein dreckiger Lügner. Wie gemein ist das denn bitte? Glaub ihm nicht. Er will dich nur kleinhalten. Typisch, Männer. Aber ich finde dich schön. Du hast so schöne Kurven und so einen süßen Babyspeck.«

Bevor Fabienne den Blick wieder voller Scham senken konnte, sprach Pia hastig weiter: »Das ist gut! Das ist doch okay! Mir gefällt das! Du bist weiblich!«

Pia zog sich Oberteil und BH aus, während sie fortfuhr.

»Wir Frauen sind zwar schöner und haben glattere Haut, dafür aber auch in der Regel einen höheren Fettanteil als Männer. Brauchen wir ja auch von Natur aus, da wir uns ständig anpassen müssen, weil die Räume immer nur für das Wohlbefinden der Männer beheizt werden, während wir mal wieder frieren dürfen. Ich hingegen bin viel zu maskulin gebaut. Du bist viel schöner als ich!«, sagte Pia und betastete wehmütig ihre aufgetunten Airbagbrüste.

Fabienne hingegen blickte voller Faszination auf den athletischen Körper ihrer Freundin.

»Du bist so schön«, sagte sie und es klang emotionslos, obwohl sie nun feucht vor Verlangen war.

»Das sagst du jetzt nur so«, erwiderte Pia traurig und zog wieder einen Schmollmund.

»NEIN! Ich liebe deinen KÖRPER!«, schrie Fabienne und hörte daraufhin, wie der Verkäufer sich außerhalb der Umkleidekabine leise räusperte.

Pia stöhnte und verdrehte voller Wollust die Augen. »Du kannst ihn haben.«

Sie presste Fabienne gegen die Wand der Kabine und rieb sich an ihr.

Fabienne wimmerte leise, als sie Pias harten Körper auf ihrer Haut spürte.

Der gewaltige Busen von Pia drückte sich gegen Fabiennes Brüste, die um einiges kleiner waren und zudem auch weitaus weniger der Schwerkraft trotzten.

Pia zog sich und Fabienne die Hosen und Slips herunter. Nun hatte Fabienne kein Problem mehr damit, dass ihr *geholfen* wurde. Pias Hand strich an Fabiennes Bauch nach unten, bis sie an ihren Schamlippen ankam.

Fabienne piepte eine Weile, während Pia sie fingerte.

»Oma! Oma! Komm her! Eine Frau hat Schmerzen!«, hörten die beiden verschwommen vor Wollust einen kleinen Jungen außerhalb der Umkleide rufen.

Selbst Fabienne vergaß ihn wieder, als Pia sie auf den Sitzhocker stieß und sich rittlings auf sie setzte. Ihre Brüste drückten sich während des feuchten Ritts gegen Fabiennes Gesicht.

Staub wedelte auf, als der graue Vorhang von außen etwas aufgezogen wurde. Ein kleiner Junge sah die beiden Damen mit großen Kulleraugen an. An der Hand hielt ihn seine auf Krücken gestützte Großmutter und räusperte sich empört.

»Entschuldigung«, fiepte er wohlerzogen. »Ist bei Ihnen alles …«

»Verzieht euch, ihr Spanner!«, zischte Pia. Ihre feuchte Hand, welche Fabienne noch eben gefingert hatte, drückte sich in das Gesicht der alten Dame und sie stieß sie aus der Kabine. Wimmernd verlor diese das Gleichgewicht und riss ihren Enkel mit sich zu Boden.

Fabienne registrierte das entsetzt, aber da schwappte schon wieder Pias Busen in ihr Gesicht und lenkte sie erfolgreich ab.

Ich werde sowieso in die Hölle kommen, dachte sie und saugte an Pias Zitzen.

Oder vielleicht doch nicht? Mir scheint, ich bin bereits im Himmel. Sie duftet so gut. Oh Herr. Warum riecht sie so gut?

»Ja«, hauchte Pia schielend. »Melk mich. Selbstgemachte Milch schmeckt immer noch am besten.«

»Nun, meine Damen. Äh ... so ... äh ... das geht so nicht. Halten Sie bitte inne und beruhigen Sie sich wieder. Hier sind schließlich Kinder.«

Die beiden Frauen stöhnten und wimmerten laut. Sie überhörten geflissentlich das Gerede und Geräusper des Verkäufers, der nun als Sichtschutz für eine recht verstörte Familie fungierte und unschlüssig vor dem nun halbgeöffneten Vorhang dem Schauspiel beiwohnte. Obwohl er gerne in den Akt involviert werden wollte, wagte er es nicht, dazwischenzugehen, da ihm das Timing nicht zusagte.

Nachdem die beiden von der Security aus dem Bekleidungsgeschäft verwiesen worden waren, lagen sie nun auf jeweils einer Liege in einem Hallenbad und beobachteten schwimmende Familien.

»Ach. Ich hätte auch gerne mal endlich Kinder«, schwärmte Pia.

Doch Fabienne hörte nur mit einem Ohr zu. Nach dem Himmelrausch sah sie sich nun erneut mit einem finsteren Höllenschlund konfrontiert. Ihre Fantasie schlug regelrecht Purzelbäume. Sie wollte sich eigentlich ausgiebig die Sekrete wegduschen, aber kaum hatte sie die Brause aufgedreht, zog sie Pia bereits wieder heraus zum Schwimmbadbereich.

Um sie dort kichernd direkt ins Wasser zu stoßen.

Pia selbst blieb am Beckenrand stehen, da ihr das Wasser zu kalt schien. Sie motivierte Fabienne lauthals zum Schwimmen.

Wie ein Roboter zog Fabienne daraufhin ihre Bahnen.

Ihr Körper war durch die Schuldgefühle bleischwer.

Sie stellte sich vor, wie sie ihre verunreinigten Sekrete durch das Schwimmbad zog. Erwachsene und Kinder, die hinter ihr schwammen, schluckten diese und wurden infiziert.

Natürlich war das alles nicht so einfach möglich mit solch verdünnten Minimengen im Chlorwasser, aber die Angst ließ Fabiennes Fantasie wachsen wie ein Krebsgeschwür. Außerdem würde sie so oder so auch selbst nicht gerne die Körpersäfte von wildfremden Menschen schlucken. War das nicht schon fast eine orale Vergewaltigung? So kam es Fabienne jedenfalls vor und sie hievte sich schwerfällig aus dem Schwimmbecken.

Nun lagen sie hier. Pia recht entspannt und fröhlich zwitschernd. Fabienne grübelnd.

»Aber Mortimer denkt nur an sich. Wie soll der sich denn noch auf ... Hä? HALLO? Hörst du mir überhaupt zu?«

»Ja?«

»Ja, ja«, schmollte Pia. »Jetzt hast du ja deinen Snack bekommen. Lass sie mal labern, nicht wahr?«

»Nein. Ich höre dir gerne zu. Ich bin nur gerade ...«

»Was ist denn los?«

Fabienne rang mit den Worten, aber sie musste es jetzt wohl sagen. Das war schließlich nur fair. Auch wenn Pia anschließend wohl auf sie losgehen würde. »Ich ... ich fühle mich so schmutzig.«

Pia sah sie fassungslos an. »Das ist jetzt nicht wirklich schmeichelhaft, nachdem wir beide gerade ...«

Fabienne rollte sich schützend auf der Liege ein wie ein Igel. »Nein! Das meinte ich nicht. Ich fühle mich generell so. Es ... es tut mir so leid. Bevor wir beide ... Ich hatte zuvor auch schon ungeschützten Sex.«

Nun lachte Pia. »Na herzlichen Glückwunsch! Und?«

»Vielleicht könnte ich dich ... Vielleicht könnte ich dich mit irgendetwas angesteckt haben?«

»Hast du dich denn testen lassen?«

Fabienne zog eine Grimasse, als hätte sie gerade frischgepressten Zitronensaft getrunken.

»Nein«, antwortete sie kleinlaut.

»Dann kannst du es doch gar nicht wissen. Du hattest einmal ungeschützten Sex. Ich hatte diese Woche schon fünfmal ungeschützten Sex außerhalb meiner Beziehung. Na und? Da gehören immer zwei dazu, mein Engel, Warum geh ich wohl zu diesen Speeddatings, hm? Denkst du etwa, ich habe die Zeit und Muße, mir ständig vorher Kondome zu kaufen? Nö, vergiss es! Da sollen die Kerle mal dran denken. Es geht schließlich um ihren Lümmel. Und? Bin ich jetzt für dich eine Verbrecherin, oder was?«

»Nein. NEIN!«, rief Fabienne, obwohl sie es schon recht unverantwortlich fand. Allerdings erleichterte sie es, dass jemand pragmatischer war als sie und nicht nur sie sich gewagten Risiken aussetzte. Vielleicht sollte sie einfach nicht mehr so viel nachdenken und einfach leben. Wenn das bloß so einfach wäre. Vielleicht hatte sie sich nun bei Pia angesteckt, woher sollte sie das jetzt noch wissen? Fabienne schluckte und kämpfte gegen ihr Schwindelgefühl an. Aber was brachte die Grübelei? Das Rad konnte sich ja nicht ewig so weiter drehen. »Ich fühle mich generell so schmutzig. So schuldig. Auch wenn es rational keinen Sinn ergibt, aber ich fühle mich so«, gestand sie ihrer Freundin.

»Das sind doch nur dumme Gefühle. Du bist toll. Du bist der reinste Mensch, den ich kenne. Absolut unschuldig. Leb doch endlich mal.« Plötzlich hielt Pia inne, bis ihre Augen schließlich leuchteten, da ihr ein Einfall kam. »Das hat dir bestimmt dein Ex-Freund eingeredet, oder? Hör nicht auf den. Und fett bist du auch nicht! Du bist ein toller Mensch und kannst stolz auf dich sein. Sag es.«

»Ich bin ein toller Mensch und kann stolz auf mich sein«, brummelte Fabienne mit Roboterstimme.

»Lauter.«

»Ich bin ein toller Mensch und kann stolz auf mich sein.«

Pia verdrehte die Augen. »Ich mach es dir mal vor.« Sie richtete sich kerzengerade auf und rief mit stolzgeschwellter Brust: »HUHU! ICH BIN FABIENNE! ICH BIN EIN TOLLER MENSCH UND KANN STOLZ AUF MICH SEIN!«, kreischte sie so laut und schrill, dass sämtliche Badegäste zusammenzuckten. »Jetzt du. TSCHAKKA!«

»HUHU! ICH BIN FABIENNE! ICH BIN EIN TOLLER MENSCH UND KANN STOLZ AUF MICH SEIN!«, rief Fabienne nun laut.

»Wer ist denn jetzt von euch die tolle Fabienne?«, rief ein jugendlicher Schwimmer vom Becken aus.

»Halt die Fresse, du Pickel!«, blaffte Pia ihn an, bevor sie sich wieder an ihre Freundin wandte:

»Das war schonmal sehr laut, aber mir fehlte deine innere Überzeugung. Ich glaube dir nicht. Stell dir vor, du bist in der Politik und musst das Volk überzeugen. Also nochmal.«

»ICH BIN ...«

»HUHU SM! HIER SIND WIR!«, unterbrach Pia sie lauthals und winkte einem athletischen Mann zu, der mit verschränkten Armen in den Badebereich lief.

Fabienne hielt überrascht inne. »Er ist auch hier. Den kenn ich doch vom Speeddating.«

Pia kicherte. »Ja, ja. Die üblichen Verdächtigen. Ich habe ihn herbestellt. Wird bestimmt lustig«, erklärte sie Fabienne grinsend und zog ihren BH aus. »So. Meine Brüste sind nun genug geformt. Die brauchen jetzt auch mal Luft. Zieh ihn dir auch aus«, forderte Pia ihre Freundin anschließend auf.

Fabienne lief rot an und schüttelte den Kopf.

»Nun komm schon!«, rief Pia bestimmt und *half* ihrer Freundin wieder beim Ausziehen. »Sind zwar schöne Blümchen auf dem Ding, aber du hast nichts zu verbergen.«

Feierlich deutete sie anschließend auf Fabiennes entblößten Busen. »TADA!«

Bevor Fabienne verlegen die Arme verschränken konnte, versuchte Pia einen Nippeltwist bei ihr.

Doch ihre Freundin reagierte schnell und schlug ihre Hand weg.

Pias Augen funkelten wutentbrannt, doch kurz darauf ließ sie ihre gebleichten Zähne aufblitzen, als sie anerkennend lächelte.

»Wow! Du hast richtig gute Reflexe. Das hätte ich gar nicht von dir erwartet«, lobte sie Fabienne, bevor sie den Kopf schief legte. »Aber was hast du denn eigentlich? Die Männer kneifen sich auch immer vor aller Öffentlichkeit in die Brustwarzen. Dann dürfen wir das doch auch, oder etwa nicht?«

Fabienne wusste nichts darauf zu erwidern. Sie starrte auf den Jugendlichen, der nun regelrecht am Beckenrand klebte und die beiden mit großen Augen anglotzte. Sein Unterkiefer war weit nach unten geklappt, als würde er eine wichtige Briefsendung in Empfang nehmen wollen.

Fabienne nahm verwirrt wahr, dass er besonders ihren Busen ins Visier nahm, während sein Kopfkino Amok zu laufen schien. Beschämt verschränkte sie die Arme.

»WAS GLOTZT DU DENN SO, DU HÜHNERBRUST?!«, fauchte Pia ihn an. »VERPISS DICH ODER ES KLATSCHT GLEICH!«

Der Jugendliche knurrte etwas Unverständliches, bevor er eine weitere Bahn schwamm.

»Störe ich euch?«, fragte SM rhetorisch und grinste als wäre seine Anwesenheit ein Geschenk an die Allgemeinheit.

»Nein! Warum denn? Wir haben uns doch verabredet, oder nicht?«, fragte Pia ihn irritiert. »HALLO?! Mein Gesicht ist weiter oben!«, maßregelte sie ihn anschließend, als er reflexartig ihre großflächigen Brustwarzen gemustert hatte.

»Äh ... ja. ... äh. Sorry. Darf ich mich zu euch setzen?«

»Natürlich.« Pia deutete auf die freie Liege links neben ihr.

»Ist schon lustig, dass wir uns bei so vielen Speeddatings immer wiedertreffen«, stellte SM fest, während er sich niederließ.

»Oh ja. Wow. Sehr unterhaltsam«, sagte Pia gedehnt und gähnte demonstrativ in Fabiennes Richtung.

SM und Fabienne schwiegen eine Weile.

Nun musterte Pia ihn. »Ein aufregender Gesprächspartner scheinst du ja nicht gerade zu sein. Aber du treibst viel Sport, nicht wahr?«, stellte sie nun wieder entzückt fest. Ihr Blick schweifte gierig über seine ausgeprägten Bauchmuskeln.

SM fixierte Fabienne, als würde sie ihm die Fragen stellen. »Weil meine Frau zu faul ist, laufe ich viel zu oft zum Kühlschrank, um mir mein Bier selbst zu holen«, antwortete er, um anschließend lauthals über seinen vermeintlichen Witz zu lachen.

»Haha. Soso. Du hast also eine Frau. Warum bist du dann überhaupt hier?«, erkundigte Pia sich, während sie skeptisch auf die Auswölbung in seiner Badehose stierte.

SM sah immer noch Fabienne an, als er versuchte zu antworten. »Ich …«

»WAS TREIBST DU HIER, SCHLAMPE!?«, brüllte BI aus gefletschten Zähnen und schlug sich demonstrativ gegen seine muskulöse Brust. Fabienne rang nach Luft. »Wo kommst du denn plötzlich her?«

»Ich werde für immer bei dir sein! Checkst du das denn nicht?! Ich habe schon seit langer Zeit dein Handy getrackt, da ich wusste, dass ich einem verlogenen Menschen wie dir nicht trauen kann! Und jetzt zeigst du allen Männern in der Öffentlichkeit deinen hässlichen Körper und demütigst mich! Du hast wirklich kein Schamgefühl, weißt du das? WAS SOLL DAS HIER WERDEN? ETWA EIN DREIER, ODER WAS?«, bellte er und trat bedrohlich auf die drei Liegenden zu. Seine ausladende Goldkette, die er um den Hals trug, schlackerte dabei wild umher. Während Pia unbekümmert weiter herumlümmelte und den neuen Gast schief anlächelte, richtete SM sich auf und beobachtete angespannt die Szenerie.

»Wie oft denn noch? Wir haben Schluss gemacht, BI! Und ich kann jetzt machen, was ich will«, rief Fabienne trotzig und gestikulierte dabei unbedacht mit den Armen, sodass sie wieder Einsicht auf ihren Busen gab.

»Ist das etwa dein Ex-Freund«, raunte Pia ihr zu und starrte fasziniert auf die hervorstechenden Muskeln des durchtrainierten jungen Mannes.

»ICH BESTIMME HIER, WAS DU WILLST UND WANN SCHLUSS IST! IST DAS KLAR?! DU NUTTE! WARUM ZEIGST DU HIER ALLEN FEUCHTFRÖHLICH DEINE HÄSSLICHEN HÄNGETITTEN?! Weißt du, wie peinlich das ist? BIST DU DUMM, ODER WAS? ZIEH DICH GEFÄLLIGST WIEDER AN!«, kreischte BI.

Fabienne sah blinzelnd, wie der Greis von einem Bademeister sich zittrig auf den Weg zu ihnen machte. Er hielt sich allerdings noch am gegenüberliegenden Ende vom Becken auf und schon jeder kleine Schritt schien ein Kampf für ihn zu sein.

Verwirrt sah sie anschließend, wie Pia sich den BH wieder anzog.

»Was machst du da?«

»Wenn du deine Brüste verdecken sollst, zieh ich mich auch wieder an.«

»Sehr gut. Dann muss ich deine künstlich operierten Monsterballons nicht mehr ertragen«, höhnte BI.

»Pass auf, was du sagst, Affenmann«, zischte sie.

SM erschrak, als sie ihn von hinten umschlang, und seine Brustwarzen mit ihren Händen bedeckte.

»Was soll denn das?«

»Das gilt auch für dich!«

»Warum ich?«, fragte SM gereizt. »Ich habe doch gar kein Problem damit, wenn ihr nackt seid.«

»Aus Solidarität zu Fabienne. Aus Solidarität zu allen unterdrückten und geknechteten Frauen. Sind das etwa keine guten Gründe für dich?«, fragte Pia ihn und zwickte ihm demonstrativ in die rechte Brustwarze.

»Aua. Lass die Scheiße!«, zischte SM. Er war sichtlich genervt von Pia und BI. Beide repräsentierten jeweils das gegenteilige Extrem. Er selbst hatte wirklich kein Problem mit entblößten Brüsten jeglicher Art und fragte sich, was das ganze Schmierentheater eigentlich sollte. Es gehörte doch zum Körper dazu, wie alles andere auch. Sicher war es eine Umgewöhnung für viele Männer.

Für Frauen erst recht, weil sie sich zunächst einmal noch mehr anstieren lassen mussten. Aber deswegen mussten ja nicht alle gleich wieder ins Mittelalter zurückfallen und er sah nicht ein, seine persönliche Freiheit wegen der Borniertheit einiger anderer Männer einschränken zu müssen.

»Warum gehst du nicht mit gutem Beispiel voran und bedeckst deine Brüste«, schlug er also BI vor.

»Was laberst du?«, zischte dieser.

»Du hast mich ganz genau verstanden. Erinnerst du dich nicht mehr an unsere letzte Begegnung? Das war kein guter Ausgang für dich.«

BI trat auf SM zu. Dieser wollte ebenfalls aufstehen, aber Pia hielt ihn immer noch von hinten umklammert und schränkte somit seine Bewegungsfreiheit ein. BI schlug ihm wuchtig mit der Faust ins Gesicht, sodass SM von der Liege kippte. Er riss Pia mit sich zu Boden und blieb stöhnend liegen.

»DAS HAST DU JETZT DAVON! BOOM! BOOM! Du Lauch sagst mir nicht, was ich zu tun habe! UND NUN ZU DIR, FABIENNE!« Er ging auf seine Ex-Freundin los.

Pia löste sich von SM und sprang wieder auf die Füße. »HEY!«

BI rempelte sie einfach mit der Schulter um und stürzte sich auf Fabienne.

Doch wieder einmal unterschätzte er ihre Reflexe. Sie scherte mit dem linken Fuß aus und traf BI unter der Kniescheibe, sodass er ächzend einknickte.

Ihr Handballen schoss hervor und knallte gegen seinen Nasenknorpel.

Ein weiterer Fußtritt von ihr brachte BI aus dem Gleichgewicht, sodass er plötzlich breitbeinig vor ihr niederknien musste.

»TSCHAKKA!«, schrie Pia, die sich mittlerweile wieder aufgerappelt hatte, und trat dem Proll von hinten in die Klöten.

BI riss cartoonhaft seine braunen Augen auf und schnappte nach Luft.

Pia setzte mit einem weiteren Fußtritt nach.

Dann beugte sie sich mit einem unheimlichen Grinsen zu ihm herunter.

»Das war erst die Vorspeise, Cis-Mann. Wir sehen uns gleich draußen und bringen es zu Ende, falls du dich überhaupt traust, du vorlautes Machoschwein!«

Nun war der Bademeister fast bei ihnen angelangt. »Alles … alles in Ordnung«, stammelte der alte Mann sichtlich außer Atem.

Pia schickte die sichtlich verstörte Fabienne und den blutenden SM nach Hause und versprach ihnen, sich um alles Weitere zu kümmern, bis die Polizei erschien.

Sie stand auf dem Parkplatz und sah durch die Fenster in der Eingangshalle, wie BI mit dem alten Bademeister erregt debattierte. Der alte Mann schien schon durch sein Geschrei fast umzufallen.

Schließlich erschien eine ansehnliche brünette Polizistin mit ihrem breitschultrigen Kollegen, der gehetzt auf seine Armbanduhr blickte, als hätte er gleich ein Date, welches er womöglich durch diesen Einsatz versäumen könnte.

Pia deutete auf eine kleine Seitenstraße gegenüber vom Schwimmbad.

»Da ist der Schläger langgelaufen.«

Die beiden glaubten ihr und folgten der vermeintlichen Spur.

BI trat ins Freie, nachdem er den Bademeister fast aus den Latschen geschrien hatte.

Pia zeigte ihm kichernd den Mittelfinger, bevor sie hinternwackelnd die Hauptstraße entlang rannte.

Sie hörte, wie BI lauthals Rotze hochzog und ausspuckte, während er hinter ihr her trampelte.

Sie und Mortimer wohnten nur einen Block entfernt. Selbst ohne ihren Plan wäre sie nicht mit der Tram gefahren.

Sie hatte die große Beule in der Badehose von BI genau gesehen. Viel größer als die von diesem Dummschwätzer SM.

Sie hatte Mortimer versprochen sich einen Pferdeschwanz einzuverleiben.

BI schien zudem allerhöchstens Anfang zwanzig zu sein und hatte außerdem einen Prachtkörper, eine Wespentaille, wohlproportionierte und sehnige Muskeln. Kein Gramm Fett, sowie Pia es zumeist mochte. Nur bei Fabienne war sie mal in einer anderen Stimmung gewesen. Der erbärmliche Hundeblick ihrer butterweichen Freundin lud sie geradewegs dazu ein, diese zu dominieren. Wie damals, als sie in ihrer Kindheit auf einen Maikäfer gelatscht war, der hilflos auf dem Rücken lag. Und manchmal lechzte Pia halt auch nach etwas Wabbeligem zum Durchkneten.

Ansonsten war ihre Freundin für sie wie ein langweiliger Roboter mit Softwarefehler, mit dem sie nur ab und an ihre wertvolle Lebenszeit vergeuden wollte. Bis auf ein paar überraschend gute Reflexe schien Fabienne eine recht ermüdende Persönlichkeit zu sein. Die Gespräche mit ihr waren zähflüssig wie ein altes Kaugummi. Für Pia fühlte sich jede Minute mit ihr an wie Kielholen. So erdrückend trist war Fabiennes Energie. Und ständig musste sie alles nassmachen, wenn sie vorgab einen auf sensibel zu machen. Eine stets Ich-Bezogene Heulsuse genau wie Mortimer ohne Rückgrat, geschweige denn Persönlichkeit oder Esprit.

Der knusprige BI schien hingegen vor animalischer Leidenschaft und Energie zu explodieren. Er war heiß wie eine hervorschnellende Stichflamme und cool wie gefrorener Schnee in den Alpen zugleich.

Er war fokussiert, zielgerichtet und wusste genau, was er wollte. Er gab nicht auf, auch wenn es mal wehtat, das sah Pia deutlich an seinem Körper, den er wahrscheinlich tagtäglich in einem nach Zoo stinkenden Fitnessstudio malträtierte. Er hatte zwar auch ein konturloses Milchgesicht mit Oberlippenflaum, wie so viele der weichgekochten jungen Schönlinge von heute, allerdings wusste er sich wenigstens zu behaupten wie die Kerle aus der guten alten Zeit. Wie dieser Minipiepmatz durch die Lüfte geflogen war, als BI ihm nur einen saftlosen Klaps verpasst hatte. Locker aus dem Handgelenk geschüttelt. Solch einen Mann brauchte sie und keine weichgekochte Mimose mit Ladehemmung.

Nun musste sie ihn also nach Hause locken. Sie war gespannt, wie Mortimer darauf reagieren würde.

Wahrscheinlich würde er nur herumnörgeln, aber zugleich gar nichts tun, wie es sich für ein feiges Sensibelchen wie ihn gehörte.

Vielleicht würde er ihn auch für einen seiner Entführer halten und einen weiteren Heulkrampf bekommen, bevor er sich wie ein kleines Mädchen im Bad einschloss und ihr einen weiteren Lacher schenken würde.

Oder Pia durfte dabei zusehen, wie die beiden Muskelpakete um ihre Gunst miteinander rangelten. Sie sah vor ihrem geistigen Auge, wie sich die beiden Adonisse nassgeschwitzt auf dem Boden wälzten, Sehnen und Äderchen traten hervor, und sie roch den prickelnden Geruch vom frischen Männerschweiß, bevor sie sich mit einem animalischen Knurren die Kleider vom Leib rissen.

Die beiden letzten Möglichkeiten gefielen ihr gut. Hauptsache sie kam heute noch auf ihre Kosten. Sie musste BI nur dazu bringen, sich etwas auszupowern, damit die Schläge nicht wieder ihr ganzes Gesicht in Mitleidenschaft ziehen würden, so wie das letzte Mal mit Mortimer.

Sie sah sich um und blickte in das zornige Gesicht von BI, der ein Stück hinter ihr lief und noch einmal demonstrativ auf den Boden rotzte.

Nun wackelte Pia etwas inbrünstiger mit ihrem Po und quiekte etwas, um ihn bei Laune zu halten.

»Hilfe«, hauchte sie leise und halb vergnügt, als sie an einem Gemüsemarkt vorbeilief, wo zwei kräftiggebaute Männer miteinander verhandelten.

Sie wurde ignoriert und lief etwas schneller weiter zu ihrer Wohnung.

Dort angekommen verkeilte sie die Haustür, ohne sich noch einmal umzublicken, passierte die Treppen bis zu ihrer Wohnungstür. Sie schloss diese auf und ließ sie anschließend angelehnt, nachdem sie ihren Wohnflur betreten hatte.

»Hallo? Schatz? Bist du da?«, rief sie, erntete allerdings nur Stille. Sie suchte sämtliche Zimmer der Wohnung nach Mortimer ab, doch er war nicht da.

»Mist«, fluchte sie leise. Damit hatte sie nun nicht gerechnet. Denn eigentlich wollte er heute ausschließlich im Homeoffice arbeiten. Aber sie würde das beste aus dieser Situation herausholen.

Die Wohnungstür wurde aufgestoßen und ein sichtlich angespannter BI erschien im Türrahmen.

»Verpiss dich!«, fauchte Pia.

BI überhörte dies und betrat schnaufend die Wohnung.

»Dann sei doch so freundlich und zieh gefälligst deine dreckigen Schuhe aus«, quiekte sie.

»Bitch!«, knurrte er.

»Sprich gefälligst deutsch mit mir, du degenerierter Schwachmat! Oder bist du dafür zu cool? UH, GANGSTA!«, flötete sie und spitzte ihre aufgespritzten Lippen.

»Halt deine scheiß Fresse, du Opfer! Deutsch genug?«, zischte er und stampfte dann grunzend auf sie zu. Pia sah ihm fest in die Augen und lief ihm ebenfalls entschlossenen Schrittes entgegen. Als er kraftvoll mit seiner rechten Faust zuschlug, trat sie in letzter Sekunde zur Seite.

BI wurde von seinem eigenen Schwung nach vorne gerissen und knallte mit dem Kopf voran gegen ein Bücherregal. Eine mit stolz präsentierte Sammlung aus gebundenen Küstenkrimis, die Mortimer zuvor zensiert und gekürzt hatte, prasselte auf ihn hernieder.

Pia raste auf ihn zu und boxte ihm ein paar Mal von hinten in die Nierengegend, bevor sie wieder auf Distanz ging. BI stöhnte auf und krümmte sich, bevor er sich mit einer aus Hass verzerrten Grimasse zu ihr umdrehte.

»Dafür mach ich dich kaputt. BOOM! BOOM!«, motivierte er sich selbst und hob seine Fäuste.

Seine Deckung war jedoch mehr als großzügig. Pia konnte immer wieder einen erfolgreichen Treffer in seinem eckigen Gesicht landen. Sie wackelte wie eine Ente und pikste immer wieder gegen seine angeknackste Nase.

»Na, tuts noch weh? Tuts noch weh? OH!«

Als er kraftvoll zurückschlug, wich sie wieder aus und er knallte gegen einen großen Wandspiegel und dessen Glas zersplitterte.

Während BI vor Schmerzen aufschrie, stellte Pia grinsend fest, dass er sich eine Wange zerschnitten hatte.

»HAHA! Für dich muss man wohl überall eine Kindersicherung anbringen. Du dummer Kevin! Sonderschüler! Willst du etwa schon den Spiegel küssen! HA! Narzisst!«, quietschte sie vergnügt. Doch damit verschaffte sie BI ein paar wertvolle Sekunden, um sich aufzuraffen, und er schlug ihr wuchtig in den Bauch.

Pia klappte fiepend zusammen und BI rieb sich fluchend das Handgelenk, denn mit so einer harten Muskelwand hatte er bei ihr nun nicht gerechnet.

Ehe Pia sich wieder erheben konnte, sprang er auf sie drauf.

Nun saß er rittlings auf ihr. Pias Kopf glitt zur Seite, als er ihr ins Gesicht schlagen wollte. Die Faust von BI streifte lediglich ihr Ohr und donnerte anschließend schmerzhaft auf den Parkettboden.

BI brüllte animalisch, als Pias Hände sich von unten in seinen Ohrläppchen verkrallten und seinen Kopf zu ihren Brüsten zogen. Seine Schreie wurden erstickt, als sie sein Gesicht zwischen ihren Busen drückte und rieb.

Schließlich grunzte er vor Erregung, bevor er sich sein Unterhemd über den Kopf zog und Pia die Kleidung vom Leib riss.

Pia ächzte und quiekte zugleich vor Erregung, als sie seinen muskulösen Körper auf sich spürte, während er in sie eindrang. Er stank zwar mittlerweile wie ein Zoogehege, aber seine animalische Stoßkraft war so erfrischend, dass Pia darüber hinweg roch. Anders als der intellektuelle Mortimer, der jede Berührung vorher noch Zehntausendmal abklären wollte.

Nachdem BI abgespritzt hatte, war jegliche Wut aus seinem Gesicht verschwunden. Nun sah er sie aus traurigen Kulleraugen an.

Pia verwüstete zärtlich seine braunen vollen Locken, bevor sie ihren Wunsch äußerte: »Schlag mich, du Loser.«

»Was?«

»Schlag mich, Proll. Gib alles! Jetzt.«

BI hob die Faust. »Setz mich bitte nicht unter Druck«, winselte er fast schon mit Falsettstimme.

»Na los! Du Vollidiot«, stöhnte Pia.

Nun sah sie nur noch Leere in seinen Augen, als er resigniert die Faust sinken ließ.

»Ich kann nicht«, wimmerte er.

»Was? Hä?«

BI kämpfte mit den Tränen und verlor. »Es tut mir leid. Ich kann nicht«, schluchzte er. »Ich kann dich nicht schlagen, wenn du es willst.«

Weinend brach er auf ihr zusammen und quetschte seiner enttäuschten Gespielin die Luft ab.

Pia verdrehte die Augen. Dieses Mal allerdings nicht vor Ekstase.

»Luft«, stöhnte sie.

11. Herzlich willkommen

Frank musste aufgrund eines Polizeieinsatzes eine Weile auf dem sich stets füllenden Bahnsteig verharren. Als sie endlich einfuhr, durfte er in der S-Bahn durchgeschwitzten Fahrgästen unfreiwillig nahekommen und zu guter Letzt noch dreißig Euro in eine halbstündliche Taxifahrt investieren, um an sein Ziel zu gelangen. Nun stand er endlich auf dem zwei Hektar großen Grundstück eines Herrenhauses im Neobarockstil am Rande zu Berlin und zweifelte immer noch an seiner kostspieligen Zeitinvestition. Er kannte das Spiel des Nahverkehrs in Berlin zur Genüge und hatte Puffer eingeplant. Dadurch war er nun recht früh erschienen. Der offizielle Empfang zum Speeddating begann erst in zwei Stunden und zehn Minuten.

Frank kickte einen der Kieselsteine vom Parkplatz und überlegte, ob er zurück in den Vorhof laufen sollte, um eine Glücksmünze in den dreistöckigen Brunnen zu werfen. Er entschloss sich dann jedoch, direkt zu der vierstöckigen Villa Herzspecht weiterzugehen, da ihm dann wieder einfiel, dass er nur Scheine bei sich trug. Er schlenderte eine Weile an der Fassade des Herrenhauses entlang. Das Gemäuer des Gebäudes war aus Kalkstein errichtet worden. Aus der Mitte der Überdachung ragte eine herzförmige

Kuppel spitz nach oben. Rechts von der Villa lag ein kleines Wäldchen, links davon ein botanischer Garten mit Gewächshaus. Doch Frank nahm das eher beiläufig wahr. Er hoffte, dass sich vielleicht schon eine Singledame zu früh hierher verirrt hatte, denn vielleicht konnte er diese dann recht zügig bezirzen und sich somit die Hetzjagd um ein paar Tische ersparen. Nur draußen konnte er bisher niemanden ausfindig machen. Vielleicht sah es im Inneren der Villa lukrativer aus?

Es gab zwei mit Marmorsäulen gestützte Eingangsbereiche. Der erste Bereich erwies sich als Dienstboteneingang.

Nachdem Frank fluchend einige hundert Meter zurückgelegt hatte, betrat er die Veranda vom zweiten Vorbau und betätigte eine altmodische Klingel, die mitten in einem steinernen Löwenmaul angebracht worden war.

Vor der hölzernen Stildoppeltür in Bogenausführung blieb er eine Weile stehen, bis ihm Waldemar von Herzspecht höchstpersönlich mit einem breiten Grinsen die Tür öffnete.

Gerade wollte sich Frank schon willkommen fühlen, doch dann erlosch das Grinsen seines Gastgebers und dieser schien regelrecht vor Resignation fast schon im Stehen einzuschlafen. Scheinbar hatte er wohl mit jemand anderem gerechnet. Frank hatte einiges von diesem heißbegehrten Social-Media Clown gehört. Er entstammte aus einer bekannten Adelsfamilie. Sein Titel hatte in der heutigen Zeit keinen großen Stellenwert mehr, im Gegensatz zu seinem immensen Vermögen. Manche munkelten jedoch, dass jenes sich nur noch durch angehäufte Schulden zusammenhielt.

Bis auf den markant breiten Unterkiefer hatte der Graf ein recht weiches und ebenmäßiges Gesicht. Frank sah an seinen sehnigen Armen, dass er regelmäßig Sport trieb. Allerdings war er kein Bodybuilder oder Steroidenschlucker, sondern ging eher von seinem Körperbau her Richtung Balletttänzer. Vielleicht kletterte er auch viel? Eigentlich war es Frank egal, aber auf jeden Fall sah er in dem Grafen genug Potenzial, dank seines Aussehens sowie Status, ein recht sorgenfreies Leben führen zu dürfen.

»Guten Tag. Ich bin Frank J. Freibrodt und wegen …«

»Ja. Ich weiß«, unterbrach ihn der Graf und dirigierte seinen Besuch mit einem geschmeidigen Kopfschwenk ins Innere des Anwesens vorbei an einem breiten Empfangstisch aus Kirschholz, vor dem ein stattlicher junger Bursche saß und mit gedämpfter Stimme ein Telefonat führte. Er sah sogar noch um einiges besser aus als sein Herr und Meister. Selbst Frank fand sein weiches Gesicht und die Muskeln, die unter seinem weißen Hemd hervorstachen recht ansehnlich. Zugleich befürchtete er, dass der attraktive Empfangsherr die weiblichen Singles von den anderen Männern ablenken könnte.

Frank konnte fast sein gesamtes Spiegelbild auf dem glänzendweißen Marmorboden der Empfangshalle betrachten, doch das ungeduldige Räuspern seines Gastgebers riss ihn aus der aufkommenden Nostalgie.

»Warum sind Sie eigentlich so früh hier? Der Check-in für das Datingevent beginnt doch erst in zwei Stunden.«

Frank beschloss, nicht um den heißen Brei herumzureden. »Unser gemeinsamer Freund Reinhardt hat mir gesagt, ich soll pünktlich um 15 Uhr hier erscheinen und möglichst viel zeitlichen Puffer einplanen. Sie wissen doch sicher, wie unberechenbar der Nahverkehr in Berlin ist. Wie Ihnen ebenfalls bekannt sein sollte, trifft das auf Reinhardt auch zu. Da er manchmal recht launisch ist, wollte ich ihn lieber nicht enttäuschen.«

Waldemar zog eine Augenbraue hoch. »Nun ja. Hauptsache es geht nach seinem Willen, nicht wahr?«

Frank folgte seinem Blick. Bereits die mit Spielautomaten vollgestellte Empfangshalle roch verraucht und nur ein provisorisch ausgehängter roter Vorhang verbarg einen Teil der einstigen Antikmöbel, die nun den in etliche Reihen platzierten Blackjacktischen und Chipautomaten weichen mussten. Die alten Sessel und Stühle die Reinhardt als nicht nützlich erachtete, waren recht lieblos in eine kleine Ecke des riesigen Raumes zusammengeschoben und aufeinandergestapelt worden.

»Ja. Nur zu! Sehen Sie sich ruhig um. Das war einst das Haus meiner Kindheit. Nun haben wir hier ein Bällebad für die Spielsüchtigen. Aber das wird Sie wahrscheinlich gar nicht so stören. Nehme ich doch an.«

»Wie kommen Sie darauf? Ich mag Villen.«

»Diese Villa ist vierstöckig«, erklärte ihm Waldemar. Er deutete auf die große und kurvenreiche Marmortreppe. »Natürlich ist noch genug Villa vorhanden, allerdings waren dann allesamt leider zu faul, die Dinger hier in den letzten Stock zu tragen, sowie ich es mir einst gewünscht hatte.«

Er trat mit dem Fuß gegen einen der einarmigen Banditen.

Frank bekam fast Mitgefühl mit dem adeligen Influencer. Er vergaß auch sogleich seinen Neid darüber, dass Waldemar eine weitaus größere Villa offiziell sein Eigen nennen durfte. Ein Schwanzvergleich lohnte sich hier nicht.

Wobei er sich durchaus wunderte, dass ein erfolgreicher Influencer mit Adelstitel und stinkreichen Vorfahren sich so tief in die Abhängigkeit eines schmierigen Kredithaies begeben konnte. Der müsste doch eigentlich jegliche Schulden in Nullkommanichts wieder ausgleichen können. Irgendetwas schien Reinhardt gegen ihn in der Hand zu haben.

Einige der klobigen Automaten versperrten zum Teil den Blick auf die feuerrote Brokatwand mit den Ölgemälden, auf denen vermutlich seine Vorfahren verewigt worden waren.

Dieselben pechschwarzen Augen unter den identischen buschigen Augenbrauen konnte Frank jedenfalls noch wahrnehmen. Er trat ein Stück zur Seite und verrenkte fast schon schmerzvoll seinen Rücken, um wenigstens eins der Gemälde näher in Augenschein nehmen zu können.

Ein hageres Gesicht mit Monokel sah mit grimmigem Blick geradezu durch ihn hindurch. Frank bekam direkt Mitleid mit dem armen Kerl, der ihn zur damaligen Zeit malen musste. Gegen seine kalte Aura war sogar Waldemars kühle Begrüßung herzerwärmend gewesen.

»Graf Ludolf von Herzspecht. Mein Urgroßvater«, sagte der Graf hinter ihm. »Und er ist schon seit langer Zeit verschieden, also würden Sie mir jetzt bitte endlich in die Leselounge folgen?«

In Frank kehrte neue Hoffnung ein. Denn eine Leselounge klang durchaus vielversprechend. Vielleicht wollte ihn der Graf nun für seinen späteren Auftritt einweisen und er durfte heute Abend vor ein paar hechelnden Singles eine Kostprobe aus FEUCHTE BEUTE zum Besten geben?

Da kamen sicher einige und vielleicht brauchte er dann keine alte Gilf mehr oder eine Heldentat, um eine breitere Leserschaft an sich zu binden und sich zugleich von Reinhardt endlich freizukaufen.

Waldemar führte ihn an einem Roulettetisch vorbei zu einer schweren Eichentür und stieß sie energisch auf.

Frank tränten bereits die Augen vor Qualm, als er die sogenannte Leselounge betrat.

Ein Kronleuchter baumelte von der hohen Decke. Der ausladende Raum samt seiner Möbel waren im Barockstil eingerichtet worden. Die Wandmalereien widmeten sich der griechischen Mythologie.

Nur das Gemälde von einem weiteren mürrischen Vorfahren von Waldemar, welches über dem Schimmel-Flügel angebracht worden war, passte nicht so richtig ins Bild.

Obwohl die Lounge reichlich Platz bot, sah er nur eine recht dürftige Ansammlung von Lektüren in einem kümmerlichen Bücherschrank.

Frank stellte nun fest, woher der Qualm kam und das er bei weitem nicht der erste Gast war.

Waldemar breitete seine langen Arme aus und reckte mit einem klangvollen Atemzug die Brust. »Darf ich Ihnen einen weiteren Gast vorstellen? Frank J. Freibrodt. Ich habe nicht die geringste Ahnung, für was das J in seinem Namen steht. Es ist auch nicht wirklich von Bedeutung, denke ich. Wie manchen von Ihnen sicherlich schon bekannt war, ist er ein aufstrebender Independentautor. Ich habe mich bereits prächtig mit ihm amüsiert. Sie hätten seinen hoffnungsvollen Hundeblick sehen sollen, als ich die Leselounge erwähnt habe. Nun wird er sicherlich gleich anfangen, zu winseln, wenn ich ihm offenbare, dass die Lesung heute leider ausfallen wird.«

Die weiteren Gäste lachten und grunzten voller Inbrunst.

Auf dem langen Chaiselongue, welcher mit rotem Samt verziert worden war, saßen der zigarrenpaffende Reinhardt, Rocco und zwei weitere Männer. Obwohl die Einladung auf sein Konto ging, nahm der massige Kredithai keinerlei Notiz von Frank, sondern debattierte leise mit seinem Sohn, der ihm mit hängendem Kopf und sichtlich zerknirscht zuhörte. Frank erkannte den dritten Mann auf dem Sofa anhand seiner ausladenden Adlernase wieder.

Frank war vor ein paar Jahren bei seinen Recherchen zu seinem Bestseller auf ihn gestoßen. Frank hatte seine Schulkollegin durch einen Selbstmord verloren und wollte dem Geistlichen einer Freikirche, in dessen Bann die strengreligiöse Familie des Mädchens stand, ein paar Fragen stellen. Es war kein angenehmes Treffen mit ihm gewesen und Frank hatte nach der Veröffentlichung seines ersten Buches unteranderem Todesdrohungen von seinen eifrigen Jüngern erhalten. Diesen Mann sah er nun vor sich neben Reinhardt sitzen. Er hieß Korben Applegate und war ein geldgeiler Prediger mit einem großen Herz für religiöse Fanatiker. Korben gehörte ebenfalls zu den Sittenwächtern, die gerne über den Inhalt von Romanen bestimmen wollten. Nur vertrat er andere Interessen als Mortimer und Frank konnte ihn sogar noch weniger ausstehen. Er hatte herausgefunden, dass Korben neben seinen

Verbindungen zu Rechtsextremen auch Kontakt zu einer Gruppierung aus besorgten erzkonservativen Muttis pflegte, die einige aufklärende Bücher aus sämtlichen öffentlichen Bibliotheken und Schulen verbannen wollten.

Mortimer wollte den Inhalt von Büchern zu Tode streichen, Korben und seine Anhängerschaft wollten etliche Romane, die zum Teil schon mal als Pflichtlektüren galten, einkerkern.

»Nanu? Wie ist der denn ins Haus gekommen? Ach, ich verstehe schon. Wir feiern ja heute die Party der verirrten Herzen. Er ist ganz sicher und zurecht eine einsame Seele. Falls dieser Schundautor überhaupt dergleichen besitzen sollte. Ich allerdings sehe nur den Hohlkörper Satans vor mir. Der Herr liebt alle, die ihn lieben. Sie, Herr Freibrodt! Sie liebt er nicht!«, donnerte Korben sogleich und zeigte beschwörend auf Frank, als wollte er mit dieser Geste den Teufel aus ihm heraustreiben.

»Oh! Sie scheinen sich auch schon gut zu kennen«, stellte Waldemar sichtlich amüsiert fest.

Bevor Frank etwas zu seiner Verteidigung erwidern konnte, erhob sich der Mann, den er noch nicht kannte, seufzend von der Chaiselounge und trat auf Frank zu.

Er war nicht gerade hochgewachsen, dafür allerdings fast so kompakt wie Reinhardt. Überdimensionale Fettmuskeln stachen durch sein grünes Poloshirt hervor. Sein eigenes Gesicht schien ihn nicht zu mögen. Alles darin war auf der Flucht. Das fliehende Kinn sowie Stirn und Haarwuchs.

»Mein Name ist Thormund Sturm«, sagte er mit tiefer Bassstimme und strich sich mit dem Zeigefinger über seinen roten Schnauzer, bevor er Frank die Hand reichte. Dieser nahm sie entgegen und bereute es sogleich. Denn Thormund wollte sie offenbar zerquetschen.

»Ich kenne Sie und Ihre widerwärtigen Schundromane auch, Herr Freibrodt. Eins von denen hat meine Tochter verstört und Sie haben fast ihr Leben ruiniert. Hätten Sie nicht wenigstens eine

Triggerwarnung schreiben können? Warum müssen Sie überhaupt so einen kranken Müll schreiben? Was ist denn bloß in Ihrer Birne faul? Wegen Ihnen hat meine Tochter nun einen psychischen Schaden und es hat Ewigkeiten gedauert, bis sie endlich ihr Gerichtsmedizinstudium abgeschlossen hat.«

Franks Hand knirschte bereits. Er konnte sich gut vorstellen, dass Thormunds Tochter psychische Probleme hatte. Aber das lag sicher nicht an seinen Büchern, sondern wohl eher an ihrem psychopathischen Vater, den Frank jetzt schon auf dem ersten Blick nie ein Kind anvertrauen würde, aber man kann sich ja seine Eltern nun mal nicht aussuchen.

»Lass seine Hand los«, schaltete sich nun Reinhardts Bass ein. »Wir brauchen sie noch.«

»Sicher?«, knurrte Thormund und drückte noch einmal extra fest zu.

»JA! BITTE!«, flehte Frank.

»Jetzt lass sie los, Thormund«, befahl Waldemar. »Muss ich dich jetzt wirklich an die Hackordnung erinnern? Er ist ein zahlender Gast und du bist ein Hausmeister. Da lass ich dich einmal Pause machen und schon reizt du meine Gutmütigkeit aus. Die Gäste kommen doch gleich. Sind die Stehbecken im Wellnessbereich überhaupt schon sauber?«

Thormund ließ Franks Hand los. Er starrte angewidert auf seine eigene Pranke, als würde Frank ansteckende Krankheiten auf seiner Haut tragen und streifte sie anschließend an seiner Jeans ab. »Alles sauber. Ich werde mir jetzt sowieso noch mal gründlich die Flossen waschen.«

Er warf Frank nochmal einen vielsagenden Blick zu, bevor er den Raum verließ.

Der Graf hingegen würdigte ihn keines Blickes mehr. »Um 18 Uhr treffen wir uns im Foyer. Sie können gerne Ihr Zimmer beziehen. In einem der oberen Stockwerke werden Sie sicherlich fündig werden«, sagte er, während er Frank den Rücken zudrehte.

»Schlüssel und Zimmernummer erhalten Sie an der Rezeption. Herzlich willkommen. Möge Amor Ihnen dieses Wochenende gnädig sein.«

»Du ... Hä? DU HIER?!«, stammelte Pia, als sie Mortimer im Gästeflur der Villa entdeckte.

Sie wollte gerade ihr Gepäck ins Zimmer schaffen, da hörte sie einen falsetthohen Gesang neben sich und sah ihn vor einer Ritterrüstung stehen.

Seine beiden Hände waren zur Seite ausgestreckt, die Handinnenflächen zeigten nach oben und waren geöffnet, als würde er Schneeflöckchen fangen wollen. Sein Kinn war ebenfalls weit nach oben gereckt, sodass Pia schon vom Zusehen Nackenschmerzen bekam.

Er schien einfach durch den Kronleuchter hindurch zu starren, der von der hohen Decke über ihm baumelte.

»Hallo?«, rief Pia energisch, da er sie einfach nicht wahrzunehmen schien. »Kannst du mir vielleicht mal antworten? Voll respektlos, echt!« Pias Lippen bebten, als sie wieder keine Reaktion von ihm bekam. »Hör auf, so ein kryptisches Kauderwelsch zu brabbeln, und sag mir endlich, was du hier treibst. LOS! REDE! ICH BIN IMMERHIN DEINE VERLOBTE!«

Nun drehte sich Mortimer mit erhobenem Zeigefinger ruckartig um. »AHA!«, rief er mit aufgerissenem Mund, um anschließend mitten in der Bewegung einzufrieren. Nur sein erhobener Finger zuckte unkontrolliert in der Luft.

»Richte nicht den Finger gegen mich! Ich bin auch wütend, dich hier zu sehen. Du entwertest mich«, warf Pia ihm vor. »Du verletzt mich! War es denn wirklich so schlimm zwischen uns?«

Mortimer taute plötzlich wieder auf und sah sie mit weit nach unten hängenden Mundwinkeln an, sodass Pia fast schon Angst bekam. Denn sein Ausdruck hatte etwas Clowneskes für sie. »Es ist ein stetiger Kampf, Pia. Gut gegen Böse.«

»Ach wirklich?« Pia brachte sein Pathos fast zum Aufstoßen.

»In der Tat. So viel Dunkelheit umgibt mich. Drischt regelrecht auf mich ein.« Er deutete auf die Ritterrüstung. »Siehe da. Er hält sich dort so aufrecht und wacker auf dem hohen Sockel, als wäre er stets auf Abruf bereit, in den Feldzug zu schreiten. So will ich auch sein. Oh Herr! Schenk mir doch ein Zeichen! Gib mir die Kraft, dies durchzustehen«, flehte er und konzentrierte sich mit verbissenem Gesichtsausdruck wieder auf den Kronleuchter.

»Warum redest du nicht mit mir? Typisch, Männer! Immer tragt ihr stoisch eure Kämpfe mit euch alleine aus, anstatt uns einzuweihen!«, beschwerte sich Pia. Plötzlich bekam sie einen Einfall und lächelte böse. »Ich will nun mit gutem Beispiel vorangehen und dir etwas gestehen. Ich hoffe, du bist anschließend nicht böse auf mich.«

Mortimer nickte abwesend ohne seinen Blick von der hohen Decke abzuwenden.

»Also gut. Das könnte dich jetzt etwas aus der Bahn werfen. Wollen wir lieber in dein Zimmer gehen, damit du dich sicherheitshalber setzen kannst.«

»Wie ein Krieger vor der Schlacht stehe ich bequem«, murmelte Mortimer leise.

Pia rollte mit den Augen. »Wie auch immer. Ich sags dir jetzt direkt. Ich habe dich mit ...«, begann sie, wurde dann jedoch bereits schon von Mortimer unterbrochen. Er fauchte zornig mit einem kehligen Geräusch, als würde er Rotze hochziehen. Dann drängte er sich grob an Pia vorbei.

»Aua! Ich war doch noch gar nicht fertig, du Grobian!«, nörgelte sie und rieb sich die schmerzende Stelle an der Schulter, die Mortimer gerade angerempelt hatte.

Doch er hörte ihr gar nicht zu. Seine Aufmerksamkeit galt Frank, den sie erst beim zweiten Hinsehen in diesem schwachbeleuchteten Flur erkannte. Ihr ehemaliger Bettgenosse war nur mit einem kleinen Rucksack auf dem Rücken ausgestattet. Er wollte gerade die Doppeltür aus Eichenholz zu seinem Zimmer aufschließen, da erst bemerkte er seinen Sensitivity Reader, der zitternd vor Zorn auf ihn zu stampfte.

Erschrocken ließ er fast den Schlüsselbund fallen.

»Was zum ...?«

»Sie!«, knurrte Mortimer mit erhobener Faust, bevor er wieder einfror.

»Herrgott! Was ist denn bloß los mit Ihnen?«, rief Frank empört.

Doch Mortimer verharrte stoisch in seiner Pose, statt zu antworten.

Pia hingegen winkte ihm zu. »Hallöchen Frank!«, quietschte sie mit gekünstelter Freude, bevor sie mit ernster Stimme fortfuhr. »Ja, das ist alles deine Schuld. Er wollte dir helfen, aber niemand kann dein gestörtes Männerego kurieren. Dein toxisches Wesen und deine widerlichen Groschenromane haben ihn sichtlich verstört. Bravo Frank! Du hast es mal wieder geschafft! Alles, wirklich alles, musst du in deinem Umfeld vergiften! Ich hoffe, du bist stolz auf dich! Jetzt hast du mir auch noch meinen Mortimer weggenommen! Aber auch wenn du alles um mich herum scheinbar achtlos zerstören musst, ist das letzte Wort zwischen uns beiden noch nicht gesprochen. Glaub mir, du wirst noch an mich denken!«

Ehe Frank auf ihren vorwurfsvollen Monolog reagieren konnte, wurde er von einem schabenden Geräusch abgelenkt.

Zunächst dankbar dafür, drehte er sich um und wandte sich dem Mann zu, der wohl eine Reinigungskraft war oder wie Thormund ebenfalls zu den launischen Lakaien des Grafen zählte. Denn er kratzte mit einem Kehrblech beim Gehen über die Brokatwand, während der Handfeger in seiner anderen Hand schlaff herunterhing.

Doch sogleich zuckte Frank angewidert zurück, als er nähere Einblicke auf seine vom Eiter überschwemmte Gesichtshaut erhaschen durfte.

Die weit auseinanderragenden Augen schauten kalt zurück.

Mortimer war gerade erst aus seiner Starre erwacht, um sogleich stumm und voller Demut sein Haupt zu senken.

Pia lächelte dünn, als sie den Lachsmann im Schummerlicht erkannte.

»Sie haben ein interessantes Mal an Ihrem Nacken«, bemerkte Wolfgang recht nüchtern gegenüber Frank.

»Äh ... ja«, erwiderte Frank sichtlich genervt von seiner Gesellschaft im Flur. »Danke für den konstruktiven Hinweis, Sie Topmodel. Wenn Sie gestatten, werde ich mir das jetzt in meinem Zimmer mal genauer ansehen.«

Er schloss seine Tür auf.

»Viel Freude dabei. Wir sehen uns«, versprach ihm der Lachsmann.

Frank schnupperte demonstrativ in der Luft, bevor er einen resignierten Seufzer von sich gab.

»Äh ... ja. Wie schön«, entgegnete er gedehnt. »Aber erstmal duschen, ja?«

Er knallte die Tür hinter sich zu und bemerkte Pias diabolisches Grinsen nicht mehr. Denn sie wusste ganz genau, woher der Fleck seinen Ursprung hatte.

Die Falle war bereits zugeschnappt.

Frank fand kaum die Möglichkeit, in seinem Gästezimmer anzukommen. Er konnte nur einen kurzen Eindruck von der großzügigen Räumlichkeit mit dem gewaltigen Himmelbett und den stechenden Gerüchen nach chemiekalischen Reinigungsmitteln erhaschen, da klopfte es bereits an seiner Zimmertür.

Schon bevor er seinen Türspion überhaupt erreicht hatte, um seinen unerwarteten Besuch auszuspähen, wurde schon von außen die Klinke heruntergedrückt.

»Was für ein unverschämtes Benehmen! Es ist mir vollkommen gleich, wer Sie sind. Gehen Sie bitte«, rief Frank laut.

Wieder wurde die Klinke heruntergedrückt. Frank traute sich gar nicht mehr, durch den Türspion zu schauen. Womöglich sah der Penner genauso hässlich aus, wie er sich benahm. Vielleicht war es ja auch der unheimliche Vogel aus dem Flur? Hatte der Zimmermann nicht von einem Lachsmann geschrieben? Das Aussehen hatte der Mann jedenfalls. Frank beschloss, sein Outfit zu wechseln, damit nicht noch weitere finstere Monstergestalten seinen Fleck sehen konnten. Falls es die überhaupt gab und das Ganze nicht einfach nur ein lächerlicher Zufall war. Frank glaubte zwar immer noch nicht an den Riesenwurm und dessen Schergen, aber Angst hatte er trotzdem etwas. Doch das zeigte er nicht. Stattdessen brach er in ein affektiertes Gelächter aus.

»Wie dumm kann man denn bitte sein? Die Tür ist abgeschlossen! ABGESCHLOSSEN! Das bedeutet, Sie sind hier nicht willkommen!«

Nun hörte er von draußen Geräusper.

»Aber Herr Freibrodt! Ich muss mit Ihnen reden. Bitte! Es ist sehr wichtig.«

Frank erkannte Mortimers Stimme wieder. Er war wohl wieder aus seiner Totenstarre aufgetaut und schien zugleich außer Atem zu sein.

»Sie werden wirklich immer gruseliger, Herr Sensitivity Reader. Merken Sie überhaupt noch was? Mit Ihnen will ich schon gar nicht reden. Geschweige denn, mich in einem Zimmer aufhalten.«

»Aber ...«

»Es sei denn, Sie wollen sich bei mir entschuldigen.«

»Nein!«

»Dann verziehen Sie sich.«

Doch Mortimer schien seine abweisenden Worte gar nicht mitzubekommen.

»Lassen Sie mich helfen. Ihr neues Buch wird dann nämlich gigaklasse werden und alle werden es lieben. Sie können Horror übrigens auch ohne Blut und Gemetzel bei den Lesenden erzeugen. Ich kann Ihnen gerne zeigen, wie das geht.«

Frank ballte die Fäuste, weil der Kerl mit ihm redete, als wäre er ein blutiger Anfänger. Auf der anderen Seite hatte der Sensibilitätsbeauftragte selbst auf ihn eine schaurige Wirkung. Er wusste ebenfalls auf seine Art zu schockieren.

»Ich brauche von Ihnen keine Hilfe. Ich kann das Buch auch ohne brutales Gemetzel schreiben. Will ich aber nicht!«

»Ich habe mir Ihr Manuskript noch einmal durchgelesen. Ich gebe zu, es gibt schon ein paar kleine gute Momentchen, die ich sogar drin lassen würde. Lassen Sie mich rein und ich zeige Sie Ihnen.«

Frank stützte sich seufzend auf der Holzlehne eines mit Samt bezogenem Sessels ab.

Er spürte, dass irgendetwas hier gehörig faul war. Bei der letzten Begegnung war es zwischen ihnen zu einem eindeutigen Bruch gekommen und nun wollte dieses merkwürdige Sensibelchen auf einmal unbedingt in sein Zimmer kommen.

Dann vernahm Frank ein schabendes Geräusch an der Tür.

»Wir werden zusammen das beste Horrorbuch aller Zeiten schreiben. Sie werden damit in die Analen der Literaturgeschichte eingehen«, versprach ihm Mortimer. »Wir beide zusammen werden Ihr Buch mit den nötigen Zutaten bestücken. Es wird voller Spannung und Feingefühl sein. Frei von sämtlichen schmutzigen Witzen, die sowieso keiner mehr hören will. Erlöst von sämtlichen sinnlosen Brutalitäten. Ein bis zwei Jahre wird unsere Zusammenarbeit an dem Projekt wohl oder übel dauern, aber dann wird Ihr Werk zu etwas Großartigem erblühen.«

Frank lachte freudlos. In zwei Jahren würde wahrscheinlich dank Social Media und Künstlicher Intelligenz niemand mehr über die geistigen Kapazitäten verfügen, um überhaupt noch ein Kapitel von ihm durchzustehen.

Ein noch aufdringlicheres Kratzen riss ihn aus seinen düsteren Zukunftsvisionen.

»Hören Sie das? Das ist mein Zimmerschlüssel. Ich werde solange weiter an Ihrer Tür damit kratzen, bis Sie mich endlich willkommen heißen.«

»Wenn es Ihnen so viel Freude bereitet. Ist ja nicht meine Tür.«

»Aber es nervt, oder?«

Franks Griff um die Armlehnen verhärtete sich. »Vielleicht haben Sie ja auch recht. Vielleicht sollte ich monatliche Arbeit in die Tonne kicken und endlich mal was seriöses schreiben. Vergessen wir doch einfach mal das Werwolfsrudel. Wie wäre es denn, wenn ich über Sie schreibe, Mortimer? Sie sind doch das perfekte Opfer.«

»Ein Opfer?«

»Ja. Und die ganze Welt ist daran schuld. Also, wie war es damals für Sie als kleiner Junge, als Sie entführt wurden? Was war das für ein Gefühl? Wie hat es in Ihrem Zimmer gerochen? Wie hat das Essen geschmeckt?«

Das Schaben an der Tür hörte auf und stattdessen vernahm Frank nun schwere Atemzüge. Ein Schluchzen folgte und die Schritte entfernten sich. Frank ließ sich schnaufend in den Sessel fallen. Er schämte sich etwas, aber die Kopfschmerzen schienen nun nachzulassen.

Nachdem er sich eine Weile von den vielen Eindrücken und der Reizüberflutung erholt hatte, erhob sich Frank ächzend aus dem Sessel und schlurfte zur Zimmertür.

Er beschloss, sich den Garten des Herrenhauses mal etwas genauer anzusehen. Schließlich war er recht überhastet hier aufgeschlagen. Außerdem übte er sich gerade in der bewussten

Wahrnehmung von Ortschaften und Landschaften, da es ihm zuweilen recht schwerfiel, diese in seinen Büchern detailliert zu beschreiben.

Als er ein dumpfes Gepolter im Flur wahrnahm, lugte er zur Sicherheit durch den Türspion.

Er atmete tief durch, als er nur den nackten Flur sah.

Gerade wollte er sich abwenden, da schoss Mortimers Gesicht ins Bild und Frank durfte seine verschwitzte Haut in HD Auflösung begutachten.

Er zuckte erschrocken zurück.

»Sie stehen direkt hinter der Tür. Ich rieche Sie«, hauchte sein Sensitivity Reader. »HALLO! Ich rieche Ihren Schweiß. Die Achsel des Bösen. Ich rieche Angst. Nanu? Was ist denn los mit Ihnen? Der legendäre Horrorautor fürchtet sich.«

Das tat dieser tatsächlich. Zudem war er recht angewidert, da er eine kleine graue Made auf Mortimers Wange wahrgenommen hatte. Aber das hatte er sich sicher nur eingebildet. Er hatte schließlich nur kurz hingesehen. Er wollte sich nun aber auch nicht vom Gegenteil überzeugen. Lag wohl nur am Jetlag. Er hielt sich jedenfalls von dem Türspion fern. Das irre Grinsen von Mortimer war schon furchteinflößend genug gewesen.

Doch dieser hämmerte nun wuchtig gegen das Türholz.

»Warum können Sie mich nicht einfach ignorieren? Warum ... warum wollen Sie jetzt unbedingt in mein Zimmer, wenn Sie mich doch gar nicht ausstehen können?«, stammelte Frank.

»Ja, Sie haben recht. Ich mag Sie nicht. Ich verabscheue Sie sogar. Aber meine Kinder haben Sie zum Fressen gern. Sie wollen Sie unbedingt kennenlernen.«

»SIE haben Kinder?«

Frank klappte entsetzt der Unterkiefer herunter. Am besten noch mit Pia. Brauchte die Welt denn unbedingt noch mehr psychotische Autokraten und Diktatoren?

»Oh wie schade. Ich muss nun leider los. Wir sehen uns«, versprach ihm Mortimer, als Schritte im Treppenhaus erklangen.

Er suchte das Weite. Kurz darauf hörte Frank hinter der Tür die gedämpften Stimmen von zwei weiteren Männern:

»Weiß er es schon?«

»Gut möglich. Jedenfalls ist er nun hier.«

»Wir müssen reden. Über ihn und über uns.«

»Später.«

Mehr konnte Frank nicht verstehen, da sich die Stimmen zu weit entfernten.

Doch sie waren charakteristisch genug, dass Frank sie eindeutig identifizieren konnte.

Was hatte sein Verleger mit seinem Erzfeind Korben zu schaffen. Immer wieder fiel ihm Herr Kunz in den Rücken. *Verräter!*

Frank bebte vor Zorn. Zugleich auch sein After. Frank beschloss, zunächst erstmal eine Dusche zu nehmen, als der Innenstoff seiner Unterhose mit warmer Feuchtigkeit getränkt wurde.

Mortimer rannte im Eilschritt das Treppenhaus rauf und runter. Er brauchte Bewegung. Musste Dampf ablassen. Seine Madenkinder schrien in ihm nach neuem Fleisch und auch er selbst konnte es kaum erwarten, ihnen diesen Widerling auf dem Silbertablett zu servieren. Aber dann waren ihm diese zwei alten Männer durch die Parade gefahren. Einen von ihnen hatte er wiedererkannt.

Den Verleger wollte er zunächst verschonen. Dieser war dem Sensitivity Reading ja nicht gänzlich abgeneigt und konnte ihm vielleicht noch nützlich sein.

Vielleicht sollte er Frank einfach abknallen wie einen räudigen Hund. Der Lachsmann hatte ihm schließlich freundlicherweise die Dienstwaffe von der blonden Polizistin überlassen. Sie lag gut verpackt in seinem Koffer.

Aber das wäre zu einfach. Außerdem wollte sein neuer Ziehpapa nicht, dass er zu viel Lärm veranstaltete. Zudem wusste er noch nicht genau, ob er Frank nicht lieber als Wirt unter seine Fittiche nehmen sollte.

Eigentlich wollte er ihn langfristig quälen. Verdient hatte es dieser ekelhafte Horrorautor. Seine brutalen Umschreibungen waren so verheerend wie Kugeln aus einem Gewehr. Also war er mindestens so schlimm wie ein Waffenhändler.

»Miese Sau. Ich werde Ihnen Ihr toxisches Herz rausreißen, Freibrodt. Ich kriege Sie noch«, murmelte Mortimer und fletschte die Zähne. Er rannte schnaufend durch einen Flur im obersten Stockwerk.

Vorbei an zahlreichen Gemälden, in denen düster dreinblickende Adelige verewigt worden waren.

Er hielt inne, als er aus den Augenwinkeln eine Glastür ausfindig machte.

Dahinter sah er Wände, die nur aus Bücherregalen zu bestehen schienen.

Er öffnete die Tür und betrat den Raum.

Er schloss schnell seinen zuvor weit geöffneten Mund, da ihm der Staub regelrecht in den Rachen kroch.

Dicke gebundene Wälzer ruhten in den Regalen.

Mortimer wanderte rastlos hin und her. Er brauchte unbedingt einen brutalen Thriller oder Horrorroman, aus denen er Seiten herausreißen konnte.

Doch sein Blick fiel nur auf Werke von Dichtern wie Wolfgang von Goethe oder Clemens Brentano. Sowie ein paar ältere Ausgaben der Grimmmärchen.

Aber Letzteres war vielleicht gar nicht mal so verkehrt zum Zerstören, da dieses perfide Geschwisterpaar mit seinen zahlreichen makaberen Märchen ja etliche Kinderleben auf dem Gewissen hatte.

Gerade wollte er einen dieser Staubfänger aus dem Regal entnehmen, da vernahm er neben sich einen regelrechten Hustenanfall.

Er blickte sich erschrocken zu einem Bücherschrank um, der quasi als Raumteiler diente und entdeckte auf einem grünen Sessel einen untersetzten Mann, der amüsiert in einem Wälzer herumblätterte.

Sein Bierbauch presste sich bebend gegen den fetten Schinken, als er vergnügt aufgrunzte.

ENTFÜHRUNG IN DIE OPERETTENWELT stand auf dem Cover geschrieben.

Zitternd vor Wut baute sich Mortimer vor dem Mann auf, während dieser sich gerade lächelnd seine Hornbrille zurechtrückte.

»ENTFÜHRUNG? Finden Sie sowas etwa lustig?«

»Ja«, antwortete der Leser schmunzelnd, ohne aufzusehen, und in Mortimers Hirn kreischten die Maden in einem wütenden Chor. Zugleich schossen die Erinnerungen hervor, wie die Salve aus einer Maschinenpistole. Der Boden unter seinen Füßen drehte sich. Er sah seine Entführer über sich stehen, die ihn auslachten, während er sich aus sämtlichen Ausgängen einmachte und spürte wieder warmes Blut seinen Bauch hinunterlaufen. Das Narbengesicht bleckte seine fauligen Zähne. Seine schwielige Pranke mit dem blutverkrusteten Pizzaroller raste auf ihn zu. Pia und Frank kamen ins Bild und wieherten wie Hyänen, während Mortimer immer weiter Richtung Boden schrumpfte. Sie lachten über ihn, genauso wie der Leser vor ihm.

»Wie können Sie nur! Dass Sie sich nicht schämen, Sie fetter Wichser, SIE!«

Verdattert klappte der Mann das Buch zu.

»Was haben Sie denn bitte für ein Problem?«

»HALT DIE FRESSE, DU FETTES SCHWEIN! MÄNNER WIE SIE SIND DAS PROBLEM!«, kreischte Mortimer und besprenkelte die geröteten Bäckchen seines Gegenübers mit Spucke.

»Was habe ich Ihnen denn getan?«, stotterte dieser.

»Sie lachen, während Sie so etwas Schreckliches lesen!«

»Also wirklich«, rief der Mann nun ebenfalls empört. »Das ist doch nur ein Buch. Das tut doch niemandem weh.«

Mortimer brach in einen Hustenschwall aus, nachdem er sich an seinem eigenen Speichel verschluckt hatte.

»Beruhigen Sie sich bitte. Tief durchatmen. Es ist nur ein Buch.«

»Entschuldigen Sie. Tut mir wirklich leid. Sie haben natürlich recht«, sagte Mortimer nun kleinlaut und ließ ein entwaffnendes Lächeln aufblitzen. »Liegt wohl am Jetlag. Darf ich es mir mal näher ansehen?«

»Ja ... äh ... schon okay ... na sicher.«

Der Mann reichte ihm eingeschüchtert das schwere Buch, da Mortimers Grinsen immer breiter wurde.

Dieser warf nur einen kurzen Blick auf den Klappentext, bevor er es dem Leser mit beiden Händen wuchtig ins Gesicht schlug.

Der Mann kullerte benommen vom Sessel.

Mortimer setzte sich rittlings auf ihn und drosch ihm immer wieder mit derselben Buchkante auf die Nase, während er ihn dabei rhythmisch anbrüllte.

»BÜCHER ... KÖNNEN ... VERLETZEN! BÜCHER ... KÖNNEN ... WEHTUN! VERSTANDEN? ... SIE ... WICHSER!«

Das Nasenbein war mittlerweile ein Trümmerfeld und der Knorpel eingedrückt.

Doch Mortimer hämmerte unbeirrt weiter mit dem gebundenen Wälzer auf sein Gesicht ein, bis es nur noch ein undefinierbarer Klumpen aus Fleisch, Knochen und Sehnen war. Das Knacken und Knirschen überhörte er geflissentlich.

Mortimer wollte den Mann anschließend befruchten. Das war ja schließlich seine neue Aufgabe und er wollte seinen väterlichen Meister auch nicht enttäuschen. Er wusste allerdings nicht mehr, ob er zweimal oder nur einmal auf seinen Bauch klopfen musste.

Er wählte mit seinem Smartphone die Nummer vom Lachsmann, doch dieser nahm den Anruf nicht an.

Nach einer Weile legte Mortimer seufzend auf.

Er steckte sich zwei Finger tief in den Hals und erbrach einen Schwall aus Maden, auf den bluttriefenden Schädel.

Die hungrigen Würmer versuchten zunächst, durch die Wunden ins Fleisch einzudringen, allerdings spürten sie recht schnell, dass ihr vermeintlicher Wirt schon längst tot und für eine Vermehrung unbrauchbar war. Wütend und ernüchtert darüber griffen sie sich gegenseitig an.

»NEIN!«, kreischte Mortimer. »GENUG DER GEWALT! IHR SEID DOCH NOCH UNSCHULDIGE KINDER! IHR SEID KINDER!«

Verzweifelt wollte er sie trennen. Doch sie hatten sich schon zu sehr ineinander verbissen. Mortimer gelang es nicht, den klebrigen Haufen zu entwirren. Er brach wimmernd und erschöpft auf dem untersetzten Mann zusammen, als er die ersten qualvollen Babyschreie vernahm.

Frank bekam das kalte Kotzen. Er verlor sämtlichen Glauben an einen barmherzigen Gott. Das lag allerdings nicht an den zusammengeschobenen und unbequemen Bierbänken, auf denen er mit den anderen Singles nun warten musste. Ungläubig sah er sich um. Natürlich gab es auch zahlreiche neue Gesichter zu entdecken, allerdings waren auch viele altbekannte darunter. Nicht nur Korben hatte er unverhofft wiedergetroffen. Pia saß in der dritten Reihe auf der Bierbank. Frank in der Sechsten. Wenigstens ließ ihn Mortimer jetzt in Ruhe. Er machte einen abwesenden Eindruck. Er saß auch nicht neben seiner Lebensgefährtin.

Zu guter Letzt war Frank auch noch auf seinen Verleger gestoßen, der sich kurz nach Lisa erkundigte und ansonsten für ihn nur das übliche spöttische Lächeln übrigzuhaben schien.

Warum traf er ständig Leute wieder, die ihm unverhohlen ins Gesicht spuckten oder ihn scheinbar nicht ausstehen konnten?

Letzteres beruhte wohlgemerkt auf Gegenseitigkeit. Welche abgewrackte Hexe hatte ihn da bloß verflucht? Was war das bloß für ein ekelhafter Albtraum? Wo zur Hölle kam das schlechte Karma her? Wie konnte das möglich sein? Frank begann ernsthaft seine Existenz zu hinterfragen. War er vielleicht nur ein hoffnungsloser Antiheld in dem Roman eines psychischkranken Autors, der sich auf Franks Kosten in seinen sadistischen Fantasien suhlen konnte? Frank schrieb zwar auch zuweilen recht grausam, aber so einen zynischen Mist würde er sich nicht ansatzweise wagen, in den Raum zu stellen. Frank stellte sich einen ausgemergelten, bleichen Troll mit aufgescheuertem Piepmatz vor, der sich grunzend auf seine elendige Existenz einen runterholte, während er die nächsten vernichtenden Zeilen schrieb.

Ein ehrfürchtiges Raunen war von den Bänken zu vernehmen, als Waldemar von Herzspecht durch den Saal zwischen den Blackjacktischen zum Podium schritt. Hoffnungsvoll, voller Demut und Dankbarkeit klebten die Blicke an ihm, als er lächelnd zum Mikrofonpult trat. Waldemar machte sich keinerlei Umstände, zu verbergen, dass ihm diese Art von Aufmerksamkeit gefiel.

Die Menschen im Speisesaal legten große Hoffnungen in ihn. Bis auf Frank, der ihn nur als Marionette und Prestigefänger von Reinhardt sah, sollte er für die restlichen anwesenden Singles der Erlöser sein. Aufgrund seines Status und da er seit ein paar Jahren glamouröse Datingpartys moderierte. Demzufolge herrschte fast schon betäubende Stille, als er sprach:

»Meine Damen und Herren. Da Sie alle gewonnen haben, begrüße ich Sie herzlichst bei unserem Speeddating Event. Schön, dass Sie so zahlreich erschienen sind. Die Vereinsamung in unserer heutigen Gesellschaft nimmt immer größere Auswüchse an, deswegen freue ich mich, einen bescheidenen Teil zum Findungsprozess beitragen zu dürfen. Einsamkeit macht krank. Sowohl psychisch als auch physisch. Ich nutze meine Privilegien, um etwas zurückzugeben. Um Leben zu retten. Denken Sie daran, zu jedem

Puzzleteil findet sich auch ein passendes Gegenstück. Manchmal muss man einfach nur tief in den Haufen greifen. Das Event an diesem Wochenende umfasst die Altersspanne 25 bis 40. Das heißt, die Männer sind deutlich in der Überzahl. Wie werden die Teilnehmer zwar in mehrere Gruppen einteilen, aber das wird an diesem Umstand nichts rütteln, da ich an die hundert Gäste zähle. Ich lasse das heute aus organisatorischen Gründen mal durchgehen, und hoffe inbrünstig, bei dem einen oder anderen Comingout behilflich sein zu dürfen. «

Nun war es vorbei mit der Ruhe. Unter den Männern war ein deutliches Murren, Schnaufen und Grunzen zu vernehmen. Doch Waldemar ließ sich davon nicht beirren und fuhr breit lächelnd mit seiner Ansprache fort:

»Die Speeddatings werden nach dem Essen in einem weiteren Speisesaal im Ostflügel stattfinden. Dort gibt auch eine Bar und noch weitere kulinarische Versuchungen und machen Sie sich keine Sorgen bezüglich der Orientierung. Sobald Ihr Stündlein geschlagen hat, werden Sie von unserem Personal dort hingeleitet.

Die Teilnehmerinnen und Teilnehmer, die noch nicht dran sind, können sich gerne hier vor Ort vergnügen. Sie können noch beim Buffet verweilen. Im Untergeschoss gibt es einen großen Pool und weitere Wellnessabenteuer warten dort auf Sie, oder Sie fordern Ihr Glück heraus im Casino. Wichtig für die Herzblätter, die als Nächstes eine Runde absolvieren: Sie haben jeweils fünf Minuten. Ach! Bleiben wir doch fair. Sechs Minuten haben Sie jeweils dafür Zeit, Ihren Gegenüber zu überzeugen, dass ausgerechnet Sie das perfekte Puzzleteil sind, und dann rücken Sie einen Tisch weiter. Ich werde das streng mit meinem Glöckchen kontrollieren. Fühlen Sie sich aber bloß nicht unter Druck gesetzt. Die Zeit eilt schnell, aber es wird sich sicher noch die eine oder andere Gelegenheit im Leben finden. Denken Sie daran, dass Sie das ganze Wochenende

Zeit haben, und es gibt acht Runden. Lange Rede mit viel Sinn. Das Buffet ist eröffnet.«

Waldemar konnte sich ein spöttisches Lächeln kaum verkneifen, als er seine Gäste zum Buffet hasten sah. Sie drängelten aneinander vorbei. Ihre Neugier galt nur den aufgefahrenen Speisen. Nur vereinzelt kamen sie jetzt schon ins Gespräch. Es war immer dasselbe. Als wäre alles getaktet wie bei einem festgelegten Ritual. Erst beim Speeddating nahmen die Teilnehmer Notiz voneinander und die meisten ließen jegliche Chance vorher verstreichen.

Waldemars Lächeln gefror, als er sah, wie die kreidebleiche Köchin Cindy die Augen aufriss, sich die Hand auf den Mund presste und anschließend ein Schwall aus Erbrochenem zwischen ihren Fingern hervorquoll. *Wenigstens steht sie weit genug vom Buffet entfernt*, dachte er. Als sie zu Boden sackte und sich dort in Embriostellung krümmte, wollte Waldemar ihr zur Hilfe eilen.

Eine große Pranke legte sich von hinten auf seine Schulter und drückte sie schon fast schmerzlich.

Waldemar drehte sich entgeistert um und sah in Reinhardts teigiges Gesicht. Er grinste breit. Nur seine Schweinsäuglein lächelten nicht.

»Mitkommen«, knurrte er und sein donnernder Bass erstickte jegliches Widerwort im Keim.

Waldemar verschränkte die Arme. Zum einen aus Trotz, aber auch wegen der kühlen Luft im Weinkeller. Er empfand die Luftfeuchtigkeit zwar nach wie vor als recht stickig, aber die Kälte hatte auch hier bereits Einzug gefunden.

»Was zum Teufel willst du noch von mir? Lass mich doch jetzt die Sache einfach über die Bühne bringen! Ich werde schon dafür sorgen, dass alle nach dem Dating ins Casino gehen!«, sagte er gepresst zu seinem Gläubiger, denn ein fauliger Gestank malträtierte unbarmherzig seinen Geruchssinn.

Reinhardt nickte grinsend. »Ja, aber am Ende wirst du dort wieder am meisten Geld von allen verlieren. Du gehörst mir und daran wird sich auch nichts mehr ändern.«

»Ist ja gut! Deine Machtdemonstrationen waren schon immer sehr eindrucksvoll, aber ich werde oben gebraucht. Die Gäste sollen sich doch wohl fühlen, oder nicht? Eine vom Catering kotzt gerade so richtig ab, falls es dir noch nicht aufgefallen ist.«

»Upsi. Das lag wohl an mir.«

Eine Gestalt trat hinter einem Weinregal hervor. Waldemar erschrak, als das aschfahle Gesicht sich aus dem Schatten löste und er genauere Einblicke auf die strapazierte Haut des Fremden bekam. *Grundgütiger! Der arme Mann scheint verflucht zu sein.* So etwas abstoßend Hässliches war dem Grafen selten unter die Augen getreten.

Das hier war ein angenehmer Ort. Eine Herberge für reiche, ästhetische und wohlriechende Menschen. Ein Rückzugsort für anständige gestandene Leute, die es im Leben zu etwas gebracht hatten. Die durften hier gerne bauchfrei herumlaufen oder seinetwegen auch sämtliche Hüllen fallen lassen. Aber nicht diese wandelnde Eiterbeule vor ihm. Wie Fell überzog gelblicher Ausschlag einen großen Teil seiner missratenen Visage, als auch seine sehnigen Gliedmaßen. Der knopfförmige Nabel unter seinem viel zu kurzem Oberteil war so gelb, als hätte er sich seinen Bauch mit Currypulver eingerieben. Außerdem schien sich der ungebetene Gast aus sämtlichen Körperöffnungen eingemacht zu haben. Zuerst dachte Waldemar noch, einer der Bediensteten hätte den Abfall einfach grob fahrlässig im Keller entsorgt, aber der wandelnde Müllhaufen vor ihm war eine weitaus beunruhigendere Erklärung für ihn.

»Bäh! Wer sind Sie? Wie haben Sie sich hier reingeschlichen! Hier gibt es keine Drogen! Hier gibt es kein Geld für Sie! Verschwinden Sie! Auf der Stelle!«, befahl Waldemar.

Der Lachsmann präsentierte ein paar verfaulte Ruinen, als er den Grafen anlächelte.

»Haben Sie mich etwa nicht verstanden? Sie sind hier nicht erwünscht! Deplatziert! FALSCH! Nicht willkommen! Sie …«

»Hey! So redest du nicht mit ihm! Das ist ein Freund von mir!«

Waldemar japste auf, als Reinhardt ihm wuchtig die Faust in die Rippen rammte.

»Und dein neuer Koch«, fügte der Kredithai hinzu, als Waldemar sich wieder etwas gesammelt hatte.

Er schien die vor ein paar Sekunden erst stattgefundene Misshandlung bereits vergessen zu haben.

Er wedelte mit den Händen in der Luft herum, als würde er eine Fliege verscheuchen wollen. »Nein! Das kann ich nicht dulden! Auf gar keinen Fall!«

»Du hast keine andere Wahl«, knurrte Reinhardt.

»Selbstverständlich habe ich die. Die Gäste werden Fragen stellen, wenn ich nicht gleich wieder auftauche. Ich habe den Charme, um die Leute da oben durch den Abend zu moderieren, du hingegen knurrst nur rum wie ein Hinterwäldler oder haust alles mit deinen schwieligen Pfötchen kaputt. Du brauchst mich, das weißt du. Wenn du mich zu sehr misshandelst, wird das Spuren hinterlassen. Also solltest du …«

Waldemar fuhr zusammen wie ein Klappbett, als Reinhardt ihm seinen kleinen Finger in den Solarplexus bohrte.

»Ich werde keine Spuren hinterlassen.«

Grollend wie ein Bär spannte Reinhardt seine Fettmuskeln an, während der Graf wimmernd vor ihm wegkroch.

Doch seine Flucht über den kühlen Kellerboden endete direkt vor den nackten Füßen vom Lachsmann.

Wie hypnotisiert starrte der Graf eine Weile auf die krummen Nägel, die rückwärts zu wachsen schienen. Ins Fleisch der Füße hinein.

Er erbrach sich auf ihnen und sein neuer Gast schien es ihm nicht einmal übel zu nehmen.

Liebevoll kraulte er die Mähne des Grafen, während er sanft zu ihm sprach:

»Hab keine Angst, mein Graf. Ich wäre dir zwar gern als Koch behilflich gewesen, aber dafür mangelt es mir an zeitlicher Kapazität. Ich brauche nur ein paar kräftige Soldaten. Ich brauche junge Krieger.«

12. Das erste Speeddating

»Ja. Das klingt ja alles voll spannend! Ich liebe sowas. Ich will ja nicht sagen, dass Sie nicht hart arbeiten, aber Sie haben sich zumindest einen Beruf auserwählt, der sehr spannend klingt und Ihnen zugleich auch Freude bereitet. Ich liebe auch Horrorbücher, Komödien und schaurige Geschichten! Das finde ich voll cool und mutig von Ihnen, echt!«, sprudelte es aus der jungen Anwältin heraus, die Frank gegenübersaß. Sie starrte ihn fasziniert an. Frank hatte erfahren, dass sie bald ihre eigene Kanzlei aufmachen würde. Sie war zudem eine renommierte Juristin mit einem vorauseilenden Ruf. Das klang doch nach einer guten Partie und nach einer soliden Einkommensquelle. Zudem sah sie auch noch recht niedlich aus mit ihrer Stupsnase, den großen unschuldigen Mangaaugen und den schönen Sommersprossen rund um ihre Nasenwurzel.

»Das freut mich zu hören. Welches Buch hast du denn als Letztes gelesen, Fabienne?«

Ihr Lächeln verschwand. »Hä?«

»Welches Buch? Äh? Alles okay?«

»Nein. Ich heiße nicht Fabienne. Ich heiße Natascha.«

»AH!« Frank klatschte sich auf den Oberschenkel. Das war wohl der Name der Vorherigen gewesen. Die Reizüberflutung war einfach zu stark. Kein Wunder. Er hatte schon vielen Teilnehmern und Teilnehmerinnen gegenübergesessen. Die meisten entpuppten sich als Mainstreamfetischisten. Sie hatten Frank regelrecht verstört gemustert, als er ihnen offenbarte, dass er unter anderem Horrorromane schrieb. Viele von ihnen waren zudem recht einschläfernd gewesen. Besonders die einsilbigen Konversationen mit der echten wortkargen Fabienne und diesem langweiligen Mirko hatten ihn fast ins Koma gejagt. Die beiden würden wahrscheinlich ein gutes Paar abgeben. Und zu guter Letzt hatte eine eher gruselige Unterredung mit einem seltsamen jungen Mann namens SM sein Gehirn wohl vollends erweichen lassen. Aber immerhin kannte er jetzt sämtliche Fetische auswendig.

»Nun. Beschränkte Männer mit Gedächtnisschwund finde ich jetzt nicht so sexy. Die NATASCHA geht jetzt mal aufs Örtliche«, sagte sie und erhob sich wutentbrannt.

Sie kam auch nicht wieder zurück an seinen Tisch. Stattdessen feudelte ihm Thormund ein paarmal *versehentlich* gegen die Füße, als er den ohnehin schon glänzenden Boden säuberte.

Zu guter Letzt klingelte Waldemar direkt mit seiner Glocke neben seinem Ohr. Dabei hüpfte er euphorisch und machte sich zum Clown. Doch Frank hielt ihn eher für einen Sadisten. Das lag ihm wohl im Blut. Seine Vorfahren hatten ganz sicher Menschen foltern lassen oder vermeintliche Hexen verbrannt. Frank rieb sich noch die schmerzenden Ohren, als ein junger schlanker Mann vor ihm platz nahm. Er hatte ein recht glattes und hübsches Gesicht. Seine Sorgenfalten auf der Stirn sowie seine gebrochene Ausstrahlung ließen ihn jedoch älter wirken.

Er stellte sich als Roman vor und Frank wiederholte monoton seine Selbstpräsentation, die er schon zigmal heute heruntergeleiert hatte.

Dabei wurde sein Gegenüber sichtlich nervös.

Er nuschelte leise.

»Hä?«, hakte Frank leicht genervt nach.

Nun wiederholte Roman sich überdeutlich und ließ dabei sämtliche Konsonanten knallen.

»Sie sagten eben, Sie möchten ein Hörbuch einsprechen lassen. Ich bin ausgebildeter Schauspieler.«

Frank schaffte es nicht rechtzeitig, die Hand vor den Mund zu nehmen. Er besprenkelte die Tischdecke mit seinem Speichel, als er losprustete.

Warum sollte er sich auch zurückhalten? Solche Möchtegernkünstler hatten doch ohnehin kein Geld, von dem er zehren konnte. Selbst wenn er reiche Eltern hatte, wollten die ganz sicher nicht noch einen abgehalfterten Autor zusätzlich durchfüttern. Der blasse Sozialschmarotzer war ein Flop. Durch und durch.

»Äh ... ja. Gut zu wissen. Wir melden uns.«

»Wollen Sie mich jetzt verarschen, oder was?«, knurrte der junge Mann leise.

»Nein. Das kriegen Sie schon eigenständig gut genug hin. Ich wünsche Ihnen für Ihren weiteren Berufsweg alles erdenklich Gute. Das haben Sie bestimmt schon oft gehört, oder? Deswegen schleichen Sie sich jetzt auch hier rein und wollen einsame Herzen für Ihre kommerziellen Zwecke missbrauchen. Schämen Sie sich mal gehörig und arbeiten Sie bitte an Ihrer Präsenz und ganz besonders an Ihrer Phonetik. Nuscheln scheint zwar im deutschen Fernsehen momentan der letzte Schrei zu sein, aber selbst dafür ist Ihr Sprachvermögen zu geringfügig.«

»Fick dich!«

»Werden Sie bitte nicht unverschämt. Ich sage Ihnen doch nur die Wahrheit, weil ich Ihnen helfen will. Ihrem Handwerk nach zu urteilen, kommen Sie wohl von einer privaten Schauspielschule. Habe ich recht oder nicht?«

Roman nickte mit zusammengebissenen Zähnen. »Ja, aber sie war staatlich anerkannt, Sie elitäres Schwein!«

»Ja, schon klar«, entgegnete Frank nicht sonderlich beeindruckt. »Aber leider haben Sie trotzdem nur Ihr Geld verbrannt, genauso wie Ihre Zukunft. Also, warum arbeiten Sie nicht gleich als Bareback Stricher? Immerhin haben Sie das Aussehen. Aber hier wirken Sie dennoch mehr als deplatziert. Denn *hier* brauchen Sie Charisma, Charme und Ausstrahlung und das sehe ich bei Ihnen einfach nicht. Niemand will *hier* ein schlaksiges Kellerkind heiraten.«

Roman stolperte fast über seinen Stuhl, als er ruckartig aufsprang.

Seine Unterlippe zitterte. Die Augen füllten sich mit Tränen.

»Fickt euch alle hier. Ich geh lieber ins Kino!«, zischte er, doch er blieb angewurzelt auf dem Fleck stehen.

»Viel Erfolg beim Konsumieren. Zum Macher reicht es leider nicht«, fügte Frank säuerlich hinzu, damit der Typ endlich das Weite suchte. Schließlich hatte der Graf mit seiner erlösenden Bimmel gerade den Raum verlassen. Ausgerechnet jetzt wo Frank ihn brauchte. Doch seine abweisenden Worte zeigten Erfolg. Roman nuschelte noch etwas, bevor er stampfend davoneilte.

Frank ahnte zu jener Zeit noch nicht, dass er dem jungen Schauspieler mit seinen Gemeinheiten das Leben gerettet hatte.

Einem der schmatzenden Jungspunde am Tisch fiel vor Schreck ein Stück Kassler aus dem Maul, als Waldemar direkt hinter ihm lautstark die Glocke erklingen ließ.

»Entschuldigen Sie. Ich bitte noch einmal um Ihre werte Aufmerksamkeit. In unserer Küche kredenzt der Chefkoch eine ganz besondere kulinarische Spezialität aus dem asiatischen Raum. Thailändisches Streetfood wohlgemerkt. Einigen der Sportler unter Ihnen könnte diese nachhaltige Proteinbombe durchaus munden. Falls jemand interessiert ist, möge er mir bitte umgehend folgen.«

Die meisten blieben sitzen, doch fünf junge Männer folgten Waldemar in einen der Küchenräume. Dort erwartete sie der gut bestückte Rocco nur mit einer Schürze und einem Stringtanga bekleidet.

Er lächelte verschmitzt, während er in dem Topf rührte. Allzeit wissend, dass er nicht nach seinem Vater kam. Dieser stand neben dem Kühlschrank. Die Bierflasche war in seiner fleischigen Hand kaum auszumachen.

Doch die Männer beachteten Reinhardt gar nicht. Sie starrten beeindruckt auf die schmale Taille seines Sohnes, die sehnige Haut, den feuchten Schweißfilm eines wahren Athleten und die Muskelbälle auf seinen breiten Schultern.

Natürlich wollten sie ihn eines Tages übertrumpfen und deswegen konnten sie es kaum erwarten von dem Streetfood zu kosten. Waldemar kramte aus einem der Küchenschränke fünf Schüsseln hervor und Rocco teilte das Essen aus.

Zunächst zuckten die Männer zurück, als sie ihre nachhaltige Mahlzeit zum ersten Mal sahen.

Doch schließlich motivierte einer den anderen und dank Social Media, wo schockierende Experimente Abonnentenzahlen rasant ansteigen lassen konnten, begann schließlich einer nach dem anderen zu kosten. Der zischende Proteinsnack mundete nicht wirklich. Manche von ihnen spuckten ihn auch wieder aus. Doch das wurde mit Gelächter sanktioniert.

»Na, was denn? Na los, digga! Das sind Proteine! BOOM! BOOM!«

Während sie sich gegenseitig mit den Smartphones filmten, wurden sie zugleich immer mutiger und stopften sich schließlich die sich noch windenden Würmer in den Mund und behielten sie dort auch. Dabei posierten sie grölend und ließen ihre Bizepse spielen. Aus ihren mampfenden Backen zischte es, als hätten sie eine beträchtliche Menge Brausetabletten absorbiert.

Einer von ihnen kreischte schrill auf, als ein Wurm sich durch seine Wange fraß, nur um sich dann wieder direkt neben seiner Nasenwurzel in die Haut einzugraben. Panik brach unter ihnen aus, als sie bemerkten, dass sie selbst als nachhaltige Nahrungsquelle dienten.

Der Graf verließ den Raum, während Reinhardt die jungen Männer mit einer seiner massigen Fäuste zurückdrängte, als diese flüchten wollten. Mit der anderen trank er sich das Schauspiel mit dem Bier schön und spülte zugleich seinen Ekel runter. Er und sein Sohn brauchten sich ja nicht vor den Ztonkys zu fürchten. Denn sie gehörten zu den Immunträgern.

Der Lachsmann hingegen war nicht in der Küche anwesend. Er präparierte einen Abort. Eins seiner Kinder schrie regelrecht nach einem erfrischenden Bad.

Mirko runzelte die Stirn, als Natascha ihn bereits wütend anfunkelte, bevor er sich überhaupt bei ihm vorstellen konnte.

»Ich heiße Natascha. Kannst du dir das vielleicht merken?«

Sie buchstabierte es noch einmal sicherheitshalber. »N-A-T-A-S-C-H-A!«

»Kannst du das nochmal wiederholen?«, witzelte Mirko.

»Vollidiot«, grummelte sie.

»Ganz ruhig. Du hast, glaube ich, zu viele Erwartungen. Aber ich sage dir gleich, dieser Ort wird dir nicht gerecht werden.«

Natascha sah Mirko an, als wäre er bescheuert. »Hä? Ist es denn wirklich zu viel verlangt, dass sich ein Mann meinen Vornamen merken kann?«

Mirko kicherte. »Wie gesagt, du hast zu viele Erwartungen. An diesem trostlosen Ort werden einem die Namen regelrecht um die Ohren geknallt.«

»Trostlos? Wie abfällig du über Menschen redest. Warum bist du dann überhaupt hier, hm?«

»Darf ich ehrlich antworten?«

»Ja! Darum möchte ich doch bitten.«

Mirko musterte seine wildgewachsenen Fingernägel, als er ihr antwortete: »Ich will eigentlich nur meinen Marktwert überprüfen.«

»Was für ein Arschloch! Du spielst also mit den Hoffnungen von einsamen Menschen, um Bestätigung zu erhalten!«

»Du wolltest eine Antwort. Außerdem hört die Hoffnung ja nicht unbedingt auf, wenn man eine Beziehung eingeht oder sie auch wieder beendet.«

»Haha! Armseliger Zyniker!«

»Ach ja?«, raunzte Mirko zurück. »Jetzt sei du doch mal ehrlich. Hast du nie gehofft, dass du mit einem deiner Ex-Freunde wieder zusammenkommst?«

Natascha überlegte kurz, dann nickte sie. »Doch. Mit ein paar von ihnen hätte ich es durchaus noch länger aushalten können.«

»Na also. Und hast du dich dann gefreut, wenn diese Männer mit einer anderen Dame glücklich wurden? So wie es bei einer bedingungslosen und selbstlosen Liebe eigentlich sein sollte?«

»Nö. Und du?«

»Nein. Dazu bin ich leider auch nicht im Stande. Als Elke von meinem besten Kumpel Christoph schwanger wurde, habe ich mir nicht gewünscht, dass meine Ex-Freundin gesund und glücklich ist. Stattdessen wollte ich den Kerl am liebsten mit einem Baseballschläger niederknüppeln und ihr in den Bauch boxen.«

Natascha rutschte näher mit dem Stuhl an den Tisch heran. »Und? Hast du es gemacht?«

»Natürlich nicht.«

»Hast du es ihnen wenigstens gesagt?«

»Nein. Ich habe ihnen eine Glückwunschkarte und ein Plüschkaninchen geschickt.«

Natascha verschränkte enttäuscht die Arme vor der Brust. »Feigling. Ich bin wenigstens ehrlich zu meinem Ex gewesen, nachdem er meiner Mutter einen Heiratsantrag gemacht hat.«

»Ach ja?«

»Ich habe ihm nachts eine SMS geschrieben und ihm gewünscht, dass die beiden von ein paar hepatitiskranken Straßenräubern penetriert werden.«

»A, B oder C?«

»Ich kenne mich nicht so aus. Aber ich wünschte ihnen selbstverständlich das schlimmste von allen.«

»Wow. Hast du mit den beiden noch Kontakt?«

»Ja, sie haben es als Überreaktion aufgefasst und mittlerweile lachen wir darüber. Wir gehen regelmäßig zu dritt Essen. Aber dennoch hast du recht. Wir scheinen nicht dazu im Stande zu sein, bedingungslos zu lieben.«

»Mag sein. Oder wir sind einfach nicht gleichgültig.«

»Manchmal sind mir die negativen Erfahrungen sogar lieber, solange sie wenigstens schnell vorüber sind. Das Konto soll rasch ins Minus gehen, bevor ich zu viel Zeit und Hoffnung investiert habe.«

Mirko seufzte. »Vielleicht sind wir auch einfach nur zu unfähig, den Augenblick zu genießen.

Mich hat die Beziehung mit Elke regelrecht zerstört. Zuerst hatte sie mich zutiefst erfüllt. Desto größer war dann jedoch auch das aufgerissene Loch für mich, als die schmerzhafte Trennung folgte. Das Wurmloch saugte sämtliche Lebensfreude aus mir heraus. Meine Freunde nervten mich nur noch und entpuppten sich als Zeitfresser, Joggen wurde mir zu anstrengend, Theaterbesuche zu rückenunfreundlich und Kino zu einschläfernd. Ständig schweifte ich ab und jeglicher Handgriff kostete mir unendlich viel Kraft. Selbst die Müllentsorgung war auf einmal ein haarsträubendes Abenteuer für mich. Die einfachsten Aufgaben fielen mir zunehmend schwer und meine selbstgesteckten Ziele entfernten sich von mir, bis ich sie gänzlich aus den Augen verlor. Ich lag wie ein mit Gewichten beladener Sack in meinem Bett und starrte mit leerem Blick an die Decke. Dabei stellte ich mir mit zunehmendem Groll vor, wie mein unwürdiger Nachfolger sämtliche Erinnerungen an mich aus meiner Ex-Freundin heraus vögelte. Dabei hätte ich eigentlich auch in den Park gehen können. Wir sollten uns vielleicht doch besser an die schönen Dinge halten.« Er warf ihr einen langen bedeutungsschwangeren Blick zu. Natascha hielt sich eine geraume Zeitlang wacker, bevor sie verlegen zu Boden sah.

»Sorry. Wie war nochmal dein Name?«

»Mirko.«

»Ups.«

»Kein Problem. Es ist mir ein Vergnügen, Natascha.«

»GLOTZ MICH NICHT AN, DU HÄSSLICHE POTTSAU! SONST GIBTS BOOM BOOM! IST DAS KLAR?«

Erschrocken fuhren die beiden zu dem betroffenen Tisch herum.

Natascha erkannte zum einen den alten Dödel wieder, der ihren Namen vergessen hatte und zum anderen den deutlich jüngeren Schönling, mit dem sie sich vor kurzem noch gerne einen Tisch geteilt hätte. Nun sah Letzterer jedoch recht hässlich aus, als er wie ein Geysir seinen eingeschüchterten Gesprächspartner mit Spucke besprenkelte.

»ICH HABE GESAGT, DU SOLLST MICH NICHT ANGLOTZEN, DU SCHMIERIGE SCHWUCHTEL!«

»Hey, jetzt beruhig dich doch mal«, rief Mirko ihm zu. BI schien ihn jedoch in seinem Tunnelblick gar nicht wahrzunehmen. Doch der klobige Hausmeister wurde dadurch auf die Situation aufmerksam. Er stellte schnaufend seinen gewaltigen Humpen Bier auf dem Tresen ab und begab sich auf den Weg zum Brennpunkt.

»Du hast recht«, sagte Natascha leise zu Mirko. »Das hier ist ein trauriger Ort.«

»Mit so einem widerwärtigen Hass habe ich hier auch nicht gerechnet. Ich kenne ein gutes indisches Restaurant in der Stadt. Wollen uns ein Taxi teilen?«

»Ja. Hauptsache weg vor hier.«

»Na, dann komm.«

Auch die beiden entgingen somit knapp einem abscheulichen Tod. Sie ahnten derweil noch nicht, dass ihnen nun eine langjährige gemeinsame Zukunft erfüllt von reichlich Glück und Liebe bevorstand.

»WAS GLOTZT DU SO! WAS?! HÄ? WAS?!«

BI schrie und tobte, was das Zeug hielt, weil er nun einem Mann gegenüber sitzen musste.

Frank wusste nicht, was er falsch gemacht hatte. Kaum hatte er sich hingesetzt, ging schon das Gekreische los. Verlegen streichelte er sich übers Gesicht. Er wollte den ersten Schlag zum einen rechtzeitig abfangen. Zum anderen wollte er sich vor dem Regen schützen, den BI voller Hass und Abscheu mit seiner feuchten Aussprache auf ihn absonderte. Aber Frank war nicht schnell genug. Er blinzelte, als ihm der lauwarme Speichel von seinem aufgebrachten Gesprächspartner gegen die Wange klatschte.

»Hören Sie. Ich habe die Regeln nicht ...«

»HALT DEINE SCHEISS FRESSE! ICH BIN NICHT SCHWUL, DU SCHWUCHTEL! KLAR? IST DAS KLAR?!«, blaffte BI und hob drohend seine Faust.

»Ich steh nicht so auf Fisting«, konnte Frank sich nicht verkneifen.

»Was hast du gesagt? Ich matsch deine Nase kaputt. BOOM! BOOM!«, knurrte der junge Mann. Frank zuckte wimmernd zusammen, als BI einen Schlag vortäuschte. Dieser freute sich sichtlich über seine Reaktion. »Hehe! Opfer.«

»Bitte! Sanftes Fisting. Wenn es denn unbedingt sein muss«, appellierte Frank.

»Verarsch mich nicht! MANN! GLOTZ MICH NICHT AN!«

»Okay. Ich sehe jetzt weg. Ja?«

Frank sah nach links und fixierte einen Tisch am Fenster zur Terrasse. Dort saß ausgerechnet Mortimer. Während sein Gesprächspartner ihn besorgt musterte, saß der Sensitivity Reader mit weit ausgestreckten Armen ihm gegenüber. Er lächelte beseelt, während er an die Decke schielte.

Na super!, dachte Frank. Wenn er seine Geschichten mit etwas morbider Action würzen wollte, war Mortimer sofort zur Stelle, aber kaum spielte sich die Gewalt in der Realität ab, meditierte er und grinste senil wie ein Schwachsinniger.

Sowas hatte Frank wirklich gerne. Scheinbar hielt sich Mortimer für den notwendigen Sonnenstrahl, wenn er in heiliger Mission andere zu Tode nölte. Es gab nichts Besseres als Leute, die ihre Mitmenschen stets belehren mussten und dann kniffen, wenn es wirklich zur Sache ging. Wie zum Beispiel Weltverbesserer, die über alles und jeden ständig jammerten, aber dann nicht wählen gingen oder Courage zeigten, wenn es wirklich hart auf hart kam. So einer war also Mortimer. Frank hatte es immer gewusst.

»Hör auf, den hübschen Typen da drüben anzuschwulen! Der ist nichts für dich! Glotz in die andere Richtung!«, befahl ihm BI.

Frank gehorchte, aber die Aussicht wurde nicht besser.

Denn nun sah er direkt Korben ins Gesicht, der ihn ebenfalls voller Verachtung anstarrte.

Erst als seine deutlich jüngere Gesprächspartnerin ihm warm lächelnd über den Unterarm tätschelte, strahlte der Prediger wieder und wandte sich von Frank ab.

So nett war Korben zu seinen männlichen Gesprächspartnern nicht gewesen. Nur ging er es weitaus subtiler an als BI. Er war stets aufs Klo gegangen, wenn jemand Gleichgeschlechtliches vor ihm Platz genommen hatte.

Aber Frank wusste aus Recherchen, dass Korben Konversionstherapien an seinen Jüngern vollzog. Er verdiente Geld damit, queeren Menschen einzureden, krank zu sein, und heterosexuelle Männer hetzte er als demagogischer Influencer der Freikirche gegen Frauen auf.

Solche Menschen wie er züchteten junge hasserfüllte Burschen wie BI.

Doch das schien die Blondine vor ihm wohl nicht zu wissen oder es schien ihr egal zu sein. Regelrecht verliebt umschwärmte sie den Prediger.

»DU GLOTZT MICH AUS DEN AUGENWINKELN AN, ODER?«, bellte BI.

»Nein«, beteuerte Frank und zählte verbissen Korbens Nasenhaare, die aus seinem langen Schinken hervorragten.

Dieser schien Franks Blick zu spüren. Er deutete auf ihn und sagte etwas zu seiner Gesprächspartnerin. Diese lachte quiekend auf und sah den Autor dann stirnrunzelnd an.

Frank zuckte zusammen, als BI ihm zärtlich über die Wange strich. »Na, gefällt dir das? Davon träumst du doch die ganze Zeit, oder?«

»Äh? Nein?«

Frank verstand gar nichts mehr. Er war doch eigentlich zu Höherem bestimmt. Er war doch auserwählt worden. Warum saß er nun regelrecht am Stuhl festgefroren. Er wollte doch die Welt retten.

Er jaulte erschrocken auf, als BI direkt vor seinem Gesicht laut in die Hände klatschte.

»Oh, bist du jetzt etwa eine abweisende Schwuchtel?!«, höhnte BI.

Frank hörte, wie er sich schnaufend vom Stuhl erhob und um den Tisch lief.

Schließlich sah er einen wohlgeformten Bauch direkt vor seinem Gesicht. BI hatte zudem recht hübsche Hände. Mit der

Linken zog er sich sein Shirt hoch, mit der Rechten spielte er kokett am Flaum seines Mandelnabels herum.

»HEY! Was ist los, Alpennase? Wie kannst du es wagen, mich abzuweisen? Du dreckige Missgeburt! Hey Fotze! Ich rede mit dir!«, knurrte BI. Er ließ die Hüften kreisen. Und sein Sixpack stieß ab und an gegen Franks angeknacksten Riechapparat.

Dieser stieß scharf Luft aus.

»Was stöhnst du so räudig? PERVERSES SCHWEIN! Was glotzt du so auf meinen Bauch, hm? Senke dein Haupt, du Hurensohn!«

Frank sah auf den Boden.

»Das reicht jetzt«, hörte er dann einen anderen Mann knurren. Diese Stimme war allerdings um einiges tiefer.

»Ich mach doch gar nichts!«, protestierte BI und zog sein Shirt wieder herunter.

»Ja, ja. Schon klar«, brummte der andere. »Geh mal raus und kühl dich ab. Na los!«

BI erhob sich wütend und stapfte aus dem Raum. Frank atmete erleichtert auf und wagte es, wieder geradeaus zu sehen. Thormund lächelte ihn nun grimmig an.

»Danke«, sagte Frank tonlos.

Thormunds Lächeln wurde breiter. »Ich musste eingreifen. Ehrlich gesagt habe ich Sie bis jetzt gehasst und verabscheut, aber nun bleibt nichts als Mitleid übrig. Es war einfach zu erbärmlich. Der junge Mann hat Sie so richtig rund gemacht. Jetzt weiß ich endlich, wie Sie wirklich ticken. Ganz hart sein als Tippse, aber in der Realität den Schwanz einziehen. Ich habe Sie als einen eiskalten Hund eingeschätzt, aber Sie sind einfach nur eine kleine Mieze. Ein feuchter Waschlappen. Sie sind wirklich zum Fremdschämen, aber das geht schon in Ordnung. Falls Sie nochmal Hilfe vor so einem kleinen Pickel brauchen, kreischen Sie einfach wie ein kleines Mädchen und ich werde Sie wieder retten. Gern geschehen.«

Im Nu war Franks Dankbarkeit wieder verschwunden. Er beschloss, Thormund als äußerst abstoßenden Antagonisten in seinem neuen Roman einzubauen.

»Verzeihen Sie meine Wortkargheit. Ich bin ergriffen vor Trägheit«, brach Herr Kunz das minutenlange Schweigen. »Ich habe mir wohl zu sehr den Bauch vollgeschlagen. Aber das Buffet war eine recht wohltuende Symphonie für meinen Gaumen gewesen. Wie stet es um Ihr wertes Befinden, meine Teuerste?« Herr Kunz sah die bauchfreie Pia erwartungsvoll an, während er sich mit einem Zahnstocher Rindfleischreste zwischen seinen farbenfrohen Zähnen hervor pulte. Sein Blick wanderte anschließend wie eine schleimige Schnecke an ihrem Körper herunter und blieb an ihrem herausgestülpten Nabel hängen.

»Hä? Was?« Pia sah ihren runzligen Konkurrenten schockiert an. *Wie kommt der überhaupt an meinen Tisch?*, fragte sie sich. *Wieso darf der überhaupt noch hier mitmachen? Vierzig ist ja schon viel zu alt, aber mein Konkurrent sieht aus und benimmt sich wie hundert!*

»Ich bin äußerst von dem poetischen Realismus angetan. Die Epoche mit all seinen Nuancen begeistert mich zutiefst«, erklärte ihr Herr Kunz monoton. »Als ich mich zum ersten Mal der Geschichte des Realismus in der Literatur widmete, verspürte ich schon alsbald einen wohligen Schauer im Rückenmark sondergleichen. Ich halte zudem viel von der damaligen Kommunikation. Die Briefe waren gefüllt mit Poesie und weiteren kostbaren Juwelen der schriftlichen Ausdrucksform. Die Menschen wurden damals nicht überfrachtet mit Bandwurmsätzen oder andersherum verkrüppelten Satzfragmenten und der elektronischen Kommunikation. Die Sprache wurde noch wertgeschätzt und nicht verramscht wie eine miserabel gealterte Hure auf dem Fleischmarkt. Das war eine andere Ebene zu jener Zeit, in die ich mich gerne mit

Ihnen etwas tiefer hinabbegeben würde. Dabei möchte ich auch zugleich eine dezent anrüchige Frage in den Raum werfen.«

»Was?«, fauchte Pia und verdrehte die Augen.

»Sind Sie eine betörende Jungfrau …«

»NEIN!«, erwiderte sie scharf. »Ich bin keine Jungfrau mehr! Und Sie?«

Er lachte nun leise. »Keineswegs, junge Dame«, hauchte er. »Ich wünschte in der Tat, dem wäre so. Die meisten Erfahrungen mit intensivem Körperkontakt entsprachen nämlich nicht meinen Erwartungen. Aber Sie scheinen leicht pikiert zu sein. Ich war noch nicht gänzlich fertig mit meinem Satze, da Sie mir bereits erfolgreich in die Parade gerauscht sind. Ich wiederhol, soweit ich mich an die Frage noch entsinnen kann. Sind Sie eine betörende Jungfrau aus dem Ozeane?«

»Ne.«

»Ihr äußerliches Erscheinungsbild wirkt sehr deplatziert an diesem Ort und wirft allerhand Fragen auf.«

»Was soll die Scheiße?«, blaffte Pia.

»Ich bitte vielmals um Mäßigung. Fühlen Sie sich nicht dazu genötigt, sich in sprachliche Entgleisungen zu begeben. Mein Kompliment war von durchaus positiver Natur. Sie könnten einer Sage entsprungen sein mit Ihrem märchenhaften Antlitz.«

Pia legte neugierig den Kopf schief. »Ach ja? Wieso das denn?«

»Nun ja. Da beißt uns der Konflikt in den Nacken. Sie strahlen eine naive Unschuld aus und Ihr Erscheinungsbild gleicht fast haargenau dem meiner dreihundertjährigen Mutter.«

Pias Fäuste knackten und sie erhob sich bedrohlich. »Sie dreckiger alter Cis …«, begann sie, doch dann wurde sie von Waldemars Geklingel lautstark unterbrochen. Herr Kunz sah seufzend auf seine Rolex. »Genug des Geplänkels. Ich habe eine Verabredung«, murmelte er leise. Aber seine Stimme ging in dem Gebimmel unter.

Frank war wieder einen Stuhl aufgerückt, bevor er überhaupt den Beruf seiner Dame gegenüber erfahren konnte. Die Tische lagen unzureichend voneinander entfernt. Das Gequatsche der anderen lenkte ihn stets ab und er musste immer wieder nachfragen, weil er seine Gesprächspartnerin akustisch nicht verstanden hatte. Kaum hatte er nur etwas in Erfahrung gebracht, da hüpfte der Diktator von Gastgeber mit seiner Klingel herum um anschließend jedem Tischpaar einmal ins Ohr zu bimmeln.

Wenigstens war seine neue Gesprächspartnerin nicht ganz so zugeknöpft wie seine Vorgängerin. Er ärgerte sich über sich selbst, da er wieder einmal nicht zugehört hatte, als sie ihm ihren Namen offenbarte.

Sie strich sich eine dunkle Haarsträhne aus der Stirn. Er mochte ihre hohen Wangenknochen. Er war hin und weg, als sie ihn mit ihren vollen Lippen entwaffnend anlächelte.

Sie redete nicht viel, hörte lieber zu. Erst als Frank schließlich seinen Beruf und seine Werke ansprach, kreischte sie plötzlich auf und lachte wiehernd. Ihr schrilles Gelächter malträtierte Franks Ohren, aber natürlich musste er auch Abstriche machen. Trotzdem fragte er sich, ob er dafür Lisa wirklich verlassen sollte.

Doch ihre nächsten Worte waren wie ein heilendes Balsam für sein wundes Ego, welches immer noch unter der demütigenden Begegnung mit BI litt. »Nein! Echt jetzt! Ich liebe Ihre Bücher! Nein! Sie sind es wirklich?«

»Äh ... ja?«

»Wie geil ist das denn bitte?! Herr Freibrodt sitzt höchstpersönlich vor mir! Wie gesagt, ich liebe Ihre Romane! Sie sind so witzig und einfach. So lesegerecht, dass sie wahrscheinlich jedes Kind verstehen kann. Wie machen Sie das bloß? Mein Kopf kann endlich mal auf Autopilot schalten. Manchmal schlafe ich zwar ein, wenn ich am späten Nachmittag Ihre Bücher lese, aber dann wache ich stets mit einem Lächeln wieder auf. Sie schreiben so unbekümmert. Nicht so melancholisch, intellektuell oder tiefsinnig, sondern leicht und locker. Ist eins Ihrer Bücher eigentlich schon verfilmt worden? Ich brauche mal wieder eine deutsche Kinokomödie!«

Frank verzog das Gesicht. »Na ja. Ich meine das schon alles ernst, was ich da schreibe.«

Wieder kreischte sie vor lachen. »Hahaha! Auch jetzt verlieren Sie nicht Ihren Humor und Ihre Schlagfertigkeit!«

Frank überlegte, ob er Waldemar vielleicht die Klingel aus der Hand reißen sollte, um den nächsten Gang einzuläuten. Er räusperte sich demonstrativ. »Entschuldigung. Wie heißen Sie nochmal?«

Sie nahm ihm leider seinen Fauxpas nicht übel.

»Xenia.«

»Sind Sie berufstätig?«

»Ich bin eine reiche Nichte.«

»Meinen größten Respekt dafür«, höhnte Frank.

»Ich hasse meine Onkel.«

»Ich bin leider zu lustig, um Ihre prekären Familienverhältnisse in einem seriösen Roman zu verwerten.«

»Ich kenne Ihre Bücher nur, weil einer meiner Onkel Sie verlegt. Sie sind also das einzig Lustige an ihm.«

»Wow.« Frank sackte stöhnend zusammen. »Die Welt scheint mittlerweile ein Dorf zu sein. Ist das hier nun ein Speeddating oder eine Familienaufstellung?«

Xenia sah ihn forschend an. »Na ja, ein Zufall ist das jedenfalls nicht. Ich habe die beiden im Flur belauscht und ich glaube, nicht nur meine Onkel haben ein Auge auf Sie geworfen. Wenn es wahr ist, was sie sagen, können Sie mich auf zwei Arten von meinem Hass befreien.«

»Und die wären?«

»Entweder töten Sie meine Onkel, oder Sie begleiten mich zum Pool im Untergeschoss.«

Frank musterte die sportliche Xenia. Warum sollte er sie denn nicht zum Pool begleiten? Doch eine innere Stimme flehte ihn an, es nicht zu tun, auch wenn es weitaus einladender klang, als zwei reiche Männer zu töten, von denen er nur einen persönlich kannte.

»Warum klären Sie das nicht einfach mit Ihren Onkeln?«

»Das kommt noch. Ich will den richtigen Moment abwarten. Sie sollen unerwartet und mit aller Härte getroffen werden.«

»Unerwartet? Hören Sie doch endlich auf mit dieser weirden Nummer! Herr Kunz hätte Sie doch schon längst erkannt!«

»Er versucht sicherlich sein Bestmögliches, mich zu verdrängen. Er ist nicht so kalt wie sein Bruder. Die Schuld setzt ihm zu.«

»JA GENAU!«, rief Frank und seine Stimme triefte vor Ironie. »Er wirkt ja auch so gebrochen und neigt sein Haupt stets voller Demut. Ein absolut warmherziger und bescheidender Mensch! Wollen Sie mich eigentlich verarschen?«

»Ich verstehe, was Sie meinen, aber das ist alles nur Fassade.«

»Sie schwirren hier schließlich einfach so feuchtfröhlich herum und er hat sich bis vor kurzem noch in demselben Raum aufgehalten wie Sie!«

»Wir haben uns lange nicht mehr gesehen und alle fünfzig Jahre kann ich meine Tarnung ändern.«

Frank krächzte vor lachen. »Fünfzig?! Ach ja? Da haben Sie ja wahrlich einen gottesgleichen Meisterchirurgen gefunden oder haben Sie all die Jahre nur puren Joghurt gelöffelt? Und warum erzählen Sie mir das alles einfach so?«

Xenia lächelte warm. »Begleiten Sie mich zum Pool und dann sage ich es Ihnen.«

»Sagen Sie Ihrem werten Onkel lieber, dass ich ihn durchschaut habe. Nur einer kann so gestelzt schreiben. Zimmermann! Von wegen! Für wie blöd hält der mich bitte? Ich wusste von Anfang an, dass er diesen Wurmbrei verzapft hat! Ich bin mir auch nicht sicher, ob ich mich von seinem Verlag noch vertreten fühle. Dieses Liverollenspiel wird mir langsam etwas zu geschmacklos.«

Xenia seufzte. »Na schön. Mein Onkel scheint sich wirklich in Ihnen getäuscht zu haben. Wenn Sie meinen Hunger nicht stoppen können oder wollen, werde ich mir eben einen anderen Snack aufreißen.«

Frank hoffte, sich verhört zu haben. Er fragte sich, was diese schräge Nummer zu bedeuten hatte. Bis jetzt hatte er sich nicht gerade heroisch verhalten und er glaubte zudem nicht an übernatürliche Monster oder blähende Riesenwürmer. Das war doch alles nur ein grotesker Scherz. Aber was wäre, wenn Herr Kunz ihm tatsächlich die Wahrheit offenbart hatte. Das wäre ja nicht auszuhalten. Frank unterdrückte ein Schaudern, so beängstigend und ekelhaft war schon allein die Vorstellung. Dafür gab es bestimmt eine plausible Erklärung und er rang mit dem Gedanken, seine alarmierte Intuition zu ignorieren und im Pool die Wahrheit aus Xenias hübschen Leib zu vögeln.

Doch sie erhob sich bereits galant und schlenderte zu Waldemar. Er sah sie betört an, und protestierte nicht, als sie ihm sanft die Klingel entwandte, um zur nächsten Runde einzuläuten.

Empört über die zwanzigminütige Verspätung entfernte er sich ein paarmal vom Parkplatz, um den Garten rund um das Anwesen zu bestaunen. Dabei erfreute sich Herr Kunz durchaus an den zahlreichen buntblühenden Beeten, welche von Kriegerstatuen aus Marmor bewacht wurden. Er blieb schließlich neugierig an dem Gewächshaus stehen und begutachtete all die diversen Pflanzen, die darin eingesperrt waren. Er starrte verzückt auf die Hanfpflanzen, deren Köpfe sich scheinbar verzweifelt gegen die Glasscheibe pressten, als hegten sie die Hoffnung, aus ihrem gläsernen Gefängnis entkommen zu können.

Auch die erfrischende Windböe, die seine Nase leicht kitzelte, war weitaus wohltuender für ihn als der Geruch nach abgestandenem Singleschweiß im inneren der Villa.

Dennoch überwog der Ärger. Seine sonst so kühle Ruhe war verflogen. Herr Kunz saugte an seiner Zigarillo wie ein Weight Watcher am Strohhalm seiner Diätcola.

Ihm missfiel zu sehr die respektlose Geste seiner schändlichen Nachgeburt, ihn wie einen drittklassigen Bewerber für eine Fastfoodkette einfach auf dem Parkplatz warten zu lassen. Er schlenderte pfeifend dorthin zurück, obwohl er zugleich befürchtete, seine berühmte Contenance zu verlieren, wenn der kleine Hurensohn sich nicht endlich dazu bereit erklärte, sämtliche Differenzen zwischen ihnen beizulegen.

Schließlich gehörte dieser opportunistische Tölpel immer noch zur Familie.

Herr Kunz lief an einem silbernen Mercedes vorbei und betrat die Kiesauffahrt zum Parkplatz.

Er musterte mit gerunzelter Stirn das Unkraut, welches zwischen Kieselsteinen hervorwuchs.

Als er den Anblick des wilden Grünzeugs nicht mehr ertragen konnte, bückte er sich stöhnend und fing an, es herauszuzupfen, redlich bemüht, die Wurzel gleich mit rauszureißen.

Doch dann vernahm er Schritte hinter sich auf dem Kies. Hoffnungsvoll richtete er sich ächzend auf und drehte sich um.

Obwohl er nicht seinen Bruder sah, fiel die Ernüchterung recht milde aus, denn vor ihm standen vier attraktive, bauchfreie Männer.

Oh, welch holde Lustknaben, dachte Herr Kunz und inspizierte ausgiebig die hervorgewölbten Bauchmuskeln. *Was für makellose Kunstwerke. Sie sehen ja noch besser als die Statuen vor den Beeten. Oh, ein Michelangelo hätte sie nicht besser formen können.*

Ihm war natürlich bewusst, dass die jungen Athleten vor ihm Ztonkys waren. Wollte sein Bruder ihn etwa testen oder waren es Kriegsgefangene, die er ihm als Versöhnungsgeschenk zukommen lassen wollte?

Herr Kunz räusperte sich kokett. Doch sein Hals fing wirklich an zu kratzen, als sich zwischen die wohlgeformten Körper ein Bauch mit ledriger Haut ins Bild drängte.

Der Verleger rümpfte die Nase und starrte auf die Hautlappen, die kraftlos am Unterbauch des Lachsmannes schlabberten.

»Hallo«, begrüßte ihn dieser freundlich.

»Guten Tag«, grüßte Herr Kunz förmlich zurück.

Das Lächeln vom Lachsmann erlosch schlagartig. »Auch wenn es Ihnen sicher missfallen wird, aber Sie müssen leider mit mir vorliebnehmen. Ihr Bruder ist verhindert.«

»Was haben Sie mit ihm angestellt?«

»Nun ja. Wir haben jeweils einen Sex on the Beach getrunken und anschließend einen Deal gemacht. Es ist ihm alles zu bunt geworden. Im wahrsten Sinne des Wortes. Deswegen will er die Welt mit uns zusammen neu gestalten.«

»Zu welchem Preis?«, fragte Herr Kunz, obwohl er die Antwort bereits ahnte.

»Sie sind der Preis.«

»Obwohl Sie eindeutig der Antagonist sind, werde ich es sagen. Wir sind doch beide eigentlich gar nicht so verschieden.«

»Oh doch«, knurrte Wolfgang. »Sind wir. Und Sie sind der Antagonist.«

»Wir haben denselben Vater. Nun ja. Nehmen Sie es mir nicht übel, aber Sie sind wohl eher ein verwurmter Mensch. Während ich ein wahrer Sohn Ztonks bin.«

»Ja, aber er liebt mich trotzdem mehr als Sie.«

»Ich gehöre zu den Ältesten meiner Art und Sie sind ein neumodischer Scherz meines Vaters.«

»Ein trauriger Scherz ist, dass Meerjungfrauen solch hässliche Kinder werfen können.«

»Sie unverschämter Pflegel. Wollen Sie mich wirklich herausfordern?«

Der Lachsmann lächelte. »Nein. Ich bin zu alt für diese Kriegsspielchen. Dafür habe ich ja meine jungen Hüpfer. Die haben eh nichts Besseres zu tun.«

Er nickte seinen vier Handlangern zu, bevor er sich pfeifend entfernte.

Herr Kunz zog eine Augenbraue hoch, als der erste von ihnen linkisch auf seinen Bauch klopfte, ohne das eine Reaktion erfolgte.

»Nun ja. Ich will Ihnen ja nicht zu nahe treten, aber Ihre Ausbildung weist jetzt schon erhebliche Mängel auf.«

Statt zu antworten, tänzelten die vier akrobatisch um den Verleger herum.

Dieser verfolgte zunächst fasziniert ihre musicalähnliche Performance, bevor er aufseufzte.

»Ach, meine Marzipankrieger. Ihr seid doch viel zu hübsch für sowas. Wir müssen uns doch nicht gegenseitig wehtun.«

Einem anderen gelang es, seinen Wurm aus dem Bauchnabel abzufeuern.

Die flache Hand des Verlegers knallte gegen den augenlosen Kopf.

Der junge Krieger schrie schrill auf, als der Wurm wuchtig zurück in seinen Bauch schnellte.

Doch schon schoss ein anderer Ztonky hervor. Der Verleger parierte ihn schnell mit einem Handkantenschlag.

Er sah in den Himmel. Die Wolken zogen sich zusammen. Dann sah er wieder nach vorne, als ein weiterer Wurm auf ihn zuraste.

13. Der Fleck

»Du ... äh ... ich habe über uns nachgedacht. Und ich könnte mir ...«, begann Fabienne, als sie Pia am Tisch gegenübersaß. Doch dann verebbten ihre Worte, als sie sah wie sich Pias Stirn wie Gewitterwolken zusammenzog.

»Ähm ... stimmt was nicht?«, fragte sie nach einer Weile, als Pia, statt auf ihr Gespräch zu reagieren, lieber mit dem Löffel auf der Kruste ihrer Crème brulée herumstocherte.

Erst als Fabienne sich räusperte, hob sie mit einem theatralischen Seufzer ihren Kopf und starrte sie mit weit heruntergezogenen Mundwinkeln an.

»Ja, ich habe dich schon verstanden. Du denkst nach. Wie schön. Wie informativ und wichtig. Aber warum überhaupt dieses Kopfzerbrechen? Weißt du, ich handle lieber und laber nicht nur herum. Ich musste bei uns bisher immer die Initiative ergreifen, weil du lieber nachdenken willst. Ich bin es so leid. Nie meldest du dich mal bei mir. Nie!«

Fabienne verschluckte sich fast an ihrem Speichel. »Aber ... aber ich habe dich doch gestern angerufen.«

»Ach ja?«

»Ja. Du hast mich weggedrückt.«

»Ach so ist das? Da begibt sich die holde Prinzessin einmal dazu herab, und zeigt ein klein wenig Initiative und das Mädchen für alles soll natürlich unverzüglich auf Abruf bereitstehen, oder wie stellst du dir das vor?«

Fabienne hob unbeholfen ihre fleischigen Hände. »Das erwarte ich doch gar nicht. Ich wollte doch nur sagen, dass ich versucht habe, mich bei dir zu melden.«

»Das reicht aber nicht!«, rief Pia und ihre Stimme stimmte zu einem bedrohlichen Singsang an. »Ich bin kein billiges Plagiat Produkt aus dem Kühlregal. Ich will, dass du um mich kämpfst, als wäre ich der Hauptgewinn und nicht die Bronzemedaille. Aber stattdessen tust du alles Erdenkliche, um mich kleinzuhalten, wie es schon all die Cis-Männer jahrelang mit mir getan haben. Du stellst meinen Wert in Frage.«

Fabienne blinzelte, als hätte sie gerade eine Ohrfeige erhalten. »Was kann ich tun, um das wieder gutzumachen?«, fragte sie beschämt.

»Ach du!«, zwitscherte Pia mit gekünstelter Fröhlichkeit. »Mach dir bitte keine Umstände mehr. Du hattest die einmalige Gelegenheit, einen Ferrari zu fahren, hast es aber vermasselt, den Schlüssel im Zündschloss zu versenken. Und narzisstische Menschen törnen mich ehrlich gesagt auch nicht wirklich an. Also Tschüsschen.«

Fabienne dachte, sie hätte sich verhört.

»Du hältst mich für narzisstisch?«

»Ja, was denn sonst? Außerdem hast du es doch selbst zugegeben. Neulich beim Griechen. Erinnerst du dich etwa rein zufällig nicht mehr?«

Fabienne beugte sich weit vor, sodass ihr Nacken bereits schmerzte. Ihre Köpfe waren nur noch wenige Zentimeter voneinander entfernt.

»Du hast mich falsch verstanden«, sagte sie nachdrücklich. »Ich habe dir von meinem Autismus erzählt.«

»Na und? Ist das nicht dasselbe in noch gruseliger? Die machen auch immer nur, was sie wollen und motten sich in ihrer miefenden Bude ein, weil sie sich für so toll halten, und auf ihre Mitmenschen herabsehen.«

»Nein! Das verstehst du falsch! Ich …«

Pia lachte quiekend auf. »Ich! Ich! Ich! Hörst du dir eigentlich selbst zu? Und hör endlich damit auf, mich hier als dumm darzustellen, du Superintellektuelle, du!«

»Will ich doch gar nicht!«, rief Fabienne flehentlich. »Und ich bin gerne mit dir zusammen! Aber ich reagiere manchmal sehr stark auf Reizüberflutungen! Meine Wahrnehmung verändert sich dann oftmals und ich bekomme dann manchmal diese Halluzinationen oder Zwangsneurosen und weiß oft auch nicht mehr richtig, wie ich mit meinen Mitmenschen interagieren soll. Ich habe das Gefühl, ich springe einbeinig von einem Fettnäpfchen ins nächste. Ich kontrolliere mich also ständig. Das ist sehr anstrengend und ich glaube auch, ich würde allen um mich herum die Stimmung vermiesen. Äh? Hörst du mir überhaupt zu?«, fragte Fabienne entgeistert, als sie Pia dabei beobachtete, wie diese ihren Dessertteller neben ihr Gesicht hielt, um ihn und sich mit ihrem Smartphone abzulichten.

»Nö«, erwiderte ihre ehemalige Freundin mit einem breiten Grinsen, während sie ihren Schnappschuss in den sozialen Medien teilte.

»Aber ich nehme es mir nun, nach all den verletzenden Momenten mit dir, heraus, Gleiches mit gleichem zu vergelten. Du hattest trotz deines toxischen Verhaltens die einmalige Chance, in meinem Leben eine bedeutende Rolle zu spielen. Nun wirst du von mir zur Komparsin degradiert, da du es gewagt hast, dich wie ein Parasit in meinem Herzen einzunisten, um es anschließend in tausend Stücke zu sprengen! Ich brauche keine schlechten Menschen in meinem Leben, die mich herunterziehen! Solche hatte ich zur Genüge! Ob Autistin oder Narzisstin, das ist mir vollkommen wurscht, du Psycho! Würdest du dich jetzt bitte endlich von meinem Tisch verpissen?«

Fabienne hatte auch nicht vor zu bleiben. Sie hatte genug gehört. Sie konnte natürlich auch nicht jeden Menschen verstehen. Aber sie gab auch nicht vor, es zu tun. Immer wurde sie gleich verurteilt und ihre eigenen Probleme bagatellisiert. Sie musste erst zum Problem werden. Erst wenn sie durchdrehte, gegen den Strom schwamm oder nicht mehr funktionierte, wurde sie ernstgenommen. Sie erhob sich mit zitternden Beinen und schniefend wankte sie zum Buffet. Obwohl sie gar keinen Hunger hatte, schaufelte sie einfach mit ihrer Hand in der Tiramisuschale herum und schmierte sich gierig ein paar Portionen in den Mund. Sie brauchte einfach eine Beschäftigung für ihre vor Wut und Trauer verkrampften Hände. Fabienne ignorierte das entrüstete Hüsteln und Getuschel hinter sich. Es motivierte sie sogar eher, einfach mal mit sämtlichen Konventionen zu brechen. Als Nächstes ergriff sie sich mit ihrer klebrigen Hand ein großzügig geschnittenes Stück von dem Kassler und stopfte es hinterher, obwohl sie die süße Nachspeise noch gar nicht richtig heruntergeschluckt hatte.

»Ey, nimm deine Wurstfinger da raus, du fette Kuh!«, hörte sie eine laute und altbekannte Männerstimme hinter sich. Dadurch ignorierte sie das Geschmackschaos in ihrem Mund. Sie unterbrach ihren Beutezug und drehte sich zu dem vor Zorn geröteten BI um. »Bist du dumm, oder was? Benimm dich nicht wie ein Schweinchen! Was stimmt denn nicht mit dir? Sei nicht so respektlos! Du blamierst mich! Was machst du hier eigentlich? Was spielst du für ein Spiel?«, bellte dieser.

Nun kam frische Energie in Fabiennes niedergeschlagenes Gemüt.

Warum musste sie sich eigentlich für jede noch so unbedeutende Entscheidung in ihrem Leben rechtfertigen?

Warum zeigten andauernd alle erhaben mit dem Finger auf sie, anstatt ihr eigenes Verhalten zu reflektieren.

Sie funkelte ihn hasserfüllt an. Doch das bot ihm nur weiteren Treibstoff.

»WAS? WAS? HÄ? WAS GLOTZT DU SO BLÖD MIT DEINEN HÄSSLICHEN KUHAUGEN? WAS? PSYCHO! WAS?«, knurrte BI, der sich ebenfalls vor Wut schon fast selbst zu entzünden schien.

»Lass es, BI! Lass mich endlich in Ruhe, du stinkendes Schwein!«, brüllte Fabienne zurück und zappelte dabei wild mit ihren Händen. »Wir sind doch gar nicht mehr zusammen, oder willst du mich etwa wieder schlagen, hä? Stellst du dir so etwa eine Beziehung vor, du Loser? Warum läufst du mir ständig hinterher? Du kannst mich doch nicht einmal ausstehen! Ich mag dich übrigens auch nicht. Ehrlich gesagt, hasse ich dich mehr als Scheiße und wünsche mir von ganzem Herzen, du wärst einfach tot! Du und dein erbärmliches Ego haben mich fast zerstört!«

Alle Menschen im Raum verfolgten still und gebannt das Schauspiel am Buffet. Bis auf Pia, die ab und an begeistert quietschend in die Hände geklatscht hatte, brachte keiner aus Verlegenheit einen Ton heraus.

»Die ist ja doch gar nicht mal so langweilig. Jetzt bin ich wieder verliebt«, murmelte die Verlegerin mit leuchtenden Augen.

BI hielt schnaufend inne. Sein rechtes Augenlid blinzelte ein paarmal hektisch hintereinander, als würde er seiner Ex-Freundin geheime Morsezeichen mitteilen wollen. Er schüttelte einen seiner Füße aus, als würde dieser krampfen.

Doch dann kam er sichtlich zur Ruhe und lächelte.

»Du bist so blöde wie ein Dackel, aber das hast du richtig erkannt. Und meine Faust wird dir jetzt den Rest geben. Ja, ich mach dich kaputt! BOOM! BOOM!«

Die weiteren Anwesenden beobachteten immer noch die Szene voller Neugier. Nur zwei Männer erhoben sich sicherheitshalber und wollten eingreifen, oder es sollte danach aussehen. Denn sie ließen sich reichlich Zeit dabei. Die athletische Statur von BI und sein unberechenbares Auftreten schien ihnen sichtlich Furcht einzuflößen.

Er raste mit verbissenem Gesichtsausdruck auf Fabienne zu. Dabei schnaufte er tief durch die Nase ein, als würde er wieder eine Line Koks aus ihrem tiefen Bauchnabel schniefen. Was er früher des Öfteren bei ihr getan hatte, bevor sie den besten Sex ihres Lebens gehabt hatte.

Doch die restliche Scheiße ihrer damaligen Beziehung schwappte mal wieder in Faustform auf ihr Gesicht zu.

BI hatte nichts dazu gelernt, obwohl Fabienne sich schon viel zu oft mit ihren außergewöhnlich schnellen Reflexen vor ihm retten musste.

Sie wich im letzten Moment aus. BI knallte durch den Schwung gegen den Buffettisch und riss ihn mit sich zu Boden.

Er blieb stöhnend mit seinem hübschen Milchgesicht voran in der roten Grütze liegen.

Bevor er wieder auf die Füße kommen konnte, trat Fabienne ihm von hinten mit einem gehörigen Anlauf in die Weichteile.

Sein Keuchen und Gewimmer wurde von ihrem triumphierenden Kampfgeschrei übertönt, als sie noch dreimal gegen dieselbe empfindsame Stelle trat.

Die anderen Gäste verzogen vor Mitgefühl im Takt das Gesicht, bis auf Pia die vergnügt aufquiekte. »JA! TSCHAKKA!«

Doch dann ließ Fabienne von ihrem am Boden kauernden Ex-Freund ab und verließ mit einem lauten Seufzer die Szenerie durch die Terrassentür.

Pia erhob sich zu einer Standingovation.

Doch ihr tosender Beifall ebbte ab, als sie mit einem Stirnrunzeln zur Kenntnis nahm, dass Mortimer sich ebenfalls mit grimmigernstem Gesichtsausdruck erhob und Fabienne nach draußen folgte.

Dabei brabbelte er etwas in einem monotonen Rhythmus vor sich hin. Doch Pia konnte nicht verstehen, was er da überhaupt von sich gab.

SM sah Fabienne niedergeschlagen hinterher. Gerade wollte er sich schon für sie prügeln. Er hatte zu lange gezaudert, denn BI war ein starker Gegner, das wusste er ja aus eigener Erfahrung. Doch sie schien seine Hilfe auch gar nicht zu benötigen.

Er wollte ihr hinterhereilen. Ihr eine Eiterkrone auf der Stirn ausdrücken, aber nun hatte er ihre Kampffähigkeiten gesehen, also ließ er es lieber bleiben. Ihre Ausstrahlung war ihm nun auch viel zu selbstbewusst. Er konnte in ihr keine pubertäre Verunsicherung mehr ausmachen.

Nun brauchte er also ein neues Opfer. Aber selbst hier konnte er schwer eins ausfindig machen. Der ältere Herr in der vorherigen Runde war zwar mit seinem langen Schinken nicht gerade eine Augenweide gewesen, aber leider konnte SM keinerlei Mitesser auf seiner ledrigen Haut entdecken. Er war sowieso recht schnell von dannen gezogen, weil er offenbar keinem Mann gegenübersitzen wollte.

Auch diese Runde schien zunächst nicht vielversprechend zu sein.

Die Frau vor ihm schaute zumindest recht traurig drein. Doch ihre Haut war schon wieder so ekelhaft glatt und ebenmäßig. Außerdem schien sie nicht ganz dicht zu sein.

Sie hieß Xenia und redete ständig von Vendetta und dass sie ihre eigenen Onkel umbringen wollte. Was solls. SM wollte sich sowieso von Fabienne ablenken.

»Wieso schaff ich es einfach nicht? Ich kann mich nicht dazu aufraffen. Ich fühl nur Leere in mir. Wieso trau ich mich nicht?«

»Na ja. Sie sind immerhin zu zweit«, gab SM zu bedenken.

»Stimmt.«

»Und es sind ja auch sehr viele Leute hier«, brummelte SM und nahm einen Schluck aus seinem Wasserglas.

»Na und?«

»Willst du wirklich für die Kerle ins Gefängnis gehen?«

»Wenn es sein muss. Aber wer will mich denn festnehmen? Du weißt ja gar nicht, wie ich bin, wenn ich erst mal in Fahrt komme.«

SM schluckte. Das waren mutige Worte. Irgendwie sympathisch. Schade, dass sie nicht sein Typ war.

»Du wirst dann doch auch nicht glücklich, wenn du sie getötet hast.«

»Und was macht mich dann glücklich?«

»Vielleicht Liebe?«

Sie musterte ihn eindringlich. »Du bist sehr nett. Du bist ein schöner Mann«, überlegte sie dann.

SM vergrub stöhnend sein Gesicht in den Händen. Warum hatte er nicht einfach seinen Mund gehalten?

»Was?«, fragte sie irritiert. »Kannst du etwa keine Komplimente vertragen?«

Er seufzte erneut und strich sich über seine vollen Lippen.

»Was denn? Hab ich jetzt was Falsches gesagt, oder was?«

Lieber schnell den Gnadenschuss setzen, beschloss er dann.

»Du bist nicht mein Typ«, sagte er.

Wie vor kurzem bei BI blinzelte Xenias rechtes Augenlid nun Morsesignale.

»Liegt es an meiner Ponyfrisur?«

»Nein.«

»An meinen natürlichen Titten?«

»NEIN! Du ...«

»Was?«, fuhr Xenia ihn an.

»Du bist mir zu schön.«

»Verarsch mich doch nicht!«

»Deine Haut ist mir viel zu glatt. Ist mir zu unnatürlich.«

»Was redest du bloß für einen Scheiß!«, rief Xenia entrüstet. »Erst faselst du was von Liebe und dann kommst du mir so.«

SM leerte sein Wasserglas zur Hälfte. »Ich weiß. Tut mir leid. Ich stehe nun mal auf Hautunreinheiten«, presste er dann unter zusammengebissenen Zähnen hervor. Er sah sich hektisch nach seinen Worten um, um sich zu vergewissern, dass ihre Tischnachbarn nichts mitbekommen hatten. Zugleich fühlte er sich erleichtert.

»Wirklich?«

SM richtete demonstrativ seinen Oberkörper auf. »Ja! Und es ist mir vollkommen egal, was du jetzt von mir hältst. Ich stehe dazu.«

»Gib mir dein Wasserglas.«

»Nein! Ich mag es nicht, wenn jemand aus meinem Glas trinkt.«

»Aber du stehst auf Hautunreinheiten?«

»JA!«

»Gib schon her!«, blaffte Xenia und nahm es einfach.

»Was soll denn der Scheiß?«, fuhr SM sie an, als sie das Wasser auf ihren Handrücken schüttete.

»Das bezahlst du mir!«, echauffierte sich SM, doch dann fiel ihm wieder ein, dass die Getränke ja kostenlos waren.

Ihre Hand verformte sich leicht. Sie wurde klobiger. Die Haut gerann wie Soße. Wurde rissiger. Ein tiefes schwarzes Loch formte sich in der Haut zwischen Daumen und Zeigefinger. Dafür wuchsen an anderen Stellen pilzartige Geschwüre. Die Pilzhüte hatten einen eitriggelben Farbton. Selbst für SM wäre das sogar zu viel gewesen, doch sie verströmten eine fruchtig süße Duftnote.

Er war sofort betört, als ihm der Geruch in die Nase stieg.

»Und? Gefall ich dir jetzt?«

»Ja«, hauchte er.

»Unten gibt es einen Pool so groß wie ein Hallenbad. Wollen wir da Liebe machen?«

»Ja«, stöhnte SM.

Xenia erhob sich mit einem zufriedenen Lächeln. »Na dann komm mal mit, mein süßer Snack.«

Frank war immer noch hin und weg von Fabiennes temperamentvollem Abgang. Dabei war sie so eine zähe Gesprächspartnerin gewesen, aber nun hatte sie diesem homophoben Wichser seine Grenzen aufgezeigt. Frank bewunderte zwar ihr unkonventionelles Auftreten, jedoch entsprach sie vom äußeren Erscheinungsbild her keinesfalls seinem Typ und er vermutete zudem, dass sie nicht gerade im Geld schwamm. Sie kam für ihn als Partnerin nach wie vor absolut nicht in Frage, aber ihr kompromissloses Verhalten inspirierte ihn. Also Augen zu und durch. Frank war zu allem bereit. Warum nicht auch mal seine Komfortzone verlassen?

Was spielte das Geschlecht schon für eine Rolle, wenn ihn sein Gegenüber materiell versorgen konnte und womöglich sogar hinter seinen Projekten stand. Lisa mimte ständig die Opposition. Er wagte es schon gar nicht mehr, ihr eine neue Idee überhaupt vorzustellen.

Meistens sah sie ihn nach ein paar Sätzen schon so entsetzt an, als würde sie gerade nachts im Wernerwald einem entflohenen Frauenmörder gegenüberstehen.

Nun saß ihm ein untersetzter Mann mit schütterem Haar und Nickelbrille gegenüber.

Trotz seiner immensen Masse schien er eine starke Körperspannung vorzuweisen. Kerzengerade, als hätte er einen mannsgroßen Dönerspieß absorbiert, saß er Frank gegenüber.

Franks dröhnenden Kopf hingegen schien nicht einmal mehr die Schwerkraft tragen zu wollen. Er hatte zudem wieder nicht zugehört, als sich der Mann ihm vorgestellt hatte.

Frustriert und müde stützte er sein Kinn mit der Faust ab und verdrehte seine Pupillen gefühlt gen Horizont, um seinem neuen Gesprächspartner in die Augen sehen zu können.

»Geht es Ihnen nicht gut?«, erkundigte sich der Typ und sein Subtext triefte regelrecht vor Desinteresse.

Dennoch versuchte Frank es mit der Mitleidsmasche. Bei vielen Frauen hatte das ja schon gefruchtet. »Ja. Deswegen bin ich auch hier.«

Der Mann neigte sein majestätisches Kinn etwas hinab. »Ich sehe mich nicht als Ihr Therapeut.«

»Habe ich auch nicht behauptet. Warum sind Sie denn hier?«

»Ich suche ein amouröses Abenteuer, aber meine Erwartungen liegen bislang bei null.«

»Bin ich denn wirklich so hässlich?«, wimmerte Frank, obwohl er seinen Gesprächspartner bis auf seine Körperspannung auch nicht attraktiv fand. Er strich sich unbewusst über seine schiefe Nase.

Der Mann beobachtete ihn dabei mit einem dünnen Lächeln. »Machen Sie sich bitte keinen Kopf. Das ist grundsätzlich bei mir so. Ich steige lieber aus dem Fenster im Erdgeschoss, als aus dem sechsten Stock zu springen.«

»Da bin ich ja erleichtert«, entgegnete Frank, um nach einer kurzen Gedankenpause gekränkt hinzuzufügen: »Wie schön, dass ich für Sie im Erdgeschoss wohne.«

Der Mann kniff seine kleinen Schweinsäuglein zusammen und musterte Frank aufmerksam. »Nun ja. Sie erwecken auf mich ohnehin den Eindruck eines Tiefstaplers.«

Frank hob überrascht seinen bleischweren Kopf etwas an. Bisher war ihm meistens das Gegenteil vorgeworfen worden.

»Wie meinen Sie das?«

»Ich erkenne mich in Ihnen etwas wieder. Ich bin zum Beispiel so einer. Ich habe mal eine Filiale einer Drogeriekette geleitet. Die Rezensionen waren miserabel. Stets gestresstes Personal und wartende Kundenschlangen waren die Hauptgründe für die Beschwerden. Man konnte auf dem ersten Blick mit Fug und Recht behaupten, dass ich meinen Laden nicht im Griff hatte.«

»Allerdings!«, konnte sich Frank nicht verkneifen.

»Falsch! Meine Filiale lag zentral genug, um durchgängig von Kunden geflutet zu werden. Wir konnten unsere Kunden belehren, beschimpfen, zu wenig Wechselgeld rausgeben und uns generell benehmen, wie wir lustig sind. Uns liefen die Leute nie weg. Leider haben meine Vorgesetzten das zunächst nicht verstanden.«

»Wie schade für Sie.«

»Ich habe meine Angestellten nie gequält, geschweige denn, durch den Laden gehetzt. Ich sah es nicht ein, Druck aufzubauen.«

»Das hört sich doch nett an.«

Der Mann lächelte milde. »Ich habe das nicht aus Nettigkeit getan. Je länger die Kundschaft vor der Kasse anstand und die Warteschlange durch den Laden führte, desto mehr blieben sie auch neben all den Quengeleien an Regalen stehen und warfen aus purer Langeweile weitere Waren in den Einkaufswagen. Also. Ich lege es nicht darauf an, einen guten Ruf zu haben und wenn ich mir Sie so recht ansehe, schätze ich Sie ähnlich ein.«

»Das klingt ja alles recht smart, was Sie mir da erzählen. WOW! Also wirklich! Respekt! Wie ausgeklügelt Sie doch sind«, versuchte Frank mit belegter Stimme zu schmeicheln. »Darauf muss man erst einmal kommen. Absolut genial. Sie sind gut!«

Der Mann räusperte sich. »Was ist denn daran gut? Ich habe meine Kunden beschissen und meine Angestellten einem äußerst unangenehmen Shitstorm ausgesetzt. Das ist moralisch absolut inakzeptabel! Deswegen habe ich auch gekündigt und sämtliche Privilegien aufgegeben. Eine Zeitlang konnte ich nicht einmal mehr mein Spiegelbild sehen, ohne aufzustoßen. Wie können Sie bloß so etwas gutheißen?«

Frank wischte sich mit dem Ärmel über den Mund.

»Äh ... das meinte ich nicht so. Ich wollte das nicht so verherrlichen. Ich fand es nur auf eine perfide Art und Weise sehr schlau. Aber moralisch gesehen sind Ihre Geschäftspraktiken natürlich äußerst fragwürdig, wenn nicht sogar skrupellos.«

Nun schoss der kerzengerade Oberkörper des Mannes nach vorne, ohne jedoch seine aufrechte Haltung einzubüßen.

»WIE BITTE?! Wollen Sie mich jetzt etwa belehren? Mir Schuldgefühle einreden? Sind Sie etwa einer von diesen kommunistischen Hippies, oder was? Ich dachte, die wären schon längst ausgestorben! Habe ich denn nicht schon genug gelitten? Reicht es denn nicht irgendwann auch mal? Soll ich mich jetzt etwa noch vor Ihnen erschießen und wollen Sie dann anschließend noch auf mein Grab pissen? Sind Sie dann endlich zufrieden, hä? So einer sind Sie also! Sie sind wohl nur deswegen hier, damit andere sich schlecht fühlen. Na besten Dank auch, Mr. Perfekt! Ich rede jetzt nicht mehr mit Ihnen, bis wir weiterrücken!«

Frank studierte beschämt die rote herzförmige Serviette auf der Tischplatte, bis Waldemar sie schließlich mit seiner Klingel erlöste.

Frank rückte auf und blickte erneut auf die Tischdekoration, nachdem sein Blick kurz die vor zornfunkelnden Augen seiner Ex-Freundin gestreift hatte.

»Wie geht es dir denn, Frank?«, dröhnte ihre helle Stimme in seinem Kopf und ihre Frage klang rhetorisch, wenn nicht sogar wie ein Vorwurf, als wäre es ihm in seinem Leben noch nie schlecht ergangen.

Bevor er antworten konnte, stellte sie bereits die nächste Frage.

»Weiß deine Frau eigentlich, dass du hier bist?«

Frank schüttelte den Kopf. »Mach dir keine Sorgen. Wir leben mittlerweile polygam, auch wenn das nie abgesprochen war. Lisa sucht sich ebenfalls ihre Liebschaften außerhalb der Ehe. Aber es ist wirklich süß von dir, dass gerade du dir Gedanken um unsere Beziehung machst«, sagte er und lächelte säuerlich.

»Ach Frank. Du redest dir doch alles schön, nicht wahr?«

»Keineswegs. Ich bin sicher einen ganzen Pilgerpfad von einem Heiligen entfernt, aber ich zeige auch nicht mit dem Finger auf andere, so wie du! Oder was sagt Mortimer dazu, dass du hier bist, hm?«, presste Frank wütend zwischen den Zähnen hervor.

Pia lachte nur süßlich. »Ach der! Der weiß mittlerweile ganz genau, dass unsere Beziehung verwelkt ist. Ich habe da schon längst mein Häkchen gesetzt. Ein weiterer toxischer Mann, der es nicht verdient hat, es sich in meinem Herzen bequem zu machen. Aber das scheint wohl auf Gegenseitigkeit zu beruhen. Du hast ihn hier ja schon angetroffen.«

Frank unterdrückte sein Lachen bewusst nicht. »Vielleicht ist er ja auch hier, um unsere werten Singles zu sensibilisieren?«

Pia zuckte mit ihren knochigen Schultern. »Ja. Auch gut möglich. Einige hätten das bestimmt nötig. Aber fühl dich bloß nicht angesprochen!«

»Du redest mit mir immer, als wäre ich das größte Stück Dreck der Menschheitsgeschichte. Auch wenn dich allein die Vorstellung daran schon überfordern wird, aber es gibt auch Menschen, die mich durchaus schätzen.«

Pia zog die Stirn zusammen. »Ach wirklich?«, fragte sie und ihr Erstaunen schien nicht einmal gespielt zu sein.

»Ja. Ein Zimmermann hält ganz große Stücke auf mich. Er denkt, ich wäre der Auserwählte.«

Pia kreischte auf vor Lachen und stellte in Franks Ohren sämtliche Kreissägen in den Schatten. »Was? DU? Für was überhaupt?«

»Hör auf, so dämlich zu lachen! Das ist ja unerträglich.«

»Mir doch egal. Also. Für was bitteschön sollst du der Auserwählte sein, hä?«

»Von deiner Mama«, knurrte Frank.

»Never ever! Niemand wählt dich!«

»Na ja. Ein paar Jährchen kamst du ja immer wieder zu mir angekrochen«, erwiderte Frank und lächelte dünn.

»Aus purem Mitleid! Ich habe nun mal von Natur aus Mutterinstinkte.«

»Du bist ekelhaft.«

»Selber! Für was bist du der Auserwählte? Kannst du mir das bitte jetzt mal ernsthaft beantworten?«

Frank rollte mit den Augen, denn es klang nach wie vor absurd. »Wie gesagt, laut einem Zimmermann könnte ich angeblich die Welt vor ein paar abscheulichen Ungeheuern und Würmern retten. Klingt schon ziemlich verrückt. Wahrscheinlich ist der Typ nicht mehr ganz klar in der Birne, aber dennoch schmeichelt es mir, dass er ausgerechnet mich darin sieht.«

Pia beugte sich neugierig vor und präsentierte Frank einen detaillierten Ausblick in ihr Dekolleté.

»Wie kommt der Typ zu der Annahme?«

»Nun ja. Er scheint mich auf jeden Fall gut zu kennen.«

Pia lachte wieder schrill und verdrehte die Augen. »Ja, ja. Schon klar.«

»Natürlich tut er das. Er wusste von einem Muttermal. Mir ist es auch erst vor kurzem aufgefallen. Scheint neu zu sein.«

Pia beugte sich weiter vor und öffnete neue Aussichten auf ihr Tal zwischen den beiden Bergen.

»Wo?«

»An meinem Nacken. Unter meinem Hemdkragen. Mir ist das ein bisschen unangenehm. Muss mich erst noch dran gewöhnen.«

»Dann krempel deinen Kragen runter.«

»Hä? Moment mal. Du warst doch auch im Flur dabei gewesen, als ich noch ein T-Shirt anhatte und mich dieser stinkende Mann darauf angesprochen hat.«

»Weiß ich nicht mehr«, erwiderte Pia schnell und für Frank klang es so, als würde sie lügen.

Aber warum sollte sie das tun?

»Ja, kann sein«, brummte sie dann. »Aber der Flur war nicht gerade hell gewesen. Zeig es mir doch einfach.«

»Nö.«

»Ich will es sehen!«

»Doch nicht hier vor all den Leuten«, protestierte Frank.

Pia stand schwungvoll auf, sodass der Klappstuhl sich fast nach hinten überschlug, umrundete den Tisch zu Frank, packte dann seinen Hemdkragen und zerrte daran.

»Aua! Du tust mir weh«, jammerte er.

»Stell dich nicht so an.«

»Du scheinst ja doch noch auf mich zu stehen«, stellte Frank fest und kicherte. »Die Leute starren uns schon alle an. Ist dir das wirklich egal?«

Pia quiekte zufrieden auf, nachdem sie das Mal unter seinem Kragen ausfindig gemacht hatte.

Sie starrte noch einen kurzen Augenblick auf den rotlilafarbigen Stiefel, bevor sie wieder Platz nahm.

»Das ist kein Muttermal, Frank«, meinte sie zu wissen.

»Bist du jetzt auf einmal Hautärztin, oder was?«

Pia beugte sich wieder vor und sprach nun mit gedämpfter Stimme, was Frank als überflüssig empfand, denn seitdem sie sich wieder hingesetzt hatte, war die Aufmerksamkeitsspanne der anwesenden Gäste bereits ausgereizt gewesen.

»Ich habe auch so ein Mal zwischen den Schenkeln. Recht gut versteckt. Es werden sicher noch ein paar mehr dazukommen, obwohl ich schon seit einigen Jahren Medikamente nehme.«

Frank beschlich eine böse Vorahnung.

»Wie geht es dir sonst so, Frank? Wie steht es um dein Immunsystem? Bist du öfter mal erkältet, oder so?«

»Ja, schon öfter mal. Aber momentan folgt ja auch eine Grippewelle nach der nächsten.«

»Du redest dir schon wieder alles schön. Daran liegt es nicht.«

»Woran denn dann Herrgott nochmal?«, fragte Frank energisch, obwohl er sich gar nicht sicher war, ob ihre Antwort wirklich ertragen konnte.

Pias volle Lippen näherten sich, bis sie nur noch ein paar wenige Zentimeter von Franks Gesicht entfernt waren. Ihre haselnussbraunen Augen strahlten regelrecht vor Genuss und Genugtuung. Ihr sonst so hübsches Gesicht zog hässliche Grimassen, als sie überdeutlich artikulierte:

»Das Mal an deinem Hals ist ein Aidsfleck.«

Frank lachte verunsichert und Pia wich irritiert zurück.

»Was lachst du so blöd. Das ist nicht lustig, Frank!«

Frank freute sich eigentlich über Sonnenschein. Nun knallte ihm jedoch die Sonne brutal ins Gesicht. Alles schien von außen auf einmal unerträglich grell zu sein, während es in seinem Inneren düster wurde.

Er hatte zwar schon mit einer ernüchternden Erklärung gerechnet. Aber nicht damit.

Die Konsequenzen wollte er schon gar nicht erahnen.

Das Liebesleben mit Lisa war zwar alles andere als intakt, aber geschlafen hatten sie schon ab und zu noch miteinander, auch wenn der Sex mittlerweile einem kriegerischen Akt glich.

Dann wäre da noch Svenja. Seine fast noch jugendliche Affäre. Mensch! Das junge Ding hatte doch noch ihr ganzes Leben vor sich. Wie sollte er das den beiden erklären? Svenja würde wie ein schlechtgebackener Kuchen in sich zusammenfallen. Lisa würde ihm wahrscheinlich mit einem Tornadokick das Genick brechen.

Aber dann wäre er wenigstens schnell erlöst. Gut, es gab Medikamente und Therapien, aber dennoch würde sein Immunsystem im Laufe der Zeit ein für alle Mal zerstört sein.

Ganz zu schweigen von der gesellschaftlichen Ausgrenzung und all die Vorurteile und Diskriminierung, wenn jemand davon erfuhr.

»Oh! Du siehst immer noch süß aus, wenn du so herum grübelst«, stellte Pia quietschend fest.

»Was ... was ...«

Pias nächste hohe Lache stellte sämtliche Tinnitusgeräusche in den Schatten.

»Du ... du solltest mal dein Gesicht sehen!«, rief sie und rang nach Atem.

»Aber ich habe doch einen Aidstest gemacht«, stammelte Frank.

Pia stülpte ihre Vorderzähne über die Unterlippe. »Aber ich habe doch einen Aidstest gemacht«, äffte sie ihn nach. »Ja, wann war denn das genau?«, fragte sie dann mit einem dämonischen Lächeln.

Frank überlegte fieberhaft, wann das gewesen war. Pia beobachtete ihn dabei sichtlich vergnügt und blies die Bäckchen auf.

Er kam schließlich zu dem Schluss, dass er diese unangenehme Prozedur vor acht Jahren zusammen mit Lisa vollzogen hatte, kurz nachdem sie zusammengekommen waren.

Der Test war zu jener Zeit negativ ausgefallen. Erst später hatte er Pia kennengelernt.

Er entsann sich auch noch daran, dass sie vehement darauf bestanden hatte kein Kondom zu benutzen.

Sie wollte seine Vorhaut direkt in sich spüren, hatte sie ihm damals gesagt und er war ihren Wünschen feuchtfröhlich nachgekommen.

Zunächst kicherte Pia wie ein Schulmädchen, doch ihre Lache wurde immer tiefer. Schließlich verwandelte sie sich in ein hämisches Geiergekrächze.

Frank fragte sich, womit er das verdient hatte. Er war sicherlich nie ein Kind von Traurigkeit gewesen und konnte sich keineswegs von quälenden Jugendsünden freisprechen. Natürlich hatte er Fehler gemacht, seine Mitmenschen sogar wissentlich verletzt, war ungerecht gewesen, aber das rechtfertigte nicht Pias vorsätzliches Verhalten. Sie hatte auch zwangsläufig unschuldige Unbeteiligte in ihren Rachefeldzug mit hineingezogen.

»Du schaust so blöde drein. Darf ich dein Gesicht fotografieren? Bitte! Das wird das Meme des Jahrhunderts!«

»Pia. Was hast du getan?«, fragte Frank tonlos und ein Film aus Tränen glitzerte auf seinen Augen. »Ich werde sterben. Verstehst du das? Ich …«

»Heulst du etwa?«, unterbrach sie ihn höhnisch. »Mensch Frank, mach mich doch nicht nass. Wir werden alle irgendwann sterben. Nicht nur du. Du bist so ein Egomane. So ein Jammerlappen! Es geht doch gar nicht um die Frage, wie wir sterben, sondern wie wir gelebt haben. Wir beide können uns wenigstens nicht vorwerfen, dass wir unsere Zeit nicht bestmöglich ausgeschöpft hätten. Jede Erinnerung verblasst irgendwann, aber ich lasse nicht zu, dass man mich einfach so auf den Müll wirft, und gleich danach wieder vergisst. Wäre ich die Jahre plötzlich tot umgefallen, wärst du wahrscheinlich nicht mal auf meiner Beerdigung erschienen. Jede Interaktion mit deinen Fans, jede Lesung wäre dir wichtiger gewesen. Du hast mich immer nur als eine lästige Nebensächlichkeit betrachtet, nachdem du mich gefickt hast. Nie hast du mich wirklich gesehen. Nie hast du mich geliebt. Du hast mich wie Scheiße behandelt! Nein, was rede ich da! Selbst dann hättest du mir mehr Aufmerksamkeit geschenkt! Aber jetzt wirst du für den Rest deines kläglichen Lebens an mich denken. Egal, ob du zum Arzt gehst oder zur Therapie. Du wirst an mich denken bei jedem weiteren Fleck auf deiner Haut. Das werdet ihr alle, ihr triebgesteuerten Ficker! Denn ich lasse mich nicht vertuschen. Mein Name lässt sich nicht mehr aus eurer Geschichte herausstreichen!«

Pia hatte ihren wutentbrannten Monolog leise wie eine Schlange vor sich hergezischt, aber jedes Wort von ihr hämmerte lautstark in seinem Schädel wie ein Presslufthammer.

»Hat Mortimer …«

»Bestimmt«, antwortete Pia beiläufig, als wäre dies eine Nebensächlichkeit, bevor sie Frank wieder wütend anfunkelte. »Du und dein sexistischer Schundroman haben ihn mir weggenommen. Selbst ihn musstest du zerstören. Typisch Cis- Mann«, rotzte Pia heraus und tatsächlich prallten ein paar Speicheltropfen gegen Franks Wange. »Du drängst dich überall hinein. Nein, du bist kein Auserwählter. Du bist ein klebriger Parasit. Nichts weiter! Aber ich lasse mich nicht mehr von dir unterdrücken! Und jetzt hör endlich auf, zu heulen, wie ein kleines Mädchen! Du bist selbst an allem schuld!«

»Ja!«, knurrte Frank. »Ich habe überdeutlich verstanden, dass du Männer nicht magst, und mich scheinst du ja regelrecht zu hassen, aber ...«

»Aber ich hasse dich doch nicht!«, flötete Pia süßlich. »Ich will dir doch nur helfen. Deine verkommene Seele heilen. Du musst endlich deine Privilegien hinterfragen, Frank. Bewusster leben musst du. Ich weise dir nur den Weg dazu.«

»Oh! Du weist mir also nur den Weg dazu! Wie liebenswürdig von dir! Hast du eigentlich schon mal an all die anderen Frauen gedacht, mit denen ich nach deiner Ära geschlafen habe, hm?«

»Ja, die sind bestimmt traumatisiert wegen dir.«

»Halt die Klappe! Vielleicht solltest du denen mal deine Mission erklären. Erklär ihnen doch mal, dass sie jetzt alle wegen deinem Wahnsinn unheilbar krank sind. Sag Ihnen, dass sie alle wegen dir an Aids verrecken werden!«

Die letzten Worte hatte er gebrüllt. Nun hatte er die Aufmerksamkeit sämtlicher Singles im Raum. Kein Geräusch war zu vernehmen, als wäre die Zeit stehengeblieben.

»Ja! Sag du es ihnen doch!«, entgegnete Pia und hatte im Nu ebenfalls mit den Tränen zu kämpfen. Ein Quell aus Salzlake sprudelte regelrecht aus ihren Augen. »Warum?! WARUM HAST DU MICH MIT AIDS ANGESTECKT«, kreischte sie und zeigte anklagend mit dem Zeigefinger auf Frank, als wäre sie nun das Opfer. »Du mit deiner ewigen Täter-Opfer-Umkehr! Aber die Wahrheit siegt immer«, legte sie nach. Ihre letzten Worte erstickte sie in einen Heulkrampf. Sie schluckte hörbar, bevor sie wieder laut wurde. »Habe ich dich etwa geschlagen, missbraucht und mit Aids angesteckt? Nein! Das warst alles du!«, brüllte Pia ungehemmt ihre Lüge in den Raum und alle hörten aufmerksam und sichtlich betroffen zu.

»Sie lügt! Bitte! Hört nicht auch sie!«, rief Frank, aber da er schon befürchtet hatte, dass niemand ihm glauben würde, hatte seine Stimme bereits jegliche Überzeugungskraft eingebüßt.

Er war purpurrot angelaufen. Die Worte verformten sich in seinem Hals zu unförmigen Klumpen.

Er nuschelte und stammelte. Sein Hals kratzte und er war zutiefst beschämt, obwohl er dieses eine Mal nicht der direkte Verursacher des Problems war. Frank studierte den roten Teppich unter sich. Er war sauber. Makellos. Ganz anders als seine derzeitige Situation. Aber er kam noch nicht mal dazu die gegenwärtigen Umstände zu verdauen, da brach um ihn herum die Hölle los.

»Oh nein! Das ist ja furchtbar. So furchtbar!«, rief eine Frau unter Tränen und mit erstickter Stimme, als wären Pia und Frank langjährige Bekannte von ihr. »So schlimm! Oh mein Gott! So schlimm. Das tut mir so leid. Ich weiß gar nicht ...«

Die Frau verschluckte den Rest ihres Satzes, weil sie regelrecht hyperventilierte. Sie erinnerte Frank an ein großzügiges Stück Buttercremetorte, so aufgequollen war sie.

Jeder Schritt schien ihr zuzusetzen. Sie bewegte sich fast schon in rekordverdächtiger Langsamkeit auf Frank zu. Dafür brachen ihre Emotionen rasant von tiefer Trauer zu hasserfülltem Abscheu, als sie Pias vermeintlichen Peiniger ins Visier nahm.

Ihre Lippen kräuselten sich angewidert, als sie Frank anfauchte. »Sie mieses Schwein. Perverser! Lassen Sie das arme Mädchen endlich in Ruhe!« Obwohl sie wahrscheinlich noch eine geraume Zeit brauchen würde, bis sie ihn erreicht hatte, fühlte er sich jetzt schon von ihr bedroht. Ihr zitternder Zeigefinger scherte wie eine überladene Wünschelrute in sämtliche Richtungen aus, bis er wieder zurück in Franks Richtung fand.

»Das ist so krank, Mann! In was für einer Welt leben wir bloß? Meine Solidarität gilt dieser armen, jungen Frau hier! Mir fehlen die Worte!«, rief ein Mann und schlug wuchtig auf den Tisch, dass die Rotweingläser wackelten. Dann richtete er ebenfalls seinen Zeigefinger gegen Frank. Nur war seiner zielsicher. »Sie dreckiges Schwein! Solche Tiere wie Sie machen mich krank! Ich schäme mich so sehr, ein Mann zu sein! WEGEN IHNEN!«

Er sprang von seinem Stuhl auf und lief ebenfalls auf Frank zu. Jedoch weitaus schneller als die Butterfrau.

Er war ausgiebig behaart an sämtlichen sichtbaren Hautflächen und bewegte sich flink wie ein Äffchen auf den Schriftsteller zu.

Bevor er ihn jedoch erreichen konnte, stand ausgerechnet Pia ihm bei.

»Lass ihn! Bitte!«, flehte sie. »Er ist doch schon genug gestraft, da er sich nun all seinen Taten und Privilegien bewusst wird. Ich weiß, in dir steckt noch etwas Gutes, Frank! Ich vergebe dir!«, hauchte sie unter Tränen.

Betreten sahen die Butterfrau und der Affenmann weg.

Diesen Augenblick nutzte Pia, um Frank ein triumphierendes Lächeln zu schenken.

Doch es hielt nur kurz.

»DIESE PERVERSE SCHWUCHTEL!«, brüllte der Homophobe, der Frank schon am Datingtisch drangsaliert hatte.

Seine Fäuste waren geballt, so dass die Knöchel weiß unter seiner Haut hervorstachen.

»Ganz ruhig, BI«, rief Pia mit bebender Stimme.

»Die sollen dich gefälligst am Leben lassen. Schließlich sollst du noch eine ganze Weile bei den Arztbesuchen an mich denken«, flüsterte sie dann anschließend Frank zu und schien nun etwas besorgt zu sein.

Durch BI liefen ihre Pläne in Gefahr, durchkreuzt zu werden. Dem Proll schien etwas einzufallen. Er zog wilde Grimassen. Erst kräuselte sich seine Stirn wellenartig, dann zogen sich seine

Augenbrauen ruckartig nach unten und stülpten sich dabei fast über seine verkifften Augenlider.

Dann sprangen sie wieder abrupt nach oben und die sonst so jugendliche Haut auf seiner Stirn gerann noch mehr.

Sein Unterkiefer klappte weit nach unten und er riss seine Kulleraugen auf. Dann knallten die Zähne wieder deutlich hörbar zusammen.

»Du hast mich angesteckt, Bitch!«, knurrte er Pia an.

»Ganz ruhig, BI. Das ist alles ein großes ...«, wollte diese ihn beruhigen.

»WAS! BI! WAS?!«, brüllte jener. »Moment. Ich hab dich doch erst gestern gefickt. WIR HABEN ES ERST GESTERN OHNE KONDOM GEMACHT! UND DU WOLLTEST ES SO! ALSO VERARSCH MICH NICHT, KLAR?!«

Nun stand Pia im Zentrum der Aufmerksamkeit.

Sie strich sich langsam über den Hals und plinkerte mit ihren haselnussbraunen Augen. Zum ersten Mal schien sie sichtlich verlegen zu sein.

BI hingegen wurde äußerst vital.

»Nein! Nein! NEIN! FUCK! NEIN! Ich werde sterben! ICH WERDE STERBEN!«

Seine Stimme brach mehrmals vom heiseren Gekrächze zu hohen Falsetttönen, während er mit seinen großen Kulleraugen regelrecht um Aufmerksamkeit buhlte.

»Hab doch keine Angst, BI. Aids ist mittlerweile gut therapierbar. Du wirst nicht sofort sterben«, entgegnete Pia nahezu tonlos und ihre ruhige Stimme bildete einen Kontrast zu seinem schrillen Gewimmer.

»NEIN! ABER DU JETZT!«, brüllte er dann und wollte gerade auf sie losstiefeln, da wurde eine der schweren Eichentüren vom Saal kraftvoll aufgestoßen.

»Genug! Ich habe alles vernommen! All eure sündhaften Ergüsse! Diese Veranstaltung ist ein Sakrileg! Schämt euch, ihr schändlichen Maulhuren! Genug des sündhaften Fleisches! Ich werde euch allen jetzt Demut lehren!«, dröhnte Korben.

»Nein!«, rief Pia und zog sich ihr Oberteil über den Kopf. »Ein bisschen mehr Fleisch kann doch nicht schaden, oder?«, rief sie nun, während sie etwas hüpfte, sodass ihre entblößten Brüste wackelten.

»Was zum Teufel? Wie kannst du es wagen? Bedeck deine sündhafte Haut, du elende Nymphe!«, rief Korben und seine Augen verengten sich missbilligend, während die anderen Männer wie hypnotisiert auf Pias nackten Busen gafften. Einem von ihnen fiel sogar ein halbzerkautes Stück Baguette zurück auf den Teller, so weit hatte er den Mund aufgerissen. Selbst BI erstarrte, obwohl er ihre Brüste erst gestern sogar im Close Up sehen durfte.

Während die Kerle betört auf ihre Titten glotzten und sich ihre Köpfe rhythmisch zu ihrem Gehüpfe bewegten, als wären sie ein Rudel aus Wackeldackeln, zeigten die anderen Frauen entrüstet auf sie und raunten leise.

Ansonsten blieb alles still.

Pia hopste zwischen die Tischreihen hindurch zu einer weiteren Saaltür.

Sie drehte sich noch einmal zu den anderen Gästen um.

»Ja, glotzt noch einmal. Ihr werdet sie nie wieder sehen!«, quiekte sie, bevor sie den Saal verließ.

Frank wünschte sich zum ersten Mal, dass er auch so aufregende Brüste hätte, die ihn aus dieser Situation retten konnten.

Korben redete sich nun regelrecht in Rage. »Was schaut Ihr naiven Sünder alle so gierig auf diese verschlagene Schlange! Ich sehe nur Wollust und Völlerei in Euren trägen Augen. Wagt es jetzt ja nicht, Euren Saft zu verschütten, denn die kostbaren Früchte gehören Euch nicht! Mir wird regelrecht übel! Eure Zeit im Paradies ist abgelaufen. Ihr seid es nicht würdig, dort länger zu verweilen! Ihr entehrt den Herrn mit Euren frevelhaften Taten und

Eurem ketzerischen Geschwätz! Ich werde diesem bunten Treiben nun ein Ende bereiten.«

Korben sah nicht nur aus wie ein Vogel. Er bewegte sich auch so. Wie ein Gockel in Wallung schritt er aufgeplustert und zugleich zielgerichtet durch den Raum in Franks Richtung.

Kurz vor seinem Tisch kam er dann zum Stehen.

»Na, Herr Freibrodt? Feiern wir eine kleine Party? Warum wurde ich denn nicht eingeladen zu diesem Sündengelage? Ich bin untröstlich«, sagte er und zog aus seiner Blazertasche ein silbernes Etui hervor. Während sich seine buschigen Augenbrauen zusammenzogen, kramte er eine kubanische Zigarre hervor. Mit den Zähnen köpfte er sie und spuckte das Ende von ihr wieder aus.

Nachdem er sie angezündet und ein paarmal unbeholfen an ihr gepafft hatte, hüstelte er trocken und rümpfte seine ausladende Adlernase.

Frank war sich sicher, dass Korben zum ersten Mal in seinem Leben qualmte und fragte sich, was das Ganze jetzt sollte.

Dem Hausmeister schien das wohl ähnlich zu gehen, als er den Saal betrat.

»Was zum Geier machen Sie denn da?«, motzte Thormund. »Klopf, klopf. Ist da bei Ihnen oben jemand zuhause? Hallo? Hier ist Rauchverbot!«

»Dessen bin ich mir durchaus bewusst«, entgegnete Korben hüstelnd.

»Ja, dann machen Sie doch die scheiß Zigarre aus, Mann!«

»Nein. Danke. Kein Bedarf«, würgte Korben.

»Alter! Verarscht du mich jetzt, oder was?«, blaffte der Hausmeister und lief breitbeinig wie ein Cowboy vor einem entscheidenden Duell auf den Prediger zu.

Er knackte mit den Fäusten, als er hauteng vor ihm zum Stillstand kam.

»Ich zähle jetzt bis drei und dann ist das Ding aus, klar?«

Korben schenkte ihm ein schräges Lächeln.

»Eins. Was grinst du denn so blöd?«

Korben befeuchtete mit seiner langen grauen Zunge seine Oberlippe, statt Thormunds Befehl umzusetzen.

»Zwei. Zigarre aus!«

Korben lachte. Allerdings so verkniffen, dass seine Lippen bebten, als würde er ein Motorradgeräusch imitieren wollen.

Sein rechter Mundwinkel zuckte dabei unkontrolliert nach oben. Seinen Linken hielt er in einer stoischen Gleichgültigkeit unbewegt, als hätte sein Gehirn bereits seit geraumer Zeit jeglichen Versuch aufgegeben, Befehle an ihn zu senden.

»Drei! Ich hau dir auf die Fresse, Mann! AUS DAMIT!«

Korben paffte erneut. Durch den dadurch hervorgerufenen Hustenschwall wurde der Hausmeister mit seinem Speichel besprenkelt.

Thormund blinzelte kurz, bevor er zum Schlag ausholte.

Frank schloss die Augen. In seiner Fantasie hatte er ein Faible für Gewalt. In der Realität konnte er jedoch getrost darauf verzichten.

Er hatte den Hausmeister schon bei ihrer ersten Begegnung genauestens studiert, da er sich optimal als Vorlage für die ein oder andere Schurkenrolle anbieten könnte.

Das lag nicht nur an seinem stechenden Blick, in dem einiges an Bedrohlichkeit lauerte.

Auch seine Bewegungen waren recht kraftvoll und zugleich mit einer kontrollierten Lässigkeit gefüllt.

Thormund hatte ganz gewiss keine zwei linken Hände. Jede Bewegung, jeder Handgriff saß und erreichte sein Ziel.

Nein, es lag nicht nur an seiner Lässigkeit und an seinem klobigen Körperbau, dass Frank ihn in seinem Buch einbauen wollte. Thormunds Zerstörungskraft schien immens zu sein.

Frank konnte Korben zwar nicht ausstehen, jedoch wollte er sich auch nicht mit ansehen, wie Thormunds massigen Fäuste seine Nase zertrümmerten oder seinen üppigen Unterkörper aushaken ließen. Doch durch die kommenden schrillen Schreie riss er reflexartig die Augen wieder auf.

Der Schrei schien jedoch nicht von Korben zu stammen, sondern von dem Hausmeister, den Frank schon fast für einen verkappten Söldner gehalten hatte.

Seine Faust war gefangen in Korbens gewaltiger Pranke. Mit einer unermesslichen Kraft, die Frank dem hageren Prediger gar nicht zugetraut hätte, quetschte er Thormunds Hand zusammen.

Der vermeintliche Kraftprotz wand sich wimmernd und quiekend, war jedoch nahezu machtlos Korben ausgeliefert.

Nur seine einst sonore Bassstimme konnte der Situation ein paar Falsettöne entgegensetzen.

»Genug gelitten«, sagte Korben fast schon mit väterlicher Milde zu ihm, ohne seine Faust jedoch freizugeben. Thormund fiepte noch einmal auf, bevor nun Korbens Faust hervorschnellte und mit einem kraftvollen Punch den Schädel des Hausmeisters aufplatzen ließ.

Es klang nach einer Melone, die von einem Barbaren geteilt wurde.

Frank kämpfte mit dem Brechreiz und verlor, als er sah, dass der Hausmeister nun gar kein Gesicht mehr zu haben schien.

Ein blutiger Klumpen schimmerte ihm entgegen. Die Nase war stark nach innen eingedrückt worden. Auch Thormunds Augen konnte Frank nicht mehr ausmachen, da lose Lappen aus Haut und Fleisch nun darüber hingen.

Korben schmatzte zufrieden, bevor er den erschlafften Hausmeister losließ, um anschließend genüsslich dem Konzert der Schreie zu folgen. Manche der Anwesenden brachten keinen Pieps heraus und blieben wie festgefroren sitzen. Andere versuchten bereits kreischend zu fliehen, rannten sich dabei jedoch gegenseitig um, oder versperrten sich untereinander den Ausgang. So oder so war fast niemand intelligent genug, um den Raum zu verlassen. Nur ein paar Einzelnen gelang es. Unteranderem dem Grafen höchstpersönlich.

»Alle Sünder sollen nun gerichtet werden!«, donnerte Korben.

BI schien keinerlei Angst zu verspüren.

Seine Augen glänzten vor Begeisterung, bevor er wieder zornig wurde.

»JA, MANN! AMEN! BOOM! BOOM! WAS FÜR EIN GEILER PUNCH!«, lobte er den Prediger und zeigte anschließend anklagend auf Frank.

»Und jetzt mach die Schwuchtel hier kaputt! Der ist auch ein Sünder! Er und seine Schlampe haben mich mit Aids angesteckt!«

»So soll es sein«, erwiderte Korben und lächelte Frank kalt an. »Ein Sünder. eine dreckige Hure Babylons ist er. Er steckt nicht nur die Menschen mit seinen Geschlechtskrankheiten an. Er ist auch ein geistiger Brandstifter. Die lästige Schlange im Paradies. Süß kandierte Äpfel verseucht er mit seinem linksversifften Teufelssamen. Seine widerwärtigen Schmuddelhefte verführen die Menschen zu Pornografie, sexuellen Verfehlungen und Inzucht.«

»NEIN! Das mit der Inzucht stimmt nicht!«, konnte Frank sich nicht verkneifen.

»Schweig, Lustknabe Satans! Du hast die Menschen genug mit deinen Worten vergiftet. Ich werde dich nun ins Fegefeuer zurückschicken, du Dämon«, rief Korben strahlend vor Glück und breitete die Arme aus, als würde er Frank im Paradies willkommen heißen wollen, während er mit hochgereckter Brust wie ein Pfau auf ihn zuschritt.

»Stop!«, rief die Butterfrau, die vor kurzem noch mit ihrem Wünschelrutenfinger auf Frank losgehen wollte. »Das ist nun wirklich nicht sehr christlich von Ihnen, hier einfach die Leute zusammenzuschlagen. Was würde denn Jesus dazu sagen?«

Korben hielt inne und sah sie überrascht an. Dann brach er in gellendes Gelächter aus.

Er drückte ein paar Tränen heraus, bevor er wieder genug Luft zum Atmen hatte.

»Du dummes einfältiges Weib. Vielleicht sollte ich dir dafür sogar vergeben, denn nicht nur du bist närrisch und geplagt von einfach gestricktem Denken. Es haben immer alle geglaubt, aber habe ich jemals behauptet, dass ich dem Christentum diene? Nein, ihr gutgläubigen Menschen. Ich diene meinem eigenen Vater.«

Korben reckte den Hals und schaute gen Decke, bevor er noch einmal an seiner Zigarre zog.

Ringe aus Rauch stiegen in die Lüfte, hinauf zum Feuermelder, der über ihm an der Decke hing und mit der Springflutanlage des Herrenhauses verbunden war.

Pia stand vor dem Empfangstresen und begutachtete die wohlgeformten Muskeln des jungen Rezeptionisten, die deutlich unter seinem weißen Hemd hindurchschienen, welches er beinahe schon durchsichtig geschwitzt hatte.

Sein Geruch nach frischem Schweiß war wohl seinem gegenwärtigen Telefongespräch geschuldet. Pia sah, dass er sich sichtlich unbehaglich dabei fühlte und die Tatsache, dass sie nun direkt vor ihm stand und ihn dabei beobachtete, schien seine Schweißdrüsen regelrecht in Wallung zu bringen.

Gut so, dachte sie.

»Äh ... ja. Ja. Ich verstehe«, hauchte er mit seiner jugendlichen Stimme.

Pia beobachtete ihn regelrecht entzückt dabei, wie er mit einer geschmeidig geführten Bewegung seinen obersten Hemdknopf freilegte, während sein stark herrausstechender Adamsapfel aufgeregt hin und her hüpfte.

»Ja … äh … er hat gerade ein Meeting. Ich werde ihm aber Ihr Anliegen weitergeben und er wird sich sicher in naheliegender Zeit Ihrer Beschwerde annehmen. Ich bitte um Entschuldigung«, sagte er freundlich, bevor ein überraschend harter Bruch folgte. »Ja! Ist gut jetzt. Tschüß!«, knurrte er plötzlich und beendete die Verbindung.

»Ja?«, fragte er sie dann mürrisch.

»Ich habe Rückenschmerzen. Könnten Sie mich vielleicht mit meiner Wärmesalbe eincremen? Die Stellen sind für mich sonst unerreichbar.«

Der Typ schnalzte laut mit der Zunge. Pia sah gebannt auf die Grübchen in seinem elfenhaften Gesicht, als er breit grinste.

»Na klar. Why not?«, sagte er und Pia kicherte vor Vorfreude. Seine märchenhaften Gesichtszüge erinnerten sie an eine ganz bestimmte Person, die sie über alles liebte. An sich selbst.

Es war, als würde sie in den Spiegel blicken.

Er war nur einen Hauch männlicher als sie.

Was für ein Schönling.

Bestimmt pflückt er die Frauen, um sie nach einem heißblütigen One-Night-Stand am Boden liegen zu lassen. Bei mir wird das jedoch nicht funktionieren. An mich wird er für immer denken. Für den Rest seines kümmerlichen Lebens.

»Warten Sie mal. Wo wollen Sie hin? Was haben Sie denn da für einen interessanten Fleck an der Hand?«, fragte der Lachsmann, als Fabienne wütend an ihm vorbei stampfte.

Sie drehte sich ruckartig zu ihm um. Der Mann lehnte lässig mit dem Rücken an einem Sonnenschirm und starrte sie mit stechendem Blick an, als hätte er sie gerade bei einer illegalen Tätigkeit beobachtet.

»Na, Sie sind jetzt auch nicht gerade der Schönste, oder? Was geht Sie das eigentlich an, wo ich hin will? Wenn Sie eine Frau zum Unterdrücken suchen, gehen Sie doch einfach wieder rein. Sicher werden Sie da irgendwo fündig werden! Nur legen Sie sich ins Zeug. Dort drin herrscht Männerüberschuss!«

Während Fabienne über ihre aufkeimende Schlagfertigkeit innerlich schmunzeln musste, blinzelte Wolfgang, als hätte er eine Backpfeife erhalten. Dennoch starrte er unbeirrt auf das stiefelförmige Muttermal an Fabiennes Handrücken.

»Oh, Pardon. Ich habe mir nur Sorgen gemacht«, murmelte er leise.

»Gehen Sie lieber zum Hautarzt!«, schnauzte Fabienne und verließ die Terrasse. Sie steckte sich ihren klebrigen Mittelfinger in den Mund und leckte dran. Ihr wurde fast übel, denn das aufdringlich süße Dessert harmonierte geschmacklich nicht so recht mit der Kasslermarinade.

Sie lief auf der Wiese vorbei an verblühenden Orchideen. Als sie an einer Hecke vorbeilief, riss sie sich eine Rose ab und ignorierte den Schmerz und das Blut an ihrer Hand.

»Hey! Halt! Stop!«, rief wieder eine andere Männerstimme. Sie klang jünger. Beinahe noch jugendlich. »Stehenbleiben!«

Fabienne drehte sich erschrocken um, weil sie im ersten Moment glaubte, ein Polizist würde hinter ihr stehen.

Sie sah in ein fettarmes Milchgesicht. Seine Gesichtszüge waren sogar noch weicher als die von BI.

Er war nicht ganz so klobig muskulös wie ihr Ex. Eher sehnig gebaut wie ein Tänzer.

Fast schon entzückt starrte sie dem bauchfreien Mann auf sein wohlgeformtes Sixpack, während dieser sie mit zusammengekniffenen Augen anstierte.

Der Prinz mit dem flachen Bauch stand so aufrecht und erhaben vor ihr, dass sie fast schon etwas Ehrfurcht vor ihm bekam.

»Hure«, zischte er.

»Was?«

»Hure der Gewalt! Böse! Du bist ein schlechter Mensch! Schlecht! Überflüssiger und hässlicher Fotzenschleim! BÖSE!«, brüllte der junge Mann mit schriller Stimme und zerschnitt wie ein wahnsinniger Berserker mit seinem Zeigefinger die Luft. »ABSCHAUM! Ich will keine Gewalt! ICH WILL DAS NICHT MEHR! Du wirst aus der Geschichte gestrichen! Ich werde dich von der Erde tilgen, du mit Dreck furzende Fotze!«

Er hatte buchstäblich Schaum vor dem Mund.

»Ich werde dich töten, ja! Du wirst gestrichen!«

Mortimer rannte derart schnell auf Fabienne zu, dass selbst ihre sonstso ultraschnellen Reflexe nicht hinterherkamen. Ehe sie sich versah, hatte er sie bereits zu Boden gerissen, saß rittlings auf ihr und hämmerte mit seinen schweren Fäusten auf sie ein.

Doch nicht nur seine Schläge setzten ihr zu. Sie fand seinen nach außen gestülpten Nabel aus weiterer Entfernung zunächst noch ansprechend, doch direkt über ihr sah der eitriggelbe Knopf eher unappetitlich aus. Tatsächlich schien er aktiv aus seinem Bauch herauszuwachsen.

»Du bist schlecht, weißt du das?! SCHLECHT! Ich werde dich lehren!«

Durch einen seiner Schläge platzte ihre Oberlippe auf. Der nächste Hieb köpfte einen Backenzahn. Doch noch mehr setzte ihr sein abgestandener Schweiß zu. Selbst sein nach Dixiklo miefender Mundgeruch konnte da nicht mithalten.

Gerade als er sich mit seinem ganzen Gewicht auf sie legte und dabei mit einem grellen Grinsen auf sie herabsah und sie eine eitriggelbe Made auf seinem Kinn entdeckte, konnte sie ihrer Übelkeit nicht mehr Herr werden. Ein Schwall aus blutigem Erbrochenen klatschte gegen seine rechte Wange. Mortimer purzelte schreiend von ihr herunter.

Sein Gesicht qualmte wie das von einem Vampir, der gerade mit dem Kopf voran in ein Taufbecken gerammt worden war. Auch die

Made an seinem Kinn krächzte auf, bevor ihr Leib anschwoll, bis er schließlich in einer eitrigen Wolke explodierte.

Wimmernd und mit weitaufgerissenen Augen kroch Mortimer von ihr weg.

Die Haut, wo Fabiennes blutiger Auswurf ihn getroffen hatte, war regelrecht weggeschmolzen. Zum Teil hing sie sogar wie ein loser Fleischlappen von seinem Gesicht.

»Mama!«, kreischte er. »MAMA! Wo bist du? Ich will nach Hause!«

Er igelte seinen Körper ein zu einer Lotusstellung und knabberte mit wässrigen Augen an seinem Daumen.

Fabienne erhob ihren Oberkörper ebenfalls ein stückweit mit einem schmerzerfüllten Stöhnen und bekam fast schon Mitleid mit ihrem sichtlich verwirrten Angreifer, als sie ihn so wimmernd vor sich kauern sah.

Doch als sie einen weiteren Blutklumpen samt Backenzahn herausspucken musste und ihr wundgeprügeltes Gesicht abtastete, verging es ihr wieder.

»Was ist dein Problem?«, zischte sie.

»MAMI! HILFE!«, jaulte er.

»Nein! Aber DADDY ist jetzt da!«, rief eine noch hellere Männerstimme, die sich Fabiennes Ohren rasant näherte.

Ehe sie zu ihrem neuen Angreifer aufsehen konnte, traf sie ein verdreckter Lederstiefel unter dem Kinn und sie wurde durch die Luft geschleudert, wo sie erneut, wie schon zuvor durch Mortimers Angriff, hart mit dem Rücken aufschlug.

Ein zweiter bauchfreier Mann war in Windeseile bei ihr und bearbeitete wie ein Profistepper ihren Körper mit seinem Schuhwerk.

Nur war er bei weitem nicht so ansehnlich wie sein nun heulender Vorgänger.

Sie hatte ihm vorhin nur flüchtig in die Augen gesehen und ihn lediglich als unattraktiv abgestempelt, aber da war sie noch nicht nahe genug an ihm dran gewesen, um all die unappetitlichen Details aufnehmen zu können.

Ohne dass Fabiennes Blut ihn überhaupt getroffen hatte, sah seine Haut bereits aus wie die Pelle einer aufgeplatzten Bratwurst, die zu lange auf dem Grill geruht hatte. Eitriger Ausschlag zierte großflächig seine Haut.

Obwohl er ebenfalls eher trocken gebaut schien, war sein Gesicht aufgeschwemmt und teigig. Die Augen standen auffällig weit auseinander.

Er rieb sich den Knorpel seiner kurzen Stupsnase, während er auf Fabienne herab starrte.

Sein stechender Blick und das grelle Lächeln erinnerten sie daran, dass ihn vor ein paar Tagen bereits am Bahnsteig gesehen hatte. War dieses erneute und nun auch recht schmerzhafte Zusammentreffen überhaupt ein Zufall?

Fabienne war sich da nicht so ganz sicher.

»Na komm schon, Auserwählte. Mach es dir nicht so bequem. Es ziemt sich nicht, seinen Gegner so stehen zu lassen.«

Als sie nicht gleich hochkam, stieß seine Fußspitze sanft gegen ihren Oberschenkel. »Na hopp jetzt! Steh schon auf.«

Sie versuchte, sich stöhnend in die Senkrechte zu begeben.

Doch dem Lachsmann ging das wohl nicht schnell genug. Er packte Fabienne am Pferdeschwanz und riss ihren Kopf brutal nach hinten.

»Ich bitte um Haltung. Wir dürfen nicht liegen bleiben, sondern müssen nach vorne schauen.«

Er zerrte Fabienne an den Haaren über den Rasen, um ihren Kopf anschließend in eins der Sprossenfenster vom Gewächshaus zu rammen.

Die Haut an ihrer Wange und unter dem Kinn wurde aufgeschnitten, als der Lachsmann ihr Gesicht gegen die spitzen Scherben rieb und drückte.

»Oh. Wie schade. Du hattest so ein hübsches Gesicht. Warum lässt du dir das Gefallen? Wenn du doch tatsächlich die Auserwählte …«

Fabienne beendete mit ihrem Ellbogen sein Gefrotzel. Der Lachsmann rieb sich blinzelnd über sein nun angeknackstes Jochbein.

Das nutzte Fabienne, um ihm einen weiteren Ellbogenstoß gegen den Kehlkopf zu verpassen.

Er rang zwar sichtlich überrascht nach Luft, ließ sie aber dennoch nicht los. Stattdessen zog er sie am Schwanz in die Höhe, bis sie mit den Armen nach halt rudernd auf den Zehenspitzen stand.

Wolfgangs wütendes Schmerzgebrüll vermischte sich mit Fabiennes Gekreische, als sie mit ihrer blutigen Hand sein Gesicht streifte. Seine Haut qualmte wie zuvor Mortimers und die Haut wellte sich, bis sie schließlich an einigen Stellen aufplatzte und ein paar brennende Maden aus seinen neuen Körperöffnungen herauspurzelten.

Mit einem zornigen Knurren schlug der Lachsmann Fabienne mit seiner großen Faust ins Gesicht. Blut floss in einem dünnen Rinnsal aus ihrem rechten Nasenloch, bevor sie seufzend zu Boden ging.

»Du musst an deinen Reflexen arbeiten, sonst …«

Sie versuchte, sein Mansplaining zu unterbinden, indem sie ihm von unten in die Weichteile trat. Doch er schützte sich rechtzeitig mit einer Kung-Fu-Stellung in dem er seine Oberschenkel zusammenpresste, sodass ihr Fuß darin steckenblieb.

Bevor sie ihn befreien konnte, schlug er ihr nochmal mit der Faust von oben ins Gesicht. Fabienne verdrehte stöhnend die Augen, als ihr Hinterkopf hart auf dem Rasen aufschlug.

»Ich habe dich auch auf den Überwachungsvideos gesehen. Dein Blut scheint verseucht zu sein, du krankes Mädchen. Du scheinst tatsächlich die Auserwählte zu sein, um die sich die Legenden ranken und die wir immer gefürchtet haben. Aber bis auf deine verfaulte Soße hast du noch nichts überragendes auffahren können. Du steckst nicht wirklich in deinem Körper. Du scheinst auch Probleme mit deiner Motorik zu haben. Du beherrscht gar nichts. Wie enttäuschend. Du kämpfst nicht wie eine Auserwählte. Du bist nur ein lästiger Virus. Nichts weiter.«

Er sah Fabienne nach seinem Monolog erwartungsvoll an, als würde sie ihm wenigstens mündlich parieren können.

Sie hob schlaff ihren Arm und deutete auf seine Nase. »Dir hängt ein Popel raus.«

Der Lachsmann hielt kurz verdattert inne. Dann wischte er sich mit dem Handrücken den grünen Brocken weg.

Fabienne wünschte sich, sie hätte ein paar Zeugen gehabt für diesen Augenblick. Gar nicht mal primär, um Hilfe zu erhalten, sondern weil sie auf ihre plötzlich aufkeimende Schlagfertigkeit stolz war. Endlich hatte sie mal rechtzeitig zurückgestochen.

Der Lachsmann leckte sich den Popel von seiner Hand und kaute eine Weile auf ihm herum. »Mmh. Danke. Schmeckt viel besser als das Buffet.«

Als sie nichts darauf zu erwidern wusste, lächelte er. »Nun denn. Zeit zu sterben.«

Er atmete so tief ein, dass sich seine geschundene Gesichtshaut fast unter die Wangenknochen zurückzog. Dafür wölbte sich sein Bauch hervor. Dieser sah nun aus, wie die Wampe eines hageren Mannes, die einfach nur aufgequollen war, weil er keine Möglichkeit fand, seine Blähungen auf die Umwelt loszulassen.

Der eitriggelbe Knopf an seinem Nabel erwachte zischend zum Leben.

Der augenlose Kopf des langen Wurms visierte Fabiennes Gesicht an, bevor er wie eine Schnur aus Wolfgangs Bauch hervorschnellte.

»Oh ja«, stöhnte Pia bäuchlings liegend auf dem Bett ihres Zimmers. Der junge Mann saß rittlings auf ihrem Po und knetete ihr

Kreuz durch. »Das tut gut. Und jetzt geh von mir runter«, hauchte sie.

Er setzte sich neben sie und Pia drehte sich mit einem breiten Grinsen auf den Rücken. »Und jetzt komm wieder auf mich rauf und massier meine Brüste.«

Der Mann verzog keine Miene. Wahrscheinlich schien er daran gewöhnt zu sein, dass Frauen von ihm berührt werden wollten. Dennoch zögerte er. »Hä? Da kommst du doch selbst ran, oder?«

»JA«, erwiderte Pia gedehnt und räkelte sich auf dem Laken. »Aber du hast so magische, warme Hände. Und ich brauche einen Fachmann, denn mein Busen fühlt sich so verknotet an.«

Ein leichtes Zucken fuhr nun durch die sonst so ausdruckslose Miene des Rezeptionisten, als er entsetzt fragte: »WAS? Du hast einen Knoten in der Brust?«

Pia seufzte: »Vielleicht. Vielleicht auch nicht. Manchmal fühlt es sich so an. Warum finden wir es denn nicht gemeinsam heraus, hm?«

»Du solltest zum Arzt gehen, wenn du so etwas vermutest.«

»Ja, ich weiß«, wimmerte Pia und sah ihm mit einem wehmütigen Hundeblick in die Augen. »Aber es tut so weh. Ich kann nicht mehr klar denken. SO WEH!«

»Na schön«, rief er und setzte sich wieder rittlings auf sie. »Ich helfe gerne.«

»Denk dran. Erst eincremen und dann massieren.«

»Ja, ja. Schon klar.«

Er rieb stöhnend ihren gewaltigen Busen mit der Lotion ein, bevor er herzhaft zupackte.

Besonders gerne kniff er dabei ab und an leicht in ihre Milchgipfel und Pia nahm ihm das nicht übel.

»Oh ja! Oh, das tut so gut! Massier mir die Titten, ja!«, fiepte sie erregt.

Schließlich hörte er nach einer Weile auf.

»Was? Das war es schon?«, fragte Pia entsetzt.

»Meine Hände tun weh und mir wird warm. Lust auf eine Tantramassage?«, fragte er mit einem schrägen Grinsen, während er sich sein Hemd aufknöpfte.

»JA! ICH STEHE AUF BODY TO BODY!«, rief Pia und musterte begeistert seine hervorstechenden Bauchmuskeln und die gewölbte Brust. Er legte sich auf sie und massierte sie nun mit ganzem Körpereinsatz.

»OH JA! OH JA!«, kreischte sie unter seinen rhythmischen Bewegungen.

»Genug des Vorspiels. Wollen wir ficken?«, erkundigte er sich nach ein paar Minuten.

Pia wusste seinen Vorstoß durchaus zu schätzen. »Endlich mal ein Mann, der anpacken kann und Klartext redet. Natürlich wollen wir das!«, ächzte sie unter ihm.

»Hast du Kondome?«

»Brauchen wir nicht. Ich will dich wahrhaftig spüren.«

»Wenn du das sagst.«

Die Mundwinkel des Rezeptionisten zogen sich in die Länge, doch seine Augen lächelten nicht. Der Rauchmelder piepte plötzlich und Wasser spritzte von der Decke. Pia wollte sich erheben, doch er war zu schwer und weigerte sich, von ihr herunterzusteigen.

»Geh von mir runter. Es brennt wahrscheinlich und das Wasser ist kalt«, keuchte sie. Doch er ignorierte das. Stattdessen verformte er sich, als sein Rücken von dem Wasser besprenkelt wurde. Denn auch die Ztonkys konnten bei ausreichend Feuchtigkeit mutieren. Allerdings waren die Ausmaße bei Weitem nicht so gravierend, wie bei den Ztampignons. Bei dem Rezeptionisten zum Beispiel wuchsen die ohnehin schon ausgeprägten Rückenmuskeln. Sein Steißbein verlängerte sich und offenbarte schließlich einen Wurmschwanz. Die Kette aus pulsierenden Fleischkörpern, die freudig wedelnd hin und her peitschte, erinnerte Pia an einen mobilen Schaschlikspieß. Sein Oberkiefer wölbte sich knackend nach außen, bis er deutlich herausstach.

Pia starrte entsetzt auf seine fischigen Schlauchbootlippen, die ihre eigenen weit in den Schatten stellten. Sie kreischte auf, als er den Mund öffnete und ihr ein Gebiss aus spitzen Zähnen präsentierte.

Ihr Geschrei unterbrach sie, als ihr seine Fahne in die Nase stieg. Sie würgte, als sie den Hauch der Kanalisation riechen musste.

Dann schloss sich sein Maul wieder.

Die Haut unter seinen hohen Wangenknochen zog sich kuhlenartig ein, als er tief einatmete. Zugleich blähte sich sein Sixpack zu erstaunlichem Volumen auf, das Pia gar nicht bei so einem schlanken Mann vermutet hätte, und presste sich gegen Pias Bauch. Sie hörte ein Zischen, als würde Luft aus einer aufgepumpten Matratze entweichen.

Pablo lächelte beseelt auf sie herab. Der ehemalige Sicherheitsmann vom Bahnhof hatte zunächst mit nichts Gutem mehr gerechnet, als der Lachsmann ihn vor ein paar Tagen auf dem Bahnsteig rekrutiert hatte. Doch er fühlte sich stärker denn je und sein neuer Job gefiel ihm auch viel besser, obwohl er hier keine Gliedmaßen von Obdachlosen zurechtbiegen konnte. Dafür durfte er hier als Rezeptionist die ganze Zeit an einem feudalen Schreibtisch sitzen, musste nicht in der Kälte herumstehen und wurde zugleich von gutbetuchten Frauen umschwärmt anstatt von nölenden Fahrgästen. Das hier war der Spielplatz der hartarbeitenden Reichen und Schönen. Und nun sollte wohl auch noch sein größter Wunsch in Erfüllung gehen und er würde endlich noch ein stolzer Vater sein dürfen.

»Du wirst die Mutter meiner Kinder sein«, fauchte er.

Sie schrie vor Schmerzen schrill auf, als sein Nabel ihren Eigenen biss. Ihr Gekreische vermischte sich mit den schrillen Lauten des Rauchalarms, als sich die erste Made in ihre Haut bohrte.

Vielleicht lag es am Überlebensdrang oder vielleicht auch am Ekel, dass Fabiennes Reflexe nun endlich aus ihrer Schockstarre erwachten und sich den neuen Gegebenheiten anpassten.

Sie hob instinktiv die Hand, um ihren Kopf vor dem Parasiten zu schützen. Sie schrie auf, als sich die Widerhaken von dem Wurm in ihrem Daumen vergruben.

Doch ihre Schmerzen waren nichts gegen die Lektion, die der Untermieter nun zu spüren bekam, als er ihr Blut schmeckte.

Wie ein Baby kreischend ließ er von ihrem Daumen ab, während sein Leib anschwoll, bis er schließlich mit einem laut platschenden Geräusch zerplatzte und Fabiennes Gesicht sowie ihre Hände mit seinem eitriggelben Saft bespritzte.

Der Lachsmann riss die Augen auf und nach einem tiefen Röcheln kreischte er ebenfalls auf.

Er starrte anschließend auf den eitrigen und tiefen Schlund, der einst sein Nabel gewesen war. Aus dem klaffenden kackbraunen Loch flüchtete mit schrillem Gekreische ein Schwall aus dicken Maden, welche in ihrer panischen Hast miteinander verklebten und sich somit gegenseitig ihre verzweifelten Fluchtversuche torpedierten.

Ein paar von ihnen schafften es dennoch, sich von dem verseuchten Lachsmann zu lösen, und strömten Richtung Fabienne. Diese wich angewidert zurück, doch das beruhte auf Gegenseitigkeit. Die jungen Ztonkys bemerkten ihren Irrtum, als sie Fabiennes Blut witterten und wichen ängstlich aus. Der Lachsmann brach wimmernd zusammen, während sich seine Gegnerin ächzend in die Höhe hievte.

»VATER! NEIN! Oh, Vater!«, schrillte Mortimers Stimme ihr entgegen, als er auf sie und seinen neuen Vaterersatz zurannte.

Er funkelte sie hasserfüllt an, während er den Lachsmann unter seinen feuchten Achselhöhlen packte und von ihr wegzog.

»Du hast mir alles genommen, du toxisches Miststück! Du hast meinen Vater vergiftet und ein Kind von mir getötet! Wir werden uns schon bald wiedersehen und dann wirst du gestrichen!«, drohte er.

Fabienne war gar nicht im Stande, seinem wirren Geschwätz zu folgen. Verstört und zutiefst angeekelt beobachtete sie, wie sich die Leiber der fliehenden Maden aufblähten, bis sie schließlich auf den Steinen der Terrasse aufplatzten und dort eitriggelbe Pfützen hinterließen.

»Oh nein! Sieh doch, was du getan hast! All die toten Kinder! Dass du dich nicht schämst, du Scheißhaufen der Geschichte! Los, schau dir dein Werk an! SCHAU AUF ALL DIE TOTEN KINDER!«, kreischte er, als sein Blick auf die explodierenden Maden fiel. Dann zerrte er seinen jaulenden Vaterersatz aus ihrem Blickfeld.

14. Verwandlungen

Er bekam durch die Dusche der Sprühflutanlage einen heftigen Schluckauf, der seinen Kopf wild hin und her schleudern ließ. Seine Gesichtshaut schlackerte dabei wie die Backen eines Bernhardiners. Korbens Gesicht sah so rissig aus, wie eine Leinwand in die ein Berserker mit der Faust mehrfach hineingedroschen hatte. Schließlich kam er jedoch zum Stillstand. Sein Körper fror regelrecht ein. Wurde steif wie eine mahnende Statue. Seine Haut jedoch blieb in Bewegung. Sie verlief sich regelrecht in seinem Gesicht und wölbte sich zuweilen ruckartig nach außen, als würden darunter Kanonen abgefeuert werden. Durch seine neu entstandenen Körperöffnungen drang eine graue Masse nach draußen. Auf ihr perlten Kronen aus weißem Schaum. Sein Gesicht verformte sich wie Knetmasse in den Händen eines hyperaktiven Kindes. Die Haut riss dort schließlich gänzlich entzwei und gab einen ausgiebigen Blick auf die feucht glänzende geleeartige Substanz frei.

Sein Kopf sah nun aus wie eine aus Gelatine nachgeformte Walnuss. Wabbelig und bombastisch mit einem vaginalförmigen Schlund in der Mitte, der gierig auf und zu schnappte und dabei zahlreiche hintereinanderliegende spitze Zahnreihen präsentierte.

Ansonsten fehlten sämtliche Sinnesorgane in seinem neuen Gesicht.

Aber seine Verwandlung war noch lange nicht vorbei. Seine Knochen gaben schmatzende Geräusche von sich, als sie aufweichten. Nur in seinen Armen blieben sie.

Seine Finger verklebten zu einer klobigen Kralle. Schließlich hatte er nur noch drei Krallen mit messerscharfen Klauen jeweils an den unförmigen Klumpen.

Zunächst waren die Menschen im Raum einfach nur erstarrt vor Schrecken und Ekel, aber als sich sein Körper dann auch noch zu vierfacher Größe und Breite aufblähte, sprangen sie ängstlich zurück. Auch da platzte sämtliche Haut sowie Kleidung weg und wurde von der grauen Fleischmasse ersetzt.

Seine grauen Haare waren ebenfalls verschwunden. Sie wurden ersetzt von zahlreichen Würmern mit augenlosen Köpfen, die nun aus seinem breiten Nacken als auch seinem runden Rücken sprossen und sich neugierig fauchend in die Höhe reckten wie Schwänze nach einer Überdosis Viagra.

Seine Beine verklumpten ebenfalls zu einem pulsierenden Wurmfortsatz, der sich in die Länge zog, bis er in vier voneinander abstehende Wurmschwänze mündete.

Der Walnusskopf, der mit seiner Wurmfrisur nun etwas an einen auf dem kopfstehenden Wischmopp erinnerte, öffnete nun weit sein Vulvamaul und eine mit gelbem Belag bestückte, schlangenförmige Zunge schoss auf eine untersetzte Frau zu. Ihr Gesicht blieb an dem Belag kleben und er zog sein kreischendes Opfer mühelos in seinen großen Schlund.

Die zahlreichen hintereinanderliegenden spitzen Zahnreihen zerkauten die kreischende Dame knackend und knirschend. Zugleich wuchsen pilzförmige Drüsenkörper auf seinem Oberkörper sowie seinen massigen Unterarmen und verströmten einen wohltuenden Duft nach blühenden Wiesen und frisch geernteten Waldfrüchten.

Der intensive Geruch stieg in die Nasen der Opfer und betörte sie, sodass sie nun keinerlei Angst mehr vor dem Ztampignon zu haben schienen.

Wie wollüstige Groupies liefen sie nun auf das Funguswesen zu, als wäre dies ein gutbestückter Popstar.

Manche von ihnen rissen sich sogar umgehend die Kleidung vom Leibe.

Allen voran der ansehnliche BI. Kokett wackelte er mit seinem Astralkörper auf die unförmige Pilzmasse zu.

Das Monster, welches einst Korben gewesen war, spuckte ihm, nach einem katzenartigen Fauchen, einen Klumpen aus eitriggelben Sekret ins Gesicht. BI zog eine verwirrte Grimasse, als sein rechtes Auge verklebte. Ein Teil seiner Haut unter dem Kinn wurde aufgerissen, als Korbens klebrige Zunge gierig über seinen Hals fuhr.

Das Monster schien BI mit all seinen Sinnen genießen zu wollen.

Einer der Würmer auf seinem Rücken fuhr zischend nach vorne und riss mit seinen Widerhaken sein Ohrläppchen ab.

Der nächste Wurmkopf verbiss sich in seiner Eichel.

BI gab einen schrillen Schmerzenslaut von sich, welcher zu seinem koketten Gesichtsausdruck nicht wirklich zu passen schien, als eine Blutfontäne aus seinem Unterleib spritzte.

Die klebrige Zunge küsste ihn anschließend und er wurde ebenfalls von ihr in die bissige Vagina gezogen.

Frank war nicht so betört wie die übrigen Anwesenden. Da Reinhardt ihm die Nase gebrochen hatte, kamen die Sporen nicht weit genug. Schreiend versuchte er, sich durch die Menschenmassen zu einem Ausgang durchzukämpfen.

Doch er spürte bereits den heißen Atem der Bestie im Nacken.

Ähnlich wie ihrem Onkel erging es Xenia bei ihrer Verwandlung. Auch sie war im Pool zu einer walnussförmigen Masse mutiert.

Allerdings schimmerte diese nicht gräulich sonder pistaziengrün.

SM gab ein kaum hörbares Wimmern von sich, als einer ihrer Wurmköpfe seinen Schließmuskel mit seinen Widerhaken aufriss.

Doch SM war so betört von ihrer Duftnote, dass er die Schmerzen nur gedämpft spürte. Obwohl sein verdrehter Oberkörper in einem äußerst unnatürlichen Winkel zwischen dem massigen Lieb des Ztampignons und dem Beckenrand eingeklemmt worden war.

Sein Rückgrat war bereits mehrfach gebrochen worden. Die klebrige Zunge hatte zudem die Haut von seiner rechten Gesichtshälfte regelrecht weggeschmirgelt.

Während einer der Wurmköpfe sich gierig durch seinen After fraß, war ein weiterer in seinen Mund eingedrungen und malträtierte seine Zunge. SM erstickte fast an seinem eigenen Blut.

Die Klauen von Xenia lagen auf seinen Schultern, ließen seine Schlüsselbeine zersplittern, während sich der aufgedunsene Knorpelleib gegen seinen zierlichen Körper presste.

Doch ihr Duft betäubte ihn beinahe. Ein Teil von ihm beobachtete wie aus weiter Ferne seine eigene Zerstörung, ein anderer redete ihm Mut zu.

Das ist wahre Liebe. Nicht das Äußere zählt, sondern die innere Schönheit. Endlich habe ich die wahre Liebe gefunden. Es zählt nicht nur …

Die Gedanken brachen ab, als der schwere Körper des Ztampignons seinen Brustkorb zerquetschte. Trotz seines brutalen Niedergangs schlief SM mit einem friedvollen Lächeln auf den Lippen für immer ein.

Eine Weile später fauchte der Ztampignon auf, als er den Tod von SM durch dessen erschlafften Körper spürte.

Xenia hatte SM tatsächlich gerne gehabt und wollte ihm eigentlich nur die Beine zertrümmern, damit er ihr nicht mehr davonlaufen kann.

Warum musste sie immer so gierig sein? Warum konnte sie den Akt nicht einmal zärtlich und ruhig angehen? Und warum mussten die Menschen immer so zerbrechlich sein?

Würde ihre Mutter noch leben, wäre sie mehr als enttäuscht von ihr. Sie hatte sich immerhin für ihre Tochter geopfert, damit diese mal ernährungsbewusster leben konnte, aber immer wieder ließ Xenia sich hinreißen.

Ihre Klauen bohrten sich durch seinen kalten Brustkorb, während sie einen unmenschlich hohen Schrei ausstieß.

Hass tat schon so weh, aber die Liebe war wahrlich eine Qual.

Nun kam doch der Jahrhundertregen. Herr Kunz hatte ihn bitternötig. Bisswunden zierten bereits seine Oberarme und die Schultern. Die Ztonkys waren ebenfalls angeschlagen. Zwei von ihnen lagen bereits stöhnend auf dem Rücken und rieben sich die wunden Bäuche.

Gerade als er einem weiteren Wurmkopf parierte, schoss einer aus der bauchfreien Boygroup hervor und verpasste ihm eine Gerade gegen sein Siegerkinn.

Doch das schien dem jungen Mann mehr wehzutun, als dem Verleger selbst. Der Ztonky stieß einen hohen Schrei aus, als sein Handgelenk brach. Herr Kunz taumelte nur ein paar Schritte nach hinten. Er hüstelte kurz, bevor er in die Lüfte sprang und seinem

Gegner einen Drehkick gegen die Brust verpasste. Dieser segelte nach hinten und kegelte dabei zwei seiner Mitstreiter um.

Ein weiterer junger Krieger stürzte auf ihn zu. Seine Gesichtsknochen knirschten, als ihn der klobige Handteller des Verlegers brutal stoppte. Sein Gegner brach japsend zusammen. Herr Kunz sah zufrieden auf seine verformte Klaue.

Der Regen prasselte auf seinen Rücken. Er atmete genüsslich ein, als seine Haut anfing, zu reißen. Nun konnte der Krieg beginnen.

Die Terrassentür knallte auf. Fabienne wurde fast umgerannt, als sie zurück in den Saal flüchten wollte. Ein recht behaarter Mann brüllte sie so laut an, dass sie kein Wort mehr verstehen konnte.

Dann drängte er sich kreischend an ihr vorbei.

Fabienne wollte sich nach diesem abartigen Erlebnis nicht mehr im Garten aufhalten und sie wollte sich zudem vor dem prasselnden Regen schützen.

Erst im Saal bemerkte sie, dass es auch drinnen zu regnen schien und das sie hier keineswegs sicher war.

Ein weiterer Mann mit panischem Gesichtsausdruck stieß mit ihr zusammen. Er wimmerte und gestikulierte wild. Er schien auf etwas zeigen zu wollen, und sie folgte seinem Blick.

Sie kreischte auf, als sie ein riesiges unförmiges Monster auf sich zurasen sah.

Ein gewaltiger Pilzberg mit zwei klobigen Klauen und Wurmkopffrisur öffnete gierig fauchend seinen schleimigen Vulvaschlund und präsentierte ihr zahlreiche spitze Zähne.

Fabienne hob instinktiv ihre blutigen Hände.

Das Vieh wich kreischend zurück, als es ihr Blut witterte. Der schwere Leib knallte gegen das große Terrassenfenster. Dieses ging zu Bruch und die Scherben bohrten sich durch den massigen Leib.

Der Ztampignon gab einen schrillen Schrei von sich, als er von ihnen aufgespießt wurde.

»Kommen Sie!«, schrie der Mann neben ihr und zog sie mit sich zum Ausgang.

Er kam ihr bekannt vor. Sie konnte sich Gesichter gut merken, auch wenn seins eher durchschnittlich war. Doch seine grünen Augen waren mehr als markant, obwohl es bei ihm etwas länger gedauert hatte, bis sie ihn wiedererkannte. Sie konnte sich am Datingtisch kaum konzentrieren, da er sie so dichtgequatscht hatte. Nun jedoch fiel der Groschen. Sie erinnerte sich an einen Mann im Wartezimmer, der schmunzelnd etwas auf seinen Block gekritzelt hatte. War wohl ein Komiker. Denn er lachte ständig lauthals über seine eigenen Einfälle. Mann, war der ihr auf die Nerven gegangen! Dabei war es schon malträtierend genug für sie gewesen, sich Blut abnehmen lassen zu müssen. Das war vor etwa einer Woche gewesen. Berlin schien wohl doch ein Dorf zu sein und auf ein Wiedersehen mit ihm hätte sie durchaus verzichten können. Sympathisch war er auch jetzt nicht, als er eine ältere Frau vor sich einfach umschubste, aber dennoch war seine Gesellschaft nun weitaus angenehmer, als die dieser deformierten Kreaturen, die ihr scheinbar nach dem Leben trachteten.

Herr Kunz hatte mittlerweile in seiner neuen Gestalt die meisten aus der Boygroup dahingemetzelt. Pablo eilte mit einem Kampfschrei durch die Vordertür nach draußen, um seinen Kameraden zur Hilfe zu eilen. Doch er wurde bereits draußen erwartet. Die klebrige Zunge des Ztampignons schnellte hervor und ehe er sich versah, war er bereits mit einem schrillen Aufschrei in dessen Maul verschwunden.

Pia, die ihm bis hier her treudoof aus dem Zimmer hinterhergewatschelt war, knallte angewidert die Tür hinter ihm zu und gab sich der kalten Dusche hin. Mit einem fröhlichen Summen ließ sie sich von dem Wasser formen.

Während die Springflutanlage ihren nackten Prachtkörper benetzte, verschränkte sie ihre Arme hinter dem Kopf und räkelte sich stöhnend. Ein Mann mit Nickelbrille seufzte, während er sie dabei beobachtete. Waldemar, der gerade durch die Vordertür flüchten und anschließend in ein Gebüsch urinieren wollte, bremste scharf ab und versteckte sich hinter einem einarmigen Banditen, als er sie sah. Schon wieder musste die Aidstante ihrer Umwelt ihre imposanten Hügel präsentieren. Doch dieses Mal gab es ein Upgrade. Ihre tellerrunden Knospen teilten sich in der Mitte knackend, als jeweils ein Wurmkopf aus ihren Nippeln wuchs.

Pia grinste breit und offenbarte dabei messerscharfe Zahnreihen.

»Ich habe doch gesagt, dass ihr meine Brüste zum letzten Mal sehen werdet.«

Der nur noch leicht erkennbare Bluterguss auf ihrem Nasenbein fiel nun gar nicht mehr auf, denn ihre Haut sowie ihre Lippen hatten einen bläulichen Farbton angenommen. Waldemar starrte entsetzt auf ihre pechschwarzen Iriden. Sie hatten sich derart vergrößert, dass er das Weiße in ihren Augen gar nicht mehr ausmachen konnte.

Allerdings hatte sie noch welche, im Gegensatz zu dem Gaffer. Die Wurmköpfe schossen hervor und fraßen sich durch seine Augäpfel. Er klappte zusammen.

»Oh mein Gott! Wo geht es hier raus?«, riss Waldemar eine wohlbekannte Männerstimme aus der Trance.

Er drehte sich um und erkannte den Schundautor wieder. Hinter ihm stand mit blutigen Händen die Schlägerin, die die Weichteile von ihrem Ex-Freund am Buffet demoliert hatte.

»Da!«, zischte Waldemar und warf einen vielsagenden Blick Richtung Pia, die den Weg zum Ausgang versperrte.

»Es gibt doch eine Hintertür?«, fragte Frank verzweifelt.

»Zu weit weg und die Viecher sind überall.«

Die drei zuckten zusammen, als von draußen ein Schuss ertönte. Jedoch bekam der Graf dadurch einen Einfall.

»Aber im dritten Stock habe ich einen Safe mit Waffen. Dann können wir uns den Weg freischießen!«, erklärte ihm Waldemar.

»Alles klar!«, rief Frank.

Die drei wagten sich hinter dem Spielautomaten hervor und umrundeten die fauchende Pia, die rittlings auf dem Spanner saß, während sich nun ihre Nabelschnur durch seinen Bierbauch fraß.

Als sie fast die erste Treppe passiert hatten, hörten sie ein schleifendes Geräusch. Mortimer grindete mit seinem nackten Po grinsend das Geländer hinunter und beschichtete es dabei mit einer Spur aus Schleim. Ehe Frank sich versah, explodierte der Handballen des Sensibilitätsbeauftragten unter seinem Kinn. Er wurde durch den kraftvollen Punch hoch in die Luft gerissen und kegelte dann Fabienne um, die direkt hinter ihm gelaufen war. Die beiden kullerten die Treppe hinunter und Mortimer folgte ihnen knurrend. Er hatte sich komplett entkleidet und Frank starrte entsetzt und voller Ekel auf seine zwei mit Schorf überzogenen Schwänze, als er fiel. Zugleich wirkte das irre Lächeln Mortimers etwas deplatziert, da seine rechte Gesichtshälfte nun eine einzige Kraterlandschaft war.

Waldemar war ausnahmsweise mal froh, nicht im Zentrum der Aufmerksamkeit zu stehen. Er nutzte die Chance, um in den Flur vom ersten Stockwerk zu entwischen.

»Entschuldigt mich. Ich muss nur kurz aufs Klosett. Dann hol ich die Waffen«, murmelte er eher für sich aus sicherer Entfernung und rannte anschließend wimmernd auf die Damentoilette. *Ein Graf macht sich schließlich nicht ein*. Nachdem er hinter sich abgeschlossen hatte, zog er die Hose herunter und ließ sich japsend auf den Abort sinken.

Ein paar Sekunden später und er hätte sich in die Hosen gemacht.

Er redete sich Mut zu. *Es gibt kein Feuer. Das waren sie. Du kennst doch den Plan. Aber dir tun sie nichts. Sie haben es dir versprochen. Wir haben einen Deal.*

Das Geräusch seines plätschernden Urins beruhigte ihn schließlich etwas. Er seufzte erleichtert, als er sich endgültig ausgewrungen hatte.

Doch dann ließ ihn ein anderes Geräusch zusammenzucken. Erst dachte er bei dem Zischen an ein Gasleck, doch als etwas kaltes und feuchtes zärtlich gegen seine linke Pobacke stieß, sprang er panisch auf.

Doch es war zu spät.

Ein reißender Schmerz zog durch seinen Schließmuskel, als die Widerhaken zuschnappten. Die Made des Lachmannes hatte lang genug im Wasser des Klobeckens gelegen und Flüssigkeit aufgesaugt, um zu einem stattlichen Ztonkywurm heranzureifen.

Nun hatte er Hunger. Seine Schwanzspitze zitterte vor Gier und Erregung. Waldemar kreischte und würgte abwechselnd auf, als sein Schließmuskel riss, während sich der augenlose Kopf durch seinen Anus hinauf zu seinem Enddarm fraß.

Während Frank und Mortimer über die Stufen kullerten, landete Fabienne direkt vor Pia, die den augenlosen Spanner mittlerweile befruchtet hatte.

Zufrieden stieg diese von dem Mann herunter und ihre Nabelschnur schnellte zurück. Erst dann erblickte sie ihre einstige Freundin. Ihre Knospen öffneten sich wieder.

»Fass!«, knurrte sie und die beiden Wurmköpfe rasten fauchend auf Fabiennes Gesicht zu.

Diese hob erschrocken ihre blutigen Hände. Jedoch hatten die beiden Würmer weitaus mehr Angst vor ihr und schnellten zischend in Pias Busen zurück.

Ihre Nippel wuchsen wieder zusammen, als wäre nichts gewesen. Pia zog zunächst voller Bedauern ihren berühmten

Schmollmund, bevor sie wieder lächelte und dabei ihre messerscharfen Zähne präsentierte.

»Na, sieh mal einer an, wie hässlich du bist. Selbst denen bist du zu abstoßend«, sagte sie.

Fabienne konnte sich gar nicht entscheiden, ob sie angewidert oder verletzt sein sollte, als sie in die hasserfüllte Monsterfratze ihrer einst besten Freundin blickte. »Du nennst mich also hässlich. Aber warum hattest du dann Sex mit mir? Ganz schön dumm, oder?«, fragte sie zu ihrer eigenen Überraschung mit ruhiger Stimme.

Pia trat langsam auf sie zu. Dabei bleckte sie immer noch ihre spitzen Zähne und starrte sie mit großen Augen an.

»Hm. Tja? Was soll ich sagen? Ich mag es einfach, dich quieken zu hören. Ich habe halt ein Herz für Tiere sowie für Opfer. Und du bist beides. Eine grässliche Missgeburt mit Opferabo.«

Fabienne musste durch ihre hasserfüllten Worte blinzeln und diesen Moment nutzte Pia und warf sich kreischend gegen sie. Beide fielen eng umschlungen zu Boden. Pia behielt die Oberhand. Fabienne wollte sie von sich herunterstoßen, aber dann riss Pia sie an den Haaren und knallte ihren Hinterkopf mehrmals wuchtig auf den Marmorboden. Fabienne stöhnte benommen auf. Ein Schleier aus schwarzen Flecken tanzte vor ihrem Blickfeld. Pia lächelte erhaben, während sie sich mit ihrem ganzen Gewicht auf sie legte. »Aber selbst du bist es würdig, an mich zu denken, bis dein letzter Arzt kommt. Dafür brauchst du allerdings keine Augen mehr. Ich will dich nur etwas quieken hören.« Sie drückte von oben ihre langen Daumennägel auf Fabiennes Augäpfel. Diese versuchte verzweifelt von unten, ihre Hände wegzuschlagen. Doch Pia drückte unnachgiebig zu und Fabienne war immer noch benommen. Sie schlug linkisch nach Pia, verfehlte sie jedoch. Plötzlich hörte sie Schritte und Getrampel schnell näherkommen. Eine Horde aus flüchtenden Gästen rannte einfach über die beiden hinweg. Ein blank polierter Lederschuh traf Pias Schläfe und sie kullerte von

Fabienne herunter. »Oh, Entschuldigung«, stammelte der Mann im Anzug, der über sie gestolpert war, und rannte weiter.

Fabienne rieb sich ihre noch wohlbehaltenen Augen und richtete sich ächzend auf. Gerade als sie wieder klarere Sicht bekam, knallte ihr schon Pias Faust ins Gesicht.

Ihr Ex-Freund hingegen prügelte auf Frank ein, der zunächst erst mal Schock und Ekel überwinden musste, denn nicht nur Mortimers Zähne waren weitaus spitzer geworden. Auch das Steißbein von ihm hatte sich nun zu einem aufgeblähten Wurmschwanz verlängert. Der Schwanz sah fast wie eine Perlenkette aus, nur bestand die Kette nicht aus Perlen, sondern aus pulsierenden Fleischkörpern. Die Schwanzspitze am Ende sah verkrustet und stachelig aus, wie bei einem Skorpion.

Doch Mortimer benutzte bis jetzt hauptsächlich seine Fäuste. Ab und an rammte er Frank auch mal ein Knie in den Magen. Das Adrenalin hielt Frank aufrecht und er konnte somit einigen der zermürbenden Schlagkombinationen standhalten. Schließlich hatte Frank seine Übelkeit halbwegs überwunden. Mit einem verzweifelten Aufschrei verpasste er dem Sensitivity Reader einen Kopfstoß gegen das Nasenbein. Es knackte und Mortimer stürzte ein paar Treppenstufen hinab.

Frank hielt sich brüllend die schmerzende Stirn. Mit wütendem Gebrüll verpasste er Mortimer einen Fußtritt ins Gesicht, als dieser gerade wieder zu ihm hochhechten wollte. Jener knickte ein und knallte mit den Knien gegen die Stufen. Frank hörte die beiden Frauen aufkreischen und sah kurz zu Pia, die ebenfalls Fabienne mit einer schnellen Kombi aus Tritten malträtierte.

Doch bevor er sich weitere Sorgen um seine neue Kampfgefährtin machen konnte, durchbohrte der Schwanzstachel von Mortimer seine Schulter und er kreischte auf, als dieser ihn zu sich hinabriss.

Der Sensitivity Reader schenkte ihm ein überlegendes Lächeln, bevor er mit einem Aufwärtshaken Franks Siegerkinn erneut demolierte. Normalerweise wäre Frank durch so einen wuchtigen Schlag zu Boden gegangen, doch der Schwanzstachel in seiner Schulter hielt ihn aufrecht und die Wunde darin wurde weiter durch den Schwung aufgerissen. Frank kreischte vor Schmerzen und Mortimer schien das zu gefallen. Er kicherte fast schon kokett auf und revanchierte sich für seine zertrümmerte Nase. Er verpasste ihm mehrere Kopfnüsse in schneller Abfolge und brach somit Franks Nase zurecht. Nun konnte der Autor wieder riechen. Leider. Der kloakenartige Gestank lähmte ihn regelrecht.

Sie war nach den Prügeleien viel zu angeschlagen, um die Angriffe ihrer einstigen Freundin rechtzeitig parieren zu können. Der Fuß von Pia knallte gegen ihre Brust. Fabienne krachte nach dem kraftvollen Drehkick mit dem Rücken gegen einen einarmigen Banditen. Dieser wackelte nach dem kraftvollen Aufprall, fiel jedoch nicht um. Gerade als Fabienne sich ächzend wieder aufraffen konnte, ließ ein Schlag von Pia ihre rechte Augenbraue aufplatzen. Sie blinzelte, als ihr von oben warmes Blut ins Auge lief.

Fabienne schlug Pia auf die aufgespritzten Lippen, doch diese strauchelte nur kurz, bevor sie ebenfalls zuschlug. Wieder traf sie dieselbe blutige Augenbraue und quiekte auf, als ein brennender Schmerz durch ihren Handrücken schoss.

Fabienne holte aus und verpasste der Influencerin einen wuchtigen Hieb in den Magen. Doch auch ihre Hand schmerzte, als sie gegen eine Wand aus Bauchmuskeln schlug.

Pia holte kurz Luft, bevor sie ihre ehemalige Freundin mit einem Tritt galant von den Füßen fegte.

Ehe Fabienne sich versah, saß Pia rittlings auf ihr und würgte sie kreischend »Was kannst du eigentlich? GAR NICHTS, DU SAFTLOSE SCHWABBELBACKE! Musst halt mal mehr Sport machen, um gegen MICH zu bestehen! DUMME SAU! DU HÄTTEST DICH NIE

MIT MIR ANLEGEN DÜRFEN! NIE, NIE, NIE! ICH BIN VIEL stärker ALS DU! KAPIERST DU ES JETZT, DU TOXISCHE NARZISSTIN?! DU NUTZLOSER LAPPEN! FAULE KÄSEFOTZE! Siehst du? ICH BIN SCHON WIEDER OBENAUF! KAPIERST DU ES JETZT?! HÄ? DU FETTE BITCH?!«

Fabienne ruderte eine Weile hilflos mit den Armen, bevor sie Pia eine Hand ins Gesicht drückte. Doch diese verbiss sich mit ihren spitzen Zähnen in ihrem kleinen Finger. Fabienne wimmerte auf, als Pia ihr die Fingerkuppe abriss.

Aber auch Pia kreischte vor Schmerzen und spuckte die Kuppe wieder aus, nachdem sie das ätzende Blut geschmeckt hatte.

Fabienne hatte nun endlich verinnerlicht, dass ihre DNA als Waffe gegen diese scheußlichen Kreaturen fungierte.

Trotz der Qualen drückte sie ihren blutigen Fingerstumpf gegen einen von Pias Nippeln.

Diese fiepte auf, als ihre Brust zu qualmen anfing, bis sie schließlich platzte und Fabiennes Gesicht mit glühenden Maden bekleckerte.

Trotz der Schmerzen und des Ekels drückte Fabienne ihren verkrüppelten Finger gegen Pias andere Brustwarze.

Als auch diese Brust explodierte, kullerte Pia kreischend von Fabienne herunter. Entsetzt starrte sie auf die losen Hautlappen, die einst ihr ganzer Stolz gewesen waren.

»Wer ist hier nun der Lappen, hm? Da ist jetzt Luft nach oben, du Miststück«, knurrte Fabienne und erhob sich mit grimmigem Gesichtsausdruck.

Mortimer hüpfte vergnügt und brüllend auf dem benommenen Frank herum und brach ihm dabei ein paar Rippen. Der Autor spuckte würgend Blut, während sein Oberkörper zwischen ihm und ein paar Stufenkanten eingeklemmt war.

»TAUSEND SCHMERZEN ZURÜCK! JETZT KOMMT DAS KARMA, FREIBRODT! KARMA! SIE BEKOMMEN DAS TAUSENDFACHE VON

DEN SCHMERZEN ZURÜCK, DIE IHRE VERLETZENDEN WORTE ANGERICHTET HABEN!«

Dann verdrehte er knurrend Franks Nippel. Dieser winselte unter ihm.

Mortimer lächelte befreit bei den Geräuschen. »Genug der Rache. Ich habe schließlich einen Auftrag zu erfüllen. Du wirst mir nun dienen für alle Ewigkeit und gemeinsam werden wir dann politisch korrekte Kinderbücher schreiben.«

»Nein!«, ächzte Frank unter ihm mit gequetschter Stimme.

»Doch«, erwiderte Mortimer und grinste irre. Er klopfte auf sein Sixpack. Seine hohlen Wangen zogen sich noch mehr zurück, dafür wölbte sich sein sonst so flacher Bauch. Die wurmartige Nabelschnur erwachte fauchend zum Leben. Der Kopf fixierte Franks Ohr, bevor er auf ihn zu schnellte und sich dort verbiss.

Frank kreischte voller Ekel und Schmerzen, während der Ztonkywurm seine neue Wunde mit seinem Speichel befruchtete.

Doch dann fing Mortimer an, zu schreien, als ein schmatzendes Geräusch folgte.

Fabienne stand mit grimmiger Miene hinter ihm und hielt nun seinen abgerissenen Wurmschwanz in einer bluttriefenden Hand umklammert. Zwei blutige Finger der Anderen bohrten sich in das klaffende Loch an seinem Po, wo vor kurzem noch sein Stachel herausgewachsen war.

Der Wurmkopf ließ zischend ab von Franks Ohr und die Schnur schnellte fluchtartig in den Nabel zurück.

Mortimer erhob sich quiekend von Frank, stieß Fabienne zurück und rannte kreischend die Treppenstufen hoch, als würde sein Hintern brennen. Tatsächlich qualmte dieser, als er eine Bremsspur aus explodierenden Maden hinter sich herzog.

Korben lag immer noch aufgespießt zwischen den Scherben. Er war wieder zur menschlichen Größe zurückgeschrumpft. Die Wurmköpfe, die aus seinem Kopf und Rücken gesprossen waren, zogen sich in sein Fleisch zurück, nachdem sie aus ihren Mäulern Fäden aus menschlicher Haut gesponnen hatten, um den Prediger wieder in seinen menschlichen Kokon einzuspinnen.

Das Wasser besprenkelte ihn immer noch, und die Verletzungen waren zwar schwerwiegend aber keineswegs tödlich für ihn gewesen, dennoch war er nun zu schwach, um noch seine Urgestalt aufrecht zu erhalten. Er war wie alle Ztampignons viel zu sehr aus der Übung gekommen. Sie waren zu menschlich geworden.

Ein großer Schatten legte sich über ihn.

Er hob ächzend seinen Kopf und erblickte den gewaltigen Ztampignonleib seiner Nichte Xenia.

Korben seufzte resigniert. Er hatte eigentlich gehofft, dass er sie unter anderen Umständen wiedertreffen würde.

»Oh, mein liebes Kind«, hauchte er. »Ich freue mich so, dich wiederzusehen. Ich habe dich so sehr vermisst. Du hast dir eine neue Tarnung zugelegt, nicht wahr?«

Der schrille Aufschrei von ihr gab ihm zu verstehen, dass sie nicht an einer freundlichen Konversation interessiert war.

»Schon gut. Ich ... ich ... äh weiß«, japste er. »Das war damals nicht so gut gelaufen mit deiner Mutter. Ich hatte früher zu sehr Angst vor Veränderungen. Aber ich habe mein Verhalten nun reflektiert, weißt du? Also. Wir werden nicht im Stillstand verharren. Lass uns die Welt verändern. Gemeinsam.«

Xenia fauchte ihn wütend an. Korbens Mundwinkel zuckten nervös.

»NEIN! DU MACHST EINEN FEHLER. WEISST DU DAS? DU BIST NICHT BESSER, WENN DU MICH JETZT TÖTEST! HASS IST GIFT«, rief er, dann lächelte er warm. »Wie wäre es denn mit göttlicher Vergebung? Oder vielleicht sogar ... öh ... Liebe?«, schlug er vor.

Sein Lächeln erlosch, als sich der erste Wurmkopf durch seinen Hals fraß. Während Xenia ihren Onkel zerlegte, dachte sie wieder an die Schmerzen der Liebe und gleichzeitig wurde sie immer hungriger.

»Komm jetzt!«, rief Fabienne zu Frank, der wimmernd auf den Treppenstufen lag.

»Ich kann nicht mehr. Er hat mir sämtliche Rippen gebrochen. Lauf ruhig ohne mich, aber wenn ich schon sterbe, soll mein Vermächtnis ewig weiterleben. Nimm meinen Perso mit. Darauf steht meine Adresse und dort findest du ein Manuskript, was du …«

Frank quiekte vor Schmerzen auf, als die kräftige Fabienne ihn auflas.

»Stell dich nicht so an. Du wirst heute noch nicht sterben«, ächzte sie, nachdem sie einen seiner Arme um ihre Schulter gelegt hatte und ihn die Treppe herunter schleppte.

Sie hörten ein Geräusch von zersplitterndem Holz aus einem der unteren Flure.

Unten angekommen wurden sie fast von einer fauchenden Gruppe bestehend aus ein paar Frauen und Männern umgerannt. Erst auf dem zweiten Blick nahmen die beiden wahr, dass es Ztonkys waren. Denn aus ihren Körper wuchsen Wurmschwänze und wütend zischende Köpfe.

Doch die Gruppierung ignorierte die beiden. Sie hatten ein anderes Ziel im Visier.

»Schneller!«, motivierte der entsetzte Frank Fabienne, die ihn immer noch stützte.

»Dann mach dich nicht so schwer. Du kannst doch wenigstens mal deine Füße etwas mehr bewegen. Er hat dir doch nur die Rippen gebrochen!«, fuhr sie ihn an und zog ihn weiter Richtung Ausgangstür.

Frank wollte gerade protestieren, da zerriss ein schriller Schrei die Luft. Die Köpfe der beiden fuhren synchron zum Flur herum, der rechts neben ihnen lag und wo die Ztonkys hingerannt waren.

Dort erblickten sie ein weiteres feuchtglänzendes Monster. Die geleeartige Masse dieses Ztampignons schimmerte jedoch pistaziengrün im Gegensatz zu der Bestie, in die sich Korben vor Franks Augen verwandelt hatte. Der gigantische Knorpelkörper rieb sich an der Decke und presste sich gegen die ächzenden Wände des Flures. Doch der Platzmangel hemmte das Wesen nicht.

Seine klebrige Zunge hatte gerade einen der Ztonkys in seinen gierigen Schlund gezogen, während sich seine Krallen im Stoff des roten Samtteppichs verkrallten.

Ein weiterer wurde unter seinem massigen Leib zerquetscht, als sich das Wesen in Richtung Fabienne und Frank auf seinen Armen fortbewegte und sein Maul dabei gierig auf und zu schnappte. Mit seinen dreigliedrigen Klauen manövrierte er in rudernden Bewegungen seinen klobigen Körper über den Teppichboden und zog dabei neben seinem dreischwänzigen Unterleib eine feuchte Schleimspur hinter sich her. Weitere Ztonkys kreischten auf, als sie einfach überrollt worden, während der Ztampignon immer mehr Fahrt aufnahm. Eine verwurmte Kriegerin wurde von den augenlosen Köpfen, die aus dem Rücken der Halbmeerjungfrau sprossen, in Stücke gerissen.

Obwohl noch vier der Ztonkys übrig waren und den riesigen Körper des Ztampignons ebenfalls mit ihren Wurmgliedern traktierten, konnten sowohl Fabienne als auch Frank den Ausgang des Kampfes bereits erahnen. Ohnehin verspürten sie nicht das geringste Interesse, ihn sich weiter anzusehen. Frank konnte mittlerweile wie durch ein Wunder wieder alleine laufen und ignorierte seine schmerzenden Rippen. Die beiden hasteten durch die Ausgangstür und blickten in die drei Wurmschwänze eines weiteren nun wieder gräulich schimmernden Ztampignon.

Doch aus dieser war abgelenkt. Wütend fauchend stürzte er sich auf einen Feuerwehrtransporter. Der frisch infizierte Frank befand sich nun direkt im Dunstkreis des Ztampignons und wollte ihm betört hinterhereilen, da die Maden noch nicht sein Gehirn erreicht hatten und ihn vor den Sporen schützen konnten. Doch die immune Fabienne hielt ihn zurück.

Die drei Feuerwehrmänner kreischten panisch, während sie sich mit dem Wasserschlauch verteidigten. Sie ahnten ja nicht, dass der sonst so erlösende Strahl dieser Bestie nur weitere Kraft schenkte.

Der Wagen wurde von dem Meermonster einfach umgestoßen und die Männer unter ihm eingeklemmt. Gierig schabten die Klauen über das gekippte Fahrzeug, als wäre dies eine Thunfischdose und schließlich bogen die Krallen das Metall einfach auf. Das Wesen rülpste zufrieden, nachdem es einen der Feuerwehrmänner mit seiner Zunge aus dem Autowrack in seinen Schlund gezogen hatte. Er gab vorher noch einen zufriedenen Seufzer von sich. Denn er war ebenfalls von der fruchtigen Duftnote direkt über sich betört gewesen. Fabienne und Frank wandten betreten ihren Blick ab, bis schließlich auch das letzte erregte Stöhnen der beiden anderen Männer verebbt war und sie nur noch den Ztampignon schmatzen hörten. Dafür nahmen sie nicht wahr, dass hinter ihnen die Haustür des Herrenhauses aufgestoßen wurde.

Selbst der prasselnde Regen konnte die Spuren des Massakers nicht verwischen. Ein ebenfalls zerlegtes Polizeiauto lag am Fuße der Auffahrt zur Villa. Das Wrack eines Krankenwagens brannte lichterloh. Halbzerkaute Leichenteile von Menschen sowie Ztonkys lagen überall auf dem blutigen Kies vom Parkplatz verstreut.

Fabiennes Blick fiel auf den Leichnam eines Mannes in Polizeiuniform, dessen kreidebleiche Faust eine Walther P99 umklammert hielt.

Bevor sie sich nach der Waffe bücken konnte, fielen bereits zwei Schüsse und ließen eitriggelben Schleim spritzen.

Der getroffene Ztampignon stieß einen unmenschlich schrillen Schrei aus und rollte schützend seinen massigen Leib zusammen.

Fabienne drehte sich um, und starrte direkt auf den Schützen, der nun auf sie selbst zielte. In gekrümmter Haltung, denn durch seinen wunden After hatte er sämtliche Maden verloren.

Mortimer schenkte ihr ein kaltes Lächeln, bevor er abdrückte. Pia stand mit ausdruckslosem Gesicht ein paar Meter hinter ihm, als der Sensitivity Reader Fabiennes Kniescheibe zerschoss.

Fabienne knickte schreiend ein.

»NEIN!«, schrie Frank. »Tu es nicht!«

Fabienne hob mit schmerzverzerrtem Gesicht instinktiv eine Hand, als sie auf dem Kies kauerte.

»Hure der Gewalt. Du hast all meine Kinder getötet«, flüsterte der nun entwurmte Mortimer mit großen Augen. Er durchlöcherte mit einem weiteren Schuss Fabiennes Handteller.

»Du darfst sie nicht töten, nur verletzen. Die beiden sollen noch lange leben!«, mischte sich Pias helle Stimme in Fabiennes Schreie.

Das könnte dir so passen, dachte Frank und Adrenalin schoss in seinen malträtierten Körper.

Die toten Künstler verkaufen sich am besten. Besonders die Werke von Märtyrern. Wenn ich schon nicht der Auserwählte bin, kann ich dennoch wie ein Held sterben.

FEUCHTE BEUTE wird dafür für immer leben!

Mit einem wütenden Schrei warf er sich in die Schusslinie, als Mortimer Fabiennes Kopf anvisierte und abdrückte.

Aus seinem Kampfgebrüll wurde jedoch ein klägliches Wimmern, als sich die Kugel in seine Leiste bohrte. Er sackte japsend zusammen.

Mortimer trat mit einem selbstgefälligen Grinsen auf ihn zu.

»Oh, Herr Freibrodt. Ich kann Ihnen gar nicht genug dafür danken, dass Sie sich freiwillig in die Schussbahn begeben haben. Die Schergen des Bösen sind nun direkt vor mir versammelt. Was für ein Pech für Sie, dass mein Vater mich damals nach meiner

Entführung stets zum Schützenverein mitgenommen hatte, anstatt mich mal in den Arm zu nehmen, zu trösten oder einfach mal ... «

Er unterbrach sich wimmernd und wieder lief Salzlake aus seinen Augen.

Frank hoffte, dass er einen Nervenzusammenbruch erleiden würde, oder er einfach durch seine ständige Heulerei am Flüssigkeitsverlust zu Grunde ging, doch Mortimer fing sich leider schon wieder, nachdem er sich einmal mit der flachen Hand gegen die Schläfe geschlagen hatte. Er stieß einen Seufzer aus und fuhr mit kalter Stimme fort:

»Wie recht Vater hatte. Scheinbar kann leider nur die Gewalt selbst Gewalt beenden. Das Gute steht nun kurz vor einem endgültigen Sieg. Oh, wie schade, dass wir uns in den irdischen Gefilden nicht mehr wiedersehen. Denn Sie kommen ganz sicher in die Hölle, während ich irgendwann als Engel im Himmel auf Sie herabsehen werde.«

Nun versuchte Frank krampfhaft, die Tränen zurückzuhalten, als Mortimer seinen Fuß auf die verletzte Leiste drückte. Es gelang ihm leider nicht.

»Sie ... Sie können mich töten. Aber mein Werk werden Sie nicht vernichten können«, presste Frank schniefend hervor.

Mortimer hob die Waffe und richtete sie mit ruhiger Hand auf Franks Stirn.

»Niemand wird diesen Schund jemals lesen. Ich werde das niemals zulassen. Selbst wenn ich jeden einzelnen potenziellen Leser erschießen muss. Leben Sie wohl, Herr Freibrodt.«

Frank schloss wimmernd die Augen. Ein weiterer noch ohrenbetäubenderer Knall ertönte.

Doch statt einem erlösenden Licht oder loderndem Höllenfeuer sah Frank nur Schwärze, bis er die Augen wieder aufriss, nachdem er Mortimer neben sich aufkreischen hörte.

Dieser lag nun ebenfalls auf dem Boden. Die Waffe war ihm aus der Hand gerutscht. Blut sprudelte aus seiner Schulter.

Nun sah Frank Pia über sich stehen. Sie hielt zitternd die Walther P99 in der rechten Faust umklammert, die sie sich heimlich während Mortimers Monolog von dem toten Polizisten angeeignet hatte.

Ihr wütendes Gekreische mischte sich in die Schreie der drei Angeschossenen:

»ICH HAB DOCH GESAGT, DIE BEIDEN SOLLEN WEITERLEBEN! IHR DREI SOLLT IMMER AN MICH DENKEN, WENN IHR ZUM ARZT GEHT, ODER …«

Wimmernd unterbrach sie sich selbst und sah auf die Hautlappen, die einst ihre ominösen Brüste gewesen waren.

»Oh, wann hört das endlich auf. Es tut immer noch so weh«, hauchte sie, bevor sie sich theatralisch den Handrücken gegen die Stirn presste und anschließend wie ein sterbender Schwan ebenfalls zu Boden sackte.

Je kälter sein Körper wurde, desto weniger verspürte Frank die Lust, als Märtyrer zu sterben. Er sah sich hilfesuchend um, als er aus der Ferne Sirenen hörte, die sich allmählich näherten.

Dabei blickte er schließlich in das starre Gesicht seines Verlegers auf der schrumpfenden Masse des verwundeten Ztampignons. Die Wurmköpfe spannten ihn in sein menschliches Korsett zurück, während sie sich dabei langsam ins Fleisch zurückzogen.

Dasselbe passierte mit seiner Nichte Xenia in der Villa. Sie hatte den Kampf zwar eindeutig für sich entschieden, war jedoch von den Ztonkyköpfen zu stark verwundet worden, um ihre Urgestalt aufrecht erhalten zu können. Während sie zurück in den menschlichen Kokon gespannt wurde, dachte sie an Korbens letzte Lügen, entdeckte darin jedoch einen interessanten Kern. Liebe und Hass hatte sie bereits ausprobiert und es war beides nicht so schön für sie verlaufen, aber vielleicht war es nun an der Zeit für sie zu vergeben?

15. Ein Neuanfang

»Sie haben einen fulminanten Sieg eingefahren. Ich habe nie an Ihnen gezweifelt, Herr Freibrodt«, lobte ihn sein Verleger mit monotoner Stimme.

»Ich bin doch gar nicht der Auserwählte«, gab Frank zu bedenken.

Herr Kunz blickte stirnrunzelnd auf Franks Nachttisch. Der Teller war mit Weinsauce und Blut vollgeschmiert und ein kleines, zurückgebliebenes Stück von einem halb rohen Rindersteak ruhte noch unangetastet auf ihm.

»Ach ja. Sie wissen schon. Krankenhausessen«, sagte Frank sichtlich zufrieden und zog seine Bettdecke etwas hoch, als sein Verleger ihn auf dem Krankenbett zum wiederholten Male musterte.

»Dem Anschein nach wird Ihre Heldentat hier gebührend gewürdigt und da kommen wir nun auch zum entscheidenden Punkt, denn mein zeitlicher Spielraum ist denkbar eng. Sie sind zwar nicht auserwählt und können auch nicht gerade nennenswerte Talente oder Fähigkeiten vorweisen, aber Sie waren ein entscheidendes kleines Puzzleteil vom Gesamtbild, diesem großen düsteren Panorama. Sie lagen fast eine halbe Ewigkeit unbedeutend und einsam wie dieses triefende Stück Fleisch auf dem schmierigen Teller am Rande, aber in der entscheidenden Sekunde haben Sie das große Puzzle neu reformiert. Wie ein ungezogener und zugleich linkischer Komparse sind Sie einfach in die Nahaufnahme der weitaus bedeutsameren Hauptdarstellerin getaumelt und haben somit die Geschichte neu geschrieben. Ein wahrhaftiges Opfer.«

Frank seufzte, als sein Magen wieder knurrte. »Warum sind Sie eigentlich so froh, dass Fabienne noch am Leben ist? Ich weiß ganz genau, was Sie sind.«

Herr Kunz schenkte ihm ein dünnes Lächeln. »Und mir ist zudem bekannt, was Sie nun sind, Herr Freibrodt. Sie brauchen gar nicht so unbeholfen an Ihrer Bettdecke herumzuzupfen. Ich bin mit Ihrer unglücklichen Situation, was Ihren neuen Untermieter betrifft, durchaus vertraut und um Abhilfe bemüht. Ich hatte bereits eine persönliche Unterredung mit dem Arzt meines Vertrauens geführt und es werden dementsprechend Schritte eingeleitet werden.«

»Oh, danke«, sagte Frank gedehnt und lächelte kraftlos. »Wie aufmerksam von Ihnen.«

»Doch das ist noch bei weitem nicht alles. Als Dank für Ihren selbstlosen Einsatz und als Wink zu meinem Herrn Vater sowie als ersten Gehversuch des Friedens zwischen den Ztonkys und den Ztampignons werde ich Ihnen nun bei Ihrer neuen Lektüre als Lektor konstruktiv zur Seite stehen. Damit stellen wir zudem eine Qualitätssicherung für Ihr Werk sicher. Wir werden zusammen aus diesem miefenden Schundhaufen einen Diamanten der Gegenwartsliteratur formen. Aus diesem trostlosen Fleischbrei machen wir literarischen Trüffel.«

»Oh, wie nett von Ihnen. Aber bitte bestellen Sie nicht wieder den Sensitivity Reader ein.«

Herr Kunz räusperte sich etwas verlegen. »Nein, nein. Auch wenn sämtliche Ztonkys dank der geschickten Hände der Auserwählten aus seinem Körper getilgt worden sind, haben diese Untermieter wohl unheilbare Nachwirkungen an seinem Frontallappen hinterlassen. Herr Wissmann und seine ebenfalls genesene Verlobte verhalten sich jedenfalls nach wie vor etwas wirr. Scheinbar scheint er wohl auch nicht so unschuldig und aufrichtig zu sein wie seine Ideale, die er stets gepriesen hatte. Aber selbst wenn ich denn wollte, und mit diesem brutalen Barbaren ohnehin nicht, er befindet sich derzeit in Sicherheitsverwahrung. Wie dem auch sei. Wir beide sind zunächst auf uns allein gestellt und müssen die hohen Herausforderungen, die Ihr Werk nun halt mal bürgt, vorerst zu zweit bewältigen. Mit Verlaub, wenn Sie mich jetzt bitte entschuldigen ...«

»Auf jeden Fall.«

»Ich muss wieder meine Beratertätigkeit für die Regierung aufnehmen, damit wir Ztonk ein für alle Mal die Leviten lesen können. Dafür werde ich übrigens fürstlich entlohnt und genieße zudem zahlreiche weitere Privilegien. Was auch Ihre Frage beantwortet, warum ich auf der Seite der Menschen stehe und nicht auf der meines Herrn Vaters, der mich nie sein eigen Fleisch und Blut nennen wollte. Zeiten des Friedens könnten nun bevorstehen. Ein kleines Bonbon erhielt ich bereits. Nach getaner Arbeit werde ich mich mit meiner Nichte treffen. Wir wollen uns zusammen auf eine alternative Nahrungsquelle einigen. Auf jeden Fall werde ich mich wohl bezüglich des Fleischverzehrs von exquisiten Menschen etwas einschränken müssen. Dafür will sie mir einen bereits vergangenen Fauxpas verzeihen. Ach ja, Sie sind ja bereits involviert, um welche Angelegenheit es sich dabei handelt. Vergebung ist wahrlich ein herrliches Gefühl. Diesbezüglich werde ich Ihnen auch *Feuchte Beute* verzeihen und wir sehen uns alsbald zur Schadensbegrenzung. Guten Tag«, sagte Herr Kunz und tippte noch einmal an die Krempe seines Künstlerhutes, bevor er das Krankenzimmer verließ.

Frank atmete tief durch und zählte bis einundzwanzig, bevor er den Notruf betätigte.

Wenig später stürmte ein junger Krankenpfleger ins Zimmer.

»TÜR ZU!«, blaffte Frank.

»Okay. Tschuldigung«, stammelte der Mann kleinlaut und schloss die Tür leise hinter sich.

»Wo bleibt mein warmes Steak?«

Der junge Mann strich sich verlegen durch die dunklen Locken. »Äh ...Sorry ... aber Sie haben doch gerade ...«

»DAS WAR KALT!«, schnauzte Frank.

»Ich bitte Sie! Wir haben gerade ein paar Notfälle ...«, begann der Pfleger, stockte allerdings, als Frank die Bettdecke wegriss und ihm seine nackte Wampe präsentierte.

»Oh mein Gott! Bitte nicht«, quiekte der junge Mann.

»ICH WILL BOHNEN, HABE ICH DOCH GESAGT!«

»Wir haben gerade keine ...«

Er schrie auf, als der augenlose Kopf direkt vor seinem Gesicht stoppte.

Frank grinste voller Genugtuung. »Erklär es ihm.«

»Ich werde die Bohnen unverzüglich besorgen«, sagte der junge Mann überdeutlich zu dem zischenden Wurmkopf und Frank ließ seine neue Nabelschnur wieder in seine Plauze zurückschnellen.

»HALT!«, stoppte Frank den Pfleger, der gerade hinauseilen wollte.

»Äh ... ja?«

»Kein Wort zu niemandem! Kapiert?«

»Natürlich«, flüsterte der junge Mann und knallte die Tür hinter sich zu.

Frank lachte dämonisch und sein Kopf sackte auf das frischaufgeschüttelte Kissen zurück.

Zuerst hatte er mit der neuen Situation gehadert, aber dann fand er einen Draht zu seinen neuen Kindern. Die langen Nächte hatte er ausgiebig genutzt, um seine mentalen Fähigkeiten zu trainieren, und nun konnte er die Untermieter mit seinen bloßen Gedanken steuern.

Und sie liebten rohes Steak mit Bohnen, Kartoffelgratin und Champagnersauce genauso wie er selbst.

Dennoch wäre er lieber ein Werwolf geworden, wie in seinem Roman FEUCHTE BEUTE.

Frank sank allmählich in den Schlaf, während er sich vorstellte, wie er seinen Horrorroman von Schauspielern und Sprechern vertonen ließ. Er führte selbstverständlich die Regie und baute dabei eine knallharte Hierarchie auf. Die Atmosphäre der Angst würde sein Gemüt wärmen. Jeden dilettantischen Versprecher, jedes lästige Widerwort würde er als Wolfsmensch im Keim ersticken und sanktionieren.

Er lächelte selig, als er einschlief.

16. Ein Ende?

EIN JAHR SPÄTER

Die Leute konnten zappen, wie sie wollten, das Programm schien überall dieselben Nachrichten und Bilder auszustrahlen. Die Straßen der Metropolen waren überfüllt von feiernden und tanzenden Menschen. Sowie auch auf dem großen Flachbildfernseher an der Wand des Cafés in dem Wolfgang seine Zeitung las und vergebens auf die Bedienung wartete.

SIEG AUF GANZER LINIE!, war die Überschrift eines Artikels der Titelseite einer Boulevardpresse.

EINST VERFEINDETE NATIONEN, RELIGIONEN UND VÖLKER FEIERN SEITE AN SEITE FRIEDVOLL UND AUSGELASSEN DEN AUSGANG DES KRIEGES GEGEN DEN MÄCHTIGEN FEIND AUS DEN UNTIEFEN. NACHDEM SÄMTLICHE NATIONEN SICH ZUSAMMENGESCHLOSSEN HATTEN UND DIE ATOMAREN MÄCHTE IHRE U-BOOTE ENTSANDTEN, KONNTE DER TEUFLISCHE RIESENWURM AUS DEM BERMUDADREIECK ENDLICH BEZWUNGEN WERDEN.

ER IST NUN EXPLODIERT UND SEINE ÜBERRESTE LIEGEN IM ATLANTIK VERSTREUT.

LETZTLICH HATTE IHN SEINE PERVERSE GIER BEZWUNGEN. ER WAR GEPLATZT, NACHDEM ER ZU VIELE ATOM-U-BOOTE VERSCHLUNGEN HATTE.

ZUDEM SCHEINT AUS DEN BLUTKÖRPERN EINER IMMUNTRÄGERIN EIN VIELVERSPRECHENDER IMPFSTOFF ENTWICKELT WORDEN ZU SEIN, UM DER EPIDEMIE DER WÜRMER HERR ZU WERDEN. DIE MENSCHEN FEIERN AUSGELASSEN UND SIND IM FRIEDEN VEREINT. NUR WIE LANGE WERDEN DIESE ZEITEN ANHALTEN? UNSERE GESCHICHTE ZEIGT LEIDER ALLZU OFT AUF, DASS WIR STETS EIN FEINDBILD BRAUCHEN.

LETZTERE ANMERKUNG IST EINE EINZELMEINUNG UNSERES AUTORS UND SPIEGELT WOMÖGLICH NICHT DIE MEINUNG UNSERER REDAKTION WIEDER.

Ein Foto der zaghaft lächelnden Fabienne war beigefügt worden.

Der Lachsmann befeuchtete mit der Zunge seinen trockenen Daumen, bevor er ihn über ihre Grübchen gleiten ließ.

»Mein Wurm lebt aber noch«, grölte ein junger Mann und die junge Bedienung kicherte.

Der Lachsmann leckte sich über seine spröden Lippen. Der junge Mann zwei Tische vor ihm sah umwerfend gut aus, deswegen konnte er sich wohl solche Sprüche erlauben. Aber vielleicht irrte sich Wolfgang auch und die Bedienung war schlichtweg offen für flache Witze. Er überlegte gerade, ob er ebenfalls seinen Senf dazugeben sollte, da sah er bereits ihr Lächeln entgleisen, als sich ihre Blicke trafen.

Sie fror ein, als er sich erhob und langsam auf sie zu schlenderte. Der junge Mann saß mit dem Rücken zu Wolfgang und schien ihn generell gar nicht wahrzunehmen, außer dass er sich vor ein paar Minuten einmal über den stechenden Geruch, der in der Luft lag, bei der Bedienung ausließ.

Wolfgang lief so dicht wie möglich an ihr vorbei.

Zufrieden stellte er fest, dass sie eine Gänsehaut bekam und sich die wenigen Haare auf ihren Unterarmen aufstellten, als sein Ärmel leicht ihre Schulter beim Vorbeigehen streifte.

Er trat durch die Eingangstür nach draußen und blieb auf der ersten Treppenstufe stehen. Nachdem er einmal tief durchgeatmet hatte, wählte er eine Festnetznummer von seinem Prepaidhandy an. Nach einer Weile meldete sich eine krächzende Männerstimme.

»Ja?«

»Das soll man nicht sagen, wenn man die Nummer nicht kennt«, belehrte ihn Wolfgang.

»Wer sind Sie?«

»Erkennst du denn nicht meine Stimme?«

»Nein. Und siezen Sie mich bitte.«

»Solltest du aber. Ich bin es doch. Wolfgang. Dein Sohn.«

Es blieb eine Weile still, bis sein Vater antwortete. »Ich weiß nicht, wovon Sie reden! Ich habe keinen Sohn mehr«, bellte er dann.

Wolfgang hauchte liebevoll ins Telefon. Obwohl der Lachsmann seine Mutter nie kennengelernt hatte, weil sein wohlhabender Herr Vater seine weitaus jüngeren Bräute wie schmutzige Windeln auswechselte, war dieser stets um seine Reputation besorgt gewesen und belehrte Wolfgang, seitdem er denken konnte. Sein Sohn sollte unter allen Umständen zu einem moralisch unfehlbaren Menschen heranreifen. Nun versuchte sein Vater, das Endergebnis seiner redlichen Bemühungen zu verdrängen. Der Lachsmann liebte es, seinem alten Gedächtnis auf die Sprünge zu helfen.

»Doch. Du hast einen Sohn.«

»Bitte unterlassen Sie diese pietätlosen Scherze. Mein Sohn ist an einer Überdosis gestorben.«

»Hast du das Cheyenne erzählt?«

»Ja.«

»Hättest du dir nicht eine bessere Geschichte ausdenken können?«

»Sie wollte wissen, was mit ihrem Halbbruder passiert ist. Wollte Fotos sehen, aber ich konnte den Schmerz und mein väterliches Versagen leider nicht ertragen, deswegen habe ich alle Bilder von meinem kleinen Junkiejungen verbrannt. Mir gefällt diese Geschichte besser, als mancherlei Horrormärchen die einem sonst so zu Ohren kommen. Immerhin hat mein Sohn kein seitenlanges Vorstrafenregister, nicht als Söldner getötet, oder kleine Kinder an reiche Perverslinge verkauft.«

»Immer wenn dir die sachlichen Argumente ausgehen, kommst du mir mit meinen Jugendsünden.«

»Widerlicher Scheißkerl! MEIN SOHN IST TOT! Siez mich gefälligst!«

»Cheyenne wird mich schon bald kennenlernen. Ob es Ihnen nun gefällt oder nicht.«

»Du ekelhafte Ausgeburt der Hölle! Wenn du sie nur einmal …«

»Aber, aber. Wir wollten uns doch siezen, oder nicht?«, unterbrach ihn der Lachsmann sanft und legte auf. Er würde Reinhardt mit dieser Angelegenheit betrauen. Sein Geschäftspartner sollte den alten Mann auf Trap halten, bevor es zu einer Familienaufstellung kam.

Er betrat das Café erneut. Setzte sich nun an einen anderen Tisch, wo er bessere Sicht auf den jungen Proll hatte. Auf seine ausladende Goldkette, die über seiner muskulösen Brust baumelte. Auf sein hübsches, glattes Gesicht.

Die Bedienung war wohl vorerst in die Küche verschwunden.

Der Lachsmann öffnete seinen Rucksack und kramte ein Buch hervor, welches er als Sichtschutz benutzte. So konnte er ungestört seinen menschlichen Sohn beobachten.

Nachdem Wolfgang fast an dem Verlust seiner Madenkinder gestorben war, dachte er zunächst, er hätte sämtliche überirdischen Fähigkeiten verloren. Aber nein, etwas Übersinnliches war in ihm geblieben. Egal wo sein Junge hinlief, der Lachsmann spürte ihn auf seinem Radar und fand ihn immer wieder.

Nun saßen Vater und Sohn als einzige Kunden in diesem miefenden Establishment, wo Kundenfreundlichkeit und Service nicht an erster Stelle zu stehen schienen.

Die Miene seines Sohnes verfinsterte sich zunehmend, während er über sein Smartphone scrollte.

Vermutlich war er gerade in den sozialen Medien unterwegs und sah sich dort die überbelichteten Beträge von gutbetuchten Influencern an. Er verglich nun ihr Leben mit seinem Eigenen und ging dabei zunehmend in eine zermarternde Selbstreflexion über. Denn selbst so eine stattliche Naturschönheit wie er konnte dabei nur verlieren.

Während andere Elternteile in der Regel besorgt wären, beobachtete Wolfgang zufrieden, wie das aufgeplusterte Selbstbewusstsein von Jordan Stück für Stück zusammenfiel, während er immer mehr in dem Mainstream - Dschungel versackte.

Darauf konnte der Lachsmann bauen. Damit ließ sich arbeiten. Das freche Grinsen war verschwunden und nun zeigte sich die wahre Ästhetik in Jordans Gesicht, als sich darin Melancholie und Zorn abwechselnd die Klinke in die Hand gaben.

Das gefiel dem Lachsmann. Das war genau die Energie, die er benötigte. Erregt beobachtete er das Mienenspiel seines Sohnes. *Ich bin ein stolzer Vater. Er ist so schön.*

Viel zu wenig hatte sich Wolfgang um seinen Jungen gekümmert. Die Zusammenarbeit mit Ztonk hatte dies kaum zugelassen. Wenigstens konnte er ihm einmal vor vielen Jahren per Post ein Plüschkaninchen zukommen lassen. Er würde ihm jetzt ein weiteres kaufen und gleichzeitig dafür sorgen, dass sowohl Groll als auch Trauer in seinem Gesicht bestehen blieben.

Plötzlich schien Jordan etwas zu wittern. Sein Kopf fuhr herum und er hätte um ein Haar in die Augen seines Erzeugers gestarrt, hätte dieser sich nicht geistesgegenwärtig die Lektüre vors Gesicht gehalten.

Nein. Ich bestimme, wann du mich das erste Mal sehen darfst.

»Ey, hast du die ganze Zeit etwa geschissen, oder was?«

Der Lachsmann reagierte nicht auf die Anschuldigung seines Sohnes, sondern schlug das Buch auf.

»EY! ICH REDE MIT DIR, DU STINKTIER!«

Wolfgang manövrierte sich durch die Zeilen, obwohl er das Buch schon einige Male gelesen hatte. Es war so gut. Nur warum wurde er nicht darin erwähnt?

Der Lachsmann hörte den Stuhl scharren, als sich Jordan erhob.

»Ey! Was liest du denn da? Äh? FEUCHTE BEUTE? WAS BIST DU DENN FÜR EIN PERSERVER, EY!?«, rief Jordan angriffslustig, während er sich seinem Vater näherte.

Wolfgang schnaufte. Wollte sein Herr Sohn jetzt etwa alles versauen?

Die Tür der Küche öffnete sich.

»Hallöchen? Wolltest du nicht noch meine Nummer haben?«, hörte der Lachsmann die hohe Stimme der Bedienung. Sie klang verunsichert und zugleich hoffnungsvoll.

»Ja, ja«, brummte Jordan. »Lass uns mal vor die Tür gehen, ja? Dann geh ich nach hause. HIER STINKT ES NÄMLICH!«

Während Wolfgang das Impressum studierte, hörte er die Eingangstür zuknallen.

Sein Radar spürte die aggressiv aufgeladene sexuelle Energie, die von seinem Sohn ausging. Das Testosteron kochte regelrecht.

Vor seinem geistigen Auge sah der Lachsmann vergnügt dabei zu, wie Jordan die hübsche junge Bedienung gegen ein Mauerwerk presste.

Gut so. Aber lass dem Papi was übrig.

Wolfgangs braune Vorderzähne stülpten sich über die Unterlippe, während er las.

Das Werk war von Frank J. Freibrodt im Selfpublishing veröffentlich worden, nachdem er sich wegen künstlerischer Differenzen von seinem Verleger getrennt hatte.

Das Einzige, was Wolfgang an der Geschichte missfiel, war der Umstand, dass er darin schlichtweg nirgends vorkam, im Gegensatz zu vielen anderen Charakteren, die sich zeitgleich mit ihm in der Villa aufgehalten hatten und die Frank dann verarbeitet hatte.

Immerhin war er dem Schriftsteller kurz im Flur begegnet. Hatte sogar ein Gespräch mit ihm geführt.

Aber ständig musste er verkannt werden. Damit war nun Schluss. Wolfgang würde noch zu seinem wohlverdienten Ruhm kommen. Nachdem er den Horrorroman das erste Mal konsumiert hatte, war er entschlossener denn je, in die Analen der Geschichte einzugehen. Aber er wollte sich lieber Richtung Film orientieren, anstatt sich allzu sehr mit der Literatur auseinandersetzen zu müssen.

Er würde sowohl vor als auch hinter der Kamera agieren und seine erste unfreiwillige Spielpartnerin durfte die kackfreche Kellnerin sein.

Mit einem Messer würde er ihr ein kundenfreundliches Lächeln ins Gesicht schneiden.

Aber zuvor wollte er sich wenigstens noch einmal das erste Kapitel von FEUCHTE BEUTE zu Gemüte führen.

Kapitel 1

Theodore und das Feuer

31.10.1575 n. Christus

»Ich verstehe das nicht«, sagte eine junge Frau in der Menschenmenge und spielte mit ihren zarten Händen nachdenklich an den

Rüschen von ihrem Gewand. »Es gibt bisher keine Beweise für ihre Schuld. So, wie ich gehört habe, hat sie doch noch gar nichts gestanden.«

»Das braucht sie auch nicht. Sieh doch mal genau hin, Lorena. Sie ist rothaarig!«, belehrte sie eine ältere Dame unwirsch.

Der blühende Duft des Frühlings lag in der Luft und versprach sonnige Tage.

Doch allen Menschen, die sich an dem Scheiterhaufen am Marktplatz versammelt hatten, sollte sowieso bald recht warm werden.

Ungemütlich heiß würde es allerdings gleich für Theodore werden, die an dem Feuerpfahl in der Mitte des Haufens festgebunden worden war.

Sie richtete verzweifelt ihren Blick auf Waldemar, der ungerührt etwas weiter von ihr entfernt stand und die rothaarige Bauerstochter ebenfalls mit kalten Augen ansah.

Neben ihm stand seine Gemahlin Mathilda, die ihre jüngste Tochter Frederike an der Hand hielt, während der älteste Sohn Friedhelm bereits Steine sammelte, um die vermeintliche Hexe abwerfen zu können.

Auch ein paar andere Kinder und Jugendliche sammelten fleißig Steine und Stöcke zum Abwerfen, während viele der Erwachsenen sich Stockbrot an den Marktständen beschafften, um es anschließend im Feuer zu grillen.

Manche von ihnen besorgten sich nur Wein und Kräutersuppe und verzichteten lieber auf das leckere Brot, da sie nicht zu nah ans Feuer treten wollten.

»Noch ein paar letzte Worte, du schändliche Hexe?«, fragte Eberhardt die an den Pfahl gefesselte Theodore.

Da es seine erste Verbrennung war, konnte der junge Bursche es kaum noch erwarten, das Feuer zu entfachen.

»Ja, an den Grafen möchte ich mein Wort richten. Bitte Waldemar!«, flehte sie. »Beende das hier. Dein Kind wächst in mir heran.

Du liebst mich doch, das hast du mir gesagt. Was habe ich nun getan? Warum verleugnest du mich jetzt? Ich schenke dir bald ein Kind!«

Empörtes Geraune und Gelächter durchzog die Menge.

»Hure! Hundsfott!«

»Verfluchte Dirne!«

»Nymphe! Hexe!«

Waldemar kniff voller Abscheu die Augen zusammen. Er hatte sich zwar ein paar Mal mit dieser einfachen Bäuerin amüsiert, trotzdem fragte er sich, wie diese schändliche Zerstreuung zustande kommen konnte. Er war ein Mann von Adelsblut und hatte ganz gewiss nicht vor, einen Bastard niederen Ranges aufzuziehen. Vielleicht hätte er sie einfach erwürgen sollen. Aber was würde das für einen Unterschied machen? Keiner würde dieser Hure glauben schenken.

Frederike zupfte ihren Vater am Ärmel. »Vater? Warum weint das Weib?«

»Das ist alles nur Täuschung, mein Kind. Hör nicht auf diese Hexe und ihre Lügen«, antwortete ihr Waldemar und schenkte seiner kleinen Tochter ein warmes Lächeln.

»Bitte, Waldemar! Es ist dein Kind. Verschone es. Du kannst mich ...«, begann Theodore wieder schluchzend.

Ein großer Stein knallte ihr gegen die Stirn.

»Hure!«, brüllte Waldemars Sohn Friedhelm und sammelte eifrig einen weiteren Stein auf.

»Soll ich die Kinder nicht vielleicht zurück ins Schloss bringen, mein Herr?«, fragte ihn sein treuer Diener Mortimer etwas besorgt.

Doch Waldemar winkte ab. Seine Kinder sollten früh lernen, wie das Leben funktioniert. Nun dann würden sie später bestehen können.

»Nein, Mortimer. Lass sie zusehen. «

Blut lief aus Theodores Stirnwunde herunter bis zu ihrem Mund. Einen tiefen Seufzer stieß sie aus.

»DAS REICHT JETZT! DAS IST UNMENSCHLICH!«, brüllte eine sonore Bassstimme und alle Köpfe fuhren herum zu ihrem erzürnten Besitzer.

»Mein Rücken tut schon weh! Ich stehe mir hier die Beine in den Bauch! Herr Gott nochmal! HALLO?! HÖRT AUF ZU SCHWATZEN WIE WASCHWEIBER! ICH WILL ENDLICH UNTERHALTEN WERDEN! ICH WILL RAUCH SEHEN! Fackelt nicht so lange! Grillt sie! NA LOS! Sie ist böse! Sie ist böse und muss endlich sterben! Verbrennt den dreckigen Hundsfott! Hure!«, kreischte Thormund voller Hass, dass der Speichel wild durch die Gegend flog. Seine wenigen roten Haare auf dem Kopf waren kaum noch auszumachen. Er war bis zu seiner Glatze so rot angelaufen, dass er fast schon so aussah, als würde er selbst gerade gebrutzelt werden. Waldemar schenkte dem Bauern ein nachsichtiges Lächeln. Thormund blickte grimmig zurück. Sein Blick wurde jedoch weicher, als er auf Frederike fiel. Diese versteckte sich ängstlich hinter dem Rücken ihres Vaters, als Thormunds Blick immer wärmer und eindringlicher wurde.

Waldemar bemerkte dies nicht. Denn plötzlich veränderte sich Theodores Gesichtsausdruck auf unheimliche Weise. Mit der Zunge leckte sie sich das Blut von den Lippen.

»Ich verfluche dich, Waldemar. Du sollst ewig leben und so schön und stattlich bleiben, wie du jetzt bist.«

»Hört, hört!«, rief eine Frau in der Menge und lachte laut auf. Der Rest von dem Mob brach ebenfalls in Gelächter aus.

Gerade als sich auch Waldemar fragte, was an diesem Fluch so schlimm sein sollte, fuhr Theodore mit verfremdeter Stimme fort:

»Allerdings wirst du dich nach jedem Sonnenuntergang in eine haarige Kreatur verwandeln. Dein innerstes wird nach außen gekehrt. Jeder wird sehen, dass du eine abscheuliche Bestie bist. Ein Monster! Du wirst fressen und töten. Alles und jeden, den du liebst. Nur wenn du Silber frisst, kannst du aufgehalten werden. Aber diese Schmerzen wirst du nicht ertragen können. Also wirst du alle überleben, die du liebst. Jeder, der von dir gebissen wird, wird ebenfalls eine Bestie werden. Halb Wolf, halb Mensch. Allerdings eine entstellte und missgebildete Mischung aus beidem. Voller Hunger, Gier und Wollust. Du wirst das Leben schon bald nicht mehr ertragen können, weil du alles verloren hast. Alle sind gegen dich, so wie heute bei mir. Du wirst einsam sein. Dennoch wirst du ewig weiterleben müssen.«

Neugierig kam Frederike wieder hervor, während ein unbehagliches Geraune durch die Menschenmenge ging.

Eberhardt, der mit seiner Fackel neben ihr stand, lachte scheppernd auf. »Hä hä! Weiber!«

»Also wirklich, Hexe«, sagte Waldemar und lächelte dünn. »Das ist ja mal eine nette Geschichte.«

Theodore lachte ebenfalls lauthals. Es klang unheimlich. Ihr Gesicht verzog sich fratzenartig. Dann zog sie mit einem gurgelnden Geräusch Rotze hoch und spuckte nach Waldemar. Sie traf zielsicher die Mitte seiner Stirn. Angewidert wischte sich Waldemar mit dem Ärmel ihren blutigen Speichel weg.

Theodores Gelächter füllte den gesamten Marktplatz aus. Ein weiterer Stein knallte in ihr Gesicht und zertrümmerte ihr Jochbein. Dennoch lachte sie weiter.

»Das ist ja wirklich ein bösartiges Weib, Vati«, sagte Frederike zu Waldemar. »Darf ich sie auch abwerfen?«

»Also Frederike!«, rief ihre Mutter empört. »Du bist eine Dame aus gutem Hause.«

Doch Waldemar zuckte nur mit den Schultern.
»Lass sie doch spielen, Weib. Nur zu, meine Kleine. Geh zu den anderen Kindern und schnapp dir einen Stein.«

Das ließ Frederike sich nicht zweimal sagen. Freudig quiekend rannte das kleine Mädchen zu ihrem Bruder und seinen Freunden.

Das schrille Gelächter von Theodore klang mittlerweile wie ein Schrei aus der Hölle.

»Also, das ist ja nicht mehr zu ertragen. Mir schmerzen die Ohren von ihrem Herumgekeife. Fackel die Hexe endlich ab«, befahl Waldemar Eberhardt, der unverzüglich mit einem zufriedenen Grunzen die Holzzweige um den Flammenpfahl mit seiner Fackel in Brand steckte.

Steine flogen Richtung Theodore, die kreischend vor den aufsteigenden Flammen zurückwich.

Ihre Schreie wurden noch schriller, als die Flammen ihr Gewand erfassten. Nicht mal Thormunds begeistertes Gegröle konnte es übertönen. »Ja! Endlich! Jetzt wird gegrillt und schon bald schmorst du weiter in der Hölle! Na, ist dir warm?! Spürst du es, kleine Hexe?! Spürst du es?!«

Theodore hörte nicht seine rhetorischen Fragen. Denn sie spürte es mit Haut und Haaren. Während das Feuer sie immer weiter auffraß, warfen die Kinder weiterhin Steine auf sie.

Ein paar der Erwachsenen hielten ihre Stockbrotspieße in die Flammen. Die Männer betranken sich mit Wein und grölten Lieder.

Die Frauen tuschelten angeregt und zeigten immer wieder mit dem Zeigefinger auf Theodore, als wäre sie ein Aushängeschild der Schande.

Allerdings war dieses Schauspiel Routine für sie. Jeden Dienstag wurde auf dem Marktplatz bei Stockbrot und Wein eine Frau verbrannt, auf die sie dann mit dem Finger zeigen konnten.

Nächste Woche war Lorena dran. Die Betroffene ahnte noch nichts von ihrem Schicksal.

Theodore schrie gepeinigt auf, als die Flammen ihre Haut aufplatzen ließen. Ihr Fleisch brannte. Ihre Schmerzensschreie verschluckte sie schließlich hustend, als sie den Qualm von ihrem eigenen brennenden Körper inhalieren musste.

Auch die Menschen um sie herum traten hüstelnd ein paar Schritte zurück, als ihnen der Gestank von verbranntem Fleisch in die Nase stieg. Fast jeder hatte Tränen in den Augen. Aber es lag nicht nur an dem Rauch. Lorena weinte zum Beispiel vor Trauer und Entsetzen. Thormund hingegen war gerührt vor Freude und Begeisterung.

Schließlich war der Scheiterhaufen so gut wie niedergebrannt und ließ einen rauchenden Fleischklumpen zurück.

»Das stinkt ja abartig. Löscht das Feuer«, befahl Waldemar.

Mit Wassereimern bewaffnet, löschten Eberhardt und weitere Männer die Flammen, bevor sie ebenfalls hustend vor dem aufsteigenden Rauch zurückwichen.

Waldemar starrte mit schmalen Augen auf die verbrannte Bauernmagd. Der von den Flammen zerfressene Kopf ruhte auf ihrer verbrannten Brust.

Er wandte sich ab.

Mittlerweile war die Sonne untergegangen. Es wurde dunkel.

»Nanu? Laut der Hexe müsste ich mich jetzt doch eigentlich in ein böses, böses Monster verwandeln«, rief Waldemar lächelnd zum Pöbel und erntete lautstarkes Gelächter. »Nun? Was ist denn jetzt aus deiner Prophezeiung geworden, Weib?«

Mit einem spöttischen Grinsen wandte er sich wieder der verbrannten Theodore zu.

Missbilligend schüttelte er den Kopf, als er sah, wie Eberhardt breitbeinig vor ihr stand und ihre Leiche mit seinem Urinstrahl besprenkelte.

»Also wirklich. Hier sind Kinder anwesend. Hast du denn kein Schamgefühl, du dummer Knabe? Denk doch mal nach«, maßregelte Waldemar ihn.

Im nächsten Moment pisste sich Eberhardt vor Schreck selbst an, als Theodore ruckartig ihren verbrannten Kopf hob.

Auch Waldemar zuckte erschrocken zurück.

Ihre Augäpfel waren durch das Feuer regelrecht weggeschmolzen worden, dennoch hatte er das Gefühl, dass sie ihn direkt anstarrte.

Ein kehliges Lachen kam krächzend aus ihrem Hals.

Wie kann sie denn jetzt noch eine Stimme haben, fragte sich Waldemar, während seine Stirn brannte. Genau an der Stelle, wo ihn Theodores Speichel getroffen hatte.

Plötzlich schrie eine Frau in der Menge laut auf. Weitere Schreie folgten. Waldemars rechter Unterarm fing an zu jucken.

Diese verfluchten Mücken, dachte er.

Als er jedoch auf die betreffende Stelle starrte, sah er eine große Beule, aus der silberne Haare sprossen. Ein roter Schleier legte sich über sein Sichtfeld.

»Oh, mein Gott! Schaut euch seine Augen an!«, schrie ein Mann panisch.

Ein stechender Schmerz fuhr durch Waldemars Steißbein und anschließend über die Rückenwirbel bis zum Nacken hinauf.

Er fiel auf die Knie, als ihn eine weitere Schmerzwelle übermannte. Er hörte das Blut in seinen Ohren pochen und gleichzeitig panische Schreie, die sich immer weiter entfernten.

Feiglinge, dachte er. *Ich habe Schmerzen und alle laufen einfach weg. Jemand soll mir gefälligst aufhelfen.*

Waldemar hörte Theodores Lachen über sich.

Sein Rücken wurde nach hinten gebogen, als würde eine unsichtbare Macht ihn an den Haaren ziehen und gleichzeitig in die Lendenwirbel boxen. Wieder eine große Welle aus Schmerzen.

Dann das Knacken von Knochen, die sich verschoben.

Waldemar wollte laut um Hilfe schreien, doch stattdessen kam ein tiefes Knurren aus seiner Kehle. Seine Haut um die Fingernägel riss auf, als diese sich in Klauen verwandelten.

Er sah, wie Mathilda und Friedhelm mit verstörtem Gesichtsausdruck von ihm zurückwichen. Sein Blickfeld verengte sich, als er sah, wie sein Diener Mortimer seine kleine Tochter Frederike mit sich fortzog. Waldemar konnte ihre Angst deutlich riechen, obwohl sie sich immer weiter von ihm entfernten.

Er spürte nagenden Hunger in sich aufsteigen, während er sich weiter verwandelte.

Langsam bekam Wolfgang Rückenschmerzen von der harten Stuhllehne, also erhob er sich ächzend. Pfeifend betrat er die Küche des Cafés. Seine schwielige Hand wanderte über den Messerblock, bis er ein passendes Instrument gefunden hatte.

Die Klinge war recht lang und scharf und eignete sich hervorragend zum Filetieren.

Er zog sich die Hose herunter und knetete eine Weile seufzend seinen Schritt. Er starrte auf ein paar mit Butter bestrichene Brezel. Stöhnend fuhr er sich mit dem Zeigefinger über seine feuchte Eichel und verteilte anschließend seine fischig duftenden Lusttropfen auf dem frischbeschmierten Gebäck. Er biss sich fast auf seine blasige Zunge, als sich die Küchentür öffnete und die Kellnerin erschien. Die Bäckchen unter ihren hohen Wangenknochen waren leicht gerötet.

Ihre grünen Augen leuchteten.

Ihre Pupillen weiteten sich, als sie den Lachsmann in dem Schatten einer Nische entdeckte. Sie stieß einen schrillen Schrei aus, denn nicht nur sein erigierter Schwanz zeigte bedrohlich in ihre Richtung, sondern auch seine Handykamera und das lange Fleischermesser.

»Hallo Mama. Ich bin im Fernsehen«, hauchte er.

Nachwort

Na? Hast Du es bis zum Nachwort geschafft und Dir allen Ernstes diese ganzen gemeinen Ferkeleien zuvor etwa durchgelesen? Wie gruselig ist das denn bitte? SCHÄM DICH!

Nein. War nur Spaß. Ich bin durchaus dankbar für Deine Treue und freue mich für Dich, dass Du es überstanden hast! TSCHAKKA! BOOM! BOOM!

Falls Dir mein Buch gefallen hat, freue ich mich selbstverständlich über eine positive Bewertung oder Rezension. Wenn Dir meine Charaktere zusagen, kannst Du auch gerne weitere Bücher von mir kaufen. FEUCHTE BEUTE ist bereits erhältlich. Ein wahrlich haarsträubender Rudelbums ... äh ... leichte LeckTüre und das Buch ist auch gar nicht so schlimm, wie manche meiner fiktiven Figuren behauptet haben. Was das angeht, LÜGEN DIE ALLE!

Wenn Dir zum Beispiel der Lachsmann ans Herz gewachsen ist, kannst Du auch gerne LIEBE MIT DER BRECHSTANGE lesen. Dort wird sein Abenteuer mit seinem Sohn Jordan nämlich fortgesetzt und es gibt auch dort ein paar prickelnde und erotische Szenen im Stile einer Dark Romance. Aber keine Angst! Nicht zwischen den beiden! Oh, Upsi! Ich hoffe nun, ich habe nicht zu sehr gespoilert.

Verzeih mir bitte meine aufdringliche Werbung, aber auch wenn ich mit jeder Sekunde älter werde, brauche ich immer noch das Geld.

Danke nochmals für Dein Interesse an meinem Werk und dass Du hartgesotten genug warst, diese räudige Horrorsatire zu lesen. Das verdient meinen größten Respekt und ich wünsche Dir von Herzen alles Gute!

Hochachtungsvoll mit schubidu

Matthias Krause

Über den Autor:

Matthias Krause wurde 1987 in Cuxhaven geboren. Schon seit seiner Kindheit setzt er sich mit seiner düsteren Fantasie auseinander. Neben seiner beruflichen Tätigkeit als Schauspieler fing er zunächst an, Kurzgeschichten zu verfassen. Seit ein paar Jahren schreibt er Romane. Als Protagonisten bevorzugt er fehlbare Antihelden, die in verfahrene Situationen geraten und sich dabei allzu gerne selbst im Weg stehen. Um beim Schreiben und Lesen laut lachen zu können, überspitzt er alles ein bisschen und würzt seine Geschichten mit morbidem Humor. Er ist überzeugt davon, dass Humor vielleicht auch manchmal dabei helfen kann, tragische Zustände und Situationen besser zu verarbeiten.

Printed in Poland
by Amazon Fulfillment
Poland Sp. z o.o., Wrocław
21 October 2025

dd1c33e9-acf0-4611-a139-1c7721bcdbe3R01